insel taschenbuch 4974

Anna Fredriksson

Der Traum vom einfacheren Leben

Es ist Mittsommer im kleinen Fischerdorf Kivik. Sally hat sich den Lebenstraum vom eigenen Bed & Breakfast erfüllt, die *Pension Pomona* ist eröffnet und empfängt die ersten Gäste. Josefin, ihre Tochter, hilft trotz Hochsaison auf ihrem eigenen Hof aus. Sie braucht dringend Geld für den Hof, ihr Traum vom einfacheren Leben, von der Selbstständigkeit und der Selbstversorgung mit ihrem Verlobten Harald, stellt sich immer mehr als Luftschloss heraus. Josefin denkt über andere Optionen nach, während Harald stur an Vallmogården festhält, komme, was wolle. Josefin muss eine Entscheidung treffen – kann sie den Hof halten und damit ihre Beziehung retten, oder will sie doch etwas anderes vom Leben?

In Kopenhagen versucht Sallys Mutter Vanja, sich zurechtzufinden. Doch ihre Sehnsucht nach ihrer Enkelin Josefin wird immer stärker. Und vielleicht auch die Sehnsucht nach ihrer Tochter Sally? Wird Vanja die Rückkehr nach Kivik wagen? Gibt es noch eine Chance zur Versöhnung – oder ist es schon zu spät?

Frühling, Sommer und Herbst im Bed & Breakfast von Sally in Skåne : drei Frauen, drei Generationen und drei Geschichten darüber, was es bedeutet, Mutter und Tochter zu sein.

Anna Fredriksson, geboren 1966, ist eine schwedische Autorin. Sie ist bekannt als »Queen of Feel Real«. Ihre Bücher haben sich in Schweden über 700 000 Mal verkauft. Sie lebt mit ihren drei Söhnen in Stockholm. www.annafredriksson.se

Elke Ranzinger, 1980 in Passau geboren, lebt als Übersetzerin aus dem Norwegischen, Schwedischen und Dänischen in Berlin.

Im insel taschenbuch liegt außerdem vor: *Zwischen Himmel und Meer* (it 4902).

Anna Fredriksson

Der Traum vom einfacheren Leben

Die Jahreszeiten-Saga: Sommer

Aus dem Schwedischen von
Elke Ranzinger

Insel Verlag

Die Originalausgabe erschien 2019 unter dem Titel
Ett enklare liv bei Forum, Stockholm.

Klimaneutral
Druckprodukt
ClimatePartner.com/14438-2110-1001

Erste Auflage 2023
insel taschenbuch 4974
Deutsche Erstausgabe

Umschlaggestaltung: zero-media.net, München
Umschlagabbildungen: Bethel Fath/lookphotos; FinePic®, München
Satz: Dörlemann Satz, Lemförde
Druck: CPI books GmbH, Leck
Printed in Germany
ISBN 978-3-458-68274-5

www.insel-verlag.de

Der Traum vom einfacheren Leben

Josefin

Den ganzen Vormittag über hatte Josefin entlang der Zaunpfosten gegraben, die Harald in einer Reihe in die Erde geschlagen hatte. Sie hatte herausgefunden, dass die Drahtnetze, die man an den Pfosten befestigte, zur Fuchsabwehr ein Stück in die Tiefe reichen mussten. Und das untere Ende musste man unbedingt circa dreißig Zentimeter ausbreiten und dann mit Erde bedecken. Eine mühsame Arbeit. Aber die Hühner sollten endlich an der Giebelseite der Scheune ein neues Freigehege bekommen.

»Vielleicht hätten wir uns lieber für aufstellbare Gitterteile entscheiden sollen«, sagte sie. »Die man fertig kauft.«

Harald wischte sich ein paar Schweißtropfen vom Gesicht. Seine Stirn glänzte in der Sonne.

»Quatsch, das sieht doch wie ein Gefängnis aus.«

Josefin nickte. Die selbstgebaute Holzkonstruktion, die noch einen Anstrich mit falunroter Dispersionsfarbe erhalten würde, um in die Umgebung zu passen, war besser. Außerdem war das Ganze eine Geldfrage. Harald hatte von den benachbarten Bauern eine große Rolle galvanisierten Hühnerdraht geschenkt bekommen, der sonst nur weggeworfen worden wäre.

Sieben mal dreizehn Meter groß sollte der Auslauf werden, mit einem kleinen Baum in der Mitte, der den Hühnern Schutz vor Sonne und Regen bot. Hühner vertrugen Hitze nicht, brauchten jedoch auch in Maßen Sonnenlicht. Falls ein Dach nötig werden würde, plante Harald einen mit Maschendraht bespannten Holzrahmen. Kein Raubvogel sollte ihre Hühner erwischen.

Allmählich wurde es heiß. Die Sonne stand hoch und bald war es Zeit für eine Mittagspause. Josefin zog die alte Lederjacke ihrer Großmutter aus, legte sie auf das gestapelte Feuerholz, stützte sich auf den Griff des Spatens und blickte über Wiesen und Kornfelder. Die Vegetation erstreckte sich in den verschiedensten Gelb- und Grüntönen. So frisch und saftig wirkte sie nur ganz kurz, dann wurden die Farben satter und dunkler.

Die Kühe des Nachbarn glotzten von ihrer Weide herüber. Sobald sie Josefin entdeckten, schauten sie, als wäre sie eine faszinierende Außerirdische. Dass sie nun schon seit drei Jahren auf Vallmogården lebte, war völlig egal, die Kühe waren noch immer gleich verwundert.

Josefin lauschte dem eindringlichen Vogelgesang aus den Büschen und Bäumen, versuchte sich daran zu erinnern, was sie von ihrem Onkel Åke über Vogelstimmen gelernt hatte. Sie waren kaum zu unterscheiden, aber das Wichtigste fiel ihr doch ein: Vögel kommunizierten fast wie Menschen. Sie äußerten so ihr Begehren, versuchten einander zu übertrumpfen und trainierten ihren Gesang, um immer besser zu werden. Manche hatten mehr Talent als andere. Josefin sah zum Himmel hoch. Es war jetzt brütend heiß. Die Sonne brannte ihr auf den Rücken. Zwar wäre etwas kühleres Wetter schön, aber sie hoffte trotzdem, es würde halten. Morgen war nämlich Mittsommerabend und Einweihungsfest. Ihre Mutter eröffnete nach zwei Monaten anstrengender Vorbereitungen ihre *Pension Pomona.*

Josefin ging zu Harald und legte die Arme um ihn. Er küsste sie auf die Stirn.

»Müde?«

»Ja, und hungrig. Was hältst du von einer Mittagspause?«

»Gleich.«

Sie strich ihm mit dem Zeigefinger über die Augenbrauen. Diese lieben Augen. Harald war so zuverlässig und beharrlich. Er hatte immer tausend verschiedene Projekte am Laufen und ständig neue Ideen. Als liefe in ihm eine Art Motor.

Er deutete zu einer Ecke des Rechtecks.

»Grab noch bis dorthin, dann machen wir Mittag.«

Josefin griff wieder nach dem Spaten und grub weiter. Seit einer Woche hatten sie jeden Vormittag geschuftet. Und das würden sie auch morgen tun. Und übermorgen. Und überübermorgen. Am liebsten würde sie am Nachmittag freimachen und schwimmen gehen, aber dafür war keine Zeit. Nachmittags gab es eine Menge zu tun.

Harald wandte sich zu ihr.

»Übrigens, ich werde die Björks mal bitten, rüberzukommen, um uns bei der Mahd zu helfen. Danach können wir sie zum Kaffee einladen.«

Nach einem Kaffeekränzchen mit Svante und Kristin Björk vom Nachbarshof sehnte sich Josefin nicht sonderlich. Kristin redete beinahe ohne Punkt und Komma und Svante war mit seinem heftigen Österlen-Dialekt nur unter größter Anstrengung zu verstehen. Meist drehten sich die Gespräche um Landwirtschaft, ums Vieh oder das Wetter.

»Wir müssten uns eine Mähmaschine zulegen«, sagte sie. »Dann bräuchten wir nicht jedes Jahr die Nachbarn bitten, uns beim Gras mähen zu helfen. Und beim Pressen und Einwickeln der Ballen.«

»Ja, aber solche Sachen kosten.«

»Aber vielleicht findet man eine gebrauchte Mähmaschine im Netz?«

»Wir haben dafür kein Geld.«

Josefin verscheuchte eine Fliege. Das Mähen des Grases zu Heu und zu Silage war schon länger ein Sorgenthema. Wie immer war das Geld knapp. Jetzt mehr denn je.

Eigentlich hatte sie nichts gegen ein sparsames Leben. Gebrauchte Werkzeuge, einfacher Standard und für einen begrenzten Zeitraum etwas einseitige Nahrung war kein großes Problem für sie. Sie war es von klein auf gewohnt, Kleidung aufzutragen, da die finanzielle Situation ihrer Mutter mitunter angespannt gewesen war. Der gezwungene, oberflächliche Kontakt mit dem benachbarten Bauernpaar hingegen war schwerer zu ertragen.

»Können wir nicht versuchen, den alten Mäher zu reparieren?«

In einem Verschlag hinterm Schuppen stand vom Vorbesitzer eine Mähmaschine, aber sie war verrostet und kaputt.

Harald schüttelte den Kopf.

»Zwecklos. Die ist hinüber.«

Die Lederjacke rutschte beinahe vom Holzstapel. Josefin legte sie wieder ordentlich obendrauf. Wenn nur ihre Großmutter noch hier leben würde, in dem gelben Längsgebäude bei Peter in Svinaberga. Sie hätte die kaputte, alte Mähmaschine mit irgendeinem pfiffigen Dreh wieder zum Laufen gebracht. Wenn es um Landwirtschaft ging, hatte ihre Großmutter quasi Superkräfte. Konnte sie irgendwas mal nicht reparieren, fand sie immer eine Art, das Problem zu umgehen.

»Jedenfalls sollten wir mit der Mahd nicht warten, bis das Grünfutter überständig wird und keine Nährstoffe mehr hat«, sagte Harald. »Also frage ich die Björks.«

Er lächelte sie an, blinzelte gegen die Sonne.

»Vielleicht solltest du versuchen, einen neuen Job zu finden. Damit wir ein wenig Geld reinkriegen.«

»Wenn es jetzt was gibt. So mitten im Sommer.«

Josefin stach den Spaten energisch in die Erde.

Einen Teilzeitjob zu finden, war nicht so leicht gewesen, wie sie im Frühling gedacht hatte. Sie hatte sich mit einer sechswöchigen Vertretungsstelle als Assistentin in der Bibliothek in Simrishamn begnügen müssen. Besonders viel hatte sie dabei nicht verdient, aber der kleine Lohn machte trotzdem etwas aus. In der ersten Woche hatten ihr die Bibliothekarinnen noch geholfen, danach wusste sie selbst, wie man Bücher und Zeitschriften katalogisierte und registrierte. Es hatte ihr Spaß gemacht, den Besuchern Tipps zu geben und mit ihnen über Gott und die Welt zu plaudern.

Jetzt war die Vertretung vorbei und sie vermisste die Arbeit sehr. Bis zuletzt hatte sie gehofft, im Herbst weitermachen zu können. Wenn es jeden Tag dunkler und kühler wurde, wäre es bestimmt wundervoll gewesen, weiterhin jeden Morgen aufzustehen, die kurze Strecke nach Simrishamn zu fahren und in die Wärme der hellen Bibliothek zu treten. Aber die eigentliche Assistentin kam im August wieder.

Der Plan vom Frühling existierte jedenfalls noch. Josefin sollte ein Jahr lang halbtags arbeiten, um ein zusätzliches Einkommen zu generieren. Wenn auch damit der Hof nicht weitergeführt werden konnte, würden sie sich nach etwas anderem umsehen. Aber bestimmt war es jetzt noch schwieriger, einen Job zu finden, als im April.

Harald wischte sich mit dem Handrücken den Schweiß von der Stirn.

»Vielleicht braucht deine Mutter Hilfe in ihrer Pension?«

»Sie kann mich doch noch nicht bezahlen.«

»Frag zumindest mal nach. Uns hilft jede Krone.«

Josefin grub weiter. Arbeiten bei ihrer Mutter. Fühlte sich falsch an. Irgendwie wie ein Rückschritt.

»Wär schon super, wenn du was extra verdienst«, sagte Harald.

Er rüttelte an einem Pfosten, um zu prüfen, ob er ihn tief genug in den Boden getrieben hatte. Wenn sie nur auch alles so positiv sehen könnte wie er. Als sich Josefin vor ein paar Tagen über den fleckigen Anstrich des Wohnhauses Gedanken gemacht hatte, hatte er nur lachend gemeint, das mache im Sommer überhaupt nichts. Im Zusammenspiel mit den Stockrosen und Weinranken sei die Patina der Fassade schön. Und natürlich hatte er damit recht.

Mittlerweile wog der Spaten gefühlt Tonnen. Josefin massierte sich die rechte Schulter und blickte dabei in Richtung Anbauflächen. Der Frühsommer war eine hektische Zeit, die Liste der Aufgaben schien unendlich. Vor allem mussten die Pflanzen raus aus dem Gewächshaus und nach einer kurzen Zeit der Abhärtung im Freien gesetzt werden.

Die Kartoffeln würden irgendwann im Juli erntereif sein. Sie waren in Töpfen vorgezogen worden und damit früher dran, und auch das übrige Gemüse war am Wachsen.

Josefin ließ den Blick zur Schafweide schweifen. Dort lag etwas im Gras.

»Was ist das da?«

»Was?«

Sie deutete zur Weide.

»Auf dem Boden. Links vom Wäldchen.«

Harald schirmte die Augen vor der Sonne ab. Dann hatte er es eilig. Er lehnte den Spaten an die Scheunenwand und hastete auf dem lehmigen Pfad zur Schafweide. Am Wäldchen angekommen blieb er stehen und wedelte mit dem Arm.

Josefin eilte ihm hinterher. Aus der Ferne sah sie, dass Harald neben etwas hockte, das in einer kleinen Senke mit höherem Gras auf dem Boden lag.

Ihr Schritt wurde langsamer und sie ging näher. Das Schaf lag mit ausgestreckten Läufen regungslos im Gras.

»Nein, nicht Ullis!«

Sie sank auf die Knie. Ihr war egal, dass die Hose von Erde und Dreck Flecken bekommen würde. Sie strich über den leblosen Körper.

»Woran kann sie gestorben sein?«

Harald kratzte sich am Nacken und studierte das tote Tier.

»Vermutlich am Alter. Sie war ja schon zwölf. Vielleicht das Herz. Wie bei einem Menschen.«

»Also auf jeden Fall war sie nicht abgemagert. Ihre Zähne haben durchgehalten. Sie hatte sogar noch alle Vorderzähne.«

»Ja, darauf haben wir gut geachtet.«

Josefin bürstete sich die Hosenknie ab und schluckte die Tränen runter. Tiere sterben, so etwas geschah auf einem Hof, darauf musste man gefasst sein. Aber Ullis war besonders gewesen. Eine echte Matriarchin, die natürliche Anführerin der Herde.

»Glaubst du, sie hatte eine Krankheit? Irgendwas Ansteckendes?«

»Nein, ich glaube, eine Untersuchung ist nicht nötig. Aber ich frage den Tierarzt, ob wir eine Überweisung zur Obduktion brauchen. Und was die kosten würde. Plus dem Kadavertransport.«

Auf dem Rückweg legte Harald den Arm um Josefin.

»Ich geh rein und rufe bei der Tierkörperbeseitigung an. Arbeite du weiter.«

Josefin begann, die Kabelbinder vorzubereiten, mit denen der Hühnerzaun am Holz befestigt werden sollte. Diese Methode war Harald von den Björks empfohlen worden.

Irgendwann würde die Graberei vorbei sein und der neue Hühnerhof fertig. Ein schönes Gehege mit falunrot gestrichenem Holz. Dann hatten die Hühner einen perfekten Ort zum Herumspazieren.

Aber Ullis war weg.

Vanja

Ein weiterer heller Sommerabend in Kopenhagen. Vanja blickte über den Hinterhof und die Dächer. Aus den offenen Fenstern der Nachbarn drang Gemurmel, Gelächter und Musik hallten von den Backsteinwänden wider. Aber in ihrer Wohnung war es ruhig und friedlich.

Morgen war Sankt-Hans-Tag. Oder Mittsommernacht, wie es in Schweden hieß, wo sie die vergangenen Jahre gelebt hatte. Nun zählte nur noch die dänische Bezeichnung.

Vanja verließ die Küche. Sie legte Tschaikowskys *Juni-Barcarole* auf, um ihre Stimmung aufzuhellen. Die flinken Töne füllten das Wohnzimmer und sie setzte sich aufs Sofa, um mit den Beinen auf dem Puff ein Weilchen zu lesen. Ibsens *Nora oder Ein Puppenheim* auf Dänisch. Sie hatte den dünnen Band in einem Antiquariat in ihrem Viertel gefunden. Ein schlichtes Taschenbuch in ganz langweiliger Ausgabe, abgegriffen und abgenutzt. Der Umschlag war wahrlich kein Schmuckstück.

Sie schlug das Büchlein beim Lesezeichen auf. Las weiter über Nora, Helmers Ehefrau. Die Frau, die sich gezwungen sah, Mann und Kind zu verlassen, um ein Mensch und keine Puppe zu sein. Der von Helmer gesagt wurde, ihre heiligsten Pflichten seien die, die sie gegen ihren Mann und ihre Kinder habe, worauf sie ihm trotzig antwortete, sie habe andere, ebenso heilige Pflichten. Habe sie nicht, entgegnete Helmer und wollte wissen, welche Pflichten das wohl sein sollten. Noras Antwort war einfach: die Pflichten gegen sich selbst.

Vanja hob den Blick. Er blieb an der großen Topfpflanze

am anderen Ende des Raums hängen, während die Gedanken weiterzogen. Pflicht. Ein schwer definierbarer Begriff. Konnte so ziemlich alles bedeuten, je nach Zeit und Umständen.

Eine ganze Weile saß sie nur da. Dann blickte sie zur Uhr. Halb acht. Um diese Zeit war Josefin bestimmt mit Harald, Peter und Sally irgendwo draußen am Abendessen, falls das Wetter in Skåne ebenso schön war wie hier. Vielleicht grillten sie bei Haralds Eltern. Dann war sicher auch seine Großmutter Erna dabei. Vanjas Jugendfreundin.

Morgen würde die ganze Runde in Åkes Haus Mittsommer feiern. Sally würde ihre *Pension Pomona* eröffnen. Peter hatte am Telefon berichtet, dass das Einweihungsfest am Mittsommerabend stattfinde.

Vanja schlug das Büchlein zu und legte es aufs Sofatischchen. Sie stand auf und ging zu dem Webstuhl in der Zimmerecke mit dem halbfertigen Webstück darauf. Ein Flickenteppich, den sie vor ein paar Monaten begonnen hatte in der Hoffnung, daraus neue Energie und Inspiration zu gewinnen. Aber dann war sie seiner überdrüssig geworden und hatte ihn sein lassen.

Sie hatte große Sehnsucht nach den Ölfarben und Leinwänden in Svinaberga. Und nach dem luftigen Atelier in Peters altem Stall, wo sie im Frühling einen regelrechten Flow gehabt hatte. Sie hatte ihre erste Malerei seit achtundvierzig Jahren begonnen und mit mehreren weitergemacht. Nur um dann einfach abzubrechen und abzuhauen, wie ein Flüchtling vor einem Krieg. Die Kunstwerke waren geblieben, wo sie waren.

Genug gegrübelt. Vanja ging zum Plattenspieler und wechselte die Schallplatte. *All Along the Watchtower.* Ein genialer Song. Sie mochte Jimi Hendrix' Version lieber als die von Bob Dylan.

Dann setzte sie sich an den Webstuhl und webte weiter, energisch und bestimmt. Der Teppich musste fertig werden, sie konnte nicht unendlich viele halbherzig begonnene Projekte am Laufen haben.

There are many here among us who feel that life is but a joke. Der Song war von 1968, dem Jahr, bevor sie fortgegangen war. Vanja summte mit. Jimi Hendrix' Stimme und Gitarrentöne verschmolzen mit den Bildern in ihrem Kopf. Eine ereignisreiche Zeit damals.

Nach einer Weile verließ sie den Webstuhl, das musste für heute reichen. Mitten im Raum blieb sie stehen. Seltsam leer, beinahe wie ausgehöhlt.

Die Balkontür stand halb offen. *There must be some kind of way outta here.*

Ob sie sich nichtsdestotrotz einen Whiskey und einen Zigarillo gönnen sollte? Seit zwei Monaten hatte sie nichts Stärkeres getrunken als Wein. Kein Tropfen Hochprozentiges, seit sie Svinaberga verlassen hatte. Irgendwie hatte sie schon beim Gedanken daran Ekel empfunden. Wie auch beim Rauchen. Als hätte sie alles Hedonistische noch einsamer fühlen lassen.

Vanja legte eine neue Platte auf. *Layla* von Eric Clapton. Wie wild hatte sie nicht als junge Frau zu diesem Lied getanzt? Auch später. Viele, viele Male. Mit großem Ausdruck.

Vanja schlüpfte in ihre Wildlederjacke und Sandalen. Wie gut es tat, die stickige Wohnung zu verlassen! Sie trat aus der Haustür, lief den Bürgersteig entlang, bog um die Straßenecke und kam an dem Laden vorbei, in dem früher eine dunkle, schäbige Weinstube gewesen war. An einem der Tische hatten immer irgendwelche alten, abgeschrappten Existenzen gehockt, mit denen man sich die Zeit vertreiben konnte. Männer mit ungepflegtem Bart und narbiger Haut, dralle Frauen mit schweren Brüsten unter unförmigen T-Shirts. Vanja hatte jeden Stammgast gekannt. Gute Seelen, die sich umeinander kümmerten. Aber die Weinbar war verschwunden und stattdessen gab es nun einen Eisladen, der mindestens dreißig verschiedene Sorten italienisches Eis verkaufte. Die Wände waren mit weißen Fliesen gekachelt und das Licht im Laden war immer grell. So steril wie die Rezeption einer Zahnarztpraxis.

Vanja wollte gerade die Straße überqueren, als sie ein gedämpfter Schrei stoppte. Ihr Blick wanderte die Hausfassade hoch. Zwei Stockwerke über ihr stand ein Fenster offen. Daraus drangen verzweifelte Schreie einer jungen Frau. Eine Männerstimme brummelte dumpf. Dann ein weiteres Aufheulen, etwas lauter.

Vanjas Herz schlug einen Salto. Sie rannte zur Haustür, blickte durch das kleine Glasviereck, ein paar Wohnungstüren gingen auf.

Sie pochte an die Scheibe.

»Hallo! Aufmachen!«

Ein älterer Glatzkopf schaute verwirrt in ihre Richtung. Sie hämmerte noch einmal an die Tür, damit er verstand, wie ernst die Lage war.

Schließlich watschelte er in Pantoffeln an und öffnete wortlos. Vanja rief ihm zu, er solle so viele Nachbarn wie möglich zusammentrommeln, und stürzte zur Treppe.

Lieber Gott, hilf mir, dachte sie, obwohl sie eigentlich Atheistin bis aufs Blut war.

Sie zog das Handy aus der Jackentasche. Bereitete sich darauf vor, den Notruf zu wählen und die Polizei zu bitten, so schnell wie möglich zu kommen. Währenddessen hetzte sie Stufe um Stufe nach oben, bis sie keuchend den zweiten Stock erreicht hatte. Hinter einer der alten, gemusterten Holztüren hörte man aufgebrachte Stimmen.

Vanja rüttelte am Türgriff. Abgeschlossen.

»Hallo, aufmachen!«

Sie hämmerte mit der Faust an die Tür und brüllte. Registrierte, dass sie nicht mehr allein war. Ein paar Nachbarn waren ihr gefolgt.

»Der Kerl, der da wohnt, ist ein Idiot«, sagte ein junger Typ mit Dreadlocks.

Einige Nachbarn stimmten ihm zu. Der Mann streite seit Jahren mit seiner Freundin. Eine ältere Dame erklärte, sie spreche öfter mit deren Mutter, die wieder und wieder versucht habe, ihre Tochter dazu zu bewegen, den Mann zu verlassen. Was gewöhnlich eine Weile hielt, aber nicht lange.

Vanja hämmerte wieder an die Tür.

»Aufmachen! Oder wir rufen die Polizei.«

Es wurde mucksmäuschenstill. Dann hörte man Schritte und Bewegungen. Jemand fummelte am Schloss herum. Ein blonder, unrasierter Mann Mitte dreißig in schmutzigem T-Shirt und schlechtsitzender Jeans öffnete. Er starrte Vanja grimmig an.

»Was gibt's?«

»Wir wollen wissen, was hier vor sich geht.«

Eine verheulte, am ganzen Körper bibbernde Frau um die dreißig tauchte hinter dem Mann auf.

»Komm her, Schatz.« Vanja streckte ihr die Arme entgegen. »Er tut dir nichts mehr.«

Die Frau wich zurück.

»Aber er hat mich nicht geschlagen.«

»Sicher? Soll ich nicht die Polizei rufen?«

»Nein, nein. Nicht nötig.«

Der Mann wollte die Tür schließen, aber Vanja stellte den Fuß hinein.

»Du behandelst sie schlecht.«

Er runzelte die Augenbrauen.

»Hast du nicht gehört, was sie gesagt hat? Ihr könnt gehen.«

»Ich gehe nicht, bevor ich nicht weiß, dass sie in Sicherheit ist.«

»Verdammte Scheiße, hau ab!«

Die Frau brach in Tränen aus. Vanja zog sie zu sich, und diesmal ließ sie sich umarmen. Zitternd drückte sie sich wie ein Kaninchenbaby an Vanja.

»Mama«, flüsterte sie. »Ich werde meine Mama anrufen.«

»Mach das«, sagte Vanja.

Der Mann grapschte nach einer grauen Kapuzenjacke, drängelte sich durch die versammelten Nachbarn und trampelte eilig die Treppe hinunter.

Vanja wartete, während die junge Frau ihr Telefon holte. Sie sprach für ein paar Minuten leise hinein. Die Nachbarn verschwanden einer nach dem anderen in ihre Wohnungen. Schließlich war nur Vanja übrig.

Sie dachte an Sally. Eine alleinerziehende Mutter. Sie hatte mit Josefin in Södermalm in einer Wohnung gelebt, die dieser ähnlich sein musste. War es Sally irgendwann schlecht ergangen?

Vanja wusste nicht viel über das Leben ihrer Tochter. Eigentlich kaum etwas.

»Ich warte hier, bis deine Mutter kommt«, sagte sie, als die junge Frau aufgelegt hatte.

»Danke.«

»Ich bin Vanja. Und du?«

»Grethe.«

Sie gaben einander die Hand. Dann standen sie im Treppenhaus herum. Grethe schien niemanden in die Wohnung einladen zu wollen. Vielleicht, weil es nicht ihre war.

Nach einer Weile rumpelte der alte Aufzug hoch. Eine Frau mit grauen, kurzen Haaren und schwarzer Brille stieg aus. Sie war in den Sechzigern.

»Danke für Ihre Mühen. Ich versuche meiner Tochter zu helfen, aber es ist schwierig.«

Vanja betrachtete die Frau eingehend. Der Mund kam ihr irgendwie bekannt vor, die Kinnpartie. Diese Art, die Oberlippe einen Hauch über die Unterlippe zu legen, als würde sie an einem Minikaramellbonbon saugen.

»Vibeke?«

Die grauhaarige Frau schrak zusammen, dann lachte sie. Sie war noch immer schön, selbst nach so vielen Jahren.

»Vanja! Lieber Himmel. Bist du das?«

Sie sahen einander schweigend an. Vibekes Augen hinter den Brillengläsern wurden feucht.

»Ich wusste nicht, dass du wieder in Kopenhagen bist«, sagte Vanja.

»Bin ich. Schon eine Weile.«

»Du hast doch geheiratet? Bist nach Helsingör gezogen?«

Vibeke nickte.

»Aber dann habe ich mich scheiden lassen. Vor zwei Jahren. Und jetzt bin ich hier.«

Vanja drückte ihre Hand. Vibeke wiederzusehen war unreal. Ihre Haare waren früher dunkel gewesen und lang, bis zur Taille. Die Kurzhaarfrisur stand ihr jedoch noch besser. Die Brille verlieh ihr Würde.

Vibeke wandte sich an ihre Tochter.

»Grethe, das ist Vanja. Meine liebe, alte Freundin und Kollegin. Wir haben früher Wohnung und Atelier geteilt. Zusammen mit ein paar anderen Künstlern.«

Grethe nickte Vanja höflich zu.

Vibekes Kleidung war schlicht wie eh und je. Eine kragenlose, kurze Jacke und eine gerade, weiße Hose, alles aus eierschalenfarbenem Leinen. Bestimmt selbstgenäht. Das hatte sie damals in den Siebzigern ziemlich gut beherrscht.

»Hast du mit sonst noch jemandem Kontakt?«, wollte Vanja wissen.

»Nein. Überhaupt nicht.«

Vibeke nahm die Brille ab, trocknete sich die Augenwinkel und rieb mit einem Jackenzipfel über das Glas.

Dann sah sie Vanja wieder in die Augen.

»Du also hier, Vanja. Das hätte ich im Leben nicht erwartet.«

Die beiden lachten los, im exakt selben Augenblick.

Josefin

Josefin hob ein paar Holzleistenabschnitte vom Rasen auf und quetschte sie in einen Papiersack, die die Handwerker unter der Traufe an der Hinterseite des Hauses vergessen hatten. Dorthin würde wohl kein Gast kommen. Es gefiel ihr nicht, dass noch immer Bauabfälle ums Haus lagen, obwohl heute Eröffnungsfeier war.

Ihre Mutter schienen die Spuren des Renovierungschaos nicht groß zu stören. Solange man im Flügelgebäude übernachten konnte, war sie zufrieden. Eine Weile hatte sie gefürchtet, die Gästezimmer würden vielleicht nicht rechtzeitig fertig, aber die Handwerker hatten ordentlich rangeklotzt und nun konnten sechs Gäste empfangen werden.

Im Flügel warteten jetzt vier kleine Zimmer, zwei davon Doppelzimmer. Alle hatten Apfelnamen: Ingrid Marie und Granny Smith, Astrachan und Cox Orange. Bisher gab es nur ein Gemeinschaftsbad für alle Gäste. Es war hübsch mit Kacheln im Schachbrettmuster gefliest und hatte einen Vintage-Waschschrank. Irgendwann in der Zukunft sollte jedes Zimmer Toilette und Dusche bekommen. Vielleicht schon vorm nächsten Sommer.

Josefin schaute noch einmal prüfend übers Grundstück. Ein Fetzen Bauplastikfolie hatte sich in einem Busch verfangen, schnell entfernte sie ihn. Abgesehen von einigen Säcken Mörtel in einer Ecke war der Garten ordentlich. Sie hoffte, der Blick der Leute würde stattdessen von allem Schönen angezogen. Zum Beispiel der Lavendelhecke entlang des Hauses, in der sich Schmetterlinge tummelten. Fast schienen sie im Sonnenschein zu tanzen, wenn sie sich auf die leuchtend violetten Spitzen setzten, um gleich darauf wieder abzuheben.

Die Schnur mit farbigen Wimpeln, die Peter und Harald zwischen Apfelbaum und Dachgiebel befestigt hatten, flatterte im Wind. Josefins Mutter hatte zwei gebrauchte Sitzgarnituren gekauft und in verschiedenen Winkeln des Gartens platziert. Die weiße Farbe blätterte etwas ab und Tische wie Stühle brauchten eines Tages einen neuen Anstrich, aber sie passten perfekt. Am Tor zur Straße hatte Flynn, der Nachbar ihrer Mutter, ein selbstdesigntes Schild befestigt. *Pension Pomona* stand darauf, mit einem stilisierten Apfel daneben. Mehr als einmal waren vorbeispazierende Touristen ins Haus gekommen und hatten ein Zimmer buchen wollen. Ihre Mutter hatte entschuldigend gesagt, sie habe noch nicht eröffnet, heiße sie aber gern ab Mittsommer willkommen.

Flynn und seine Frau Britta hatten ihr auch ganz umsonst beim Erstellen einer Homepage geholfen. Dort gab es Bilder und Informationen über die Geschichte des Fischerörtchens und über Åkes Haus sowie einen Buchungskalender. Eine ganze Reihe Buchungen war bereits eingetrudelt.

Im Augenblick versuchte ihre Mutter, mitten im Garten die Mittsommerstange aufzurichten, was nicht zu gelingen schien. Die Stange, die sie mit Peter am frühen Morgen fabriziert hatte, war gerade einmal eineinhalb Meter hoch, von Birkenzweiglein umhüllt und hatte an jeder Seite des Kreuzes einen baumelnden Blumenkranz.

»Ist es hier besser?«, fragte ihre Mutter, als Josefin an ihr vorbeiging.

»Leider nicht.«

Sie lachten los. Ihre Mutter gab auf. Stattdessen machte

sie einen Rundgang und rückte die neuen Gartenmöbel zurecht. Dicht gefolgt von Märta, dem großen, zotteligen Hund, der ihr ununterbrochen hinterhertrottete.

Josefin warf einen Blick in Haralds Richtung, der Gläser aus der Küche brachte und ihr aufmunternd zunickte. Es gab kein Entrinnen, sie musste ihrer Mutter die Frage stellen. Jetzt, bevor die Gäste kamen.

»Was meinst du, Mama, gibt es im Sommer viel zu tun? In deiner Pension.«

Ihre Mutter blieb stehen.

»Das werden wir sehen, wenn es angelaufen ist. Aber alle, mit denen ich rede, sagen dasselbe. Man kann sich nie vorstellen, wie viel Arbeit es wird. Egal wie vorbereitet man auch ist.«

»Dann könnte ich ja vielleicht ein winziges bisschen bei dir arbeiten?«

Ihre Mutter zog die Augenbrauen hoch.

»Hier?«

»Ja. Teilzeit. Ich kann putzen und Betten machen. Was auch immer.«

Märta hatte sich hingesetzt. Josefins Mutter tätschelte ihr schweigend den Kopf.

»Nur bis August. Oder vielleicht September«, sagte Josefin. »Während ich einen anderen Job suche.«

»Natürlich. Wenn du möchtest. Aber ich kann dir nicht viel zahlen.«

»Na klar.«

»Okay, dann machen wir es so.«

Ihre Mutter setzte ihren Rundgang übers Gelände fort. Josefin ging zu Harald, der die Gläser in Reihen auf dem Tisch anordnete.

»Geht in Ordnung. Ich kann eine Weile bei Mama arbeiten. Bis ich im Herbst etwas Neues suchen kann.«

»Bravo.«

»Was hat eigentlich der Tierarzt über Ullis gesagt? Müssen wir für eine Obduktion zahlen?«

»Nein, der Mann von der Tierkörperbeseitigung war sicher, dass es nur das Alter war. Und der Transport wird auch nicht so teuer, weil sie unter hundert Kilo gewogen hat.«

Josefin atmete auf. Traurig war es trotzdem. Als sie Ullis gestern auf eine Schubkarre gewuchtet und dann auf den Hofplatz geschoben hatten, wo sie von einer Plane abgedeckt auf die Abholung warten durfte, war furchtbar gewesen. Ein paar Stunden später war der Tierkadavertransport gekommen und hatte den toten Schafskörper mit einem Kran aufgeladen, um ihn zur Vernichtung zu fahren.

»Denk nicht daran«, sagte Harald.

Er faltete ein paar Leinentischdecken auseinander und legte sie auf die Tische. Peter hatte den Rasenmäher geholt, um an ein paar Stellen nachzubessern. Er und ihre Mutter warfen einander einen kurzen Blick zu und lachten, wie sie es jetzt seit knapp zwei Monaten machten. Josefin beobachtete sie diskret. Die beiden waren verliebt, das war unübersehbar, auch wenn ihre Mutter behauptete, sie seien nur Freunde. Besonders heute leuchteten sie förmlich, wenn sie nur in die Nähe voneinander kamen. Ihre Mutter trug ein Kleid mit Blümchenmuster, das sie vorige Woche in einem Secondhandladen gefunden hatte, und Peter eine helle Hose und ein weißes Hemd mit hochgerollten Ärmeln. Sie waren braungebrannt und aufgekratzt wie zwei frischgebackene Abiturienten.

Es war viel geschehen, seit ihre Mutter nach Kivik gekommen war. Das war im März gewesen, gleich nach ihrer Trennung von Frank. Damals hatte sie bleich und erschöpft ausgesehen und tapfer ihre Rückenschmerzen verschwiegen, obwohl Josefin ihr die Schmerzen hatte ansehen können. Nach einer kurzen Zeit in Kivik waren sie wie weggeblasen. Seither tat ihrer Mutter überhaupt nichts mehr weh. Eines war einfach klar, hier war der Ort, an dem sie sein sollte.

Die Tische waren fertig und die Tischtücher mit Klammern befestigt. Allmählich wurde Josefin nervös. Bald war es zwei Uhr. Dann würde sich der Garten füllen. Ihre Mutter hatte eine Menge Leute, die sie in Kivik kennengelernt hatte, eingeladen, sowohl Nachbarn wie Freunde. Die Einzige, die fehlte, war Josefins Großmutter Vanja, die seit zwei Monaten wieder in Kopenhagen lebte. Josefin telefonierte ab und zu mit ihr. Die Gespräche waren nett, aber ob es ihrer Großmutter gut ging oder nicht, war schwer zu sagen. Sie erzählte vor allem von ihren Spaziergängen und ihrem Webstuhl; wie uninspiriert sie sei, aber dass das Webstück trotzdem bedeutsam sei. Es klang eine Spur einsam. Josefin ahnte, dass ihre Großmutter Sehnsucht nach Kivik hatte, wo ihr eigentliches Leben war. Nach dem Alltag, der im Frühjahr, kurz vor Walpurgisnacht, so jäh abgebrochen war.

In der Küche war Liselott, die Kindheitsfreundin ihrer Mutter, noch mit der Zubereitung des Essens beschäftigt, mehrere Salate und Lachs und Aufschnitt. Sie hatte entschieden, den Sommer über jede freie Minute in der Pension auszuhelfen. Josefin machte sich daran, das frischgebackene Brot aufzuschneiden und die Scheiben hübsch in Körbchen zu drapieren. Dann wischte sie den Küchentisch ab, mixte ein Dressing und arrangierte luftgetrockneten Schinken auf einer Servierplatte. Ihre Mutter sollte sehen, dass sie anpacken konnte.

Als allmählich alles fertig war, inspizierte Josefin das Erdgeschoss. Hier unten war noch immer alles mit Åkes alten Möbeln eingerichtet. Was angeschafft werden musste, hatte ihre Mutter bei Flohmärkten oder Versteigerungen gekauft, mit Ausnahme der Betten im Flügelgebäude, die waren alle neu. In der *Pension Pomona* sollte man gut schlafen, darauf legte ihre Mutter Wert.

Im Speiseraum hatten Peter und Liselott die Wände tapeziert und die Holzverzierungen gestrichen. Peter hatte in einem Antiquitätenladen der Gegend einen alten, schweren Konsolentisch gefunden und angekarrt, und gemeinsam hatten sie ihn an die Wand des Speiseraums gewuchtet. Dort würde jeden Morgen ab acht Uhr das Frühstücksbuffet bereitstehen.

Åkes Bücherregale standen noch am alten Ort, voll mit Büchern. Josefin ließ den Finger über die Buchrücken gleiten. Die Titel waren ihr alle vertraut. Die Romane wie auch die Sachbücher, vor allem über Biologie. Als Biologielehrer hatte Åke fast alles über die Natur gewusst.

Auf einem Fensterbrett im Speiseraum lag der leopardenfleckige Stein, den sie am Strand bei Haväng gefunden hatte. Er gehörte in dieses Haus. Josefin wog ihn in der Hand. Sie war noch immer dabei zu verdauen, was sie über Åke erfahren hatte. Ihr Bild von ihm hatte sich nach den Erzählungen von Haralds Großmutter geändert. Åke war neidisch auf seinen Bruder Georg, ihren Großvater, gewesen. Sowohl auf seine Ausbildung und seinen Beruf als Architekt wie auch auf seine Entscheidung, nach Stockholm zu ziehen. Vor allem aber auf seine Familie, seine Frau Vanja und seine Tochter Sally.

Als ihre Großmutter 1969 fortgegangen war, war ihr Großvater am Boden zerstört gewesen. Er hatte sich seiner dreijährigen Tochter allein angenommen, aber, soweit Josefin verstand, zu viel getrunken und viele Frauen gehabt. Åke hingegen war immer Junggeselle geblieben, zumindest nach außen hin. Falls er im Laufe der Jahre irgendwelche Affären gehabt hatte, waren sie kurzfristig gewesen. Davon wusste Josefin nichts, und man hatte ihr auch nichts in die Richtung erzählt.

Åke schien sehr verbittert und enttäuscht von seinem Leben gewesen zu sein. Ihre Großmutter hatte sich ein paar Jahre später voller Reue wieder gemeldet und versucht, ihr Kind zu treffen, aber da hatte Åke Georg dazu gebracht, ihr das abzuschlagen. Und damit die Familie gespalten.

Der Gedanke daran war ziemlich merkwürdig. Insbesondere, da die beiden Brüder im Sommer das Haus zusammen bewohnt hatten. Aber Åke war immer ein schweigsamer Mensch gewesen.

Am Wintergarten, der vom Sonnenlicht durchflutet wurde, blieb Josefin stehen. Ein Fenster war geöffnet und mit einem Haken befestigt. Der Duft erblühter Rosen und frischgeschnittenen Grases zog herein, versetzt mit einem schwachen Hauch von Tang und Strand. Das nahe Meer blitzte wie ein dunkelblaues Band zwischen den Häusern. Dieser Tag war dafür gemacht, Feste zu feiern.

Fröhliches Lachen drang ins Haus, die Gäste kamen an. Josefin strich ihr Kleid glatt und eilte nach draußen. Dorfbewohnerinnen und Nachbarn strömten durchs Gartentor, sommerlich hübsch und feierlich, manche sogar mit Blumenkränzen auf dem Kopf. Auch die Handwerker waren dabei. Ihre Mutter erhielt eine Menge Geschenke, wurde umarmt und beglückwünscht. Märta bellte und wedelte frenetisch mit dem Schwanz, als sie Flynns goldfarbenen Hund Chester entdeckte.

»Herzlich willkommen!« Ihre Mutter deutete zu den Gartentischen. »Nehmt euch gerne was zu trinken.«

Ein Mann mit schütterem Haar und einem hellgrauen Anzug überreichte eine eiserne Gartenlaterne mit einem Seidenband um den Handgriff. Das war Jörgen Rådström von der Sparbanken in Simrishamn, Åkes Bankberater, der ihrer Mutter mit allem Juristischen und Finanziellen rund um das Erbe geholfen hatte, wie der Grundbucheintragung und dem Abschluss einer Hausratsversicherung.

Olle und Yvonne, das Nachbarspaar von direkt gegenüber, brachten als Einweihungsgeschenk einen Rattansessel. Josefins Mutter platzierte ihn in einer Ecke des Gartens. Direkt neben dem Jasminstrauch, da könne man dann abends vom Duft der Blumen eingehüllt träumen.

»Und du kannst dort die Bücher für den Lesekreis lesen«, sagte Yvonne. »Im Herbst geht es wieder los.«

Olle klopfte ihrer Mutter auf die Schulter.

»Im Sommer ist dafür nicht viel Zeit.«

Die Gäste bedienten sich am sommerlich leichten Buffet und verteilten sich im Garten. Josefin beobachtete Peter, der allen Champagner anbot. Und er blickte nun zu ihrer Mutter, wenig diskret. Sie sah wie eine Königin aus, mit aufrechtem Rücken und im Sonnenlicht glänzenden, offenen Haaren. Vielleicht hatte sie noch nie so schön ausgesehen.

Jemand plingte an ein Glas und das Partygemurmel verstummte. Liselott war auf einen wackligen Gartenstuhl geklettert.

»Es ist an der Zeit, auf Sally anzustoßen. Sie hat hier wirklich ein unglaubliches Werk vollbracht! Natürlich haben ihr Peter, ich und noch ein paar andere geholfen, aber das meiste hat sie selbst gemacht. Und heute ist es fertig. Den Bauschutt auf der Rückseite betrachten wir einfach als Bonus oder als Kunstwerk.«

Rundherum wurde gelacht. Josefin schielte zu ihrer Mutter, die unsicher lächelte. Vielleicht dachte auch sie an die einzige Verwandte, die nicht da war. Großmutter.

Liselott erhob ihr Glas.

»Herzlichen Glückwunsch, Sally! Prost! Auf den Sommer! Und auf deine *Pension Pomona*!«

Alle applaudierten und prosteten. Liselott wandte sich an Sally.

»Und dann möchte ich dich nur an das erinnern, was du mir ganz am Anfang gesagt hattest, bevor du noch als Eigentümerin des Hauses ins Grundbuch eingetragen warst. Deine *Pension Pomona* sollte gemütlich und persönlich sein und jeden mit offenen Armen empfangen.«

Liselott reckte drei Finger in die Luft.

»Das waren deine drei Leitworte und sie treffen exakt auf dich als Person. Noch einmal: auf dich! Du hast keine Ahnung, wie froh ich bin, dich wieder in Kivik zu haben.«

Josefin stellte sich zu Harald.

»Wie gut du das mit dem Job hingekriegt hast«, sagte er. »Ich bin so stolz auf dich.«

»Danke, gleichfalls.«

Sie strich ihm über die Wange. Alles würde sich regeln.

Ihre Mutter hatte ihre Pension eröffnet und zumindest den Sommer lang gab es hier einen Nebenjob.

Ein paar Stunden später verließen Josefin und Harald das weiterhin andauernde Fest und fuhren zurück nach Vallmogården. Die Tiere mussten versorgt werden. Als sie auf den Schotterweg zu ihrem Hof einbogen, folgte ihnen ein Road Ranger, um dann auf den Hofplatz zu rauschen und quietschend abzubremsen. Es waren die Nachbarsbauern, die Björks. Svante saß am Steuer und die Schwatztante Kristin winkte durchs offene Fenster.

»Hallo ihr zwei!«

Sie stieß die Autotür auf und stieg aus. Ihr stämmiger Körper steckte heute in einer abgeschnittenen Zimmermannshose mit einem Schmutzfleck auf der Seite. Die nackten Beine waren sonnengebräunt und als die Hose etwas hochrutschte, offenbarte sich auf dem Oberschenkel eine deutliche Linie, über der die Haut weiß leuchtete.

»Wir wollten uns doch um eure Mahd kümmern. Und schwupps sind wir auch schon hier, mit unserem Balkenmäher.«

»Ihr seid unglaublich«, sagte Harald.

Er wandte sich an Josefin.

»Ich habe ihnen zu erklären versucht, dass sie nicht unbedingt am Mittsommerabend kommen brauchen.«

Svante stieg ebenfalls aus dem Auto.

»Du hast gemeint, es muss gemacht werden. Und auf einem Hof sind ja alle Tage gleich.«

Er trug seinen üblichen Arbeitsoverall und sein Bauernkäppi.

»Wir dachten, wir kommen einfach rüber und bringen

es hinter uns, sobald ihr nach Hause kommt. Mit einem Balkenmäher geht das ganz fix. Sonst ist die Arbeit ganz schön zäh.«

Harald strahlte.

»Wie lieb von euch. Wo ihr doch selbst so viel zu tun habt.«

Svante lachte nur und manövrierte den schweren Balkenmäher von der Ladefläche.

»Klar, aber da merkt man kaum, wenn noch ein paar Sachen auf die Liste kommen. Es geht in einem Aufwasch.«

Kristin half beim Abladen. Oben herum trug sie ein schwarzes Unterhemd, auch das nicht besonders sauber.

»Wir helfen gerne aus. Macht ja Spaß. Und so haben wir obendrein ein wenig Gesellschaft. Wo doch Mittsommer ist.«

Die Maschine erreichte den Boden. Kristin wischte sich den Schweiß von der Stirn, ihr ohnehin sonnenverbranntes Gesicht war vor Anstrengung tiefrot geworden. Sie deutete zur Scheune.

»Ihr baut immer noch am Hühnerhaus?«

Harald wirkte etwas beschämt.

»Ja, aber wir sind bald fertig.«

»Das wird sicher schön«, sagte Svante. »Dann habt ihr genug Platz.«

Harald lächelte Josefin an.

»Und eines Tages haben wir vielleicht zwanzig Hühner.«

»Elf reichen wohl. Fürs Erste.«

»Ja, wie du schon sagst: fürs Erste.«

Kristin öffnete die Beifahrertür noch einmal, kramte in dem ganzen Kruscht auf dem Boden herum und fischte ein Paar schmutzige Arbeitshandschuhe heraus.

»Da sind sie. Na dann, los geht's.«

Josefin stand etwas abseits. Langsam und sorgfältig trampelte sie das Relief einer im Lehm getrockneten Traktorspur platt. An diese Art von gegenseitigen Besuchen auf dem Land hatte sie sich noch nicht gewöhnt. Dass Nachbarn einfach ohne Vorwarnung auftauchten, wenn man nicht darauf vorbereitet war. Besonders die Björks.

Es wurde allgemein vorausgesetzt, dass man es nett fand, Besuch zu bekommen, insbesondere wenn einem bei etwas geholfen wurde. Und selbstverständlich war das sehr generös. Aber Josefin war von der Eröffnungsfeier müde. Am liebsten hätte sie sich aufs Sofa gelegt und eine Serie geglotzt.

Harald war sichtlich selig. Seine Augen leuchteten und er trottete hinter den Björks her, als diese mit dem Balkenmäher in Richtung Weide gingen. Josefin folgte ihnen schnell. Sie nahm Haralds Hand und richtete den Blick geradeaus, auf Kristins braune Beine und breiten Po. Die Waden spannten sich bei jedem Mal an, da die Nachbarin bei jedem Schritt auf die Fußballen ging, um den Balkenmäher auf dem Pfad vor sich herzuschieben.

An der Weide angekommen setzte Svante die Maschine in Gang und legte mit der Arbeit los. Kristin ließ sich Zeit, sie blieb am Feldrand stehen und blickte über die flache, wellige Hügellandschaft. Josefin betrachtete sie. Kristin hatte die Fähigkeit, sich wirklich an der Natur zu erfreuen, nie schien sie davon gesättigt oder gelangweilt zu sein.

Josefin versuchte es ihr nachzutun. Drüben an der Stierweide der Nachbarn konnte sie an einer schweren Kette an einem Pfahl befestigt den kräftigen Atlas erkennen.

Ullis fiel ihr ein, die Arme, die keinen weiteren Sommer

mehr erleben würde. Ein Windstoß fuhr durch die Baumkronen. Das Laub raschelte.

Dann trat Kristin lachend zu ihr.

»Gleich wird gegrillt. Das wird richtig schön. Wir haben ein wenig gemischtes Grillgut mitgebracht, das wir mariniert haben.«

Josefin bereitete sich auf ein nichtssagendes Gespräch vor. Sie musste sich darauf einstellen, so gesellig wie möglich zu sein. Wieder einmal.

Sally

Sally streckte den Rücken. Sie hatte mehrere Stunden Leute umarmt und herumgeführt und dabei erzählt, was im Haus und Flügelgebäude gemacht worden war und was noch ausstand. Ihre Mundwinkel taten von all dem Lächeln weh. Sie war es nicht gewohnt, derart im Mittelpunkt zu stehen.

Die Mittsommerstange war noch weiter zur Seite gekippt, aber das machte nichts. Die Einweihungsfeier war in jeder Hinsicht geglückt. Allmählich lichtete sich das Cocktailgewimmel auf der Wiese, die Leute verabschiedeten sich nach und nach. Josefin und Harald waren schon längst nach Vallmogården aufgebrochen. Liselott stand in der Küche und füllte den Geschirrspüler. Peter knotete Mülltüten zu und redete mit ein paar Gästen.

Das Fest war vorüber, was irgendwie auch erleichternd war. Dennoch war Sally nicht nur glücklich.

Eine Person hatte auf der Feier gefehlt. Unter anderen Umständen hätte Vanja vielleicht da sein können. Hätte Sally gratuliert und wäre stolz auf sie gewesen. Hätte mit allen darüber gesprochen, wie schön sich ihre Tochter Åkes Haus angenommen hatte, das in der gemeinsamen Familiengeschichte einen so zentralen Platz einnahm.

Ein sichtlich dummer, unrealistischer Gedanke. Aber den hatte es den ganzen Nachmittag über gegeben. Tief in ihr.

Im Obergeschoss war es erholsam leer. Sally trat in das Zimmer, das ihrem Vater Georg gehört hatte und das nun das Gästezimmer für über Nacht bleibende Bekannte geworden war. Der abgetretene Teppich war das Einzige, was sie von der ursprünglichen Einrichtung behalten hatte. Statt des schmalen Einzelbetts aus goldgelbem Kiefernholz gab es ein anständiges Doppelbett nach kontinentalem Stil mit dem Kopfteil an der Wand. Liselott hatte eine hübsche Überdecke genäht. Zwischen den Fenstern stand ein weißer, abgeschrappter Sekretär, den Sally preiswert gekauft hatte. Saubere, weiße Gardinen schmückten die zwei hohen Fenster. An einer Wand hing eine eingerahmte Meereskarte der Hanöbukten.

Die Gedanken an Vanja ließen Sally den begehbaren Schrank öffnen. Hinter einer Schachtel auf dem obersten Regal lag die alte Spieluhr. Die weiße aus Kunststoff, die sie gefunden hatte, als sie im Frühjahr zum ersten Mal seit dreißig Jahren hierhergekommen war.

Sally setzte sich aufs Bett und zog an der schmuddeligen Nylonschnur mit dem Knoten am Ende. Sie lauschte der Melodie, wieder und wieder. Unglaublich, dass diese Spieluhr noch immer funktionierte.

Die Schnur wurde langsam aufgezogen und stoppte dann, die Musikschleife brach jäh ab, aber Sally zog die Spieluhr nicht noch einmal auf, sondern betrachtete das gezeichnete Bild auf der Vorderseite. Den kleinen Kerl mit der roten Zipfelmütze und der Flöte und den Vögeln und dem Kaninchen um ihn herum.

»Ist Sally drinnen?«

Peters Stimme drang durchs offene Fenster aus dem Garten herauf.

»Ich glaube ja«, antwortete Liselott. »Sie ist ins Obergeschoss hoch.«

Sally legte die Spieluhr wieder an ihren Platz. Auf der Treppe begegnete sie Peter.

»Hey«, sagt er. »Ich habe mich gefragt, wo du abgeblieben bist.«

»Ich brauchte nur einen Augenblick Ruhe.«

Ihr fiel nichts ein, was sie noch hätte sagen können, war plötzlich verlegen und wusste nicht, wo sie hinsehen sollte. Seine Augen waren so intensiv. Das hatte sie schon bei ihrer ersten Begegnung im Frühjahr gedacht. Auf Åkes Begräbnis oben in der Kirche von Södra Mellby.

Peter stand nun ein paar Stufen unterhalb von ihr.

»Hast du Lust auf ein Glas Wein an der Mole? Später heute Abend, so gegen neun? Wenn alles aufgeräumt ist.«

Sally legte die Hand aufs Geländer. Ohne Vorwarnung begann ihr Herz zu rasen, dabei waren sie doch schon den ganzen Tag zusammen gewesen.

»Das wäre sehr schön.«

Peter richtete seine Hemdärmel, zog sie noch ein Stückchen hoch.

»Dann ist das abgemacht.«

Sally eilte die Treppe hinunter, da er nicht sehen sollte, wie sie rot wurde, und weiter in die Küche, um die Essensreste im Kühlschrank zu verstauen.

Peter betrauerte noch immer Ellen, seine an Krebs verstorbene Frau. Das Letzte, was Sally wollte, war eine Grenze überschreiten und ihn zusätzlich belasten.

Sie war schon damit zufrieden, ab und zu in seine Augen sehen zu dürfen und von ihm angelächelt zu werden. Mitzukriegen, wie er sich durch die dunkelbraunen, an den Schläfen leicht graumelierten Haare fuhr. Und mit ihm zu reden und lachen und arbeiten.

Ein Glas Wein. Warum nicht? An der Mole, gegen neun. Ein gemütlicher Ausklang dieses langen Tages. Sonst nichts.

Die Sonne ging langsam unter, aber noch war der Himmel hell. Noch badeten eine Menge Leute. Einige Kinder kämpften unter Gelächter und Rumgespritze darum, mit Anlauf vom betonierten Kai ins Wasser zu springen. In den letzten Tagen hatte die Badetemperatur bei um die achtzehn Grad gelegen, und wenn die Sonne schien, konnte es nachmittags sogar wärmer werden.

Die Meerestemperatur änderte sich so gut wie täglich, in von der Windrichtung abhängigen, jähen Wechseln. Blies er vom Land her, erwärmte sich das Wasser schnell auf über zwanzig, in seltenen Fällen sogar bis auf vierundzwanzig Grad, aber sobald der Wind vom Meer her wehte, sanken die Temperaturen sofort und konnten auf um die vierzehn, manchmal auch bis unter zwölf Grad fallen. Die Gewohnheitsschwimmer interessierte das wenig, sie sprangen trotzdem jeden Morgen ins Wasser. Sally gehörte nicht zu ihnen, aber wenn sie doch mal morgens schwimmen gegangen war, war sie ganz untergetaucht, egal was das Thermometer angezeigt hatte.

Peter hatte einen Korb mit einer Flasche Weißwein, einer Tüte Chips und einem Schokoladenkuchen mitgebracht. Ihr eigener Beitrag waren Kissen und Decken. Sie setzten sich am beinahe äußersten Ende der Nordmole auf zwei Felsbrocken. Er schenkte den Wein in die Gläser. Sally griff in die Chipstüte und betrachtete den Horizont. Der Sonnenuntergang sah jeden Abend anders aus. Es gab ihn in unendlich vielen Variationen. Manchmal leuchtete der Himmel flammend orange, als würde es auf der anderen Seite der Erde brennen. An anderen Abenden war er einfarbig pastellblau mit einer hellrosa Bordüre über dem silberglänzenden Wasserspiegel. Heute Abend zogen die

Wolken Streifen in verschiedenen Nuancen von Hellrot und Violett.

Peter prostete ihr zu.

»Gratuliere zur geglückten Eröffnung.«

»Danke. Und danke für all deine Hilfe.«

Er ließ das Glas sinken.

»Woran denkst du gerade?«

»An Sonnenuntergänge. Wusstest du, dass die Farben mit der Luftfeuchtigkeit zu tun haben?«

Er lachte auf.

»Ja?«

»Hat Josefin erzählt. Sie weiß das von Åke.«

»Interessant. Das habe ich noch nie gehört.«

Sally sah wieder nach Nordwesten. Ihr gefiel, dass sie nie wusste, was für ein Schauspiel sie am Abend erwarten würde.

»Und ich denke an Vanja«, sagte sie. »Schade, dass sie heute nicht dabei war.«

»Ja, es hätte euch bestimmt gefallen, einander kennenzulernen. Glaube ich.«

Sally drehte ihr Glas am Stiel. Sie hoffte, dass das die Wahrheit war. Ungeachtet dessen, wer Vanja war, und ungeachtet der Tatsache, dass sie einander nicht mehr als ein paar mickrige Minuten gesehen hatten.

»Es muss für dich jetzt anders sein«, sagte Peter. »Nachdem du sie getroffen hast.«

Sie nickte.

»Irgendwie ist es trauriger.«

Dafür, wann man aufhörte, seine Mutter zu vermissen, gab es keine zeitliche Begrenzung. Obwohl Sally schon über fünfzig war, war in ihr immer noch diese unbestimmte Sehnsucht, die sie ihr ganzes Leben begleitet hatte. Diese Leere, die sie immer hatte füllen müssen, die aber nach der Begegnung mit Vanja im Frühling neue Konturen bekommen hatte. Vanja hatte physische Gestalt angenommen und sich mit der Zeit in Sallys Gedanken präsenter gemacht.

Nun lebte sie in Kopenhagen und die beiden hatten keinen Kontakt, aber trotzdem existierte sie. Sally konnte sie vor sich sehen und ihre Stimme hören.

»Trauriger?«, fragte Peter. »Inwiefern?«

Sally trank einen Schluck Wein. Brachte es etwas, es zu erklären? Damit anzufangen, mehr und mehr über ihre Kindheit nachzudenken. Wie die eigentlich gewesen war. Dass sie sowohl ihre Mutter wie auch Geschwister vermisst hatte. Ja, eigentlich auch einen Vater. Georg war auf vielerlei Arten abwesend gewesen. Hatte zu viel getrunken, ständig gearbeitet, war schlampig und unstrukturiert. Als Kind war Sally Meisterin darin geworden, sich um sich selbst zu kümmern. Ohne Hilfe oder Bestätigung von außen zu überleben.

Peter lauschte aufmerksam, als sie beschrieb, wie sie sich gefühlt hatte. Einsam und wie mit zusammengebissenen Zähnen.

»Das klingt in etwa so, wie auch Vanja ihre Kindheit beschreibt«, sagte er. »Auch wenn sie ganz anders ausgesehen hat als deine. Aber es gibt viele Gemeinsamkeiten.«

Sally nahm sich einen Chip. Sie wusste fast nichts über Vanjas Kindheit. Außer das, was Peter einmal erzählt hatte, dass sich die Behörden ihrer angenommen hätten und sie in einer Pflegefamilie gelandet sei.

»Hast du wirklich nie versucht, Kontakt mit Vanja aufzunehmen?«, fragte er. »Als Teenager.«

»Nein.«

»Auch nicht als Erwachsene? Hast du nie nach ihr geforscht?«

Sally wechselte ihre Position auf der dünnen Decke, ihr war der Po auf dem harten Felsen eingeschlafen.

»Ein einziges Mal. Ein paar Jahre nach Papas Tod. Ich war wohl ungefähr fünfundzwanzig.«

Sie richtete den Blick wieder aufs Wasser, zu der dunstigen Linie zwischen Himmel und Meer.

»Mein Vater hatte gesagt, meine Mutter würde in Dänemark leben. Also habe ich in einem dänischen Telefonbuch nach ihrem Namen gesucht. Und eine Vanja Larsson in Kopenhagen gefunden. Eine Künstlerin.«

»Hast du angerufen?«

»Ja. Aber nicht sie war am Apparat, sondern ein dänischer Kerl, der sich besoffen anhörte. Ich habe kein Wort verstanden.«

Eine Weile schwiegen sie. Knabberten Chips, brachen sich Stücke vom Schokoladenkuchen und tranken Wein.

»Danach habe ich es nie mehr versucht. Ich glaube, ich hatte Angst bekommen.«

Allmählich wurde es kühl und Sally zog einen langärmligen Pullover über. Von der Sonne war außer einem schmalen Streifen an der Horizontline beinahe nichts mehr zu sehen.

»Ich wollte nur eine Mutter haben. Es mag abgedroschen klingen, aber ich hatte immer ein Loch an der Stelle im Herzen, wo meine Mutter sein sollte.«

»Warum abgedroschen? Das ist doch klar.«

Sie schluckte heftig gegen die aufsteigenden Tränen an. Wenn der Mensch, der einen geboren hat, einen nicht in seinem Leben haben wollte, warum sollte man dann eigentlich existieren? Das war die ultimative Ablehnung.

Genaugenommen wusste sie noch immer nicht, was das alles sollte. Die Pension. Der Sommer, der nun kam. Die Menschen, die sie kennengelernt hatte. Alles, worüber sie eigentlich glücklich war, erschien nur bedeutungslos.

Peter zog seine Decke näher an ihre.

»Versuch, dass dir Vanja egal ist. Sie wird alt und ist außerdem ein bisschen durchgeknallt. Du lebst jetzt dein Leben.«

Er legte ihr den Arm um die Schulter. Wie ungewohnt und zugleich selbstverständlich sich das anfühlte. Als säße sie in einem sicheren, warmen Zuhause.

Sally drehte den Kopf zu ihm. Er beugte sich einen Hauch vor und streifte ihre Lippen mit seinen. Zuerst ganz leicht, als würde er eine Frage stellen. Dann zielgerichteter. Sie legte ihm die Hand an die Wange. Dann zog sie ihn an sich und küsste ihn richtig.

Josefin

Hemden, Pullover und Jeans trockneten auf der Leine zwischen den Apfelbäumen. Harald kämpfte gerade mit einem nassen Bettbezug, als Josefin mit einem Arm weiterer Wäsche ankam. Er nahm ihr das Bündel ab und sie hängten die Sachen gemeinsam auf.

»Also einen Wäschetrockner vermisst man hier wahrlich nicht«, sagte Harald. »Was gibt es Besseres als frischluftgetrocknete Wäsche?«

Josefin schüttelte den umgedrehten Ärmel aus einem Hemd.

»Na ja, ein Wäschetrockner wäre auch kein unbedingter Fehler.«

»Bald haben wir einen. Vielleicht schon im Winter.«

Harald befestigte eine Socke mit einer Wäscheklammer. Er pfiff vor sich hin und griff nach dem nächsten Teil, einem gestreiften Pullover.

»Jetzt, wo du einen Job in der Pension hast, können wir uns einen leisten. Wenn wir eine Weile sparen.«

»Eine neue Mähmaschine ist aber wichtiger.«

»Wir haben die Björks. Die helfen uns gerne wieder, das weiß ich.«

»Ja, aber ich möchte nicht ständig auf unsere Nachbarn angewiesen sein.«

»So oft ist es auch wieder nicht. Svante und Kristin sind doch super.«

Er hängte den Pullover auf, versuchte, den weichen Stoff bestmöglich glattzustreichen. Josefin wollte beinahe fragen, ob sie ihn nicht auf einen Bügel hängen sollten, verkniff es sich aber. Sie kannte Haralds Antwort. Ihm sei es gleich, ob die Wäsche beim Trocknen Falten bekomme, er habe nie davon geträumt, geschniegelt und gestriegelt auszusehen. Und den Hühnern und Schafen sei es sicher egal.

Harald nahm ein Hemd aus dem Wäscheberg.

»Aber ich kann natürlich Mama und Papa fragen. Ob sie uns was leihen können.«

»Nein, lass das. Denen reicht es damit, uns zu helfen. Das weißt du.«

»Ich kann ihnen versprechen, dass wir es so schnell wie möglich zurückzahlen. Sobald wir aus der Gründungsphase raus sind.«

Josefin hängte ein Geschirrhandtuch auf. Die Gründungsphase. Auf die verwies Harald immer mal wieder. Sie dauerte nun bereits drei Jahre. Jedes Mal, wenn sie diesbezüglich verwundert nachhakte, erklärte er, ein neues Leben aufzubauen, brauche Zeit. Es gehe um Langsamkeit an sich. Und man brauche eben Geduld und müsse auch mal ertragen, andere um Hilfe zu bitten. Gefälligkeiten unter Nachbarn waren eine Selbstverständlichkeit auf dem Land. Vielleicht gehörte da auch ein finanzieller Beitrag von Eltern dazu, wenn diese sich das leisten konnten.

Josefins Mutter konnte das jedenfalls nicht. Die hatte mit ihrer Pension zu tun, deren Kosten höher waren als erwartet.

Das letzte Teil fand seinen Platz auf der Leine, ein ausgewaschenes T-Shirt. Josefin schaute zwischen zwei Wäschestücken hindurch zu Harald. Er stellte das Leben auf dem Hof nie in Frage. Das sollte sie auch. Sie hatten dieselbe Ansicht, wie sie leben wollten. Nachhaltig und umweltfreundlich, ohne materielle Statusjagd.

Ein einfacheres Leben. Das war ihr gemeinsamer Traum. Aber manchmal fiel es Josefin schwer, den zu fühlen, tief im Innersten.

Eine Stunde später fuhr sie nach Kivik zu ihrer ersten Schicht in der Pension, deutlich adretter gekleidet als sonst. Sie wusste nicht, was ihr ihre Mutter zahlen würde, das würde sich zeigen.

Der Fischerort füllte sich langsam. Die meisten Menschen flanierten am Hafen entlang, schauten sich die kleinen Boote an und kauften im Fischgeschäft ein. Bald war es Juli, und mit jedem Tag kamen nun mehr und mehr Touristen. Am meisten waren es immer zwischen dem sechzehnten und achtzehnten Juli zu Kiviks Jahrmarkt. Danach nahm die Anzahl an Leuten rapide ab. Von Mitte August an kehrte Ruhe im Ort ein, eine Zeit, auf die sich die ständigen Einwohner freuten. Dann gehörte Kivik wieder ihnen, bis zum Apfelmarkt im September.

In der *Pension Pomona* war ordentlich was los. Im Garten saßen Gäste über ausgebreiteten Landkarten von Skåne. Josefins Mutter ging lächelnd umher, redete mit ihnen, räumte Tische ab und nahm neue Bestellungen entgegen. Es schien bereits routinierte Abläufe zu geben.

»Schön, dass du da bist«, sagte sie. »Du kannst als Erstes die Gästezimmer herrichten.«

Josefin holte Staubsauger, Putzeimer, Putzmittel und Wischmopp und putzte Zimmer für Zimmer, bemühte sich, den Boden blitzblank zu wischen und die Betten perfekt zu machen. Besonders viel Spaß hatte sie bei dieser Arbeit nicht, aber zumindest war es ein Job. Im Herbst würde sie sich eine andere Halbtagsstelle suchen. Vielleicht in der

Altenpflege oder in einem Kindergarten. Sicher eine ziemliche Zusatzbelastung zur Arbeit auf dem Hof, aber das musste sie einfach hinkriegen.

Sie wischte mit einem Lappen über die Möbel und dachte dabei an das Fest in Lund vor vier Jahren, bei dem Harald und sie sich kennengelernt hatten. Sie waren ins Gespräch gekommen, und sofort war klar gewesen, dass sie dieselben Ansichten hatten. Ein anderes Leben als ein umweltbewusstes und vegetarisches war nicht denkbar, und beide hatten den Traum vom Selbstversorgerdasein auf dem Land. Ganz ohne den Gebrauch naturferner, chemischer Schädlingsbekämpfungsmittel, die erst ins Grundwasser und die Erde drangen und von dort in die Ackererzeugnisse. Das Gespräch hatte Stunden gedauert.

Josefin wusste noch, was Harald an jenem Abend gesagt hatte. Ihm sei nicht ein hoher materieller Standard wichtig, sondern sich reich zu fühlen. Und viele Menschen, die sich als reich ansähen, seien oft nur arme Menschen mit Geld.

Vielleicht hatte sie sich da in ihn verliebt.

Josefin war jetzt mit dem Putzen fast fertig. Sie tauchte den Wischmopp in den Eimer und wrang ihn aus, bevor sie das letzte Stück Boden im Eingangsbereich wischte.

»Entschuldigung?«

Sie hob den Blick. Die resohnte Stimme gehörte einer Frau mit sonnengebleichten, schulterlangen Haaren und großen Ohrringen. Sie war irgendwas zwischen vierzig und fünfzig und trug trotz der Sommerhitze dunkle Jeans mit auffallend weißen Nähten und ein helleres Jeanshemd, das so weit aufgeknöpft war, dass man fast ihren BH sehen konnte. Die Füße steckten in schwarzen, groben Schnürstiefeln, die wie frisch mit Lederfett eingeschmiert glänzten.

In der einen Hand hielt sie einen Fön, in der anderen einen handgeschriebenen Zettel.

»Weißt du, wie man in dieser Hofwirtschaft einen Tisch reserviert? Ich habe versucht anzurufen, aber niemand geht ans Telefon. Ein paar Freunde und ich würden dort gerne heute Abend essen.«

Josefin stützte sich auf den Wischmopp und las den Zettel.

»Anrufen bringt da nichts. Man muss hinfahren, um zu reservieren.«

»Dann haben sie dort kein Telefon?«

»Doch, aber nur für Stammgäste.«

Josefin musste über den Gesichtsausdruck der Frau lachen und steckte den Wischmopp in den Eimer.

»Ich weiß, das ist unpraktisch. Aber die wollen lieber nicht zu viele Gäste. Manchmal schließen sie auch mitten im Juli.«

Die Eyelineraugen der Frau wurden groß und sie kicherte.

»Sonderbare Einstellung.«

»Ich kann eine SMS schicken und nachfragen«, sagte Josefin. »Vielleicht machen sie eine Ausnahme.«

»Das wäre lieb von dir. Vier Personen um zwanzig Uhr.«

»Ich schaue, was ich tun kann. Auf welchen Namen?«

»Ann-Louise. Aber man nennt mich nur Lou.«

Die Frau hob den Fön in die Höhe.

»Und dann wollte ich noch fragen, ob es im Bad keine Steckdose gibt? Ich habe nämlich keine gefunden.«

»Leider nein. Nur draußen im Flur.«

Lou verschwand in ihr Zimmer. Josefin schleppte den Staubsauger aus dem Flügelgebäude. So viel teurer hatte die Installation einer Steckdose im Gästebadezimmer doch sicher auch nicht sein können. Aber das Budget ihrer Mutter war klein gewesen, und sie hatte an wirklich allem gespart, was extra kostete.

Josefin tippte eine SMS an die Hofwirtschaft. Sie kannte die Besitzer, ein Bauernpaar, mit denen Harald Gefälligkeiten tauschte. Im Sommer buken sie in ihrem selbstgebauten Steinofen Pizza und hatten Freude am Betreiben einer winzigen Kneipe, die mehr als populär geworden war.

Dann ging sie mit dem Eimer ins Haupthaus und leerte ihn im Badezimmer. Als sie zurückkam, um den Staubsauger zu holen, traf sie wieder auf Lou. Sie hatte Jeanskluft und Schnürstiefel gegen ein gepunktetes Kleid und Flipflops getauscht. In den Haaren steckte eine große Brille und über der Schulter hing eine geflochtene Strandtasche.

»Der Tisch ist reserviert«, sagte Josefin. »Hoffentlich habt ihr einen gemütlichen Abend.«

Lous Miene hellte sich auf.

»Wunderbar. Danke.«

Dann ging sie mit langen, bestimmten Schritten in Richtung Meer. Sie war irgendwie faszinierend. Ihre Haltung und ihr Gang, oder vielleicht ihr ausgesuchter Kleidungsstil.

Plötzlich blieb Lou stehen und drehte sich um, als könnte sie die Blicke im Rücken spüren. Josefin griff nach dem Staubsauger und tat beschäftigt.

»Ist das deine Jacke da?«, fragte Lou.

Sie deutete auf die Lederjacke, die Josefin über einen Gartenstuhl gehängt hatte.

»Ja.«

Schnell holte Josefin die Jacke, um sie in die Diele zu

bringen. Ihre Sachen dorthin zu hängen, wo Gäste saßen, war schlampig.

Lou kam auf sie zu.

»Wo hast du die her?«

»Von meiner Großmutter.«

Josefin kam sich lächerlich vor. Wie dämlich, im Juli mit einer Herbstjacke rumzulaufen. Aber sie war schwer, roch gut und erinnerte sie an ihre Großmutter. Die Jacke hatte in ihrem Atelier auf Peters Hof in Svinaberga in einer Umzugskiste mit alten Kleidungsstücken gelegen. In der Kiste war Zeug, das ihre Großmutter vor ein paar Jahren aus Kopenhagen mitgebracht, aber seither nie ausgepackt hatte. Als Josefin sie fragte, ob sie die Jacke leihen dürfe, meinte ihre Großmutter nur, sie könne sie gern auch behalten. Sie habe noch so viel anderes Zeug.

»Die ist aus den Fünfzigern«, sagte Lou. »Weißt du das?«

»Nein, nur dass sie alt ist.«

Lou strich langsam über das dunkelbraune Leder. Danach beugte sie sich vor und roch daran. Sie schloss kurz die Augen und sah dann Josefin an.

»Diese Jacke ist aus Pferdeleder. So was wird heute nicht mehr hergestellt. Ich habe noch nie eine so schöne Jacke gesehen.«

Sie befühlte erneut das Leder, anschließend das Innenfutter. Dann nahm sie die Jacke rundum in Augenschein.

»Pferde bewegen sich. Ihr Leben ist hart. Sie ziehen sich Schürfwunden zu, tragen Sattel und ihnen widerfährt so alles Mögliche. Pferdeleder ohne Narben ist äußerst ungewöhnlich. Fast schon einzigartig.«

»Aha? Ich habe vor allem immer gedacht, dass die Jacke eine Geschichte hat. Und zu meiner Großmutter gehört.«

Lou ließ die Jacke los.

»Willst du die verkaufen?«

»Nein, das hatte ich nicht vor.«

»Verstehe.«

Josefin wippte auf den Fersen. Ihre Mutter sollte sie nicht sehen, dass sie statt zu arbeiten mit Gästen plauderte.

Lou musterte sie eindringlich von oben bis unten. Josefin streckte sich ein wenig in ihrer am Knie selbstgeflickten Jeans. Die mochte sie. Sie hatte sie heute Morgen hinter einer Unmenge von Arbeitsklamotten, die sie auf dem Hof trug, im Schlafzimmer vom Kleiderbügel genommen. Sie passten gut in die Pension, wo sie die ganze Zeit Leuten begegnen würde. Die Hosenbeine hatte sie ein paarmal umgekrempelt.

»Aber falls du weitere Jacken oder andere Kleidungsstücke hast, die du verkaufen möchtest, dann gib Bescheid«, sagte Lou. »Ich bin für meinen Laden in Malmö immer auf der Suche nach guten Sachen.«

Sie ging wieder in Richtung Gartentor. Josefin raffte den Staubsaugerschlauch zusammen, fummelte ein wenig am Gerät herum, dann knallte ihr die Staubsaugerdüse auf die Fliesen.

»Was ist das für ein Laden?«

Lou drehte sich noch mal zu ihr um.

»Er liegt in Malmö-Zentrum. *Broken Twill* heißt er. Das kommt von einem bestimmten Jeansstoff. Ziemlich ausgefallen, ich weiß, aber ich mag es nerdig.«

Josefin nahm das Mundstück wieder hoch.

»*Broken Twill*? Guter Name.«

»Wir verkaufen Kleidung, die sich über die Jahrzehnte hinweg nicht verändert hat. Vor allem Jeans und Schnürstiefel. Vieles fertigen wir selbst an, und außerdem machen wir Ausbesserung und Reparaturen. Alles wird nach alten Techniken lokal produziert. Authentische Sachen. Jedes Stück hält ein Leben lang.«

Lou ließ die Sonnenbrille auf die Nase rutschen und raffte die Haare im Nacken zusammen.

»Ordentlich reparierte Hosen. Du interessierst dich offenbar für Mode.«

Josefin nickte.

»Ich habe früher als Aushilfe in einem Kleidungsgeschäft gearbeitet. Zu Schulzeiten.«

»Dachte mir schon, dass du Erfahrung in die Richtung haben musst.«

Eine Pause entstand. Josefin spielte mit der Staubsaugerdüse herum.

»Gib Bescheid, wenn du da jemanden brauchst.«

Das sagte sie mehr als Witz, schließlich lebte sie hier. In Kivik. Lou lachte nicht, sondern lupfte wieder leicht die Sonnenbrille.

»Im Augenblick nicht, aber man weiß nie.«

Sie holte eine Visitenkarte aus ihrer Strandtasche und reichte sie Josefin.

»Hier. Meine Karte. Vielleicht sehen wir uns wieder.«

Josefin schaute auf die Karte. *Broken Twill.* Und darunter stand *Quality Wear.* Rote Buchstaben auf hellbraunem Hintergrund. Eine exakte Kopie eines Jeansetiketts in Leder.

Vanja

Vanja und Vibeke, wiedervereint. Gemächlich spazierten sie durch die sommerlich heißen Straßen, an denen jedes Café voller Touristen war. Eigentlich hätte Vanja wie üblich von der Urlauberinvasion des Stadtkerns genervt sein müssen, aber heute bemerkte sie die Warteschlangen vor den Geschäften und Restaurants kaum. Denn sie ging mit Vibeke an ihrer Seite. Ganz damit beschäftigt, zuzuhören und ein Gespräch zu führen, genau wie früher.

Vibeke hatte von ihrem engen Verhältnis zu Grethe erzählt und wie es durch die On-Off-Beziehung mit ihrem Freund Noah verschattet wurde.

»Bisher ist er nicht gewalttätig geworden, aber was weiß man schon? Womöglich wird es heftiger, jedenfalls verhält er sich gefährlich und ist unangenehm. Ich traue ihm nicht.«

»Dann hoffen wir mal, dass Grethe jetzt Schluss macht«, sagte Vanja. »Endgültig.«

Wie immer, wenn sie verwirrt war, saugte Vibeke leicht an ihrer Oberlippe. Das war so bezaubernd wie schon vor vierzig Jahren.

»Das wage ich kaum zu glauben. Sie haben so oft gestritten und jedes Mal, wenn es zu weit gegangen war, hat sie versprochen, nie mehr zu ihm zurückzukehren. Und dann hat es doch nie lange gedauert und sie war wieder bei ihm. Ich verstehe nicht, was sie in ihm sieht. Mit ihren fast Dreißig sollte ihr klar sein, dass er nicht der Richtige für sie ist.«

Sie waren den ganzen Tag spazieren gegangen. Ans Wasser und durch mehrere Parks, hatten Pausen gemacht, eine Tasse Kaffee getrunken, und waren weitergeschlendert. Es dauerte Stunden, einander auf Stand über das Leben in der zwischenzeitlich vergangenen Zeit zu bringen. Als Vanja von Josefins plötzlichem Auftauchen vor drei Jahren erzählte, musste Vibeke vor lauter Rührung die Brille abnehmen und sich die Nase schnäuzen.

»Fantastisch! Ein Enkelkind, so spät im Leben.«

Verdutzt verfolgte sie anschließend Vanjas Bericht über die Geschehnisse in Kivik im März und April.

»Du hast also auch deine Tochter getroffen? Aber Vanja, was für ein Glück. Auch wenn ihr euch momentan nicht seht. Aber das kann sich ändern.«

Vibeke setzte sich auf eine Parkbank. Sie zog Vanja neben sich.

»Ich erinnere mich, wie traurig du wegen deiner Tochter warst. Du hast doch immer versucht, deinem Exmann zu schreiben? Aber er hat dir nicht erlaubt, sie zu treffen. Puh, das war ein ziemliches Elend.«

Vanja faltete die Hände im Schoß. Sie atmete langsam, rang um Ruhe. Aber in ihr wütete ein Sturm von Erinnerungen. Vor allem daran, wie sie ihr Kind verheimlicht hatte. Vibeke hatte fast als Einzige gewusst, dass sie nicht unfreiwillig kinderlos war.

»Ja«, stimmte sie zu. »Ein Elend.«

Die Wiederbegegnung mit Vibeke war, wie wenn man eine alte Liebe wiedersah und herausfand, dass die Gefühle noch da waren und auf Gegenseitigkeit beruhten. Eine Freundschaft so tief und langjährig, dass ein paar verstrichene Jahrzehnte nichts ändern konnten. Sie knüpften einfach dort an, wo sie Anfang der Achtziger aufgehört hatten.

»Jetzt komm.«

Vibeke stand auf. Vanja auch. Sie gingen weiter, während sie versuchten, ihre verschiedenen Puzzleteile zusammenzuführen und ein stimmiges Bild der gemeinsamen Vergangenheit zu erhalten.

Viele ihrer alten Freunde und Bekannte waren zu früh verschwunden. Heimgesucht von ernsthaften Krankheiten und gestorben. Wenn sie sich nicht aufgrund von Drogenmissbrauch oder psychischen Leiden isoliert hatten.

»Das ist vielleicht das Schlimmste am Älterwerden«, sagte Vanja. »Dass man Menschen, an denen man hängt, verlieren muss.«

Vibeke nickte. All diese Verluste. Einer nach dem anderen seien sie verschwunden, quicklebendige Menschen, an denen man festgehalten und die man gerngehabt habe. Das Gleiche gelte für Orte und Zusammenhänge und Tätigkeiten. Man lerne zu ausnahmslos allem Lebwohl zu sagen.

Das klang derart deprimierend, dass sie lachen mussten.

Dann wurde Vibeke ernst.

»Denkst du oft an deine Freundin? Wie hieß sie gleich wieder? Die auf Kuba.«

»Trine.«

Vanja senkte den Blick. Natürlich erinnerte sich Vibeke. Sie hatten viel über Trine gesprochen. Aber auch über Knud, den Sänger, mit dem Vanja im Landwirtschaftskollektiv in Søvind gelebt hatte. Dieser Typ, der immer wieder Phasen gehabt hatte, in denen er zu viel trank. Wie auch eine Weile nach ihrer Trennung, als er vor Vanjas Wohnungstür aufgetaucht und einfach geblieben war, bis sie ihn ein paar Monate später hinausgeworfen hatte und beschloss, sich nie wieder mit einem Mann einzulassen. Ein Versprechen, das leider nicht sehr lange gehalten hatte.

»Ich erinnere mich daran, wie furchtbar schlecht es dir

gegangen ist, als du nach Kopenhagen gekommen bist, obwohl seit Trines Tod mehrere Jahre vergangen waren«, sagte Vibeke. »Du hattest ständig Bauchschmerzen und konntest nur schlecht schlafen. Und du warst wahnsinnig licht- und geräuschempfindlich.«

»Aha?«

Vanja erinnerte sich an keines dieser körperlichen Leiden. Die Jahre mit der Künstlergruppe im Atelier waren in ihrer Erinnerung hell und sorglos, sie hatten ihr über den Schmerz, Sally nicht treffen zu dürfen, hinweggeholfen.

Vibeke sah Vanja von der Seite an.

»Trine schien ein guter Mensch gewesen zu sein.«

»Ja, das war sie.«

Sie gelangten in ein schönes, altes Stadtviertel nicht weit von Vanjas Wohnung entfernt. Drei Straßen weiter lag die Galerie Brinck-Jensen, in der Vanja früher mehrfach ausgestellt hatte.

»Warst du in letzter Zeit mal bei Gorm?«, fragte Vibeke.

»Nicht, seit ich aus Kivik zurück bin.«

»Ich schaue ja manchmal vorbei.«

Vanja blickte auf den Bürgersteig.

»Ich war vor allem zu Hause. Habe gewebt und Musik gehört. Und du? Hast du ausgestellt?«

Vibeke lachte auf.

»Uff, nein. Ich habe die Kunst an den Nagel gehängt, als ich meinen Mann kennengelernt habe. Teils weil ich zu selbstkritisch war und teils, weil man nicht davon leben konnte. Und dann wurde ich all die Jahre von ihm versorgt, bis er mich wegen einer anderen abserviert hat. Nach der Scheidung habe ich ein wenig Geld bekommen, aber nicht viel.«

»Die Kunst an den Nagel gehängt? Um versorgt zu werden? Das klingt gar nicht nach dir.«

Vanja sah die Freundin eindringlich an. Vibeke hatte in den Siebzigern ein immenses Interesse für Kunsttheorie wie auch Politik gehabt. War eine überzeugte Feministin gewesen. Und sollte sie einfach so aufgegeben haben, für etwas derart Unzuverlässiges wie Liebe?

Vibeke wich ihrem Blick aus.

»Aber ich schreibe noch. Hier und da.«

»Stimmt, du hast gern geschrieben. Ich erinnere mich.«

Vibeke schob Vanja in eine Nebenstraße.

»Jetzt sagen wir Gorm Hallo. Dann sieht er, dass du wieder in der Stadt bist. Und vielleicht treffen wir auch Grethe, sie ist manchmal bei ihm.«

Vanja griff an den Schulterriemen ihrer Handtasche. Sie hatte keine besonders große Lust, denn womöglich waren auch andere alte Freunde da und würden Fragen stellen.

Die Galerie sah haargenau aus wie eh und je. In den großen Fenstern war ein Meer von Blumensträußen und Glückwunschkarten. Bestimmt war am Wochenende eine Vernissage gewesen. Auf einem Schild stand der Ausstellungstitel: *Bubble Gum.* Der Name der Künstlerin sagte Vanja nichts, auch nicht das ebenmäßige Gesicht auf dem Bild.

Vibeke klopfte sanft an die Scheibe. Gorm kam aus seinem Büro. Die wuscheligen Haare ragten ringsherum aus dem für ihn typischen Häkelmützchen. Die war heute gestreift wie eine Zuckerstange und hatte einen schwarzen Bommel. Mit den Jahren waren Gorms Wangen eingesunken, und die Augenlider hingen ein wenig, sodass er quasi ständig zwinkerte, aber ansonsten sah er aus wie früher.

Kurz zuckte Gorm zusammen, dann erschien auf seinem Gesicht ein breites Lächeln und er schloss ihnen auf. Er hatte noch immer das Zöpfchen, das auf seinen Rücken baumelte, nur war es mittlerweile weißgrau, dafür der Schal um seinen Hals hellblau und sein Blazer zitronengelb. Untenrum trug er ausgebeulte Jeans und ausgeblichene Schuhe aus Canvasstoff.

»Vanja! Bist das wirklich du?«

Sein Dänisch war schlampig genuschelt, und Vanja fiel wieder ein, wie schwierig es anfangs für sie gewesen war, ihn zu verstehen.

»Ja«, sagte sie nur.

Die Umarmung dauerte lange. Gorm roch nach altmodischem Rasierwasser. Er führte die beiden in die kleine Teeküche hinter seinem Büro. Vanja konnte nur einen flüchtigen Blick auf die Ausstellung werfen. Sie bestand aus blasigen Flächen, die aus mit menschlichen Haaren bedecktem Kaugummi gemacht zu sein schienen.

»Ihr braucht unbedingt ein Bier«, sagte Gorm. »Es gibt so viel zu erzählen.«

Er holte drei Flaschen aus dem Kühlschrank. Vanja und Vibeke setzten sich auf die zwei Hocker am Tisch.

»Du wirkst dynamisch«, bemerkte Vanja. »Neue Ausstellung und so.«

»Ja, ein junges Talent. Sehr interessant.«

Er lachte spitzbübisch.

»Wenn auch nicht so interessant wie du.«

»Das sagst du allen.«

Gorm setzte sich auf einen Sprossenstuhl. Er wurde ernst.

»Ehrlich gesagt nicht. Ich habe dich vermisst.«

»Ich dich auch.«

Sie hatte Gorm und seine kleine, seit vielen Jahren existierende Galerie tatsächlich vermisst und erinnerte sich noch deutlich an das Einweihungsfest Anfang der Achtziger. Sie hatten gefeiert, bis die Nachbarn sich beschwert und die Polizei gerufen hatten.

»Was machst du in der Stadt, Vanja? Es hieß, du seist weggezogen.«

»Ich bin zurück.«

Sie nickte in Richtung Vibeke.

»Und sie auch.«

»Für immer?«, fragte Gorm.

»Für jetzt. Mehr weiß ich nicht.«

»Ich frage wohl besser nicht nach dem Grund.«

Sie ging nicht darauf ein. Vibeke sagte ebenfalls nichts. Saß nur lächelnd da und war zufrieden, die beiden zusammengeführt zu haben.

»Ich dreh mal eine Runde durch die Ausstellung. Dann könnt ihr in Ruhe reden.«

Sie verließ die Teeküche. Gorm sah Vanja eindringlich an.

»Malst du gerade?«

»Nicht viel. Eigentlich nicht.«

»Dann arbeitest du immer noch in Textil?«

Vanja wich seinem Blick aus, schaute in die hell erleuchtete Galerie.

»Ich durchlebe gerade eine kreative Durststrecke. Sozusagen.«

Gorm stellte ein Schälchen Erdnüsse auf den Tisch.

»Nur damit du es weißt, du hattest im vergangenen Jahr einen ziemlichen Aufwind.«

Sie starrte ihn an. Er lachte.

»Es vergeht praktisch keine Woche, wo nicht jemand vorbeikommt und fragt, wann du wieder ausstellst.«

»Jetzt übertreibst du. Aber danke.«

Gorm nippte kopfschüttelnd an seinem Bier.

»Wirklich wahr. Insbesondere junge Kunststudierende, vor allem Frauen. Ich glaube, du bist Teil ihres Studienpensums.«

Vanja nahm sich eine Handvoll Erdnüsse. Sie wusste nicht, was sie davon halten sollte.

»Sie betrachten dich als Pionierin«, sprach Gorm weiter. »Eine frühe Siebzigerjahrefeministin, die vorangeschritten ist und dem Freiheitskampf den Weg gebahnt hat. Deine Kunst hat Spuren hinterlassen. Sie handelt genau von den Dingen, deren Diskussion heute ganz oben auf der Tagesordnung steht. Schweigekultur, Machtstrukturen, Gender und Klassenzugehörigkeit. Du hast dich von den meisten dadurch abgehoben, dass du mehrdeutig, interpretierbar und nicht tendenziös warst.«

Vanja musterte Gorm. Nichts deutete darauf hin, dass er ihr einen Bären aufband. Im Gegenteil, er lächelte.

»Würde ich noch Werke von dir haben, hätte ich dich gebeten, eine Retrospektive machen zu dürfen. Aber alle sind verkauft, sie gingen weg, als du das letzte Mal ausgestellt hast. Im Oktober siebenundachtzig.«

Vanja strich über das beschlagene Etikett an der Bierflasche. In ihr war ein Gedankenwirrwarr.

»Du hast nicht irgendwo ein paar Werke versteckt?«, wollte Gorm wissen. »In irgendeinem Kabuff oder bei dir?«

»Ein paar gibt es wohl. Und ein paar hab ich in Svinaberga.«

»In Schweden?«

»Ja, dort habe ich ein Atelier in einem ausgebauten, alten Stall.«

Gorms Augen blitzten unter den schweren Augenlidern.

»Wie viele?«

»Ein paar. Natürlich in ganz unterschiedlichen Stadien. Aber immerhin.«

»Kannst du sie nicht fertigmachen? Und hierherbringen? Dann machen wir nächstes Jahr eine Ausstellung! Ich glaube, du hast keine Ahnung, wie aktuell du bist.«

Er sah sie mit diesem Gesichtsausdruck an, den er bekam, wenn er eine brillante Idee hatte. Wenn er mit einem Projekt auf der Stelle beginnen wollte.

»Ich bin mir nicht sicher«, sagte sie. »Wie gesagt, ich bin wieder hier. Ich lebe jetzt in Kopenhagen. Außerdem weiß ich nicht recht, ob die Bilder, die fertig sind, was taugen. Und die es noch nicht sind ... nein, ich bin mir einfach unsicher.«

»Denk zumindest mal darüber nach. Meinetwegen, Vanja. Und natürlich deinetwegen. Wenn schon sonst nichts, würde es sich auszahlen.«

Gorm nahm sein Bier und trank. Vanja saß wie benebelt auf dem harten Hocker.

Es war Vibekes Idee gewesen. Sie würden nach alten Skizzen und Kleinformaten suchen, die sie womöglich in den Abstellraum gestopft und vergessen hatte. Vanja bereute, dass sie auf den Vorschlag eingegangen war. Die kleine, verwinkelte, kaum Abstellraum nennbare Kammer am Ende der Wohnung war komplett vollgestellt. Bestimmt war es zehn Jahre her, dass sie dort zuletzt aufgeräumt hatte.

Vanja konnte sich nicht einmal erinnern, ob sie in dieses Chaos jemals irgendwelche Skizzen gelegt hatte. Vor allem waren darin Kleider, Schuhe und Umschläge aus Umweltpapier von unterschiedlicher Größe.

Sie klappte die Trittleiter auf und machte auf dem Boden Platz dafür. Dann kletterte sie hoch und suchte die Regale mit dem Blick ab. Nichts wirkte sonderlich interessant, es gab nur eine Reihe von Pappkisten, und ihr schwante, dass sie deren Inhalt gar nicht sehen wollte.

Vanja entschied sich auf gut Glück für eine davon, steckte den Finger in das ovale Griffloch und zog sie heraus. Die Kiste war randvoll mit Kruscht aus hübschen Geschenkschleifen, die sie aufgehoben hatte, falls sie ein Paket schön einpacken wollte, was dann aber nie geschehen war, über einzelne Strümpfe und abgelaufene Jahreskalender bis hin zu kaputten Halsketten und einer Kleiderbürste. Vanja wurde allein beim Anblick dieser Sachen schon ganz schlecht, aber sie schleppte sie trotzdem sturzfrei die Trittleiter hinunter.

»Na gut«, sagte Vibeke. »Jetzt sind wir auf Kurs.«

Vanja stellte die Kiste auf den Boden. Als sie anfing, darin zu wühlen, fiel ihr Blick auf etwas fast ganz unten. Das Eckchen eines verknitterten, braunen A4-Briefumschlags, gründlich zugeklebt, damit er nicht aufgehen konnte. Sie betrachtete ihn. Der Klebstreifen war gelb und spröde geworden, teils vom Papier abgebröselt.

Georgs Briefe. All diese handgeschriebenen Blätter, die sie als Antwort erhalten hatte. Sie hatte ihm mehrere Jahre lang hartnäckig geschrieben und darum gebeten, ihre Tochter zu sich holen oder zumindest treffen zu dürfen. Hier lagen seine Antwortbriefe. Alle mit ein und derselben Botschaft: Nein.

Ihre eigenen Briefe waren nicht hier. Der gesammelte Packen, den sie von Sally im Frühjahr bekommen hatte, lag in Svinaberga. Warum hatte sie sie aufgehoben? Vanja wusste es nicht genau.

Vibeke guckte ihr über die Schulter.

»Hast du was gefunden?« Vanja griff langsam in die Kiste. Sie fischte den dicken, zugeklebten Umschlag heraus und drückte ihn vorsichtig zusammen. Darin waren Georgs Worte und Formulierungen, sein bestimmtes Nein in Variationen, Argumenten und Erklärungen. Die sich alle darum drehten, dass er seine Tochter schützen und nur ihr Bestes wolle.

Das hatte er sicher gewollt. Und trotzdem war alles ganz fürchterlich falsch gewesen.

»Sind das Georgs Briefe?«, fragte Vibeke.

Vanja nickte nur und Vibeke streichelte ihr den Rücken, so wie es auch Trine immer getan hatte.

»Sollen wir sie erst mal zur Seite legen? Für einen anderen Tag?«

Vanja wischte mit einem Finger unter der Nase lang. Hinter den Augen drückte es, als sie an Georgs Begräbnis dachte. Zu dem sie nicht gegangen war und auch weder Kranz noch Karte geschickt hatte.

Auch damals hatte sie nicht Kontakt mit ihrer einundzwanzigjährigen Tochter aufgenommen. Obwohl sie sich hatte vorstellen können, wie einsam sich Sally fühlen musste.

Elternlos. Ganz verlassen.

Josefin

Das letzte Huhn verschwand vor dem Nieselregen im Hühnerhaus. Josefin füllte Futter und Wasser nach. Dann schloss sie das Türchen und ging langsam zur Schafweide, während sie auf ihrem Handy scrollte. Seit gestern hatte sie mehrmals die Homepage von *Broken Twill* besucht. Hatte die Bilder angesehen und Lous Geschäftsphilosophie studiert. *We love denim.* Vor allem gab es dunkelblaue Jeans mit ausgefallenen Nähten und Details, und Schnürstiefel, genau wie Lou gesagt hatte. Aber auch Armyjacken, Hemden und Vintage-Lederjacken. Die Preise waren so hoch, dass Josefin es erst kaum glauben konnten aber je mehr sie las, desto mehr verstand sie. Es ging um echtes Handwerk. Der Seite zufolge die beste Qualität, die man finden konnte.

Der Abend war warm und die Luft voll Blumenduft. Die Krone der alten Eiche zeichnete sich als gesprenkeltes Muster vorm Himmel ab. Auf der Weide sammelte sich ein kleines Grüppchen Schafe dicht am Zaun. Hjördis und Tekla, dann Ragna und Ingegerd. Ein Schaf nach dem anderen kam angetrottet. Es wurde geschubst und gedrängelt, war aber blökend leer ohne Ullis.

Josefin kraulte Tekla zwischen den Augen und schaute auf die Homepage. Alles, was in dem Laden verkauft wurde, war offenbar quasi unkaputtbar. Trends waren egal, es ging allein um Haltbarkeit und Geschichte. Man konnte sich im Laden seine Jeans mithilfe verschiedener, aus Japan inspirierter Reparaturtechniken dekorativ flicken lassen.

Beim Weiterklicken stieß Josefin auf weitere Unternehmen mit derselben Ausrichtung und kapierte allmählich.

Das war ein eigenes Universum für Leute, die Kleidung tragen wollten, die immer besser aussah, je mehr man sie nutzte.

Harald hupte vom Hofplatz her. Es war Zeit, zum Abendessen bei seinen Eltern zu fahren.

»Ich habe über die Sache mit der Mahd nachgedacht«, sagte er, als sich Josefin neben ihn gesetzt hatte. »Du hast Recht, wir sollten nicht von den Björks oder irgendwem anderen abhängig sein. Und wir brauchen einen Wäschetrockner. Also werde ich heute Abend Mama und Papa um ein kleines Darlehen bitten. Für die beiden Sachen.«

Sie seufzte.

»Wir haben nun mal *jetzt* diesen dringenden Bedarf«, sprach er weiter. »Ich glaube, das werden sie verstehen und ihre Meinung ändern. Fragen kann man immer. Es gibt nichts zu verlieren.«

Josefin antwortete nicht. Es waren Haralds Eltern, also war es seine Entscheidung. Aber sie war gespannt, wie er es anging. Würde er direkt um Geld bitten und erklären, es sei für nützliche Anschaffungen, oder sich etwas vorsichtiger dem Thema nähern? Zum Beispiel sagen, im Sommer gebe es eine Menge Ausgaben, und dann ganz nebenbei erwähnen, wie gut es wäre, bis zum Herbst einen Wäschetrockner zu haben, und dass die Mähmaschine am Zusammenbrechen sei? Was sie natürlich hinkriegten, wenngleich auch natürlich ein kleines Sümmchen nicht unwillkommen wäre.

Jede der möglichen Varianten hatte sie bereits einmal gehört. Aber sie sagte nichts mehr, blickte nur stumm geradeaus auf den Schotterweg und wie der Grasstreifen in der Mitte Meter für Meter unter der Motorhaube verschwand.

Sie erreichten die Siedlungsgegend und parkten vor dem großen Haus hinter Görans und Ingers schwarzem BMW. Die Ligusterhecke war quadratisch beschnitten und dicht wie eine Wand. Die ordentliche Reihe Rosenbüsche blühten in wahrer Pracht.

Inger empfing sie auf der Vortreppe.

»Guten Abend!«

Sie war schlank und braungebrannt, trug eine pistaziengrüne Hose und ein weißes Top. Ihre Haare lagen gut gebürstet wie immer, ganz glatt.

»Essen ist gleich fertig. Wir sind draußen. Oma kommt auch.«

Die geräumige Küche war klinisch sauber. Göran stand an der Kücheninsel und verquirlte ein Dressing. Sein Teint war tiefbraun. Das blaugestreifte Sommerhemd strahlte solide Gemütlichkeit aus.

»Wollt ihr was trinken? Ein Glas Rosé?«

Er brachte eine eingekühlte, hellrote Flasche.

Der Terrassentisch war mit Tellern, Besteck und geblümten Papierservietten gedeckt. Harald und Josefin setzten sich, während Göran den Wein entkorkte.

»Was für ein herrlicher Abend. Und wie schön euch zu sehen. Ist eine Weile her.«

Dieser Frühsommerabend war wirklich angenehm. Vom Nachbargrundstück wehte leichter Grillgeruch herüber. Der Garten stand in voller Blüte, zwischen den Beeten verliefen in durchdachter Anordnung Pflasterwege. Das Gewächshaus in der Gartenecke war voller Tomatenpflanzen und daneben befand sich das ordentliche, mit Netz abgedeckte Gemüsebeet. Nirgends war nur das kleinste Unkräutchen zu entdecken.

Josefin betrachtete den Rasen. Tiefgrün, dicht gewachsen und an den Beetkanten perfekt getrimmt. So schick würde den ihre Mutter in ihrer *Pension Pomona* nie hinbekommen. Angeblich gefiel ihr dieses leicht Verwilderte ihres Gartens. Das sagte sie zumindest immer. Vermutlich als Entschuldigung für ihre Versäumnisse.

Haralds Großmutter trat gemeinsam mit Inger, die eine große Platte mit schön ausgelegtem Salat trug, in den Garten.

»Hallo, Kinder.«

Sie grüßten fröhlich. Erna ging langsam und etwas vorgebeugt, auf ihren Stock gestützt. Den Rollator ließ sie immer vorm Haus an der Treppe stehen. Ihre Füße steckten in den Turnschuhen, die sie im Frühjahr neu gekauft hatte. Sie waren viel in Gebrauch, aber noch immer kreideweiß.

»Bitte«, sagte Inger. »Es gibt auch Aufschnitt. Für die unter uns, die keine Vegetarier sind.«

Josefin schielte zu Harald. Das Letzte konnte auch als Kritik verstanden werden. Er verdrehte die Augen und lächelte müde.

Göran kam mit dem Dressing und einer weiteren Platte voller verschiedener Sorten Schinken und Salami nach draußen. Er berührte Erna an der Schulter.

»Wie geht es dir bei der Hitzewelle, Mama? Hältst du es aus?«

Erna richtete ein paar Strähnen ihrer dünnen, weißen Haare. Ihr faltiges Gesicht war vom sonnigen Wetter der vergangenen Tage leicht gebräunt.

»Mir geht es ausgezeichnet.«

Bevor sie sich an den Tisch setzte, sah sie sich im Garten um.

»Da ist es nun also doch Sommer geworden ist. Das konnte man im Winter kaum glauben.«

Inger reichte Josefin die Salatplatte und sie nahm sich davon.

»Ihr habt jetzt vermutlich auf dem Hof eine Menge zu tun?«

»Ja, unendlich viel.«

»Nicht immer nur arbeiten«, sagte Erna. »Man muss sich auch erholen, denkt dran.«

»Natürlich«, sagte Harald. »Aber um einen Hof muss man sich jeden Tag kümmern. Das ganze Jahr über. Wie ihr wisst.«

»Und es ist wunderbar, dass man in dieser Zeit so viel im Freien sein darf«, fügte Josefin hinzu.

Göran aß etwas Schinken.

»Ja, mit einem Hof hat man vermutlich die Gelegenheit, die Sommerzeit richtig zu genießen.«

Josefin trank ein wenig Rosé. Die Stimmung bei den Schwiegereltern war ungewöhnlich harmonisch. Fast klang es, als würde Göran ihr Leben auf Vallmogården endlich akzeptieren.

Harald räusperte sich.

»Wo wir gerade beim Hof sind. Wir bräuchten eigentlich eine Mähmaschine für die Mahd. Damit die Schafe im Winter was zu Fressen haben. Und einen Wäschetrockner.«

Um den Tisch wurde es still. Erna verscheuchte eine Wespe.

»Könnt ihr euch das leisten?«

»Wir dachten an ein kleines Darlehen. Das wir natürlich so bald wie möglich zurückzahlen.«

»Ein Darlehen. Aha.«

Göran und Inger sahen einander an und dann wieder zu Harald.

»Vergiss es«, sagte Göran.

Josefins Bauch zog sich zusammen. Sie wandte den Blick zu den Rosenbeeten. Die Rosen waren schön. Besonders die großen, blassgelb-rosaroten. Hieß die Sorte nicht Honigrose? Åke hätte das gewusst. Ihre Großmutter auch.

»Der Hof ist unser Lebenstraum«, sagte Harald. »Das wisst ihr.«

Um Görans Mund zeigte sich eine leichte Spannung.

»Ja, dann ist doch alles Friede, Freude, Eierkuchen? Ihr lebt ein bisschen wie im achtzehnten Jahrhundert. Und ihr mögt das. Aber trotzdem wollt ihr euch Geld leihen? Das ergibt für mich keinen Sinn.«

Inger blickte zu ihm.

»Göran.«

Harald legte sein Besteck ab.

»Wir bitten nicht oft um Hilfe. Zumindest nicht mehr. Wir haben es lange nicht getan.«

»Weil wir Nein gesagt haben.«

Göran zerteilte eine Tomate in Spalten. Haralds Nasenflügel blähten sich.

»Also wollt ihr, dass Josefin und ich unseren Traum aufgeben? Dass wir nicht tun können, wofür wir brennen?«

»Das haben wir nie gesagt«, widersprach Inger.

»Dann geht es hier also um puren Geiz? Wo man bei so einem Vorhaben nun mal durch eine Gründungsphase durchmuss.«

Göran schüttelte den Kopf.

»In eurem Alter habe ich Medizin studiert. Und deine Mutter war BWL-Studentin.«

Auf Haralds Stirn erschien eine pochende Ader.

»Nicht alle Menschen sind gleich. Wir möchten nicht so sinnfrei leben.«

»Ja, das habe ich verstanden«, sagte Göran. »Für mich klingt das, was ihr über euren Lebensentwurf sagt, vor allem nach Spinnerei. Aber ich hindere euch nicht daran.«

Inger unterbrach mit einem Lächeln.

»Ehrlich gesagt habt ihr uns ziemlich beeinflusst. Wir machen jetzt eine Wochenendreise weniger pro Jahr. Um nicht zur Klimaerwärmung beizutragen.«

Sie legte den Kopf etwas schief.

»Und wir würden euch gerne unterstützen und helfen. Auf andere Art.«

Harald hob die Hand.

»Darauf können wir jetzt scheißen. Es geht um ein kleines Darlehen, das ihr nicht einmal bemerken würdet. Wenn ihr nicht bereit dazu seid, euch zu beteiligen, brauchen wir nicht weiterreden.«

Josefin verschränkte in ihrem Schoß die Finger ineinander. Görans Aussage über das achtzehnte Jahrhundert hatte sich wie ein Angelhaken in ihr verfangen. Sie und Harald wollten so weit wie möglich natürlich leben und alte Methoden anwenden. Aber irgendwie war es ihnen nicht gelungen, das mit den Anforderungen der heutigen Zeit in Einklang zu bringen.

Im Gegensatz zu Lou. Auf ihrer Homepage stand, sie wolle Handwerk und historisches Erbe mit einem modernen, aktuellen Look kombinieren. Das wirkte beim Ansehen der Bilder auf der Seite völlig nachvollziehbar. Aber ein Modeunternehmen war natürlich etwas ganz anderes, als einen Hof zu betreiben.

Das Gespräch verlagerte sich auf distanzierten Smalltalk darüber, inwieweit die Wassertemperaturen in Kivik im Vergleich zu Stenshuvud und Vitemölle ein paar Grad wärmer waren. Erna sagte, das beruhe trotz der kurzen Entfernung auf der Windrichtung.

Dann legte Harald die Serviette auf den Tisch und bedankte sich fürs Essen. Es war spät geworden und Zeit für den Heimweg.

Vor der Ligusterhecke umarmte er Josefin.

»Tut mir leid. Ich dachte wirklich, sie würden es diesmal begreifen.«

»Macht nichts.«

Josefin strich mit dem Finger über seine Augenbraue. Die zogen sich immer etwas hoch, wenn er eher traurig war als wütend.

»Wir kriegen das hin. Irgendwie.«

Sie dachte wieder an *Broken Twill.* Und an Lou, die vielleicht zurück in Malmö war. Wo sie mit ihrer natürlich selbstverständlichen Attitüde herumspazierte, bewusst nachhaltig gekleidet. Um morgen früh zur Arbeit zu gehen, was bedeutete, einen eigenen Klamottenladen zu haben.

Harald legte die Hände an Josefins Gesicht.

»Danke, dass es dich gibt.«

Sie setzten sich ins Auto. Fuhren auf der Landstraße nach Hause, während sich die Dämmerung übers Rapsfeld senkte.

Josefin betrachtete den Himmel. Irgendwo weit dort oben graste Ullis. Wo auch immer das war, gab es hoffentlich jemanden, der sie am Kopf kraulte, wie sie es so gerne mochte.

Josefins Kehle schnürte sich zu.

Sie wandte sich an Harald.

»Und wenn es doch eine Krankheit war?«

Harald schüttelte den Kopf. Wie immer verstand er, woran sie dachte.

»Keine Angst. Es ist alles in Ordnung.«

»Ich will nicht, dass noch mehr sterben.«

»Hör jetzt auf. Ullis war zwölf Jahre alt.«

Josefin schwieg. Sie wusste, dass das Krankheitsrisiko minimal war. Sie versuchte sich mit anderen Gründen, warum Schafe auf der Weide sterben konnten, zu beruhigen. Sie konnten vergiftet werden, wenn sie beispielsweise Maiglöckchen, Eicheln oder Butterblumen fraßen. Bei Eiben starben sie auf der Stelle, ganz ohne Symptome. Aber das war natürlich unwahrscheinlich.

Die gewöhnlichste und üblichste Todesursache war das Alter.

Sie atmete so gut wie möglich gegen den Druck in ihrer Brust an. Dann schielte sie wieder zu Harald. Spürte er manchmal die Last der Verantwortung? Zweifelte er manchmal an dem Leben, das sie sich ausgesucht hatten? Und dachte dann, es wäre besser, Vallmogården zu verkaufen?

Vermutlich nicht. Das tat nur sie.

Sally

Sally saß mit einer Kaffeetasse in der Hand und den Füßen auf Märtas Fell auf der sonnenwarmen Gartenbank. Der Hund hatte den Kopf auf die Pfoten gelegt und die Augen geschlossen. Es war Montagmorgen kurz vor acht Uhr. Die Pensionsgäste schienen noch zu schlafen.

Im Esszimmer stand schon das Frühstücksbuffet. Neben Tee und Kaffee gab es selbstgebackenes Brot, Käse und Marmelade, Apfel- und Orangensaft, Ystadwürste und geräucherten Schinken. Für einen besonders sommerlichen Eindruck hatte sie im Garten Blumen gepflückt und in alte Fläschchen gesteckt.

Bisher lief alles, wie es sollte. Der Start war geglückt. Ein sympathisches Paar Mitte siebzig hatte zwei Nächte in einem Doppelzimmer gewohnt und gestern ausgecheckt. Kurz war Sally besorgt gewesen, sie könnten es unangenehm finden, in einem Einweihungsfest zu landen, aber sie hatten sich nur geehrt gefühlt, ihre allerersten Gäste zu sein. Das Paar war den gesamten Nachmittag und Abend über weg gewesen, da sie für eine Hochzeit nach Kivik gekommen waren. Ihr Sohn hatte bei Haväng mit Aussicht übers Meer geheiratet. Eine schönere Traufeier konnte man sich kaum ausmalen.

Bei der Abreise versprachen die beiden, sie würden die *Pension Pomona* all ihren Bekannten empfehlen. Dass die Renovierung stellenweise noch nicht ganz abgeschlossen war, hatte ihnen nichts ausgemacht. Im Gegenteil, das Paar versicherte, sie hätten die lebhafte und unkonventionelle Atmosphäre geliebt.

Sally wackelte mit den Zehen. In den Beeten summte eine Hummel, sonst war es bis auf das Vogelgezwitscher in einem Busch still. Die Gedanken machten sich auf die Reise dorthin, wo sie schon die ganze Zeit hinwollten.

Der Mittsommernachtskuss mit Peter. Sie hatten gemeinsam auf einem flachen Felsen gesessen, nah beieinander und von der Mole verborgen. Erst als der Abend zur Nacht geworden war, waren sie zurückgegangen. Eine Umarmung und ein weiterer Kuss auf dem Parkplatz, dann hatten sie sich getrennt. Peter war nach Svinaberga geradelt. Sie hatten nicht darüber gesprochen, wie es weitergehen sollte.

Seitdem hatte sich Peter nicht sehen lassen. Sie hatte auch nichts von ihm gehört. Normalerweise war das nichts, worüber man sich wundern musste, sie sahen sich immer nur ein paarmal pro Woche. Aber jetzt beunruhigte es sie. Vielleicht wanderte er ruhelos bei sich auf und ab und dachte darüber nach, wie er ihr erklären sollte, dass aus ihnen nicht mehr werden könne. Dass sie Freunde seien und er das absolut nicht gefährden wolle.

Sally sog den Duft der Kletterrosen ein. Alle Rollladen im Flügelgebäude waren noch geschlossen. Neue Gäste waren gekommen. Ein jüngeres Paar aus Göteborg, die vier Tage bleiben wollten, und zwei småländische Freundinnen um die sechzig, die den Skåneleden wanderten und nur eine Nacht gebucht hatten.

Die Sonne brannte heiß. Wenn Sally sich beeilte, konnte sie noch einen Sprung ins Wasser schaffen, bevor die Gäste aufwachten.

Schnell schlüpfte sie im Haus in ihre Badesachen und stellte ein Schild auf das Tischchen in der Diele: *KOMME*

GLEICH WIEDER. Das hatte bisher hervorragend funktioniert, wenn sie das Haus verlassen musste.

Am Kai waren die üblichen Frühaufsteher schon im Wasser. Es hatte achtzehn Grad. Sally sprang von einem Badesteg und schwamm ungefähr zehn Meter. Dann drehte sie sich auf den Rücken, trieb still im Wasser dahin und sah in den Himmel. Milchig weiße Streifen hingen über dem Meer.

Sollte die Freundschaft zu Peter kaputtgehen, wäre das todtraurig. Das durfte einfach nicht sein. Aber die Gefahr bestand. Sally schwamm zurück zum Steg, tauchte kurz unter und wieder auf. Strich die Haare zurück und beschloss, nicht herumzuspekulieren.

Als sie zur Pension zurückkam, stand ein dunkelblauer Leihwagen vor der Steinmauer. Hoffentlich waren keine neuen Gäste gekommen und hatten nach ihr gesucht. Zwar war das Schild deutlich sichtbar, aber wer weiß. Eine Pensionswirtin sollte nicht verschwinden und schwimmen gehen. Zumindest hätte sie ihre Telefonnummer dazuschreiben und das Handy mitnehmen sollen, anstatt es auf dem Küchentisch liegenzulassen. Aber so war es nun mal.

Sally machte das Gartentor auf. Märta schlug sofort kurz an und kam angetrottet. Nachdem sie sich eine Streicheleinheit abgeholt hatte, drehte sie ein paar Runden über das Grundstück. Der Schwanz wedelte hin und her. Ganz egal wie lange Sally weg war, Märtas Glück beim Wiedersehen war stets gleich groß.

Auf der Verandatreppe saß Liselott mit einer Kaffeetasse auf dem Knie und ließ sich die Sonne aufs Gesicht scheinen. Als sie Sally entdeckte, deutete sie aufs Flügelgebäude.

»Was für ein Glück, dass ich gekommen bin, um den

oberen Flur zu spachteln. Gerade ist ein neuer Gast gekommen. Aus Stockholm. Ich habe ihm das letzte freie Einzelzimmer gegeben.«

Sally atmete erleichtert auf.

»Oh, sehr gut. Danke. Wie lange bleibt er?«

»Eine Nacht. Aber es könnten auch mehr werden. Er macht einen Roadtrip durch Österlen und wollte flexibel sein. Bleiben, wo es ihm gefällt.«

Sally hängte den nassen Badeanzug auf die Wäschespinne. Liselott pfiff leise und nickte in Richtung Flügelgebäude.

»Da ist der neue Gast, dann kannst du ihn begrüßen.«

Sally bereute, dass sie diesen Morgen genutzt hatte, um schwimmen zu gehen, es ziemte sich nicht, dass sie nicht richtig angezogen war. Aber sie war selbst schuld, und nun hieß es gute Miene zu machen. Sie richtete den Bademantel.

Dann fror sie in der Bewegung ein.

Wer da unsicher lächelnd über die Türschwelle trat, war Frank. Ihr Ex. Er hob zögerlich die Hand.

»Guten Morgen.«

Die etwas zu eng stehenden Augen waren so blau wie jeher.

»Aber ...«

Sally unterbrach sich. Musste Luft holen. Frank kratzte sich an der Nase, wie immer, wenn er nervös oder unsicher war.

»Ich bin vielleicht ein wenig zu früh dran? Aber ich bin schon um sieben losgefahren. Aus Västervik. Dort habe ich gestern übernachtet.«

Liselott lächelte freundlich.

»Das macht nichts. Ist ja schöner, morgens unterwegs zu sein, wenn noch wenig Verkehr ist.«

Sie nickte in Richtung Sally.

»Das hier ist Sally, die Pensionswirtin.«

Sally stand noch immer reglos da. Das Herz wummerte in der Brust, der Mund war plötzlich trocken. Frank steckte die Hände in die Taschen seiner Shorts.

»Wir kennen uns. Kannten, besser gesagt. Seither ist offenbar viel passiert.«

Liselott sah erst zu Sally, dann zu Frank. Danach stand sie auf und putzte sich den Hintern sauber.

»Okay. Dann geh ich mal und spachtle den Flur weiter. Man sieht sich.«

Sie verschwand ins Haus. Frank senkte den Blick, scharrte mit der Fußspitze am Boden.

»Ich hätte vermutlich nicht einfach überraschend kommen sollen. Aber ich habe eine kleine Anzeige der Pension in einer Zeitung gefunden und dann gegoogelt. Was habe ich mich gefreut. *Pension Pomona* in Österlen. Ich musste einfach losfahren und sehen, wie es dir geht.«

Sally brachte noch immer kein Wort hervor. Frank machte einen Schritt rückwärts.

»Ich wollte nur Hallo sagen. Sonst nichts.«

Er lachte verlegen.

»Aber wenn du mich hier nicht haben willst, sag es einfach und ich verschwinde sofort.«

Sie wickelte den Bademantelgürtel um die Finger, wieder und wieder.

»Ehrlich gesagt, ich weiß es nicht«, sagte sie dann.

Hätte sie vor fünf Minuten jemand gefragt, ob sie Frank hier in Kivik haben wolle, hätte sie definitiv Nein gesagt. Aber jetzt stand er hier vor ihr. Und die Antwort war nicht mehr ganz so selbstverständlich.

Josefin

Josefin ließ den Pick-up an und steuerte auf den Schotterweg hinaus. Sie folgte den sanften Kurven der Straße, das war der dritte Nachmittag in Folge, den sie in der Pension arbeiten würde. Bettenmachen und Putzen, Gartenpflege und Abwasch. Allmählich wurde es langweilige Routine.

Ein Job in diesem Kleidungsladen wäre etwas ganz anderes. *Broken Twill.* Allein der Name klang verlockend. Wie ein Zauberwort in eine andere Welt.

Der Bauer von nebenan stapfte in Stiefeln, Flanellhemd und Arbeitshose mit Hosenträgern auf seiner Wiese am Zaun entlang. Er hob die Hand und Josefin winkte zurück, wie man hier es tat, musste abbremsen und langsam fahren.

»Ein bisschen Regen käme nicht ungelegen«, sagte der Bauer und strich sich über die Glatze.

»Ja, allerdings.«

»Hoffen wir mal, dass es bald ein paar Tropfen gibt. Am liebsten nachts.«

»Ja. Etwas Nachtregen würde nicht schaden.«

Josefin beschleunigte wieder und fuhr weiter. Die Luft war lau, durchs offene Autofenster flatterte ihr der Wind um die Ohren. Für einen Augenblick fühlte sie sich wie zu der Zeit, als Åke noch lebte. Dass er in seiner Küche auf sie wartete, mit einer Tasse Kaffee und einer Patience vor sich auf dem Tisch. Wenn er nicht gerade unterwegs war, vielleicht zu einer Partie Bridge in Simrishamn oder einem Tennismatsch in Solevi, und bald nach Hause kam. Dann war sie ins Haus gegangen und hatte Kaffee gekocht, um ihn damit zu empfangen. Der Schlüssel hatte immer unter dem Fensterblech auf der rechten Seite des Kücheneingangs gelegen. Aber meist war das Haus gar nicht abgeschlossen.

Sicherheit, danach hatte sie immer gesucht. Nicht nur bei Åke. Auch mit Harald auf Vallmogården. Aber nun waren drei Jahre vergangen und finanziell war die Lage noch gleich schlecht.

Im Garten ihrer Mutter stand schmutziges Geschirr auf den Tischen. Die Pensionsgäste waren weg, vermutlich schwimmen gegangen. Bei der Minze brummten die Hummeln. In irgendeinem Baumwipfel in der Nähe sang eine Amsel. Die Schmetterlinge flatterten wirr über den Rabatten, landeten in der Lavendelhecke, hoben ab und flogen weg, nur um sofort wiederzukommen. Sie konnten sich nur schwer entscheiden.

Josefin folgte einem zitronengelben Schmetterlingspaar mit dem Blick, sie segelten in einem romantischen Tanz umeinander in Richtung Himmel. Ganz damit beschäftigt, beieinander zu sein.

Sie drückte die Haustürklinke nach unten, öffnete die Tür und atmete im Moment, da ihr Fuß die Türmatte berührte, ein. Der Geruch nach Linoleum und altem Holz war noch immer derselbe, wie auch der Duft nach Kaffee. Wenn auch nicht versetzt mit einem Hauch frischgebratenen Zwiebeln oder Hering wie zu Åkes Zeiten.

Ihre Mutter schaute aus der Küche.

»Hallo. Komm rein.«

»Ich hole nur schnell das Geschirr rein. Da steht welches draußen.«

»Sehr schön.«

Ihre Mutter wirkte nervös und ein bisschen verschwitzt.

Natürlich, es war heiß heute, draußen wie drinnen, aber irgendwas war trotzdem seltsam.

Josefin hatte gerade das Geschirr auf ein Tablett gestellt und war auf dem Weg in die Küche, als sie jäh auf dem Rasen stehen blieb. Da saß jemand in dem zur Einweihung geschenkten Rattansessel, den ihre Mutter etwas vereinzelt platziert hatte. Ein Mann mit breitkrempigem Strohhut hatte die blondbehaarten, braungebrannten Beine auf den Fußhocker vor sich gestreckt. Seine Arme lagen hinter dem Kopf, die Hände bequem im Nacken verschränkt. Auch er lauschte offenbar gern dem Gesang der Amsel. Es war Frank.

Ihn würde sie auf Kilometer erkennen.

Mit dem Tablett in den Händen ging Josefin langsam näher und da entdeckte auch er sie. Er schob den Strohhut zurück, nahm die Füße vom Hocker und setzte sich auf.

»Hallo, Josefin. Lang ist's her.«

»Was machst du hier?«

»Sally Hallo sagen. Und Österlen erkunden. Ich bin heute Morgen gekommen.«

Sie umklammerte das Tablett. Frank nach so langer Zeit zu sehen, war unwirklich. Hier, in Åkes Garten. In der neueröffneten Pension ihrer Mutter. Hatte ihre Mutter ihn angerufen und eingeladen? Warum sollte sie das, sie hatte doch Peter? Auf der Feier hatte alles danach ausgesehen, dass aus den zwei etwas werden würde.

Frank legte sich wieder zurück und nickte in Richtung Haus.

»Wie schön Sally es hier hat. Ich bin wirklich beeindruckt.«

Josefin war übel. Nichts an seinem normal klingenden Tonfall war echt.

Frank nahm den Hut ab und legte ihn neben den Rattansessel. Er strich sich die Haare glatt und sah sie mit seinen hellblauen Augen an.

»Ich weiß, was du jetzt denkst. Dass ich mich fernhalten sollte.«

Sie machte einen weiteren Schritt auf ihn zu.

»Ja, verschwinde von hier. So schnell du kannst. Hör auf, meine Mutter zu verfolgen. Sie will dich hier nicht haben.«

»Das darf Sally entscheiden, denke ich.«

Josefin betrachtete ihn, die Hände krampften sich ums Tablett.

Die Auseinandersetzungen und das Gefasel in der Wohnung in Södermalm. Franks endloses Nörgeln und seine Regeln. Man müsse am Küchentisch essen, nicht vorm Fernseher, den Teller direkt in den Geschirrspüler stellen anstatt ins Spülbecken, dürfe das Bad nicht zu lange okkupieren und das Handtuch nicht auf dem Boden liegenlassen.

Langsam kam sie wieder zu sich. Frank war die Ursache dafür, dass sich ihre Mutter und sie entzweit hatten, aber das war Geschichte.

Sie hatten mehrfach darüber geredet. Ihre Mutter hatte von ihrem Irrdenken an jenem Tag vor vier Jahren erzählt. Sie hatte nämlich geglaubt, Josefin missfiele nicht Frank an sich, sondern die neue Situation, ihre Mama nicht mehr für sich allein zu haben.

Mit etwas Abstand zu dem Ganzen konnte man diese Fehlinterpretation leicht verstehen. Ihre Mutter hatte immer ihr Bestes versucht.

Frank setzte den Strohhut wieder auf. Er angelte eine Sonnenbrille im Pilotenstil aus der Brusttasche seines Hemds, setzte sie aber nicht auf.

»Mir tut leid, wie es gekommen ist. Das meine ich ernst. Hätte ich einen Wunsch, dann, dass wir die alten Kamellen hinter uns lassen.«

Josefin drehte sich ohne ein Wort auf dem Absatz um, ging in die Küche und stellte das Tablett mit einem Rums neben das Spülbecken. Ihre Mutter saß am Küchentisch und tippte in den Laptop. Sie hob den Blick.

»Hast du Frank getroffen?«

»Was tut er hier?«

Ihre Mutter klappte mit einem Seufzer den Laptop zu.

»Er ist heute ganz spontan gekommen. Hat eine Nacht gebucht.«

»Warum?«

»Er hat irgendwo von der Pension gelesen. Wollte wohl schauen, wie es hier aussieht.«

Josefin musste sich setzen.

»Und dich treffen.«

Ihre Mutter ging zum Spülbecken und band sich eine Schürze um.

»Er ist einfach aufgetaucht. Ich hatte keine Ahnung.«

Sie füllte das Becken mit warmem Wasser und Spülmittel.

»Ich war genauso überrascht wie du.«

Ihre Mutter griff nach dem großen Hafergrützetopf vom Frühstück. Märta legte sich ihr zu Füßen.

»Und dann haben wir eine Weile geplaudert. Ruhig und besonnen.«

»Und jetzt seid ihr beste Freunde?«

Der Schaum spritzte nach allen Seiten, als ihre Mutter den Topf mit der Bürste schrubbte.

»Das habe ich nicht gesagt. Aber auf jeden Fall keine Feinde.«

»Wie lange bleibt er?«

»Nur eine Nacht.«

»Aber willst du ihn denn überhaupt hier haben?«

Ihre Mutter spülte den Topf aus und stellte ihn kopfüber ins Abtropfgestell.

»Ich kann ihn schwerlich rauswerfen. Will er kurz Hallo sagen, dann soll er das.«

Sie trocknete sich die Hände an einem Geschirrhandtuch ab, ging in die Hocke und kraulte Märta an der Brust, wo das Fell dicht, weich und ein bisschen zottelig war. Die dunklen Hundeaugen sahen sie vertrauensvoll an.

»Bald machen wir einen Spaziergang. Versprochen.«

Märta legte sich mit der Schnauze flach auf den Boden, eine ihrer Lieblingsstellungen.

Josefin nahm nach und nach das Geschirr vom Tablett. Ihre Mutter schien nicht besonders besorgt über Franks Ankunft. Unfassbar, wenn man bedachte, wie er sich ihr gegenüber verhalten hatte. Und gegenüber ihrer Tochter.

»Ich verstehe, dass es seltsam ist, ihn hier zu sehen«, sagte sie. »Das finde ich auch. Aber ich lasse nie mehr zu, dass sich jemand zwischen uns stellt. Nur dass du das weißt.«

Josefin ging und holte die Putzsachen. Während sie das Flügelgebäude staubsaugte, legte sich ihre Wut. Das war das Leben ihrer Mutter. Sie sollte selbst entscheiden, wie es sein sollte. Wie jeder erwachsene Mensch.

Wie sie selbst.

Die Gedanken wanderten wieder zu *Broken Twill.* Ein Job dort war keine unrealistische Spinnerei. Lou hatte ihr Interesse für Mode gesehen und ihr ihre Visitenkarte gegeben.

Josefin konnte nicht länger warten. Sie musste am Abend mit Harald sprechen.

Die Hühner waren von allein ins Hühnerhaus gegangen und hatten sich für die Nacht auf die Stangen gesetzt. Josefin musste nur die Tür hinter ihnen schließen. Dann stand sie da und ließ den Blick über das Bild schweifen, das sich im Abendlicht vor ihr ausbreitete. Ein Mosaik aus Feldern und Wiesen und Höfen, hier und da durchbrochen von einem Wäldchen. Eingeschnitten in die flachen Hügel verliefen die Straßen.

»Wie schön.«

Sie drehte sich um. Harald war zu ihr getreten.

»Kaum zu glauben, dass das wahr ist. Das alles. Vor allem die Aussicht.«

Er nahm ihre Hand. Josefin erinnerte sich daran, wie sie in Verbindung mit dem Kauf des Hofs ihren Lebenstraum formuliert hatten. Wie sie von ihrem Wagnis gesprochen hatten, andere Alternativen zu sehen. Vom Kürzertreten und der Entscheidung gegen alles, was mehr Energie verlangte, als es der Mühe wert war. In vollem Bewusstsein, das Wichtigste im Leben zu bewahren und auf den Rest zu pfeifen. Auch wenn das ein geringeres Einkommen und einen niedrigeren Lebensstandard bedeutete.

Die Entscheidung für ein einfacheres Leben. Es hatte so gut geklungen. Nur was, wenn es nicht funktionierte?

»Abendessen ist fertig«, sagte Harald.

Sie gingen in die Küche. Im Ofen stand ein Bräter voll backofengerösteten frühen Karotten, frischem Knoblauch, roter Beete und Mangold. Harald stellte einen Joghurtdip und ein Pesto, Teller und Gläser auf den Tisch. Er pfiff vor sich hin, vermutlich aus Freude darüber, dass Hochsaison war. Nicht Winter oder beginnender Frühling, wo ihnen der eintönige Speiseplan aus Kartoffeln und Wurzelgemüse allmählich zum Hals heraushing. Wobei sich Harald natürlich nie darüber beschwerte, er war eher stolz über die Mengen an eingelagertem Gemüse in den sandgefüllten Kisten im Gewächshaus.

Als Josefin das Besteck holte, blieb sie am Küchenfenster stehen. Da stand das Schiffsmodell. Der zweimastige Schoner *Hilda*, den Åke zwar als seinen ausgegeben, der aber eigentlich ihrem Großvater Georg gehört hatte. Eine komplett überflüssige Lüge, die ihm vielleicht spontan gekommen war und die dann zur Wahrheit werden musste, weil er nicht mehr zurückkonnte.

Sie setzten sich und begannen zu essen. Harald sah zwischen zwei Bissen zu ihr.

»Wie war es in der Pension?«

Sie legte das Besteck ab.

»Weißt du, wem ich begegnet bin? Frank.«

Harald regte sich auf wie sie zuvor. Eine Weile redeten sie über seine unerhörte Frechheit, sich ohne ein Wort selbst einzuladen. Aber das war typisch Frank. Harald verstand es nicht.

»Hätte Sally nicht Nein sagen können?«

Josefin schob ein Stück Karotte auf die Gabel. Eigentlich waren ihr im Augenblick ihre Mutter und Frank ziemlich egal. Etwas anderes war wichtiger.

»Jedenfalls wird er morgen abreisen. Hoffentlich.«

Sie atmete tief ein. Am besten, sie sagte es einfach direkt heraus.

»Da gibt es etwas anderes, über das ich gerne reden

möchte. Ich überlege, ob ich nicht versuchen soll, woanders einen Job zu finden. Weiter weg. Nur über den Sommer. In Malmö zum Beispiel.«

Sie wusste nicht einmal, ob es möglich wäre, einen Job zu finden, aber das war ein nachrangiges Problem. Das Grundgefühl blieb ja dasselbe. Harald hob den Blick.

»Malmö? Dass das nicht geht, ist doch klar. Drei Stunden Fahrtzeit jeden Tag.«

Sie trank einen Schluck Wasser und stellte das Glas wieder ab, brauchte Zeit, musste tief durchatmen. Ihr Herz war am Galoppieren.

»Ich dachte an eine Vollzeitstelle. Ich könnte bei Großmutter in Kopenhagen wohnen und von dort aus nach Malmö pendeln. Zwanzig Minuten mit dem Zug.«

Harald starrte sie an.

»Ich sehne mich so danach, zu arbeiten«, sprach sie weiter. »So richtig. In der Stadt zu wohnen. Neue Sachen zu lernen.«

Gerade wollte sie fragen, ob er vielleicht manchmal dasselbe denke, da schob Harald seinen Stuhl so heftig zurück, dass er beinahe umkippte.

»Was redest du da? Es ist mitten im Sommer, du wirst keinen Job kriegen. Weißt du, wie hoch die Arbeitslosigkeit ist? Und außerdem haben wir hier massig zu tun.«

Sie gab nicht auf.

»Ich weiß, dass es vielleicht nicht geht. Aber zumindest könnte ich es versuchen. Und den Hof hast du an den Tagen, an denen ich halbtags in der Pension gearbeitet habe, gut geschafft. Und Peter würde dir sicher auch immer wieder aushelfen.«

Harald brachte seinen Teller zum Spülbecken.

»Jetzt geh nicht«, sagte sie. »Wir können das doch ausdiskutieren.«

»Ich kapiere nicht, wie du denkst. Du kannst nicht einfach von hier weg. Mitten im Sommer.«

Josefin folgte ihm in den Flur.

»Ich fahre rüber zu Svante und Kristin«, sagte er, ohne sie anzusehen. »Helfe ihnen wie versprochen beim Bau ihrer Sauna.«

»Wann kommst du zurück?«

»Weiß ich nicht.«

Er setzte ein Käppi auf und verschwand durch die Tür. Sie blieb zurück, lehnte den Kopf an den Türrahmen.

Vanja

Das Telefonat mit Vibeke war so ausgelassen wie immer. Vanja betrachtete sich im Flurspiegel, wie sie mit dem Hörer am Ohr dastand. Über ihrem ganzen Gesicht lag ein Lächeln, das sie nicht einmal für möglich gehalten hätte. Es war einfach da, ganz natürlich. Von innen. Wie jeden Tag seit letzten Donnerstag. Als Vibeke und sie einander wiedergefunden hatten.

»Fährst du nicht ohnehin nach Kivik?«, fragte Vibeke. »Zu Sally.«

Diese Frage hatte sie in der vergangenen Woche mehrmals gestellt. Vermutlich mit dem Gedanken an Grethe, mit der sie viel Zeit verbrachte. Aber es gab einen himmelweiten Unterschied.

Vanja ging in die Küche, um sich eine Tasse Tee zu machen.

»Ich habe dir gesagt, das ist keine gute Idee.«

Sie füllte den Wasserkocher, drückte den Hebel nach unten und hörte das tiefe Rauschen, als das Wasser allmählig warm wurde. Mit Kaffee hatte sie aufgehört, er schien ihr in dieser Periode der Veränderung nicht zweckdienlich.

»Liebe Vanja«, sagte Vibeke. »Du hast gesagt, sie hat dir im Frühjahr verziehen.«

Vanja öffnete einen der Oberschränke und holte die Teedose heraus. Sie hatte keine Antwort darauf, fühlte nur eine diffuse Unruhe.

»Darum kümmern wir uns nicht jetzt. Es ist, wie es ist.«

»Warum denn?«, fragte Vibeke. »Ruf Peter an und sag ihm, dass wir kommen.«

»Wir?«

»Ja, ich begleite dich und bleibe gern ein paar Tage. Dann kann ich vielleicht auch Sally kennenlernen und das Ganze wirkt nicht so dramatisch.«

Vanja stellte eine Teetasse bereit. Vibekes Gesellschaft für die ersten Tage würde einen großen Unterschied machen. Falls es eine Reise zurück nach Kivik geben sollte. Irgendwann.

»Das ist lieb von dir. Aber so einfach ist es nicht.«

Tief im Innersten wusste sie die Wahrheit. Dass sie sich in Kopenhagen nicht mehr richtig zu Hause fühlte, der Stadt, in der sie so viele Jahre gelebt und die sie immer geliebt hatte. Dass sie nun nach Österlen gehörte. In die kleinen Orte. Svinaberga, Kivik, Södra Mellby und Vitemölle. Dort wollte sie leben. Aber dort konnte sie nicht mehr hin.

Sie war ohne Zuhause. Ein heimatloser Satellit.

»Denk zumindest darüber nach«, sagte Vibeke. »Ich muss jetzt zu Grethe nach Hause und ihr beim Ankommen helfen. Oder besser gesagt zu der Wohnung, in der sie ein Zimmer untermietet.«

»Sie trifft sich doch aber nicht wieder mit Noah, oder?«

»Nein, zum Glück nicht. Aber dieser Einzug bei Freunden scheint mir etwas verkorkst. Vielleicht nehme ich sie mit zu mir.«

Sie verabredeten sich für ein späteres Gespräch. Das Teewasser siedete. Vanja goss es über die schwarzen Teeblätter. Nach Kivik zu fahren, stand überhaupt nicht zur Debatte. Mit oder ohne Vibeke.

Aber sie träumte sich immer öfter dorthin zurück. Damit musste sie leben. Sie konnte alles vor ihrem inneren Auge sehen. Sanfte Böschungen, kiefernbewachsene Sanddünen mit Vertiefungen und Wegen. Und dann das Meer, die Hanöbukten. Die massive Wand. Die so viel sein konnte, still und flach wie eine einfarbige Tapete oder wie ein brüllendes Wildtier.

In dem zugeklebten Kuvert waren nicht viele Briefe. Nur acht Stück. Vanja legte sie in chronologischer Reihenfolge auf den Küchentisch. Sie waren in großen Abständen gekommen, als Antwort auf ihre Briefe, die sowohl zahlreicher als auch ausführlicher gewesen waren. Beim Anblick von Georgs kurzen Mitteilungen so nah nebeneinander schwand beinahe jegliche Energie. Obwohl es viele Jahre her war, dass sie einen davon zuletzt gelesen hatte, kannte sie die Formulierungen beinahe wortwörtlich. Die Sätze kamen zurück wie der Text eines alten Schlagers aus der Jugendzeit, den man seit Ewigkeiten nicht mehr gehört hat, aber den man, wenn man ihn unerwartet einmal hört, auswendig kann.

Die wenigen Male, da Georg zurückgeschrieben hatte, war seine Antwort immer dieselbe. Dass es das Beste sei, wenn Vanja das Mädchen nicht treffe, bevor sie ihre Existenz nicht geordnet habe, mit festem Wohnsitz und stabilem Einkommen. Sally habe es gut, betonte er mehrmals.

Es würde sie zerreißen, wenn ihre Mama zurückkommt und wieder verschwindet. Kapier das doch!

Sie hatte es letztendlich kapiert. Hatte resigniert aufgegeben und sich auf das Leben in der Fünfzimmerwohnung mit Ditte und Mikkel, Rami, Sören, Karla und Vibeke konzentriert, zum Teil dieselbe Clique, mit der sie auch das Atelier mietete. Hatte sich dafür entscheiden, nach vorne zu blicken. Ohne Sally.

Wie hatte sie so denken können? Vanja verstand es schlicht nicht. Aber die Briefe gaben doch gewisse Hinweise auf den jungen, labilen Menschen, der sie in den Siebzigern gewesen war. Georgs Versicherung, ihre Tochter habe alles, was sie brauche. Die Andeutungen, Sally habe ihre Mutter vergessen und frage nie nach ihr. Dass es für das Mädchen nur eine unangenehme, erschreckende Erfahrung wäre, wenn Vanja plötzlich wiederkäme und ihre ganze Existenz in Stücke reiße, und anfinge, geliebt werden zu wollen.

Ein Kind sei kein Spielzeug, das man abgebe, wenn man müde ist, schrieb Georg. Vanja habe egoistisch und unverantwortlich gehandelt und habe kein Recht, anzukommen und zu stören. Dieses Recht habe sie an dem Tag verwirkt, als sie nach Kuba abgehauen war.

Und daraufhin hatte Vanja ihren Blick in eine andere Richtung gelenkt. Hatte versucht, ihr Leben so gut wie möglich zu leben. Ohne Geld und ohne Familie, aber immerhin mit der Würde, zumindest ihr Talent genutzt zu haben.

Die Künstlerinnenrolle war eine Identität für alle, die in kein normales Schema passten. Darin hatte sie sich verstecken und nach Gemeinschaft unter Gleichgesinnten suchen können, ohne als tragische Figur angesehen zu werden. Sich dem kreativen Fluss hinzugeben, hatte auch bedeutet, schmerzhafte Gedanken auszublenden, damit sie nicht unerträglich wurden.

Vanja nahm einen Brief und flog mit dem Blick über die Zeilen. Georg musste ihn wütend geschrieben haben. Offenbar hatte sie verlangt, ihre Tochter nach Kopenhagen holen zu dürfen.

Nie im Leben! Sally wird unter gar keinen Umständen einer neuen Sprache und einem neuen Land ausgesetzt. Sie wird nicht so weit weg von ihrem Vater und allen, die sie kennt, leben. Außerdem bist du bettelarm, wie willst du denn ein Kind versorgen?

Erschüttert legte sie den Brief auf den Tisch und ging zur Vorratskammer. Dort stand eine halbe Flasche Whiskey. Sie würde nur ein halbes Glas trinken, nicht mehr. Sich ins offene Fenster stellen und zur Beruhigung der Nerven einen Zigarillo rauchen.

Vanjas Hand schloss sich um die Flasche. Sie brachte sie zur Küchenzeile und suchte in den Oberschränken nach einem Glas. Es gab kein sauberes, nur eine Teetasse. Und das Päckchen Zigarillos, wo war das? In der Brusttasche der Armyjacke, fiel ihr ein. Die hing draußen im Flur.

Dann stand sie nur da, mit in die Hüften gestützten Händen. Wem versuchte sie etwas vorzumachen? Sie hatte mit Hochprozentigem und Rauchen aufgehört. Es schmeckte ihr nicht mehr. Wenn sie wieder damit anfing und sich wieder daran gewöhnte, würde davon nichts besser werden. Sie war auch so schon einsam und traurig genug. Die Last ihrer Unzulänglichkeiten musste nicht vergrößert werden.

Mit einer raschen Bewegung schraubte Vanja die Whiskeyflasche auf und kippte den Inhalt in den Abfluss. Nach ein paar Sekunden Gluckern war die Flasche leer. Sie warf sie in die Altglaskiste, drehte den Wasserhahn auf und spülte den Alkoholgeruch aus dem Spülbecken. Dann ging sie in den Flur und zerrte das Zigarillopäckchen aus der Jackentasche. Es waren noch fünf Zigarillos darin, sie knüllte die Packung zusammen, stopfte sie tief in die Mülltüte, knotete die Tüte mit einem Doppelknoten zu und stellte sie vor die Wohnungstür ins Treppenhaus, um sie nicht zu sehen. Der schwache Tabakgeruch in den Nasenlöchern verursachte ihr Unwohlsein.

Am Regal beim Schallplattenspieler blätterte sie durch abgegriffene Plattenhüllen. Bob Dylan, Rolling Stones, Beatles und Simon & Garfunkel. Und dann Joni Mitchell. *Help Me* sollte es sein. Auch wenn das Thema des Songtextes so fern schien wie das Leben auf einer Raumstation.

Aber Hilfe hatte sie nötig. Und Unterstützung, von den Freunden, die es noch gab. Allen voran von Vibeke.

Vanja raffte die Briefe zusammen und steckte sie in das leere Kuvert zurück. Sie hatte gerade alles in die Kiste gelegt, als das Telefon läutete. Es war Gorm aus der Galerie.

»Vanja! Was machst du? Bist du in der Stadt?«

»Wieso?«

»Ich habe hier ein paar junge Kunststudierende. Eine Gruppe Mädchen, sehr enthusiastisch. Deine größten Bewunderinnen. Kannst du nicht herkommen?«

»Jetzt?«

»Ja!«

Gorm am anderen Ende kicherte los.

»Ich habe ihnen deine alten Werke auf Dia gezeigt. Es wäre fantastisch, wenn du ihnen ein bisschen davon erzählen würdest, was du in jenen Jahren gemacht hast. Und natürlich auch, was du heute machst.«

Vanja betrachtete ihr Gesicht im Flurspiegel. Sie sah müde aus. Und alt. Die Linien um den Mund waren tiefer geworden.

»Darling«, sagte Gorm. »Bitte.«

Sie strich eine Haarsträhne aus der Stirn. Vielleicht war es kein großer Aufwand.

»Gut, gut, ich komme.«

Es waren fünf. Jung, irgendwas zwischen neunzehn und fünfundzwanzig Jahre alt, in Vintage-Klamotten, mit Jutebeuteln und Frisuren vom punkigen Igelkopf bis zum sorgfältig getafteten Fünfzigerjahre-Pagenschnitt.

Ihre Blicke hingen an Vanja, die vor dem altmodischen Diaprojektor stand, den Gorm in dem kleineren Raum neben seinem Büro aufgebaut hatte. Sie war berauscht. Konnte kaum glauben, dass sich ein junges Publikum für das interessierte, was sie vor unheimlich vielen Jahren geschaffen hatte.

»Wann haben Sie mit dem Malen angefangen?«, wollte ein Mädchen mit blaugefärbten Haaren wissen.

»In meinen frühen Zwanzigern. Als ich anfing, mich für Kunst zu interessieren, und in Ausstellungen ging, fotografierte. Und dann habe ich eine Menge Kunstbücher gekauft und sie gründlich studiert.«

Ein anderes Mädchen mit runder Brille und kurzgeschnittenem Pony hob die Hand.

»Warum wollten Sie Künstlerin werden?«

Vanja überlegte. Das war keine einfache Frage.

»Ich glaube, Kunst wurde für mich eine Art, mein Leben zu verstehen. Über mich zu reflektieren und alles, was damals geschehen ist. Aber auch das, was um mich herum geschah.«

Das klang vielleicht platt, aber eine andere Antwort konnte sie nicht geben.

»Kunst ist lebensnotwendig«, fügte sie hinzu. »Das habe

ich bereits als junge Frau gespürt. Eine Gesellschaft ohne Kultur ist nichts.«

»Was für eine Art Kunst machen Sie heute?«, fragte ein dickliches Mädchen, deren Haare feuerrot leuchteten.

»Ich bewege mich frei zwischen unterschiedlichen Ausdrucksformen. Wie seit jeher.«

Gorm stand lächelnd neben ihr.

»Vanja hat in ihrer künstlerischen Praxis immer zwischen Malerei, Textilgestaltung, Fotografie und Grafik gewechselt«, sagte er. »Sie tut genau das, wonach sie sich im Moment fühlt. Wobei die Malerei eine mehrere Jahrzehnte andauernde Pause erhalten hat.«

Er kratzte sich an der Schläfe, sodass die seitlichen, weißen Haare noch etwas mehr unter dem Mützenrand hervorstanden. Heute war das Häkelmützchen orange. Vanja mochte sein glucksendes Lachen.

»Wenn Sie die Sechziger mit dem heutigen gesellschaftlichen Klima vergleichen, was sind Ihrer Meinung nach die größten Veränderungen für weibliche Künstler?«, wollte ein anderes Mädchen wissen.

Vanja verrannte sich in eine verschlungene, nicht im Geringsten stringente Aussage, aber die fünf jungen Feministinnen hörten andächtig zu.

Danach wurden diese Gedanken unterbrochen. Ein Mädchen mit schwarzen Zöpfen bat Gorm, ein paar Dias zurückzuklicken. Es gebe eines, das sie besonders interessiere.

»Stellt es etwas dar? Oder ist es ein Symbol für etwas? Und wenn ja, was?«

Das Bild war ein kleines Aquarell, in dem Grün und Türkis ineinanderflossen.

»Das habe ich irgendwann in den Siebzigern gemacht«, sagte Vanja. »Ich glaube, ich habe versucht, den Dschungel und das Meer einzufangen.«

Sie betrachtete das Werk. Wusste genau, wann sie es gemalt hatte. Nämlich kurz nach ihrem Einzug ins Landwirtschaftskollektiv in Søvind. In der untersten Ecke gab es eine kleine Gestalt, in dem Wirrwarr aus Grüntönen kaum sichtbar. Die Gestalt war Trine. Aber über sie konnte Vanja außer mit Vibeke mit niemandem sprechen.

Die Fragestunde war vorbei und die Mädchen bedankten sich artig. Als sie verschwunden waren, nahm Gorm Vanjas Hände.

»Vielen Dank, meine Liebe. Das war ein großes Ereignis für sie.«

Sie kicherte. Die Dias und der Enthusiasmus der jungen Frauen waren wirklich inspirierend gewesen.

»Ich hatte eine sehr gute Zeit. Was für eine Anerkennung, so viele Jahre später.«

»Jetzt hoffe ich, dass du bald deine Schaffenslust wiederfindest. Viel Glück dabei. Und einen schönen Sommer, falls du in Urlaub fährst.«

»Mal sehen. Vielleicht.«

Sie umarmten einander. Dann trat Vanja auf den heißen Bürgersteig.

Sie holte das Handy aus der Handtasche. Wenn sie mit Vibeke nach Kivik fuhr, musste Peter vorbereitet werden. Selbst wenn sie nicht hundertprozentig sicher war.

Die SMS wurde kurz. *Denke darüber nach, vielleicht zurückzukommen. Eventuell. Gebe vorher Bescheid. Okay?*

Die Antwort kam prompt: *Bist jederzeit willkommen!!!*

Als sie gerade das Telefon in die Tasche zurückstecken

wollte, piepte es. Bestimmt wollte Peter mehr darüber hören, was sie zu diesem Entschluss gebracht hatte.

Aber da stand nicht Peters Name auf dem Display, sondern eine unbekannte Nummer. Vanja zögerte, normalerweise nahm sie nie ab, wenn sie nicht wusste, wer da anrief. Aber irgendwas ließ sie es trotzdem tun.

»Hallo, Vanja? Hier ist Grethe.«

Sie klang aufgelöst. Bestimmt war etwas mit Noah.

»Hallo, Grethe. Was gibt es?«

Unkontrolliertes Schniefen auf der anderen Seite.

»Mama hatte einen Unfall.«

»Was für einen Unfall?«

»Mit dem Fahrrad. Es ist ernst. Ich bin im Krankenhaus. Du musst sofort herkommen.«

Vanja stützte sich an einer Hausmauer ab. Der Mörtel, der die Steine zusammenhielt, war grauweiß, in einer seltsamen Form. So scharf in seinen Konturen, dass es fast weh tat.

Sie hob den Blick wieder, wartete, bis der Schwindel sich legte.

»Ich komme. Welches Krankenhaus?«

Josefin

Eine Fliege schwirrte um die Deckenlampe. Josefin drehte sich im Bett herum und boxte auf ihr Kopfkissen. Sie hatte erbärmlich geschlafen. Haralds Bett war leer, die zweite Nacht in Folge. Er war am Montagabend spät nach Hause gekommen und hatte sich direkt mit einer Decke aufs Sofa gelegt. Hatte, ohne nochmal mit ihr zu sprechen, geschlafen. Und das Schweigen hatte sich seitdem gehalten. Wenn sie irgendwelche Sätze wechselten, dann ging es um den Hof. Er hoffte offenbar, sie käme wieder zu Sinnen, wenn er das Ganze nur aussaß.

Josefin schlüpfte in den Morgenrock und ging die Treppe hinunter. Aus dem Erdgeschoss duftete es nach Kaffee und geröstetem Brot, aber die Küche war leer. Harald hatte schon gefrühstückt. Sie konnte durchs Küchenfenster sehen, wie er drüben am Hühnerhaus irgendwas werkelte. Ein energisches Geschleppe von Planken und Futtersäcken sowie mehrere Touren mit der Schubkarre.

Sie suchte ihre Holzpantoffeln und ging hinaus. Der Morgen war diesig und Regen lag in der Luft. Eine schöne Abwechselung nach einer Woche durchgehendem Sonnenschein. Die Pflanzen brauchten Wasser.

Harald nickte ihr zu, als sie über den Hofplatz kam. Sein Nicken war weder abweisend noch versöhnlich, sondern vollkommen neutral. Er trug einen alten, kaputten Gartenstuhl in den Hühnerhof.

Josefin schaute durch den Hühnerdraht.

»Was machst du Schönes?«

Er hatte auch einen alten Hocker ins Freigehege gestellt,

der zusammen mit dem Stuhl eine kleine Hütte bildete. Bei zu starker Sonne oder bei Regen versteckten sich die Hühner gern unter Möbeln.

»Auf lange Sicht sollten wir zwei Hühnerausläufe haben«, sagte Harald. »Direkt nebeneinander. Die Hühner fressen das grüne Gras und Ungras dermaßen schnell, da wäre es gut, wenn wir zwischen zwei wechseln könnten, sodass sie immer frisches Gras haben.«

Er klang wie immer. Ging gestikulierend im Hühnerhof auf und ab.

»Ich habe irgendwo gelesen, dass man einen Holzrahmen mit einem Gitter darüber bauen kann und darunter Gras sät. Dann fressen die Hühner die Halme ab, die durchs Gitter wachsen. Das wäre vielleicht fürs Erste einen Versuch wert.«

Sie zog den Morgenmantel fester um sich.

»Ja, warum nicht?«

Wenn er so tun wollte, als hätte das Gespräch am Montag nicht stattgefunden, war das sein Problem.

»Hast du über das nachgedacht, was ich gesagt habe? Dass ich versuchen möchte, einen Sommerjob in Malmö zu finden?«

Harald hatte den Rechen gegriffen, um im Hühnerhof etwas sauber zu machen. Er hob den Blick.

»Ich finde, es klingt idiotisch. Und ich habe gehofft, dass du es dir anders überlegst. Es ist mitten im Sommer und wir haben einen Hof zu bewirtschaften. Ich dachte, du hättest zugehört, als ich das das letzte Mal gesagt habe.«

»Du bist derjenige, der hier nicht zuhört. Ich fände es nett, eine Weile wegzukommen und etwas anderes zu arbeiten. Außerdem würde ich etwas dazuverdienen.«

Er starrte sie finster an.

»Nett? Es geht hier um Verantwortung. Und etwas dazuverdienen kannst du auch in der Pension.«

»Können wir nicht versuchen, eine Lösung zu finden?«

»Es wäre besser, wenn du versuchen würdest, Lösungen für all das zu finden, was hier auf dem Hof in Ordnung gebracht werden muss. Anstatt dich ewig schlecht zu fühlen, weil ein altes Schaf eines natürlichen Todes gestorben ist.«

Josefin wollte widersprechen. Offenbar versuchte er nicht einmal, sich in ihre Gedanken hineinzufühlen. Aber sie hatte kein gutes Argument, denn es stimmte, sie dachte noch immer an Ullis.

Harald rechte mit kurzen rastlosen Bewegungen im Hühnerhof herum.

»Wenn du mehr über plötzliche Todesfälle auf der Weide lernen willst, kannst du mit Kristin oder Svante sprechen. Sie können es besser erklären als ich und von ihren Erfahrungen erzählen.«

»Kapierst du es denn nicht? Ich habe es satt, mich mit Bauern und ihren Weibern zu treffen, die alle dreißig Jahre älter sind als wir.«

Harald unterbrach das Rechen. Warf ihr einen langen Blick zu.

»Nein, an Svante und Kristin ist nichts falsch«, sagte sie, »aber manchmal denke ich an all das, was wir am Anfang hatten. Du und ich. Als wir uns kennengelernt haben.«

»Was denn? Die eingepferchte Enge in einer Studentenbude von einundzwanzig Quadratmetern.«

»Ja, zum Beispiel. Erinnerst du dich daran, wie wir gebüffelt und Party gemacht haben? Und nur für uns Verantwortung hatten. Keine Zeiten, nach denen man sich richten musste, kein Berg Rechnungen, der zu bezahlen war. Und wir haben ständig neue Menschen kennengelernt.«

Er schüttelte langsam den Kopf.

»Das reizt mich überhaupt nicht mehr.«

»Ich meine auch nicht genau das.«

»Hast du doch gerade gesagt.«

»Ja, aber ...«

Sie wurde still. Wusste nicht, wie sie es erklären sollte. Das Ganze klang dumm und kindisch.

Es war eine Frage nach ein paar Wochen Sommerjob. Eigentlich keine große Sache. Aber hinter ihrer Sehnsucht nach etwas Zeit in der Stadt verbargen sich größere Fragen, die immer schwerer zu verdrängen waren. Wollte sie auf einem Hof auf dem Land leben? Hatte sie dasselbe getan wie ihre Mutter? War sie dermaßen in dem Menschen aufgegangen, in den sie sich verliebt hatte, dass sie darüber vergessen hatte, sich zu fragen, was sie selbst eigentlich wollte?

In der Ferne sang ein Vogel mit einem schrillen, klagenden Laut.

Josefin holte erneut Luft. Der verbotene Gedanke. Sie musste ihn trotzdem wagen.

»Manchmal denke ich, es ist vielleicht Zeit, etwas anderes zu machen. Drei Jahre sind eine lange Zeit.«

»Etwas anderes? Als was?«

»Das hier. Den Hof.«

Harald pulte an einem Fingernagel herum, antwortete nichts.

»Wir könnten uns eine Wohnung in Malmö kaufen«, sagte sie. »Oder vielleicht ein kleines Haus außerhalb. Das können wir uns vielleicht leisten. Wir brauchen nicht besonders viel Platz. Und dann besorgen wir uns normale Jobs.«

Diese Falte zwischen den Augen.

»Und die Freiheit, die wir hier haben?«

»Freiheit kann unterschiedlich aussehen.«

»Für mich ist die Definition von Freiheit, dass man Herr über seine Zeit ist und selbst bestimmt, was man tun will.«

»Aber dafür braucht man genug Geld.«

»Und du glaubst, alles löst sich, wenn du einen Sommerjob in Malmö findest? Das wird nichts werden. Sei froh, dass du in der Pension arbeiten kannst.«

Er kam da offenbar nicht raus. Wenn sie ihm in die Augen blickte, sah sie darin nur Unverständnis, sonst nichts.

Harald fing wieder an zu rechen.

»Ich will auf Vallmogården leben. Für immer. Auch wenn man manchmal sparsam sein muss. Aber mach, was du willst. Nur rechne bei deinen Plänen nicht mit mir.«

Josefin ging ins Haus zurück, kickte im Flur die Holzpantoffeln von den Füßen und trat von da aus in die Küche. Starrte in den Kühlschrank, ohne den blassesten Schimmer zu haben, was sie herausholen wollte.

Harald zog es vor, allein auf dem Hof zu bleiben, statt mit ihr zusammen zu sein. Er hatte den gemeinsamen Einjahresplan über Bord geworfen. Das war die eigentliche Bedeutung hinter seinen Worten. Sie selbst hatte es immer als gegeben angesehen, dass sie ein Paar wären, auch wenn sie in einem Müllcontainer leben würden.

Aber vielleicht war es Zeit, diese Einstellung zu ändern, jetzt da Harald einfach nicht sensibel sein wollte. Sie konnte genauso stur sein wie er. Ihr eigenes Ding machen.

Durchs offene Fenster sah sie den Nachbarsbauern am Zaun der Kuhweide entlanggehen. Er winkte ihr lächelnd zu, sagte etwas Unhörbares in seinem breiten Österlenisch. Josefin winkte zurück. Dann ließ sie langsam die Hand sinken.

Dieser Bauer, der immer weiter wegging, war eine Art Sinnbild. Für all das, wofür er stand. Die Anforderung, immer bereit zu sein, sich gemäß streng regulierter Erwartungen auf eine bestimmte Weise zu verhalten.

Das war in Großstädten nicht der Fall. Dort konnte man sich genau so verhalten, wie man wollte, ohne dass irgendjemand eine Meinung dazu hatte.

Lou hatte ihr Look gefallen. Hatte sich positiv über sie geäußert. Sie gesehen.

Harald war auf dem Kartoffelacker. Josefin ging hinter den Brennholzschuppen, tippte die Nummer ein und wartete.

Broken Twill. Sie betrachte Lous Visitenkarte, die kleine hellbraune Lederimitation aus Papier. *Quality Wear.* Die ganz unten in roten Ziffern stehende Nummer konnte sie mitterweile auswendig.

Nach ein paar Ruftönen ging Lou ran.

»Ach, hallo«, sagte sie. »Danke für die Hilfe mit der Hofwirtschaft. Es hat uns wahnsinnig gefallen, meinen Freunden und mir.«

»Das freut mich.«

»Sie wohnen in Tomelilla. Eigentlich nicht so weit weg und haben doch keinen Schimmer von der Gegend um Kivik. Beschränkte Typen.«

Lou lachte. Im Hintergrund hörte man ruhige, geschmeidige Musik, klang wie alter Soul. Töne aus der Ferne.

»Lustig, dass du anrufst«, sagte sie. »Ich habe nämlich an dich gedacht. Du bist irgendwie herausgestochen.«

Josefin scharrte mit der Holzschuhspitze in der trockenen Erde herum.

»Du hast mir ja deine Karte gegeben und ... da wollte ich fragen, ob du vielleicht in deinem Laden noch Personal brauchst? Jetzt im Sommer.«

Einen Augenblick Schweigen.

»Ich habe schon einen supertüchtigen Typen hier.«

»Aha. Okay.«

»Arbeitest du nicht in der Pension?«

»Doch. Aber die Pensionswirtin ist meine Mutter. Ich würde gern was anderes machen.«

Josefin blickte über das Zuckerrübenfeld. Wie hatte sie sich nur einbilden können, sie könne einen Job bei Lou bekommen? Aber das war ein erster Versuch. Wurde es nichts bei *Broken Twill*, gab es vielleicht andere freie Sommerjobs in Malmö. Sie durfte nicht wählerisch sein. Putzen konnte sie überall.

Die Musik im Hintergrund wechselte. Ein neuer Song mit schnellerem Tempo. Lou räusperte sich.

»Normalerweise arbeiten bei mir ja zwei Leute. Eine sollte im August zurückkommen, aber sie hat gerade ihre Elternzeit verlängert. Also habe ich tatsächlich darüber nachgedacht, bald jemanden zu suchen. In ein paar Wochen.«

»Nicht jetzt?«

»Nein.«

Schweigen in der Leitung. Dann ein weiterer kurzer Lacher.

»Ach, was soll's, natürlich brauche ich ein tolles Mädchen. Mit der richtigen Einstellung.«

Josefins Atem wurde schneller. Ein tolles Mädchen. Genau das war sie. Lou sollte sehen, dass sie keinen Fehler gemacht hatte.

»Komm am Samstag her«, sagte Lou. »Wir machen um zwölf auf.«

»Samstag um zwölf. Danke. Ich bin da.«

Josefin beendete das Gespräch. Ihr Ohr war heiß, der Kopf wie ausgeknockt. Sie hatte einen Job! Eine richtige Arbeit, mitten in Malmö.

Etwas zum Wohnen. Das war der nächste Schritt. Die einzige Möglichkeit war ihre Großmutter in Kopenhagen. Würde sie sich darauf einlassen, Josefin mehrere Wochen zu beherbergen? Die Wohnung hatte nur zwei Zimmer und die ganzen Kunstprojekte beanspruchten Platz. Besonders da ihre Großmutter das Atelier in Svinaberga nicht nutzte.

Aber sie hatten sich seit zwei Monaten nicht gesehen. Hoffentlich würde sie sich freuen.

Sally

Sally ging den Buchungskalender durch. Die Pension war für mindestens eine weitere Woche ausgebucht. Ein paar Gäste waren abgereist und von neuen abgelöst worden. Aber in einem der Einzelzimmer war noch immer Frank. Er belegte seit Montag das Cox Orange. Heute war Donnerstag. Drei Tage in Folge hatte er im Garten gesessen und ein Buch gelesen, wenn er nicht gerade mit dem Auto zu einem der Strände in der Nähe gefahren war oder die Umgebung erkundet hatte. Jeden Tag hatte sie gehofft, er würde auschecken und verschwinden. Verstehen, dass er nicht erwünscht war. Aber das war nicht geschehen.

Anfangs hatte sie sein Verhalten irritiert. Dann hatte sie ihn ignoriert. Es gab genug Arbeit, und er hatte bisher nicht sonderlich um Aufmerksamkeit geheischt. War nur entgegenkommend und ganz davon überwältigt, wie angenehm diese Gegend war.

Peter hatte sich die ganze Woche noch nicht sehen lassen. Laut Liselott werkelte er an irgendeinem Gartenprojekt auf seinem Hof. Vielleicht war eine SMS okay?

Vielleicht auch nicht. Zuerst musste Frank weg.

Sally klappte den Laptop zu. Es galt herauszufinden, was er eigentlich wollte.

Während sie sich um den Abwasch kümmerte, warf sie einen Blick aus dem Fenster. Der Nebel hatte sich gelichtet und es klarte allmählich auf. Frank saß mit einer Tourismusbroschüre in den Händen auf dem Gartensofa. Er trug Shorts und ein T-Shirt, die bloßen Füße hatte er auf einen Stuhl gelegt.

Peters schwarzer Toyota erschien vor der Steinmauer. Sallys Pulsschlag beschleunigte sich, als er aus dem Auto stieg und durchs Gartentor kam. Dann stand er mit einem seltsamen Gesichtsausdruck vor ihr in der Küche.

»Guten Morgen«, sagte sie.

»Hallo. Du trinkst vielleicht besser ein Gläschen Birnenlikör.«

Sie verzog den Mund. Peters selbstgebrannter Birnenlikör. Von dem er ihr eine Flasche gegeben hatte. Der ihr zum ersten Mal in seiner Küche in Svinaberga angeboten worden war. Nach Åkes Begräbnis.

»Nicht um halb zehn Uhr morgens. Was ist los?«

»Dann etwas Wasser. Wenn schon nichts Hartes.«

»Jetzt sag, was los ist.«

Sally ließ Wasser in ein Glas laufen und trank einen Schluck. Sie hatte nämlich tatsächlich Durst. Schön, ihn wiederzusehen und festzustellen, dass sie Freunde sein konnten, genau wie immer. Nichts schien kaputtgegangen zu sein.

Peter setzte sich auf die Küchenbank und fuhr sich durch die strubbeligen Haare. Das Silberarmband um sein Handgelenk mit dem eingravierten *Ellen* glänzte.

»Vanja hat geschrieben. Vielleicht kommt sie zurück. Und wenn, bedeutet das wohl, dass sie dich kennenlernen möchte. Diesmal richtig.«

Sally schwieg.

Vanja, zurück in Svinaberga. In Peters altem Stallgebäude, wo sie sich vor einigen Jahren eingemietet hatte. Wo ihr Atelier und zweites Zuhause war, neben der Wohnung in Kopenhagen.

Klar würde sie irgendwann wiederkommen. War dieses »irgendwann« jetzt?

Peter musterte sie.

»Was sagst du dazu, falls es so kommt?«

»Ich finde, das klingt gut.«

»Dann willst du sie kennenlernen.«

»Nur, wenn sie will.«

»Da bin ich mir ganz sicher.«

Sally griff nach dem Besen und fegte am Boden einige Brotkrümel zusammen. Momentan konnte sie sich nicht konzentrieren, weder auf Peters Anwesenheit noch darauf, wie sie mit Vanja umgehen würde. Nicht mit Frank im Garten. Das war zu viel auf einmal.

Sie fegte weiter, nun unterm Tisch.

»Ich störe dich nicht länger bei der Arbeit«, sagte er. »Wollte dir das nur sagen. Aber noch eins, erzähl Josefin lieber noch nichts. Falls nichts daraus wird.«

Peter stand auf. Bevor er gehen konnte, trat sie ihm in den Weg. Sie musste sich versichern, dass alles in Ordnung war. Dass sie sich nichts einbildete.

»Nur eine Sache, sicherheitshalber. Die Sache an Mittsommer. Ich möchte nicht, dass das irgendwas kaputtmacht. Wir sind noch Freunde? Wie immer?«

Zuerst wirkte er überrumpelt, dann lächelte er. Sie konnte nicht ausmachen, ob er erleichtert war oder nicht.

»Natürlich.«

»Gut.«

Durchs Fenster sah sie den Toyota verschwinden. Frank war auch weg, vielleicht war er in sein Zimmer gegangen.

Sie musste mit Liselott sprechen.

Sally stellte das Abwesenheitsschild in die Diele und rief nach Märta, die seit dem Morgenspaziergang auf dem

Treppenabsatz geschlafen hatte. Nun wachte sie auf und betrachtete Sally mit ihren traurigen Augen.

»Komm, wir gehen raus!«

Märta sprang auf und machte mit wedelndem Schwanz einen schwerfälligen Satz von der Treppe. Sally nahm den Hund an die Leine. An Donnerstagvormittagen hatte Liselott meist Zeit, da hatte sie weder Fußpflegekundinnen, noch saß sie an der Kasse bei ICA.

Ein Spaziergang, der am Hafen endete. Da könnten sie Flynn und Britta Hallo sagen, deren altes Fischerboot *Dahlia* neulich zu Wasser gelassen worden war.

Die Vormittagssonne hatte es durch die Wolkendecke geschafft und schien auf Sally, Liselott und Märta auf dem Weg am Meer entlang.

»Wie geht es mit deinem Ex bei dir?«, wollte Liselott wissen.

»Ehrlich gesagt, keine Ahnung. Es war so viel los, ich bin gar nicht dazu gekommen, wirklich mit ihm zu sprechen. Vielleicht aber auch vor allem deshalb, weil ich nicht weiß, was ich sagen soll.«

»Was sagt Josefin dazu, dass er hier ist?«

Sally sah zu Märta, die am Wegrand etwas beschnüffelte.

»Sie ist nicht gerade froh darüber. Aber sie sind sich seit dem ersten Tag nicht mehr begegnet. Er ist losgezogen, bevor sie zur Arbeit kam, und war nicht zurück, bevor sie nach Hause ist. Besser so.«

»Er will dich auf jeden Fall zurück«, sagte Liselott.

»Sicher ist das nicht.«

»Hast du Interesse?«

»Nicht die Bohne.«

Sally wich mit dem Blick aus, um nicht rot zu werden. Sie wollte nur Peter. Aber das durfte niemand wissen. Und vielleicht war es nun sowieso hinfällig.

Liselott wirkte geheimniskrämerisch.

»Du willst also nicht wieder mit ihm vereint werden? Kein winziges bisschen?«

»Nein.«

»Wie lange wart ihr zusammen?«

»Fünf Jahre.«

Sally blickte aufs Meer hinaus. Die Erinnerungen an diese Zeit waren schmerzhaft. Sie und Josefin hatten in der Zweizimmerwohnung in Södermalm gelebt. Frank war nur ab und zu zu Besuch gekommen, hatte sich aber zu der Aussage berechtigt gefühlt, ihre Teenagertochter benehme sich falsch. Sally hatte schwach protestiert und gehofft, mit der Zeit würde sich alles lösen. Wenn sie nur geduldig blieb und durchhielt, würden sie zu einer netten Patchworkfamilie.

»Du weißt, was war. Als wir uns kennengelernt haben, hatte ich sehr lange keine Beziehung mehr gehabt. Ich habe mich danach gesehnt, mit jemandem zusammen zu sein.«

Wenn sie sich etwas wünschte, dann, diese Jahre ungeschehen zu machen. Einen völlig anderen Weg einzuschlagen, Josefin zu zeigen, dass sie mehr wert war als irgendjemand sonst auf dieser Welt. Aber die Zeit ließ sich nicht zurückdrehen. Und magische Wünsche gab es nicht.

Sally dachte lieber nicht daran. Jetzt war sie mit Josefin wieder versöhnt, und sie würden einen fantastischen Sommer haben. Miteinander in der Pension arbeiten, einander näherkommen. Reparieren, was kaputtgegangen war, und jede versäumte Minute wiedergutmachen.

Außerdem war Vanja vielleicht, vielleicht auf dem Weg zurück nach Kivik. Wenn Peters Annahme stimmte, war das eine große, wichtige Sache. Eine Chance auf einen Neuanfang, für sie beide.

»Ich denke, du solltest abwarten und sehen, was geschieht«, sagte Liselott. »Entweder hat er sich verändert, oder er ist noch derselbe Idiot wie früher.«

»Ich soll ihn also nicht rauswerfen?«

»Das wäre wohl etwas überdramatisch. Er wirkt nicht gerade gefährlich. Wenn du mich fragst, eher ziemlich nett. Und außerdem hast du so ein Zimmer vermietet.«

»Ja. Stimmt.«

»Und wenn er mitten in der Nacht bei dir klopft, musst du ebenfalls nicht Nein sagen. Wenn du nicht willst.«

»Hör auf.«

Liselott kicherte.

»Was denn, er sieht doch gut aus. Nimm es nicht so ernst.«

»Sagst gerade du. Die überhaupt niemanden treffen will.«

»Ja, aber das ist eine ganz andere Geschichte.«

Sie erreichten die Hafengegend und passierten die Bootshäuser mit den Stapeln von vergilbt grauem Holz, Bojen und aufgerollten Seilen davor. Es roch angenehm nach Teer und Malfarbe. Der Wind heute war ziemlich frisch, die Stahlseile klirrten gegen die Aluminiummasten. Vom Liegeplatz der *Dahlia* drang leises Reden aus einem Radio, vermischt mit dem Schreien der Sturmmöwen.

Märta zerrte an der Leine, um den wuscheligen Hund Chester zu begrüßen, der an einer Bank angeleint war und sofort aufgeregt bellend aufsprang.

Britta stand in ihrer üblichen Arbeitshose an der Reling und kramte in einer Werkzeugkiste.

»Zumindest habt ihr sie ins Wasser gekriegt«, sagte Sally. »Pünktlich zu Mittsommer.«

Britta sah hoch und lachte.

»Ja, unglaublich, oder?«

Flynn arbeitete achtern. Die Motorhaube war geöffnet und der Motor lag frei, ein schwarzer, öliger und abschreckender Dschungel aus Rohren, Metallteilen und kleinen Rädchen. Ein Transistorradio lief, dem aber niemand lauschte.

Kaum zu glauben, dass das Paar aus Malmö nicht schon sein ganzes Leben lang an alten Booten herumschraubte. Doch sie waren erst vor ein paar Jahren dauerhaft nach Kivik gezogen. Britta war eigentlich Journalistin und Flynn Art Director. Sie wirkten beide jünger als fünfundvierzig und zweiundfünfzig. Dass sie an Stresssymptomen litten, war überhaupt nicht zu merken, die Entscheidung für einen neuen Lebensstil hatte offensichtlich funktioniert.

»Wollt ihr eine Tasse Kaffee?«, fragte Flynn. »Wir wollten grad welchen trinken.«

Sally band Märta neben Chester an die Bank und kletterte an Bord. Die Hunde beschnüffelten einander schwanzwedelnd. Flynn schenkte Kaffee aus einer Thermoskanne ein und holte eine Tüte Zimtschnecken, Britta nahm aus einer Kühltasche eine Flasche Milch. Sally und Liselott hockten sich auf zwei niedrige, von Fischschuppen silbrig glänzende Plastikhubbel.

»Ist es hart mit der Pension?«, wollte Britta wissen.

Sally nahm sich eine Schnecke.

»Aber nein. Es läuft gut. Josefin arbeitet manchmal mit.«

Flynn lehnte sich an die Reling. Seine Locken flatterten im Wind.

»Urlaub musst du wohl wann anders machen. So wie wir.«

Liselott erzählte, wie viel Spaß es ihr machte, wenn sie Zeit hatte, in der Pension auszuhelfen. Sie habe schon einige verrückte Typen unter den Gästen getroffen.

Sally beobachtete ein paar Segler, die am Kai anlegten. Dass Frank ein paar Tage in der Pension war, war eigentlich kein Problem. Vanjas eventueller Entschluss zurückzukommen war viel wichtiger. Eine Mutter zu bekommen, und das mit über fünfzig, war seltsam. Vielleicht begann ihr neues Leben jetzt.

Sollte es so sein, freute sie sich darauf.

Der Kaffeeplausch ging zu Ende und es war Zeit für den Heimweg. Die Hunde hatten sich neben der Bank auf den Boden gelegt. Sally löste die Leine und Märta fuhr hoch, selig, sie endlich wiederzuhaben.

Sie spazierten nach Hause, trennten sich vor Liselotts Grundstück.

»Du?«, sagte Liselott und schirmte die Sonne mit der Hand ab. »Behalte, was Frank angeht, einen kühlen Kopf. Du brauchst ihn nicht gleich zu vertreiben.«

»Wir werden sehen.«

In der Pension war es noch immer ruhig. Ein paar Gäste hatten sich auf der Sitzgarnitur in der Ecke des Gartens niedergelassen. Frank tauchte mit einer Zahnbürste in der Hand in der Tür des Flügelgebäudes auf.

»Du warst wohl schnell unterwegs, um was zu erledigen.«

»Habe nur ein paar Freunde am Hafen getroffen. Sie haben ein altes Fischerboot gekauft und richten es her.«

Er lachte und putzte weiter die Zähne.

»Das klingt fast zu wunderbar, um wahr zu sein.«

Sally ließ Märta von der Leine. Während der Hund wegtrottete und sich unter den Apfelbaum legte, entschied sie sich. Frank sollte heute weg. Er konnte die Idylle irgendwo anders erleben als in Kivik.

Frank verschwand ins Bad, um sich den Mund auszuspülen, und kam dann wieder heraus.

»Sally?«

Sie drehte den Kopf zu ihm. Frank schaute nach unten auf die Sonnenbrille in seinen Händen.

»Ich wollte dich um Entschuldigung bitten. Für meine negative Einstellung Josefin gegenüber, während wir zusammen waren. Das war ein Fehler. Mir ging es nicht gut in der Arbeit, ich war frustriert wegen meines Chefs. Und habe das zu Hause ausgelassen. Vor allem an Josefin.«

Er klappte die Bügel der Sonnenbrille auf und zu.

»Ich habe in der Zeit hier ziemlich viel nachgedacht.«

Er sah sie nun direkt an.

»Ich weiß, dass wir einen neuen Versuch starten könnten, du und ich. Es würde funktionieren. Wenn wir uns beide anstrengen. Und uns dafür entscheiden, dass es *geht*, zusammen zu sein.«

Sally wickelte sorgfältig die Hundeleine auf. Frank hatte diesen Gesichtsausdruck, den sie immer so schön fand. Gefunden hatte.

»Wenn ein Problem auftaucht, lösen wir es gemeinsam«, sprach er weiter. »Statt in die dumme Falle zu tappen, den anderen als Problem zu sehen.«

Sie schüttelte den Kopf.

»Nein, Frank. Du musst heute abreisen. Ich habe andere Sachen im Kopf.«

»Natürlich, ich weiß. Deine Pension. Und Josefin.«

Sie richtete sich eine Spur auf.

»Nicht nur. Meine Mutter ist offenbar auf dem Weg hierher. Ich habe ihr vergeben. Wenn sie kommt, werden wir einander kennenlernen.«

Franks Miene hellte sich auf.

»Oh, Sally. Wie sehr ich mich für dich freue. Wenn es so kommt.«

Sie sah ihm wieder in die Augen. Sie waren blau wie der Himmel und das Meer, voller Hoffnung. Vielleicht würde die Sache schwerer als gedacht.

Josefin

Josefin warf einen Blick in Richtung Gewächshaus und griff dann nach dem Telefon. Harald war wieder mit den Tomatenpflanzen beschäftigt. Seit dem missglückten Gespräch gestern war die Stimmung zwischen ihnen noch frostiger geworden. Sie hatte ihm noch nicht von dem Job bei Lou erzählt. Er hatte deutlich zum Ausdruck gebracht, dass es ihn nicht interessierte.

»Hallo, Oma. Ich bin's.«

»Schatz.«

Die Stimme ihrer Großmutter am anderen Ende war so leise, dass man sie kaum hörte. Wie müde sie klang. Dabei war sie doch eine Frühaufsteherin. Hatte um diese Zeit noch nie im Bett gelegen und geschlafen.

»Geht es dir nicht gut?«

Sie hörte am anderen Ende ein Schnäuzen. Weinte ihre Großmutter?

»Was ist los?«, fragte Josefin.

Ihre Großmutter räusperte sich.

»Nichts, worüber du nachdenken musst. Wie geht es dir?«

Josefin ging langsam zurück Richtung Wohnhaus.

»Ich habe für den Sommer einen Job in Malmö gefunden. In einem Klamottenladen. Könnte ich da bei dir wohnen? Für ein paar Wochen.«

Zuerst wurde es am anderen Ende totenstill. Dann erklang ihre Großmutter wieder, mit sachlicherem Tonfall. Ihrem normalen Ich ähnlicher.

»Und was ist mit Harald? Was sagt er dazu?«

»Er kapiert null. Oma, ich muss das tun. Auch wenn es mitten im Sommer ist.«

Josefin hatte die Vortreppe erreicht.

»Ich erkläre es dir später. Kann ich bei dir wohnen? Bitte, Omami.«

»Natürlich kannst du das.«

Ihre Großmutter schien das Gespräch zum Leben erweckt zu haben. Sie war wieder sie selbst, amüsierte sich darüber, dass ihr zehnmal Danke gesagt wurde.

»Komm, wann du willst.«

Sie vereinbarten, bald wieder zu sprechen. Josefin schlüpfte aus den Holzpantoffeln und trat auf die kühle Steintreppe. Die Sonne brannte immer stärker. Auch heute war wieder kein Wölkchen am Himmel, obwohl der Morgen so diesig grau ausgesehen hatte.

Sie schaute hinüber zu dem Wäldchen am Acker des Nachbarsbauern, zu dem Halbschatten zwischen den hohen Bäumen. In diesem Buchenwäldchen mit seinen hellen, luftigen Gewächsen gingen Harald und sie immer spazieren. Oft mussten sie zwischen kräftigen Ästen durch hohes Gras stapfen. Einander über einen kleinen Bach helfen und über wackelige Stämme balancieren. Der nächste Waldspaziergang musste wohl eine Weile warten.

Was war der nächste Schritt? Ihre Mutter informieren. So schwer es auch werden würde.

Josefin parkte den Pick-up und ging in den Garten. Sie war angespannt, gefasst darauf, Frank zu begegnen. Aber er war nirgends zu sehen. Durchs offene Küchenfenster klirrte und klapperte es. Wie üblich war ihre Mutter am Werkeln, bestimmt an sieben Sachen zugleich.

Da kam sie mit einem Teller, auf dem ein belegtes Brot

und zwei gekochte Eier lagen, heraus und lächelte Josefin, die stehen geblieben war, um Märta zu streicheln, offen an.

»Du solltest heute vielleicht ein bisschen Unkraut zupfen. Das ist dringend nötig.«

Sie setzte sich an den nächstgelegenen Gartentisch und begann zu essen. Josefin strich Märta über den Kopf. Dann ging sie zu ihrer Mutter.

»Es tut mir leid, ich muss dich enttäuschen. Aber ich kann nicht weiter hier arbeiten.«

Ihre Mutter winkte mit einem halben Ei in der Hand ab.

»Liebling, kümmere dich nicht um Frank. Er ist gerade nach Simrishamn gefahren und kommt vor Spätnachmittag nicht zurück. Da bist du schon nicht mehr hier.«

Josefin zwirbelte eine Haarsträhne um den Zeigefinger. Warum war Frank noch nicht ganz verschwunden?

Ihre Mutter tauchte die Eierhälfte in Salz.

»Verstehe. Du glaubst, ich werde wieder zu ihm zurückgehen?«

Sie aß schweigend weiter. Josefin hatte plötzlich Lust, sie in den Arm zu nehmen. Ihre liebe Mama, mit den guten Augen, um die ein paar kleine Fältchen waren. Mit den weichen Händen, die Josefin, als sie klein war, gestreichelt hatten, bis sie eingeschlafen war.

Nun würden sie einander lange nicht sehen.

Sie setzte sich auf die Holzbank neben ihre Mutter.

»Nein, eigentlich glaube ich gar nichts. Frank ist mir egal. Mach, was du willst. Das ist dein Leben.«

So ausgesprochen wurde alles noch klarer. Frank gehörte in eine andere Zeit, als sie viel jünger war.

Josefin sammelte sich und dann erzählte sie alles. Von Lou und ihrem Kleidungsgeschäft, darüber, was ihre Großmutter gesagt hatte und dass sie von Vallmogården eine Pause brauchte. Danach würde man weitersehen.

Ihre Mutter hörte zu. Nickte hin und wieder, ohne zu unterbrechen.

»Geh nur«, sagt sie dann. »Ich weiß, du wirst zurechtkommen. Und Harald auch. Er muss einfach um Hilfe bitten, wenn er welche braucht.«

Sie wirkte, als wollte sie noch etwas hinzufügen. Aber dann tätschelte sie nur Josefin leicht die Wange.

»Hoffentlich verliert ihr einander nicht.«

Dazu sagte Josefin nichts. Sie ging zurück zu ihrem Pickup. Als sie gerade losfahren wollte, rannte ihre Mutter mit etwas in der Hand durchs Gartentor auf sie zu und legte durchs offene Autofenster eine Kreditkarte auf den Beifahrersitz.

»Du brauchst dort unten was, wovon du leben kannst, bis du den ersten Lohn bekommst. Danke für deine ganze Arbeit hier in der Pension. Das ist meine Zweitkarte. Ich schick dir den Code. Gib nur nicht zu viel aus.«

Josefin nahm die Karte und wollte etwas einwenden, aber ihre Mutter war schon wieder auf dem Weg zurück in den Garten.

Am nächsten Morgen war Harald wieder aus dem Haus, noch bevor Josefin aufgestanden war. Einer knappen Notiz auf dem Küchentisch zufolge arbeitete er am Pflanzenanbau. Offenbar verstand er nicht, dass sie es ernst meinte. Offenbar nahm er noch immer an, sie würde ihre Meinung ändern, wenn er nur einem Gespräch mit ihr auswich.

Josefin ging in den Dachboden, um den Koffer zu holen. Er stand vollgestaubt und mit Spinnweben bedeckt ganz hinten unter der Dachschräge. Sie wischte ihn sauber, trug ihn nach unten ins Schlafzimmer, legte ihn aufgeklappt auf den Boden, machte dann alle Schranktüren auf und begann, Sachen von Kleiderbügeln zu nehmen.

Als der Koffer voll war, schleppte sie ihn die Treppe hinunter. Durch die offene Haustür konnte sie sehen, dass Harald von den Anbauflächen zurückkam.

Sie trat auf die Treppe.

»Ich fahre jetzt. Nach Kopenhagen.«

Ihm fiel die Kinnlade runter.

»Bist du nicht ganz sauber?«

Sie deutete zur Schafweide.

»Wollen wir noch ein Stück gehen?«

Harald sah sie erst wortlos an, dann setzte er sich in Bewegung, in Richtung ihres gewohnten Wegs. Die Runde, die sie fast jeden Abend machten. Hand in Hand, während die Arme im Takt mit den Schritten schwangen.

Auf dem buckligen ausgetretenen Pfad holte sie ihn ein.

»Es ist ein Sommerjob. Sonst nichts. Ich brauche einfach für eine Weile Großstadtluft.«

»Und deshalb lässt du mich im Stich?«

Sie antwortete nicht, denn es gab nichts zu sagen. Zumindest nichts, was ihn nicht noch trauriger machen würde. Dass sie manchmal darüber nachdachte, ob sie sich vielleicht zu früh gebunden hatte. Aufgrund der Umstände versucht hatte, so schnell wie möglich erwachsen zu werden.

Auch wenn sie ihn liebte. Noch immer.

Harald würde sie nicht verstehen.

Sie waren an der Weide angelangt. Josefin ging zum Gatter und streckte die Hand hindurch. Drei Schafe kamen schnell an und schnüffelten an ihren Fingern. Rut und

Hjördis und Tekla. Sie kraulte sie zwischen den Ohren, versuchte, nicht an Ullis zu denken.

»Ich werde wohl im Sommer einen Steinwall bauen«, sagte Harald.

»Aha, warum das?«

»Wir brauchen eine Einfassung für den Hof. Eine, die zum restlichen Stil passt. Damit es ein Ganzes wird.«

Wieder konnte sie nicht sagen, was sie dachte. Dass er nicht mehr machen sollte als nötig, nicht im Moment. Dass er sich einschloss, anstatt loszuziehen und etwas anderes zu sehen.

Sie marschierten zurück zum Hofplatz. Ein paar Hühner spazierten herum, pickten nach ein paar grünen Halmen im Rosenbeet.

Harald wischte sich den Nacken ab.

»Dann mach es gut.«

Die Hitze hing über ihnen. Sie wollte ihm sagen, er solle im Schatten bleiben. Seine rötliche Haut war sensibel. Aber sie sagte auch darüber nichts.

»Du auch. Wir hören uns.«

Harald blickte sich rastlos um. Packte einen Spaten, der in der Erde steckte, derart plötzlich, dass die Hühner schnell davontrippelten.

Es gab keine Umarmung zum Abschied. Der Spaten war im Weg. Josefin wuchtete den Koffer ins Auto. Ansonsten hatte sie leichtes Gepäck, nur einen kleinen, grauen Stoffrucksack mit Lederriemen und einen Jutebeutel.

Dann fuhr sie hinaus auf die Schotterstraße. Das Licht flutete die flache Landschaft. Die Angst war verschwunden. Sie war schwerelos.

Vanja

Das kalte Licht der Deckenlampen spiegelte sich auf dem Boden des Warteraums. Vanja saß auf einem Stuhl neben Grethe. Sie hatten beide seit einer ganzen Weile nichts gesagt. Sie warteten auf den Arzt und seinen neuesten Bericht über Vibekes Zustand, wie gestern, vorgestern und am Dienstag. Bisher alles unverändert.

Grethes Augen waren rot verquollen und ihr Gesicht bleich und grau. Vermutlich hatte sie in den vergangenen Tagen kaum geschlafen.

Vanja blickte wieder zu Boden. Das gestrige Gespräch mit Josefin hatte sie schockiert. Dass sie von Vallmogården wegwollte, war eine Sache. Das konnte Vanja verstehen und was das betraf, gab es keinerlei Grund für Sentimentalitäten, wenn es mit der Selbstversorgung nicht klappte, dann galt es, aufzugeben und den Hof zu verkaufen. Aber Harald? Die beiden hatten im Frühjahr eine schwierige Phase. Aber dass die Krise so tief reichte, hatte Vanja nicht geahnt.

Ein paar Meter weiter den Flur hinunter öffnete sich eine Tür. Der Arzt trat heraus. Er war etwas über vierzig und trug eine Brille mit Metallrahmen. Während er auf sie zukam, faltete Vanja unterm Schal auf ihren Knien verstohlen die Hände.

Lieber Gott.

Jetzt stand der Arzt in seinem weißen, vertrauenerweckenden Kittel vor ihnen.

»Ihr Zustand ist weiterhin labil. Sie hat mehrere Brüche und wir fürchten schwere Schäden im Halswirbelbereich. Mehr kann ich zum aktuellen Zeitpunkt nicht sagen.«

Grethe wischte sich unter der Nase lang.

»Kann ich zu meiner Mutter?«

»Noch nicht. Wir haben sie ins Koma versetzt.«

»Aber sie wird überleben?«

»Das kann ich Ihnen im Augenblick nicht beantworten.«

Grethe stellte weitere Fragen und der Arzt erklärte Vibekes unterschiedliche Verletzungen. Aber Vanja hörte kaum zu, die Fachtermini und Begriffe sausten zu einem Ohr rein und durchs anderes raus. Ein leises, rauschendes Geräusch hatte sich in ihre Gehörgänge gelegt, wurde langsam lauter, während Grethe und der Arzt einen neuen Besuch am nächsten Tag vereinbarten.

Beim Aufstehen schwankte Vanja. Der Schwindel verstärkte sich auf dem Weg zum Aufzug, aber zumindest drückte sie auf den richtigen Knopf. Grethe bemerkte nichts.

Sie gingen durch den Haupteingang nach draußen und langsam über den Parkplatz bis zu ihrem weinroten VW-Bus. Grethe sah Vanja an.

»Glaubst du, Mama wird sterben?«

Vanja klammerte sich an die offene Autotür. Ihr Mund war trocken, der Rücken eiskalt, sämtliches Blut schien aus dem Kopf gewichen zu sein.

»Nein. Sie wird wieder, du wirst sehen. Ich fahre dich nach Hause. Versuch ein wenig zu schlafen.«

Das Ohrenrauschen war stärker geworden. Ihre Zunge fühlte sich an wie Pappe, die Stimme trug kaum. Vanja setzte sich hinters Lenkrad. Sie wusste, was zu tun war. Verschwinden. Weit weg. Es ging für sie um Leben und Tod.

Die Landstraße erstreckte sich wie ein langes Lineal durch das flache Land. Dass man in Österlen war, war dermaßen offensichtlich, denn nichts ließ sich mit der Natur hier vergleichen. Außer vielleicht die dänische Landschaft.

Vanja atmete ein paarmal tief ein. Das Rauschen in den Ohren hatte sich in einen leichten Kopfschmerz verwandelt, aber der würde verschwinden. Sie hatte ein paar große Gläser Wasser und eine Tasse Kaffee getrunken und ein kleines Käsebrötchen gegessen. Allmählich kamen die Kräfte zurück. Bald würde sie Sally treffen.

Kopenhagen zu verlassen, war die richtige Entscheidung. Vielleicht hätte die Nachricht an Grethe etwas ausführlicher sein können, andererseits war Klarheit das Wichtigste.

Liebe Grethe. Ich muss für eine Weile nach Schweden. Ich muss meine Tochter treffen. Hätte am liebsten keinen Kontakt. Hoffe du verstehst. Umarme dich, Vanja.

Tränen stiegen ihr in die Augen. Sie zwang sie zurück, steckte sich das Headset in die Ohren und rief Josefin an.

»Schatz. Meine Pläne haben sich geändert. Ich bin jetzt auf dem Weg nach Svinaberga.«

»Jetzt? Warum das denn?«

Vanja betätigte den Fensterknopf, ließ die Scheibe halb herunter, genoss den kühlenden Windhauch auf der linken Gesichtsseite. Der Atem ging immer leichter.

»Ich wollte zurück. Ganz einfach.«

»Um Mama zu treffen?«

»Ja. Unter anderem.«

Vanja warf einen Blick in den Rückspiegel. Hinter ihr fuhr ein großer SUV, aber ansonsten war wenig Verkehr. Es war ein ruhiger Freitag. Allmählich ging der Spätnachmittag in die Dämmerung über.

»Kommst du morgen auf eine Tasse Tee in Svinaberga vorbei?«, fragte sie. »Dann kannst du dir den Wohnungsschlüssel abholen. Vor deiner Abfahrt.«

»Aber ich bin doch auch schon unterwegs! Bin schon fast in Malmö.«

»Ach so. Hm. Dann sind wir aneinander vorbeigefahren. Was für ein Pech. Dann musst du dir den Reserveschlüssel bei meinem Galeristen holen. Er ist fast immer da.«

»Wie finde ich dorthin?«

»Galerie Brinck-Jensen. Das ist nur ein paar Blocks weiter. Läute an der Tür. Sein Name ist Gorm.«

»Okay.«

»Ich rufe dich später an, um zu hören, ob du gut angekommen bist.«

»Oma? Danke, dass ich in deiner Wohnung sein kann. Anders wäre es nicht gegangen.«

»Natürlich musst du rauskommen und einen Sommerjob machen. Etwas Arbeitserfahrung schadet nie.«

Sie verabschiedeten sich und Vanja legte auf. Da kam das Schild, das anzeigte, dass sie bald Simrishamn passieren würde. Ihr Herzschlag beschleunigte sich, obwohl sie versuchte, ruhig zu atmen und sich einzureden, das Treffen müsse keinerlei Dramatik beinhalten.

Lieber Gott. Lass Sally froh darüber sein, mich zu sehen. Oder was auch immer, nur nicht wütend. Oder traurig.

Sie schnaubte. Zu Gott zu beten, war idiotisch. Vor allem als eingefleischte Atheistin. Da saß sie hier im Auto und formulierte insgeheim ein Gebet, wie schon im Krankenhaus. Manchmal passierte ihr das. An wen es gerichtet war, war eigentlich nicht wichtig. Hauptsache, die Worte wirkten.

Vanja fummelte mit der rechten Hand an ihrem Telefon

herum und stellte die Playlist an, bei deren Zusammenstellung ihr Peter geholfen hatte. Nur alte Ohrwürmer. Jetzt kam »All the Young Dudes« von Mott the Hoople. In den Siebzigern einer von Vibekes absoluten Lieblingssongs.

Nach ein paar Takten ging es nicht mehr. Vanja schaltete die Musik aus. Der Schwindel meldete sich wieder.

Sie versuchte, klar zu denken. Vibeke war im Krankenhaus in guten Händen. Wenn sie aufwachte, würde ihre Tochter bei ihr sein.

Während Vanja selbst ihr eigenes Kind wiedertreffen sollte, von Angesicht zu Angesicht. In aller Ruhe würde sie Sally genau sagen, wie sie sich fühlte. Würde von ihrer Pein und Trauer und ihrem Schmerz erzählen.

Vergeben hatte ihr Sally bereits vor zwei Monaten, als sie in Svinaberga an ihre Tür geklopft hatte und in ihren Flur getreten war.

Sally hatte den alten Gartenkalender und das Bündel alter Briefe mitgebracht. Aber Vanja war damals noch nicht bereit. Alles war zu schnell gegangen, war zu viel gewesen. Sie hatte keinerlei Zeit gehabt, ihre Gedanken oder Gefühle zu sortieren.

Nun war es anders. Diesmal kam sie, um zu bleiben. Sie hatte Mut gefasst und würde sich trauen, zu sagen, wie es war.

Sollten die Leute denken, was sie wollten, das war ihr völlig egal. Zum Glück konnten sich nur sehr wenige Kiviker noch an sie erinnern.

Åkes älteste Nachbarn kannten natürlich die alte Familiengeschichte und waren ziemliche Tratscher. Die Familie Larsson hatte auch immer ein dankbares Gesprächsthema abgegeben. Vanja, die junge Frau aus dem Stockholmer

Stadtteil Östermalm, die einstmals mit dem Kivik-Burschen Georg verheiratet war. Ihre Tochter Sally, die ab dem Sommer, in dem ihr Vater starb, nie mehr nach Kivik gekommen war, aber gerade eine Pension eröffnet hatte. Ihre Enkeltochter Josefin, die vor ein paar Jahren ebenfalls heimgekehrt war und sich auf Vallmogården niedergelassen hatte.

Aber um Getratsche musste man sich nicht kümmern.

Bald da. Vanja verlangsamte das Tempo, um die Landschaft rundherum besser betrachten zu können. An solchen Abenden war sie schlicht wunderschön, voller Streiflichter und langen Schatten. Höfe glitten vorüber, niedrige Gebäude, wie dort aus der Erde gewachsen. Tiefgrüne Bäume und Büsche, Unmengen von Blumen.

Ziemlich viele Erinnerungen an die dänische Landschaft stiegen in ihr auf, aber auch an die Sommer in Kivik in den Sechzigern. Das Offene und Gerade, die Reinheit der Linien.

Sie bog nach Svinaberga ab, fuhr langsam auf den verlassenen, kleinen Weg. In ihr kribbelte es.

Peters Hof war umgeben von Pflanzen und Blumen. Vanja parkte den VW-Bus auf dem üblichen Platz und entdeckte Peter mit nacktem Oberkörper und Khakishorts am Rosenbeet. Er hatte dort offenbar etwas gegraben, stand aber jetzt aufrecht und still.

Als sie ihre Ledertasche aus dem Auto lud, kam er auf sie zu.

»Herzlich willkommen, Vanja.«

»Danke.«

Sie umarmten einander. Er wirkte froh und zugleich überrascht.

»Ich habe gehofft, dass ich dich zurückbekomme. Aber

ich habe mich nicht getraut, damit zu rechnen. Bleibst du jetzt?«

»Wir werden sehen.«

Sie sah sich um. Das war ihr echtes Zuhause. Nichts konnte das ändern.

Das Krankenhaus und der Arzt in Kopenhagen fühlten sich bereits weit weg an.

»Gibt es was Neues hier?«, fragte sie. »Unser letztes Telefonat ist eine Weile her.«

Peter zog die Gartenhandschuhe aus.

»Wie du weißt, hat Sally zu Mittsommer ihre Pension mit einem Fest eröffnet. Läuft offensichtlich gut. Und Josefin ist gerade nach Kopenhagen aufgebrochen, wie du ebenfalls weißt. Sie war so glücklich, dass sie bei dir wohnen kann.«

»Jetzt hat sie sogar die Wohnung für sich allein.«

Nur nicht an Kopenhagen denken. Wo das Krankenhaus war. Vanja deutete auf das umgegrabene Beet.

»Was treibst du da drüben?«

»Dachte, ich mache ein paar Büsche weg, die ich nie mochte. Und pflanze was Neues. Hatte keine Geduld, damit bis zum Herbst zu warten. Obwohl ich weiß, dass das besser wäre.«

Vanja nickte. Ihr gefiel dieser Anblick von Peter, der ganz in der Gartenarbeit aufgegangen war. Und nicht passiv und am Trauern.

»Nein, man kann schon jetzt auch pflanzen«, sagte sie. »Mach weiter. Du darfst dann nur nicht vergessen, ordentlich zu gießen und zu düngen. Und wenn es nicht klappt, ist das auch nicht die Welt. Dann versuchst du es einfach wieder. Scheiß drauf, ob du es richtig oder falsch machst.«

»Ich bringe alles, was liegengeblieben ist, in Ordnung und werde auch die Obstbäume beschneiden. Das ist bitter nötig.«

»Nur nicht zu viel arbeiten.«

Sie nahm die Ledertasche und ging zu ihrem Längsgebäude. Schloss die Tür auf und trat in den Flur. Genüsslich sog sie den Geruch ein. Der alte Zwischenboden versprühte ein ganz spezielles Aroma von Haus auf dem Land. Schön trocken, ohne den geringsten Hauch von Feuchtigkeit. Diesen Geruch hatte sie schon immer geliebt.

Das Atelier war ungewöhnlich unaufgeräumt. In einer Ecke lagen die Reste eines halbfertigen Kunstwerks aus Stoffresten, zu dem sie anfangs wahnsinnig inspiriert gewesen war, das sie dann aber verworfen hatte. Morgen, gleich nach dem Aufwachen, würde sie das ganze alte Zeug aufräumen und wegwerfen. Alle Zeichen standen jetzt auf Neuanfang.

Vanja blickte aus dem Atelierfenster. Der Garten des Nachbarn auf der anderen Seite des Zauns war bei ihrer Abreise leer gewesen. Nun weideten dort wie jeden Sommer Kühe. Friedlich, unbekümmert.

Sie stellte sich vor die große, unfertige Ölmalerei, die sie im Frühjahr begonnen hatte, ihrer ersten seit achtundvierzig Jahren. Über eine große Fläche ergossen sich Bilder. In der Mitte warmes Sonnenlicht auf einem Holzfußboden. Eine Badewanne, ähnlich der, die sie in Hagsätra gehabt hatten, voll mit Wasser und glitzerndem, fluffigem Schaum.

Im Frühling hatte sie keine Ahnung gehabt, was das alles bedeutete. Jetzt sah sie es überdeutlich. Die bildgewordene Sehnsucht nach ihrer Tochter. Die Trauer einer

Mutter über ihr verlorenes Kind. So einfach. Und zugleich so wahnsinnig kompliziert.

Auf der rechten Seite war eine Frau mit einem Panamahut, wie sie in Kuba üblich waren. Sie wirkte wie einer Zuckerplantage vor fast fünfzig Jahren entstiegen.

Dass Kuba solche Spuren hinterlassen hatte! Vanja war damals fünfundzwanzig und hatte gelinde gesagt keinen blassen Schimmer von dem Kontext, in dem sie gelandet war. Vom Castro-Regime hatte sie nichts begriffen. Ihr ganzer Fokus hatte darauf gelegen, der armen Bevölkerung zu helfen und Organisationen zu unterstützen, die Frauen zu Bildung verhalfen.

Vanja betrachtete das Bild eine ganze Weile. Würde sie Sally alles erklären können? Die Ursachen und die Konsequenzen. Konnte ihre erwachsene Tochter verstehen, dass sie Ende der Sechziger ihr Dasein nicht auf die Reihe bekommen hatte? Dass es ihr nicht gelungen war, den Anforderungen der gesellschaftlichen Normvorstellungen zu genügen.

Sie hatte ihr Bestes getan. Aber sie war zu jung gewesen, um zu begreifen, welche Tragweite es hatte, zu flüchten, anstatt zu bleiben und Verantwortung zu übernehmen.

Es klopfte. Peter erschien in der Ateliertür.

»Dass du wirklich wieder hier bist! Da gibt es heute Abend Whiskey und einen Zigarillo auf der Treppe.«

Vanja schüttelte lachend den Kopf.

»Nein. Damit habe ich aufgehört.«

Er sah sie verwundert an.

»Ich meine es ernst«, sagte sie. »Ich rauche nicht mehr und trinke keinen harten Alkohol mehr. Erstens bin ich zurückgekommen, um mich mit meiner Tochter zu versöhnen, und möchte nicht das Risiko eingehen, dass ich sterbe, bevor ich das getan habe. Und zweitens war es mein Fehler, dass Sally mit einem Alkoholiker als Vater aufwachsen musste. Mir ist es ganz einfach vergangen.«

Peter lehnte sich an den Türrahmen.

»Das klingt gut. Sehr gut.«

Vanja öffnete den Reißverschluss der Tasche.

»Aber ich fahre erst morgen zu ihr. Heute mache ich nur einen Abendspaziergang im nördlichen Vitemölle. Mein Körper freut sich auf ein bisschen Bewegung.«

»Dann kümmere ich mich in der Zwischenzeit ums Abendessen.«

»Du bist ein Schatz.«

Sie musterte ihn. Seine Haltung war irgendwie verändert. Und sein Gesicht. Die Augen leuchteten, und er musste ununterbrochen lächeln. So sahen frisch verliebte Menschen aus.

Und da war sie plötzlich, einfach so. Die Gewissheit.

»Du wirkst ungewöhnlich heiter«, sagte sie. »Wegen irgendwas Bestimmtem? Oder jemandem?«

Peter zögerte mit einer Antwort. Dann lächelte er mit gesenktem Blick erneut.

»Vielleicht.«

»Was so viel heißt wie?«

»Dass es absolut jemanden gibt. Eine bestimmte Person. Die ich nicht verletzen möchte.«

»Wegen Ellen?«

Er schwieg, sie versuchte, seinen Gesichtsausdruck zu lesen.

»Es braucht seine Zeit«, sagte er schließlich.

Er drehte sich um und ging zurück zum Rosenbeet, um weiter zu graben. Vanja beobachtete ihn durchs Fenster.

Peter sollte erzählen, wenn er dafür bereit war. Sie würde sich um sich selbst kümmern, keine aufdringlichen Fragen über etwas stellen, das sie nichts anging.

Sie sehnte sich nach draußen, nach der weiten Sandsteppe. Wie herrlich, am Meer entlangspazieren zu können!

Josefin

In Kopenhagens Straßen war viel los, ein typischer Freitagabend. Überall geöffnete Läden, Straßenmusiker, Touristen und Kneipen mit einladenden Außenbereichen. Josefin hatte Hunger, sie hatte bisher nur bei einer kurzen Pause in Malmö in einem Café ein trockenes Sandwich gehabt. Aber zuerst musste sie sich den Schlüssel zur Wohnung ihrer Großmutter besorgen.

Die Galerie Brinck-Jensen war nicht schwer zu finden. Josefin parkte davor und drückte auf den Klingelknopf neben der Tür. Erst vorsichtig, dann etwas fester. Aus einem Hinterzimmer tauchte ein über siebzigjähriger Mann mit flaumigen, grauen, zu beiden Seiten des Kopfs abstehenden Haaren auf. Als er sie erblickte, kam er zur Tür und schloss auf.

»Ja, bitte?«

»Mein Name ist Josefin Larsson. Entschuldigen Sie die Störung, aber meine Großmutter hat gesagt, ich könnte hier den Schlüssel zu ihrer Wohnung holen.«

Der Mann strahlte sie an.

»Vanjas Enkelin. Von dir habe ich gehört.«

Er begrüßte sie, indem er beide Hände um ihre Hand legte und fest zudrückte.

»Ich bin Gorm. Vanja hat mir eine SMS geschrieben, dass du kommst.«

Sein nuscheliges Dänisch war schwer zu verstehen. Der Mann trat zur Seite und ließ Josefin eintreten. An den Wänden der Galerie hingen Kunstwerke unterschiedlichster Dimensionen und Farbkompositionen. Alle waren mit

Fell bedeckt und hatten Blasen in verschiedenen Größen und Formen. Ein bisschen eklig.

»Ich hole den Schlüssel.«

Gorm verschwand in einen der drei hinteren Räume. Hinten baumelte ein dünner Haarzopf aus dem lila Häkelmützchen auf seinem Schädel. Um seinen Hals lag ein knittriger Schal, ganz ähnlich dem ihrer Großmutter.

Von irgendwoher, vielleicht einem Innenhof, hörte man lautes Lachen und Stimmen. Gorm kam wieder mit einem Schlüssel, auf dem *V LARSSON* stand.

»Bitte. Ich hoffe, es gefällt dir hier.«

Josefin bedankte sich, nahm den Schlüssel und wollte gerade gehen, da fasste er ihr an die Schulter.

»Willst du vielleicht ein paar von Vanjas alten Freunden Hallo sagen? Wir sitzen draußen im Hof und trinken Bier.«

»Danke, aber ich wollte mir was zu essen kaufen und dann in die Wohnung hochgehen.«

»Essen haben wir! Wunderbare belegte Brote, die Ditte mitgebracht hat.«

Josefin ließ sich in einen steingedeckten Innenhof führen, wo vier Personen um einen runden, mit Flaschen, Tellern und brennenden Kerzen randvollen Tisch saßen. Zwei Frauen und ein Mann waren ebenfalls über siebzig und eine jüngere Frau um die dreißig. Die älteren Frauen trugen beide weite Tuniken und große, ausgefallene Ketten. Der Mann hatte einen struppigen Bart und ein quergestreiftes Hemd über dem kugelrunden Bauch.

Die jüngere Frau war bleich und mager und hatte zerzauste Haare und fließende, dünne Kleidung. Im Gegensatz zu den anderen saß sie mucksmäuschenstill im Schneidersitz und ihre Hände lagen auf den Knien. Fast wirkte sie abwesend.

Die drei Siebzigjährigen verstummten, als sie Josefin sahen.

»Das ist Vanjas Enkelin«, sagte Gorm.

Eine Frau erhob sich und kam auf sie zu. Ihre grauen Haare waren zu einem Knoten zusammengefasst und auf ihrer Nase saß eine schildpattfarbige Brille.

»Ich bin Karla. Entschuldige, wenn wir überrascht sind. Wir wussten nicht, dass Vanja Kinder geschweige denn Enkelkinder hat. Als Gorm meinte, du würdest gleich kommen, haben wir erst nichts kapiert.«

Josefin nickte.

»Kann ich verstehen.«

Sie wusste, dass ihre Großmutter die ganzen Jahre über den meisten ihrer Bekannten die Existenz ihrer Tochter verschwiegen hatte. Viel zu schwer fiel ihr der Umgang damit, was geschehen war, als Sally klein war, und mit der Zeit hatte sie sich sogar tatsächlich kinderlos gefühlt.

»Jetzt bin ich jedenfalls da.«

»Ja, und es ist so schön, dich kennenzulernen.«

Gorm hatte einen weiteren Stuhl an den Tisch gestellt und Karla lud sie ein, sich zu setzen. Alle lachten und redeten, herzlich und scherzhaft. Sie sprachen schnelles Dänisch, und Josefin musste sich anstrengen, um sie zu verstehen. Sie erzählte von ihrem Sommerjob in Malmö, dem Grund für ihre Anwesenheit in Kopenhagen.

Die jüngere Frau im Schneidersitz sagte noch immer nichts. Sie hatte sich nicht einmal vorgestellt. Niemand schien das zu kümmern, und Josefin wagte nicht, sie anzusprechen.

Jemand reichte ihr einen Teller mit drei belegten Broten: einem mit Krabben, einem mit Leberwurst und einem mit Frikadelle. Josefin wollte erst mit der Erklärung, sie sei Vegetarierin, ablehnen, besann sich dann aber wegen ihres holprigen Dänisch. Sie würden wahrscheinlich kein Wort begreifen und sicher albern finden, dass sie kein Fleisch aß. Sie beschloss, sich der Situation zu fügen.

Der Mann in dem gestreiften Hemd hieß Mikkel. Er hielt ihr ein schäumendes Glas Bier hin.

»*Proscht*«, sagte die Frau, die Ditte hieß.

Karla erzählte, sie habe in den Siebzigern das Atelier mit ihrer Großmutter geteilt und sie alle hätten eine Weile zusammen in einer Fünfzimmerwohnung gelebt. In einer Art Kommune, wenn auch ziemlich unstrukturiert. Die anderen ergänzten und berichtigten sie, widersprachen oder stimmten zu. Mächtiges Gelächter mischte sich über dem Tisch, teils laut, teils auch fistelig hoch. Das Dänisch wurde zu einer einzigen Soße.

Josefin aß. Es schmeckte so gut, dass ihr Tränen in die Augen stiegen.

»Vibeke war auch mit dabei«, sagte Karla. »Im Atelier und auch in der Wohnkommune.«

Ihr Lächeln verblasste. Sie wurde ernst, die anderen auch. Warfen einen kurzen Blick auf die junge, schweigende Frau.

»Hoffentlich wird Vibeke wieder gesund. Und hoffentlich trägt sie keinen bleibenden Schaden davon. Wir sind alle ganz schön mitgenommen von der ganzen Sache und hoffen zutiefst, dass sie dem Tod von der Schippe springt.«

Josefin verstand nur Bahnhof. Gorm drehte sich zu ihr.

»Vibeke ist Grethes Mutter. Eine alte Freundin von uns. Besonders von Vanja.«

Die junge Frau, offenbar Grethe, starrte weiter vor sich hin.

»Vibeke hatte am Freitag einen Fahrradunfall und liegt auf der Intensivstation«, sagte Gorm. »Man weiß überhaupt nicht, wie es ausgehen wird.«

Mit einem kräftigen Zisch öffnete er eine weitere Flasche Bier.

»Wir sind für dich da, Grethe. Alle miteinander.«

Grethe lächelte ihn flüchtig an.

»Trefft ihr euch auch mit meiner Großmutter?«, wollte Josefin wissen.

Ihre Großmutter hatte nie von ihrem Leben in Kopenhagen erzählt. Sie hatte keinen dieser fünf je erwähnt. Auch nicht Vibeke.

Mikkel schüttelte den Kopf.

»Momentan nicht. Ich wusste ehrlich gesagt nicht einmal, dass Vanja aus Schweden zurück war. Sie hat sich in den letzten Jahren ziemlich zurückgezogen.«

Er nickte in Richtung von Gorm.

»Aber du hast sie getroffen?«

»Erst neulich. Sie war am Freitag hier. Hat mit ein paar Kunststudentinnen geredet. Es war wunderbar.«

Die anderen sprachen jetzt über das Schaffen ihrer Großmutter in den Siebzigern, wie sie diesbezüglich keinerlei Kompromisse eingegangen war. Josefin hörte genau zu, und je mehr Vokabeln sie aufschnappte, desto leichter wurde das Dänische. Sie erfuhr, dass die verletzte Vibeke fünfzehn Jahre jünger als ihre Großmutter war und die jüngste der Künstlerinnen im gemeinsamen Atelier.

»Wir hatten unglaublich viel Spaß«, sagte Karla. »Wir kamen alle aus unterschiedlichen Kunstrichtungen, sind uns begegnet und haben dann gemeinsame Sachen gemacht. Alles Mögliche. Theater, Film, Kunst, Musik.«

Ditte nickte.

»Regeln haben uns null interessiert. Wir haben darauf gepfiffen, was irgendwer dachte. Die absolute Freiheit.«

»Aber wir haben auch viel gestritten«, sagte Mikkel. »Und geschrien und einander angefaucht.«

Karla brach in Lachen aus.

»Na klar! Keine Kunst ohne Reibung.«

Sie verloren sich in Erinnerungen an Straßentheateraufführungen und Happenings. Josefin überlegte, wie sie sich wohl finanziert hatten, wagte aber nicht zu fragen.

Dann wandte sich Mikkel an Josefin.

»Und du, Josefin? Was treibst du so in deinem Leben, wenn du keinen Sommerjob in einem Kleidungsladen hast?«

Es wurde mucksmäuschenstill und Josefin spürte alle Blicke auf sich. Sie versuchte, unbekümmert zu wirken.

»Ich bewirtschafte mit meinem Freund einen Hof.«

»Aha, ja. Genau wie Vanja damals.«

»Und deine Mutter?«, wollte Karla wissen.

»Sie hat eine kleine Pension. Ganz in der Nähe.«

Josefin konnte ihnen ihre Neugier ansehen. Vermutlich könnten sie unendlich viele Fragen stellen.

Gorm neigte sich vor.

»Hast du das künstlerische Talent deiner Großmutter geerbt?«

»Das glaube ich nicht. Aber ich singe gern. Und Oma mag Musik.«

Sie nickten alle mit warmem Lächeln.

»Vanja ist eine große Musikliebhaberin«, sagte Karla.

»Was hast du in Zukunft vor?«, fragte Mikkel. »Denn vermutlich willst du nicht für den Rest deines Lebens Bäuerin sein. Es gibt so viel anderes, was das Gehirn stärker stimuliert.«

Ditte pflichtete ihm bei.

»Erzähl. Was hast du für Träume?«

Josefins Gesicht wurde heiß. Sie wollte widersprechen, sie lägen völlig falsch und wüssten nicht, wovon sie da redeten. Als Landwirtin müsse man äußerst klug und gewieft und auf wahnsinnig vielen unterschiedlichen Gebieten bewandert sein.

Aber sie blieb eine Antwort schuldig. Die anderen hatten ihr Alter, ihre Sprache und ihr Auftreten. Keine Chance für sie, sich so verständlich zu machen, wie sie es wollen würde.

»Hört jetzt auf! Alle miteinander.«

Die Stimme war hell, aber auch scharf. Sie gehörte Grethe, der jungen Frau, die die ganze Zeit kein Wort gesagt hatte. Sie sah erst zu Mikkel, dann zu den anderen.

»Lasst sie in Ruhe. Sie muss überhaupt nichts erzählen, wenn sie nicht will.«

Die vier Älteren um den Tisch verstummten. Grethe wechselte die Position und legte nun ein Bein unter ihren Po und wandte sich dabei an Josefin.

»Meine Mutter hatte gerade wieder angefangen, Kontakt mit Vanja zu haben. Sie war so glücklich darüber.«

Das schmale, blassweiße Gesicht wurde von den unzähligen, brennenden Kerzen erhellt. Josefin begegnete ihrem Blick.

»Meine Großmutter sicher auch.«

»Wie alt bist du?«, fragte Grethe. »Ich werde bald dreißig. Und bin Yogalehrerin. Aber ich sollte wohl was anderes machen. Fällt mir nur schwer, mich zu entscheiden.«

»Ich bin vierundzwanzig«, sagte Josefin.

Mehr wurde nicht gesagt. Zeit zu gehen. Alle wünschten Josefin Glück für den neuen Job in Malmö. Bevor sie ging, fasste Gorm wieder ihre Hände und strahlte sie mit den schmalen Fältchen um den Augen an.

»Komm irgendwann wieder vorbei. Du bist hier jederzeit willkommen. So wie Grethe.«

Die Wohnung ihrer Großmutter war wie immer. Josefin war länger nicht hier gewesen, aber das große, helle Atelierzimmer sah aus, wie sie es in Erinnerung hatte. Nur die unzähligen Topfpflanzen waren weg.

In dem Zimmer wurde gelebt und gearbeitet. Es gab ein Fernsehsofa und einen Lesesessel, einen großen Esstisch und in der Ecke den sperrigen Webstuhl. An den Wänden hingen eine Unmenge Bilder, gewebte Teppiche und Skizzen, die meisten von ihrer Großmutter selbst.

Josefin ging durch einen altmodischen Serviergang und schaute in die kleine Küche mit dem Essplatz für vier. Das Bad war auch nicht größer. Das Schlafzimmer hingegen war geräumig, mit reichlich Schränken. Ein breites, schwarzes Eisenbett thronte neben einem antiken Sekretär mit Marmorplatte. Auf dem Nachttisch türmten sich Zeitungen und Bücher.

Sie öffnete das Schlafzimmerfenster und bezog das Bett mit frischer Bettwäsche, die sie in einem Schrank gefunden hatte. Dann blickte sie aus dem Fenster über den Hinterhof. Er war voll duftender Kletterpflanzen. Auf einem Dach zwitscherte eine Amsel.

Grethes Augen. Sie waren so schwarz und tief gewesen, als gehörten sie einem viel älteren Menschen. Kein Wunder, dass sie den ganzen Abend kaum etwas gesagt hatte, wenn ihre Mutter auf der Intensivstation um ihr Leben rang.

Warum war ihre Großmutter nicht in Kopenhagen geblieben, um zu erfahren, wie es ihrer Freundin ging? Wieso war sie so plötzlich nach Kivik aufgebrochen?

Vielleicht wusste es Grethe.

Yogalehrerin, hatte sie gesagt. Und dass sie sich nicht entscheiden könne.

Harald hätte Grethe vermutlich wischiwaschi gefunden. Das pure Gegenteil zu ihm. Er wusste ganz genau, was er wollte, und fällte Entscheidungen rasch. Er hatte nie an seiner Identität gezweifelt oder sich gefragt, wer er eigentlich war.

Josefin holte den Koffer aus dem Flur, um auszupacken. Sie legte ihren Pass und die Zugfahrkarte, mit der sie über den Öresund pendeln konnte, auf die Kommode. Morgen war ihr erster Arbeitstag in dem Modegeschäft.

Sobald sie in ihrem neuen Leben angekommen war, würde sie wieder zur Galerie gehen. Und vielleicht war Grethe dann auch da.

Sally

Freitagabend. Wie lange gedachte Frank eigentlich noch zu bleiben? Sally sah ihn beim Holzschuppen den prächtigen und beinahe leuchtenden Blauregen bewundern.

Nach ihrem gestrigen Gespräch hatten beide nichts mehr gesagt. Hatten beide ihre Aufforderung an ihn zu verschwinden ignoriert. Als gäbe es eine unausgesprochene Übereinkunft. Worüber? Vielleicht zu warten. Abzuwarten und die Zeit verstreichen zu lassen. Sehen, was passierte.

Sie klappte den Laptop zu und ging nach draußen. Im Garten war sonst niemand. Meist gingen die Gäste abends in eines der Restaurants in der Nähe. Nur Frank stand im Abenddämmerlicht und steckte die Nase in eine große, dunkelrote Rose. Er entdeckte sie und lächelte.

»Es ist so unfassbar schön hier. Man entdeckt die ganze Zeit etwas Neues. Wie ein eigenes kleines Universum. Eine verzauberte Welt.«

Genauso war Sally dieser Ort als Kind vorgekommen.

»Mein Onkel war ein Gartenfreak.«

Sie schlenderten langsam los. Vorbei an der Bank am Lattenzaun, auf der ihr Vater Aprikosen gegessen und die Kerne ausgespuckt hatte, woraus ein Aprikosenbaum gewachsen war, der jeden Sommer austrieb. Die Aprikosen waren nicht sonderlich gut, hart und etwas geschmacklos, aber sie reiften hübsch an den Zweigen heran. Sally wusste nicht, warum sie das erzählte, doch Frank hörte zu. Er wirkte fasziniert.

»Hier ist ein Walnussbaum.« Sie deutete auf den großen,

von einer Kletterrose völlig umwachsenen Baum. »Aber Onkel Åke und ich haben ihn immer Rosenbaum genannt.«

Frank betrachtete den hohen Baum, dessen sich die Kletterrosen derart bemächtigt hatten, dass fast die gesamte Krone von rosa Blüten übersät war.

»Wie romantisch. Etwas Vergleichbares habe ich noch nie gesehen.«

Er nickte in Richtung eines anderen Baums.

»Und das da? Die Sorte kenne ich nicht.«

»Eine Maulbeere. Die sehen ungefähr so aus wie Himbeeren. Superlecker.«

In Franks Benehmen ihr gegenüber lag ein neuartiger Respekt. Sally konnte ihn beinahe physisch spüren, in der Luft zwischen ihnen.

Während sie weiterspazierten und Pflanzen ansahen, wünschte sie sich, er möge ihr den Arm um die Schulter legen. Nur kurz. Wie vor fünf Jahren ganz am Anfang.

Aber Frank tat nichts dergleichen. Er schlenderte nur über die Kieswege und deutete auf verschiedene Beerensträucher und Blumen und fragte danach, wie sie hießen. Manchmal konnte Sally antworten, manchmal nicht. Sie kannte sich mit Pflanzennamen nicht annähernd so gut aus wie Josefin.

Neben einer großen, weißen Hortensie blieb er stehen und berührte eine der riesigen Kugeln, die beinahe künstlich aussahen.

»Wie bist du auf die Idee gekommen, eine Pension zu eröffnen?«

»Ich wollte das Haus zu etwas nutzen. Für mich allein ist es einfach zu groß. Und ich habe schon immer von einem Hotel oder Restaurant geträumt.«

»Restaurant? Hast du vor in Zukunft eines zu eröffnen?«

»Nein, das wäre zu viel. Ein Bed&Breakfast ist für mich einfach das Beste. Übernachtung mit Frühstück und Reinigung. Nicht mehr.«

Sie betrachtete ihr geerbtes Haus. Noch immer war es schief und krumm, daran war nichts zu ändern. Wenn der Wind in Böen vom Meer her fegte, spürte man, wie undicht die Fenster waren. Aber das mundgeblasene Glas in den Scheiben war wunderschön, besonders wenn am Morgen die Sonne aufging und das Licht ins Zimmer fiel.

»Man könnte hier Konferenzen abhalten«, sagte Frank.

»Das wird wohl schwierig. Aber im weiteren Verlauf kann ich mir Kooperationen hier in der Gegend vorstellen. Eine Menge Pensions- und Hotelbetreiber veranstalten Kurse und so was. Aber wenn, dann alles erst später.«

»Ja, im Moment scheinst du genug zu tun zu haben.«

Frank stellte weitere Fragen und Sally sprach über alles, was sie bisher getan hatte: die Aufstellung eines ordentlichen Businessplans, die Abwicklung sämtlicher nötiger Formalitäten, das Einholen der Genehmigung von Feuerwehr und Versicherung. Anschließend die Gründung einer Firma und Meetings mit der Bank. Sie musste diverse Genehmigungen beantragen und anschließend zuverlässige Handwerker für jene Arbeiten finden, die nicht ihre Freunde ausführen konnten, also Schreiner, Klempner und Elektriker. Ihre To-do-Listen waren endlos gewesen.

Über die Gegenwart und die Zukunft zu sprechen, machte Spaß. Weit mehr, als zurückzublicken. Sie war selbstständig, genau wie er.

»Zwei Monate«, sagte Frank. »Ich kann nicht fassen, wie du das so schnell auf die Beine gestellt hast.«

Sally erklärte, wie viel Glück dabei gewesen wäre.

»Das Flügelgebäude stammt aus den fünfziger Jahren. Damals hat man ins Bauen sowohl Liebe wie auch Zeit investiert und ist sorgfältig mit den Materialien umgegangen. Das Tragwerk an sich war also in großartigem Zustand, mit bestem Kernholz. Und geräumig und lichtdurchflutet. Also mussten wir nur Trennwände errichten, den Boden spachteln und Fliesen verlegen. Danach noch Stromleitungen ziehen. Und Fenster reparieren und streichen.«

Sie hatte feuchte Hände bekommen, heimlich wischte sie sie am Kleid ab. Sein Blick war anziehend. Der neue Respekt darin.

»Du wirst in Zukunft bestimmt von all deinen Aushilfsjobs profitieren«, sagte Frank. »Besonders von dem als Kellnerin.«

Das klang fast, als wäre ihr weitgefächerter Lebenslauf ein Vorteil und etwas, worauf man stolz sein konnte. Als hätte sie ihre Jobs ganz bewusst ausgesucht, mit dem Endziel im Hinterkopf: eine Pension zu betreiben.

Nur um nicht rot zu werden, riss Sally etwas Unkraut aus und brachte es in die Laubtonne im Schuppen. Als sie wieder herauskam, stand Frank am Gartentor.

»Wollen wir eine Runde gehen?«

Sie zögerte, sagte dann aber Ja, denn bis die Gäste zurückkamen, dauerte es sicher noch.

Mit Märta an der Leine marschierten sie in Richtung Vitemölle. Sally sah sich verstohlen um. Sie hatte keine Lust, irgendwem zu begegnen, den sie kannte. Besser also, so schnell wie möglich in die nördliche Strandgegend zu gelangen. Dort war normalerweise wenig los. Bestenfalls gar nichts.

Frank sprach erst nach langem Schweigen wieder.

»Ich kann verstehen, dass du in Stockholm sauer auf mich warst. Du hattest allen Grund, einfach zu verschwinden.«

»Ja«, sagte sie aufrichtig. »Das hatte ich.«

»Und seit ich hier bin, sehe ich, dass es für dich richtig war, die Stadt zu verlassen. Wie du hier unten neu angefangen hast, ist einfach unglaublich.«

Sie kamen an der Kapelle von Kivik vorbei. Das buschige Gras unten am Marktplatz wiegte sich trocken und hellgelb im Abendwind. Auf der anderen Seite erstreckte sich das Meer. Der Himmel hier war weiter und freier als sonst irgendwo.

Frank sah sie von der Seite her an.

»Willst du den Rest deines Lebens in Skåne verbringen?«

»Vermutlich.«

Sie kamen an dem Kiosk bei der Minigolfbahn vorbei. Frank schien das erneute Schweigen nicht zu stören.

Stockholm. Wenn Sally darüber nachdachte, war die Stadt komplett voll mit ihm. Jeder Stadtteil trug Spuren ihrer Anfangszeit als Paar. In Södermalm hatte ihre Wohnung gelegen, nahe des kleinen Parks, wo sie sich zum ersten Mal geküsst hatten. Auch Vasastan war für immer mit Frank verbunden. Dort befand sich die Bar, in der sie sich anfangs mehrmals verabredet hatten, um erst den Abend lang in einer Ecke zu sitzen, bevor sie schließlich zu ihm gegangen waren. In Kungsholmen waren sie öfter spätabends, wenn es keiner sah, Hand in Hand am Wasser entlanggelaufen. Hatten sich an der Strandpromenade auf eine Bank gesetzt und über den Riddarfjärden geblickt. In Gamla Stan hatten sie im hintersten Eck einer winzigen

Bar Gin Tonic getrunken. Auf Skeppsholmen hatten sie auf einer Decke im Gras gelegen, Wassermelone verschlungen und einander Wolkenformationen am Himmel gezeigt.

Und schließlich Östermalm. Wo Franks Übernachtungsmöglichkeit lag. Seinen Geburtstag in der Zeit hatten sie gefeiert, indem er sie in ein exklusives asiatisches Restaurant eingeladen hatte. Selbstverständlich ein paar Tage nach dem richtigen Datum, denn am eigentlichen Festtag war er zu Hause hofiert worden, von seiner Frau.

»Vierzehn Grad heute! Aber trotzdem wundervoll.«

Ihr Nachbar Olle riss Sally aus den Gedanken. Er und Yvonne kamen in gestreiften Bademänteln aus einem der schmalen Durchgänge zwischen zwei Häusern geradelt. Auf ihren Gepäckträgern klemmten Kühltaschen und in den Fahrradkörben lagen identische Handtücher.

Hoffentlich kamen sie nicht auf die Idee, Frank zu begrüßen und sich vorzustellen.

»Vierzehn Grad?«, fragte Sally. »Na ja.«

Yvonne schnitt ein Gesicht und lachte.

»Zumindest ein paar Schwimmzüge haben wir gemacht.«

Die Nachbarn radelten weiter Richtung Kivik und Sally atmete auf. Frank sah den beiden hinterher. Er hatte wohl dasselbe gedacht.

»Hier lebt man offensichtlich mit wandelnden Überwachungskameras.«

»Die Leute sind nett. Das stört mich also nicht.«

Zumindest normalerweise nicht, hätte sie hinzufügen können. Aber sie sagte nichts.

Sie gingen weiter Richtung Hafen und erreichten über die kleine Holzbrücke den Parkplatz. Sally zog sich die Sandalen aus und betrat den Strand, sie wollte die Zehen ins Wasser tauchen, aber nach wenigen Metern hatte Frank sie eingeholt und stoppte sie.

»Ich habe dich vermisst, Sally. Wirklich.«

Sie drehte sich um. Er legte ihr vorsichtig die Hände ans Gesicht. Verwirrt wich sie zurück, wusste nicht, ob sie wollte, dass er sie küsste oder nicht. Ein Teil von ihr verspürte Lust, sich ihm einfach hinzugeben, alles auf sich zukommen zu lassen. Ein anderer Teil wollte ihn wegschubsen und daran festhalten, was sie sich die ganze Zeit felsenfest geschworen hatte: nie mehr mit Frank zu tun zu haben.

»Wir gehören zusammen«, sagte er. »Spürst du das auch?«

Er bedrängte sie, wenn auch behutsam. Sie stieß mit dem Rücken an das kleine Häuschen, in dem sich Toiletten befanden. Als Franks Lippen ihre streiften, war es fast wie bei ihren ersten Treffen. Aber nur für einen Augenblick, dann war die Spannung weg.

Sie war jetzt ein neuer Mensch, einer, den er nicht kannte.

Mit einem kleinen Schubser konnte sie ihn abwehren. Er fuhr zusammen und ließ sie los. Sally bückte sich nach ihren Sandalen, schlüpfte hinein und brach auf in Richtung Holzbrücke.

Als sie sich umsah, wo Frank blieb, entdeckte sie im Strandroggen genau hinter dem Toilettenhäuschen einen Schatten. Offenbar stand da wer. Vermutlich ein taktvoller Schwimmer, der gerade sein Rad hatte aufschließen und nicht stören wollen, sondern wartete, bis das vermeintliche Liebespaar weg war.

Frank stand da und blickte aufs Meer.

»Schau, wie schön.«

Der Abendhimmel hatte sich blaurosa verfärbt. Als würde ein Anfänger im Aquarellmalen mit einem nassen Pinsel versuchsweise ein paar ungelenke Striche machen.

Sally wandte sich ab. Sie hatte wirklich so umarmt werden wollen. Und geküsst. Aber nicht von Frank, sondern von Peter. Der die ganze Woche keinerlei Interesse an ihr gezeigt hatte. Vermutlich, weil er um seine Ellen trauerte. Die Frau, die er liebte und die tot war. Es gab keinen Raum für jemand anderen als sie.

Frank und sie gingen denselben Weg zurück. Sally erklärte ihm, er müsse wirklich verschwinden und dies sei seine allerletzte Nacht in ihrem Flügelgebäude. Er wiederholte, dass sie zusammengehörten und sie das auch verstehen würde, wenn sie sich nur Zeit gebe und sie mehr mit ihm verbringe als bisher.

Sie waren schließlich zurück an der Pension. Sally putzte etwas Sand von den Oberseiten ihrer nackten Füße.

»Es ist alles gesagt. Ich möchte, dass du morgen früh abreist.«

Er presste die Kiefer zusammen.

»Du sendest ziemlich widersprüchliche Signale.«

Sally schwieg. Vielleicht stimmte das sogar, und wenn, dann bereute sie es. Frank hätte einfach überhaupt nie auftauchen sollen.

»Tut mir leid«, sagte sie. »Es ist, wie es ist. Wir kommen nicht wieder zusammen. Nie mehr.«

Ohne eine Antwort verschwand er ins Flügelgebäude.

Eine Weile später portionierte sie in der Küche Hefeteig für die Brötchen am nächsten Morgen, da sah sie ihn mit seinem schwarzen Handgepäcksrollkoffer durch den Garten gehen und ohne sich noch mal umzudrehen, die Straße in Richtung Parkplatz überqueren.

Sie öffnete ihren Bankaccount und registrierte, dass er das Zimmer bezahlt hatte.

Die Platte mit den Teigstücken stand unter einem Tuch zum Gehen im Kühlschrank, das Haus war still. Sally setzte sich mit einer Solarlampe an einen Tisch auf der Veranda. In eine Decke gewickelt schrieb sie Liselott eine SMS.

F ist jetzt weg. Das wird nichts mehr.

Die Antwort kam nach ein paar Minuten: *Schön. Weißt du was? Peter würde besser zu dir passen.* Danach ein Smiley mit Herzaugen.

Sally überlegte, was sie antworten sollte. Sie wollte Liselott nicht anlügen, aber alles zu erzählen, war unnötig. Die Anziehung würde mit der Zeit nachlassen. Musste es.

Er ist ein guter Freund, schrieb sie. *Sonst nichts.*

Josefin

Das Geschäft lag in einer kleinen Gasse innerhalb einer größeren Fußgängerzone mit Läden. Zentral, aber doch abseits, direkt zwischen einem Tattoo Studio und einem kleinen Café. Das Schaufenster war voll mit alten Industriegegenständen, um die herum Jeans und Schnürstiefel arrangiert waren. *BROKEN TWILL* stand auf der Scheibe wie auch auf einem Schild über der Tür.

Josefin ging hinein und ein Glöckchen bimmelte. Der Laden duftete nach Stoff und Leder. Lou stand hinter dem Verkaufstresen und faltete Pullover und legte sie auf einen Stapel. Als sie Josefin sah, verließ sie die Theke und kam auf sie zu.

»Hallo! Du hast hergefunden.«

»War nicht schwer.«

Lou trug eine Baumwollbluse und einen breiten Ledergürtel zu einer abgewetzten, sorgfältig ausgebesserten Jeans.

Josefin zuppelte an ihrem grauen T-Shirt. Obwohl sie am Morgen lange vorm Spiegel unterschiedlichste Kombinationen für ihren ersten Arbeitstag ausprobiert hatte, war ihr Look fantasielos. Aber sie hatte nicht wahnsinnig viel Auswahl. Letztendlich hatte sie sich für das unverfängliche T-Shirt und die Jeans entschieden, die sie bei ihrer Begegnung mit Lou in der Pension angehabt hatte. Besser fad wirken als falsch angezogen.

»Dann führe ich dich zuerst mal herum«, sage Lou. »Anton kommt bald. Mein anderer Mitarbeiter.«

Das kleine, gemütliche Geschäft war ein detailverliebter

bunter Mix. Entlang der holzverkleideten Wände gab es lange Kleiderstangen und Regale mit Jeansstapeln. Mitten im Raum war ein großer Tisch mit gedrechselten Beinen, ebenfalls bedeckt mit Jeans in Stapeln. Daneben stand ein altes Motorrad mit aufgeplatztem Ledersattel.

Von der Decke hingen zwischen blechernen Industrielampen verschiedene Gegenstände: verbeulte Messingleuchter, ein Benzinkanister, ein altertümliches Wagenrad und eine Haigarnitur. Hier und da standen ramponierte Hinweisschilder mit alten Buchstaben.

Auf dem Plattenspieler auf einem Tischchen drehte sich eine Scheibe, und aus den Lautsprechern strömte und knisterte sanft groovender Sechzigerjahre-Soul.

Josefin ließ den Blick schweifen. Man konnte sich kaum sattsehen.

»Man kann sagen, unser Ausgangspunkt ist die Denimkultur«, sagte Lou. »À la James Dean oder Steve McQueen. Nur auch für Frauen.«

Sie hielt eine robuste, dunkelblaue Jeans mit ausgefallenen Seitennähten hoch.

»Wir feiern Geschichte und Handwerk. Unserer Philosophie nach werden diese Jeans geflickt, wenn sie kaputtgehen, und zwar wieder und wieder. Man wirft sie nie weg.«

Josefin befühlte den dicken Jeansstoff.

»Viele unserer Sachen werden mit schönen, alten Maschinen hergestellt«, sagte Lou. »Die es in Schweden sonst nicht mehr gibt.«

Sie schritt zwischen den Regalen und Stangen hindurch, zeigte auf verschiedene Kleidungsstücke. Vor allem Jeans, aber auch Flanellhemden, Pullover und alte Lederjacken.

Bei jedem Schritt klackerten ihre schweren Boots auf dem alten Holzboden.

»Mein Großvater hatte eine Weberei. Aber bei der Modernisierung der Produktion wurden fast alle Maschinen nach Osteuropa verkauft. Wir haben eine für uns auftreiben können. Sie zu benutzen dauert lang und ist ziemlich aufwändig, aber das Ergebnis ist perfekt.«

Josefin schielte auf ein Preisschild. Ein offenbar stinknormaler Pullover für dreitausendfünfhundert Kronen. Sie schluckte. Wie sollte sie es wagen, eines dieser Stücke auch nur zu berühren?

»Unsere Inspiration kommt hauptsächlich aus Amerika«, sagte Lou. »Wobei, teilweise auch aus Japan. Unsere ganze Branche schielt dorthin, weil es da schon immer ein großes Qualitätsbewusstsein gibt. Nähen ist in Japan ein superernsthaftes Geschäft und alles, was damit zu tun hat, muss erstklassig sein. Also erstklassige Stoffe und Präzision bis ins kleinste Detail. Und das darf dann auch dementsprechend kosten.«

An einer Wand stand ein Regal mit Schnürstiefeln in unterschiedlichen Variationen. Lou hielt ein Paar hoch und streckte sie Josefin entgegen. Sie waren klobig, aus hellbraunem Leder und hatten ein grobes Profil an den Sohlen.

»Die hier kosten tausend Kronen. Aber sie sind handgemacht. Kauft man sich ein solchen Paar, halten sie ein Leben lang.«

Josefin strich über die Zehenkappen der Stiefel.

»Wer sind eure Kunden? So im Allgemeinen, meine ich.«

»Modebewusste Menschen mit Geld. Aber auch ganz normale Leute. Die auf Qualität stehen und die Sachen als

Investition betrachten. Um sich ein richtig schönes Stück kaufen zu können, wird auf anderes verzichtet. Und zu unserem Kund:innenkreis gehören auch viele Sammler. Was wir haben, ist exakt, was sie wollen.«

Mit einem weiteren Glockenbimmeln ging die Tür auf. Ein Typ Mitte zwanzig kam herein. Er war in schwarzes Leder gekleidet und hatte einen Motorradhelm in Regenbogenfarben unterm Arm.

»Da kommt Anton«, sagte Lou. »Mein unerschütterlicher Fels in der Brandung.«

Anton hatte lange, braune Haare und ein rotes Schnupftuch um den Hals. Lou machte eine Geste in Richtung von Josefin.

»Unsere neue Sommeraushilfe fängt heute an. Kannst du Josefin einweisen?«

»Sicher.«

Anton legte den Helm auf den Kassentresen und zog die Lederjacke aus. Sein Lächeln war offen, die Augen wach und aufgeweckt.

»Ich gebe dir ein paar Tipps. Du findest dich sicher schnell zurecht.«

Josefin nickte feierlich. Sie gehörte jetzt hierher. Ab heute.

Im Zug zurück nach Kopenhagen rief sie Harald an, um zu hören, wie es auf dem Hof lief. Er antwortete einsilbig. Den Hühnern und Schafen gehe es gut. Keines sei krank oder tot. Der Tierkadavertransport war bezahlt.

Das Gespräch wurde seltsam schroff, ganz egal wie feinfühlig Josefin auch zu sein versuchte. Hinterher blickte sie durchs Zugfenster auf das weite Wasser. Eine Vielzahl unterschiedlicher Schiffe und Boote waren auf der glitzernden Fläche verteilt. Vielleicht meldete sie sich eine Weile besser nicht bei Harald. Mehr solcher Gespräche würden nur dazu führen, dass sie sich noch weiter voneinander entfernten als ohnehin schon.

In Kopenhagen angekommen, kaufte sie mit der Karte ihrer Mutter so billig wie möglich fürs Abendessen ein und verstaute die Lebensmittel im Kühlschrank. Dann saß sie im Ledersessel umgeben von all den Kunstwerken an den Wänden im Wohnzimmer.

Die Menschen in der Galerie gestern waren nett gewesen. Warum hatte ihre Großmutter nie von ihnen erzählt? Und warum hatte sie sich in den Monaten nach ihrer Rückkehr aus Kivik nicht mit ihnen getroffen, mit Ausnahme von Vibeke?

Es klingelte an der Haustür. Mit klopfendem Herzen verließ Josefin den Sessel, tappte in den Flur und schaute durch den Spion. Draußen stand, mit einem Blumenstrauß im Arm und offenen, über die Schulter fallenden, zerzausten Haaren, Grethe.

Sie lächelte unsicher und streckte Josefin, als sie öffnete, den Strauß entgegen.

»Dachte, du brauchst Einzugsblumen.«

»Danke.«

Josefin nahm den Strauß entgegen.

»Entschuldige, dass ich einfach so reinplatze«, sagte Grethe. »Aber ich war gerade im Krankenhaus und habe mit dem Arzt über meine Mutter gesprochen. Ihr Zustand hat sich stabilisiert.«

»Das freut mich.«

»Ja. Obwohl das auch schon alles ist, was ich weiß.«

»Durftest du zu ihr?«

»Sie ist noch nicht wach. Ich fahre morgen wieder hin. Jedenfalls habe ich dann an dich gedacht.«

»Aha?«

»Als deine Großmutter gefahren ist, hat sie in einer Nachricht geschrieben, dass sie keinen Kontakt haben möchte. Aber ich sollte ihr doch wohl mitteilen, dass es Mama bessergeht, oder?«

Josefin dachte nach. Ihre Großmutter hatte ihren eigenen Kopf und war außerdem ziemlich entschieden. Wenn sie gesagt hatte, sie wolle keinen Kontakt, hatte sie das sicher auch so gemeint, selbst wenn es nicht sonderlich vernünftig klang. Aber vielleicht brauchte ihre Großmutter aus irgendeinem Grund absolute Ruhe.

»Warte noch, bis wir mehr wissen.«

Sie gingen in die Küche. Josefin suchte im Schrank nach einer Vase.

»Grüß deine Großmutter, falls du mit ihr sprichst«, sagte Grethe. »Sie hat mir neulich geholfen, als ich Probleme mit meinem Freund hatte. Mit dem ist jetzt gottseidank Schluss.«

Josefin fragte nicht weiter nach, wenn die Beziehung vorbei war, bestand dafür auch kein Grund.

»Magst du Pasta?«, erkundigte sie sich.

Ja, mochte sie. Josefin machte Spaghetti mit Tomatensauce und dann aßen sie jede eine große Portion. Grethe berichtete, sie lebe seit dem Auszug bei Noah beengt zur Untermiete bei einer Freundin. Noah habe sie zwar nie geschlagen, aber bei ihren ständigen Streitereien habe er ziemlich bedrohlich wirken können. Zum Glück sei diese Zeit ihres Lebens nun vorbei.

Josefin erzählte ihr von Harald und Vallmogården.

Grethe wunderte sich, dass sie mitten im Sommer in die Großstadt verschwunden sei.

»Ist das nicht die Zeit, in der man auf dem Land sein möchte?«

Josefin erklärte, die Sehnsucht habe sie fortgetrieben, aber Grethe konnte das nicht recht verstehen.

Nach dem Essen machte sie ihr im Wohnzimmer Yogapositionen vor. Sie stellte sich auf ein Bein und platzierte den anderen Fuß an dessen Oberschenkelinnenseite, dann legte sie die Handflächen aneinander und atmete langsam durch die Nase. Josefin versuchte es ihr nachzumachen, verlor aber das Gleichgewicht. Sie plumpste aufs Sofa.

»Du musst psychisch anwesend sein«, sagte Grethe.

Josefin hörte mit halbem Ohr zu, während Grethe ihre Yogaübungen machte und von Riten, Naturgeistern und Ehrfurcht vor der Natur sprach. Und über ihr Vorhaben, ein minimalistisches, naturnahes Leben mit möglichst wenig Konsumterror zu führen. Darin waren sie sich ähnlich.

Grethe setzte sich neben Josefin aufs Sofa.

»Es gibt da etwas, das ich dich fragen wollte.«

»Was denn?«

»Ich war heute Morgen bei meiner Mutter, um die Blumen zu gießen und die Post aus dem Briefkasten zu holen. Und da habe ich einen Stapel Papier gefunden. Offenbar hat sie über ihr Leben geschrieben und ich konnte mich nicht beherrschen und habe ein wenig darin gelesen.«

»In ihrem Tagebuch?«

Josefin war unangenehm berührt.

»Es ist mehr als ein Tagebuch«, sagte Grethe. »Eher eine Erzählung. Über die Siebziger. Deine Großmutter kommt auch vor. Es würde dir, glaube ich, gefallen.«

»Nein, das ist nichts für mich.«

Josefin stand auf, um sich an den Abwasch zu machen. Sie hatte im Frühling in Åkes Notizbüchern gelesen, wo er über seine Schuldgefühle geschrieben hatte und darüber, wie schlecht es ihm ging. Sie hatte deswegen noch immer Gewissensbisse, obwohl Åke damals schon nicht mehr am Leben gewesen war.

Grethe folgte ihr in die Küche.

»Gib Bescheid, wenn du deine Meinung ändern solltest.«

Sie schaute Josefin lange eindringlich an. Josefin ging nicht darauf ein.

Vanja

Vanja fuhr mit dem VW-Bus den großen Weg entlang. Es lief keine Musik. So kurz vor ihrem Treffen mit Sally brauchte sie Stille und Konzentration. Einmal war sie kurz davor umzukehren, aber dann fuhr sie doch weiter Richtung Kivik.

War es die richtige Entscheidung, nicht angerufen zu haben? Sie wusste es nicht. Die Angst, Sally könnte Nein sagen, hatte sie daran gehindert. Deshalb fand sie es besser, spontan vorbeizukommen.

Vanja fuhr zum Hafen hinunter und blieb vor dem Fischladen stehen. Nur ein kleiner Halt, um Mut zu fassen. So früh am Morgen war hier kaum jemand unterwegs. Sie schloss die Augen und atmete durch. Eigentlich gab es keinen Grund, ängstlich zu sein.

In Kopenhagen bezwang sie inneren Stress, indem sie sich an den Webstuhl setzte. Die monotonen Bewegungen in Kombination mit dem kreativen Tun waren zur Besänftigung von Ängsten unschlagbar. Nichts war so harmonisierend, wie zu weben. Es verschaffte ihr selbst bei mangelnder Inspiration Seelenfrieden.

Vanja machte die Augen wieder auf. Ihr Webstuhl musste her. Das dachte sie schon, seit sie angekommen war, und jetzt hieß es handeln.

Sie rief Josefin an, die klang kurzatmig.

»Ich kann gerade nicht, Oma. Ich bin auf dem Weg zum Zug. Zu meinem neuen Job.«

»Wie spannend. Aber kannst du mir einen Gefallen tun? Ich würde gern meinen Webstuhl herholen.«

»Nach Svinaberga?«

»Ja. Du weißt doch, wie wichtig mir meine Textilarbeiten sind.«

»Aber wie soll das gehen?«

»Wir müssen einen Transport organisieren. Bitte Gorm, dir die Nummer von irgendeinem Unternehmen rauszusuchen. Er kann sich auch um alles kümmern.«

Auf Gorm konnte man sich verlassen. Er wollte, dass sie wieder arbeitete und dass sie ein neues Projekt anfing. Da sollte es kein nennenswertes Problem darstellen, den Webstuhl herbringen zu lassen.

»Das sollte machbar sein«, sagte Josefin. »Wie bezahle ich dafür?«

Vanja wurde still. Ihre Ersparnisse waren so gut wie aufgebraucht und die Zukunft stand in den Sternen.

»Bitte Gorm, es vorerst auszulegen. Ich zahle es ihm später zurück.«

»Dann kläre ich das.«

»Danke, Schatz.«

Vanja legte auf, ließ den Wagen wieder an und rollte auf die Straße und durch die schmalen Gassen. Der Ort erwachte allmählich zum Leben. Ein paar Bewohner waren quatschend im Bademantel auf dem Weg zum oder vom Meer. Andere saßen ganz sorglos im Garten beim Frühstück. Wie gerne wollte sie mit ihnen tauschen.

Dann war sie an Åkes Haus oder besser gesagt an Sallys Pension angekommen. Sie hielt vor der Steinmauer. Am Gartentor hing ein Blechschild, auf dem *Pension Pomona* stand. Ziemlich geschmackvoll designt, das musste man sagen. Wenn auch nicht besonders originell. Aber zumindest störte es nicht.

Sally war im Garten. Vanja entdeckte sie unterm Apfelbaum, wo sie ein Handtuch auf die Wäscheleine hängte. Da stand sie. Ihre Tochter. Im selben Garten, in dem sie schon als kleines Mädchen gespielt hatte.

Das Motorengeräusch ließ Sally zum Zaun kommen. Sie streckten einander gleichzeitig die Hände entgegen.

Sally lächelte, und Vanja drückte ihre Hand mit festem Griff. Sie war warm und weich und hatte eine natürliche Festigkeit. Zwischen den Händen floss eine Art Energie, sie gehörten zusammen, ganz einfach.

»Als Erstes möchte ich mich gern für mein Benehmen im Frühjahr entschuldigen«, sagte Vanja. »Das war wirklich respektlos. Richtig, richtig bescheuert. Aber die Begegnung mit dir war schlicht zu viel für mich. Nach all den Jahren.«

»Ja, das kann ich verstehen.«

Sie ließen die Hände los. Vanja räusperte sich leicht.

»Ich hätte vielleicht vorher anrufen sollen. Damit du vorbereitet gewesen wärst.«

»Ach nein, nicht nötig. Peter hat es mir erzählt. Dass du vielleicht wieder zurückkommst.«

»Peter. Aha.«

Märta kam an und schnüffelte neugierig. Vanja tätschelte sie. Ein schöner Hund, groß und kräftig, mit glänzendem Fell. Sie dachte an Åkes Dänisch-Schwedischen Farmhund, die verspielte Mitzi. Eine sabbernde Knalltüte, die nie genug davon bekommen hatte, mit einem alten Tau zu kämpfen oder wieder und wieder einen zerfetzten, vollgesabberten Tennisball anzuschleppen, den man ihr werfen sollte.

Sally machte eine Geste in Richtung Haustür.

»Möchtest du einen Kaffee?«

»Lieber Tee, wenn du einen hast.«

»Gern.«

Mit Märta im Schlepptau gingen sie gemeinsam über den Pflasterweg zum Haus. Vanja beobachtete Sally aus den Augenwinkeln. Sie schien ruhig zu sein, nur auf den Wangen waren rosa Flecken.

Der Mann von gestern Abend war nicht hier. Dieser Frank, mit dem Sally in Vitemölle gewesen war. Vanja war vom Strand gekommen und hatte die beiden genau in dem Moment entdeckt, als sie das Toilettenhäuschen erreicht hatte. Ohne einen blassen Schimmer, was sie tun sollte, war sie hinter der Wand verborgen stehen geblieben. Zum Glück waren sie schnell weitergegangen.

Die Sache war furchtbar ärgerlich, denn sie wollte wirklich nicht spionieren. Noch schlimmer wäre gewesen, sie zu überraschen. Allein der Gedanke, Sally in eine peinliche Situation zu bringen, löste Schweißausbrüche bei ihr aus.

Sie setzten sich mit ihren Tassen auf die Terrasse. Der Tee war normaler Earl Grey, aber besonders aromatisch. Besser als nichts. Vanja sah über das Grundstück.

»Wie schön du es hier hast.«

»Das ist wohl vor allem dein Verdienst. Vieles ist noch aus deiner Zeit hier. Von dir gepflanzt.«

»Stimmt. Aber eine Menge hat sich auch verändert.«

Vanja pustete in ihren Tee. Der Gartenkalender, den ihr Sally im Frühjahr gebracht hatte. Lieber nicht in Erinnerung rufen und damit auch die schmerzhafte Zeit. Jetzt war alles anders. Sie stellten die Uhren auf null.

Sie wandte sich wieder an Sally.

»Ich habe eine Menge nachgedacht. Und dabei ist herausgekommen, dass ich deine Vergebung gern annehmen möchte. Die du mir im April gewährt hast.«

Sally legte ein Bein über das andere, ihre beiden Hände umschlangen das obere Knie.

»Schön. Da wird Josefin sich freuen.«

Vanja atmete ruhiger. Der Herzschlag hatte sich beruhigt.

»Wo wir gerade von Josefin sprechen. Ich habe eben mit ihr telefoniert, ihr scheint es in Kopenhagen gut zu gehen.«

Sally nickte. Eine Spur Trauer huschte über ihr Gesicht, dann lächelte sie aber.

»Lieb von dir, dass sie in deiner Wohnung leben kann.«

»Das ist doch selbstverständlich.«

Stille entstand. Vanja sah nach, ob die Traurigkeit wieder aufgetaucht war, aber zum Glück nicht. Sie wollte weg von dem höflichen Smalltalk. Darin verfing man sich leicht und kam mitunter nie mehr heraus.

»Tja, es gibt da etwas, was ich sagen wollte. Wegen der Briefe, die du mir gezeigt hast. Die von mir.«

»Ja?«

Vanja bemühte sich, trotz Sallys erwartungsvoller Miene gelassen zu klingen.

»Ich habe meine Kopenhagener Wohnung ein wenig aufgeräumt und dabei Georgs alte Briefe gefunden. Seine Antworten.«

Nach einer Pause fügte sie hinzu: »Möchtest du sie vielleicht einmal sehen?«

Sie versuchte, Sallys Gesichtsausdruck zu lesen. Es war schwer. Sally saß beinahe reglos da.

Vanja spürte ihren Herzschlag. War es vorschnell gewesen, direkt ein sensibles Thema anzusprechen? Ein buchstäblich schmerzhaftes. Sie verfluchte ihr mangelndes Vermögen, über bedeutungslose Sachen zu sprechen. Das war eine Kunst, die sie schlichtweg nicht beherrschte.

Das Schweigen dauerte eine ganze Weile. Dann richtete sich Sally auf.

»Apropos Briefwechsel zwischen dir und Papa. Ich weiß nicht, ob dir Peter davon erzählt hat, warum Papa so ablehnend war?«

»Nein, hat er nicht.«

Vanja drehte an ihren Silberringen. Nach ihrer Rückkehr nach Kopenhagen war Peter auffallend untergetaucht. Sie hatten kaum Kontakt gehabt. Er war voll damit beschäftigt, Sally bei den Vorbereitungen rund um die Eröffnung der Pension zu helfen. Malen und tapezieren. Und sie dabei kennenlernen. Wie gut und auf welche Weise konnte Vanja nur ahnen.

»Eigentlich war es Åke, der nicht wollte, dass du zurück nach Kivik kommst«, sagte Sally.

Vanja blickte sie fragend an.

»Jetzt verstehe ich dich nicht.«

»Er hat Papa dazu gebracht, sich dir gegenüber nicht fair zu verhalten. Ich glaube, aus Neid.«

Vanjas ganzer Körper spannte sich an. Åke. Wovon sprach Sally da? Natürlich wusste sie von Åkes anfänglicher Eifersucht. Darauf, dass sein Bruder hatte, was er selbst nicht hinkriegte. Liebe. Eine Familie.

»Åke hat es Peter erzählt«, sprach Sally weiter. »Vor ein paar Jahren. Er hat es bereut und offenbar riesige Schuldgefühle gehabt. Ich glaube, er würde wollen, dass du es weißt. Und ich glaube, dass er mich auch deshalb in seinem Brief gebeten hat, ich möge von Stockholm zurück nach Kivik kommen. Quasi als Wiedergutmachung.«

Vanja nippte an dem abgekühlten Tee. Himmel, all diese Jahre. Welche Last da auf Åke gelegen haben musste. Ohne dass sie es bemerkt hatte. Oder Josefin.

Sie dachte an Peters Aussage über Åke und seine Dunkelheiten. Das Verhältnis zu seinem Bruder Georg war gelinde gesagt kompliziert gewesen. Die Brüder waren von klein auf komplett gegensätzlich. Åke war nach innen gekehrt, Georg redselig und extrovertiert. Aber dass ihre Unterschiede derartige Konsequenzen nach sich gezogen hatten, hätte sie nie gedacht.

Georg Larsson. Vanja sah ihn direkt vor sich. Den bärtigen Skåner, in den sie sich fürchterlich verliebt hatte. Sein lautes Lachen. Der Humor und seine raschen Kommentare. Der lange, schlaksige Körper, oft mit einem Cordjackett. Hier hatte er in der Hocke gesessen und Mitzi gestreichelt.

Mit halb zum Mund geführter Teetasse durchforschte Vanja ihr Inneres, ihre Reaktion auf die Neuigkeit. Da war nur Gleichmut. Als ob es sie nichts anging. Das alles war vor unfassbar langer Zeit geschehen.

Aber sie wollte Sally nicht verletzen.

»Danke, dass du es mir erzählt hast«, sagte sie leise. »Das bedeutet mir viel.«

»Mir auch. Dass es nicht Papas Schuld war. Und dass du es versucht hast.«

Sally suchte ihren Blick. Vanja trank mehr Tee. Ein flüchtiges, aber dennoch spürbares Schwindelgefühl. Weil man einen gemeinsamen Urgrund hatte. Vielleicht sogar zusammengehörte.

Wieder zu Hause. Vanja war noch immer benommen. Sie ging in ihrem Atelier auf und ab, wollte aufräumen, brachte aber nichts zustande. Sie hatte ihre Tochter getroffen. Zum ersten Mal hatten sie Seite an Seite gesessen und miteinander geredet. Ein unerhörtes Ereignis.

Als die Rede auf Josefin gekommen war, war da etwas Wehmut aufgetaucht. Sally vermisste sie. Natürlich. Auch die beiden waren bis zum Frühling für lange Zeit voneinander getrennt gewesen. Aber Josefin würde wieder zurückkommen.

Es klopfte, dann tauchte Peter in der Tür auf.

»Schon wieder zurück?«

Er wirkte beunruhigt.

»Ja, wir haben nur eine Tasse Tee getrunken«, sagte Vanja. »Ich wollte nicht zu lange bleiben. Sie hat mit der Pension so viel zu tun.«

»Wie ist es gelaufen?«

»Ausgezeichnet, glaube ich.«

Sie schob auf dem Tisch eine Kiste mit Garnrollen beiseite. Peter wartete auf eine ausführlichere Erzählung.

»Worüber habt ihr gesprochen?«

»Alles Mögliche. Sally hat von Åke erzählt. Offenbar hat er Georg beeinflusst, als der an mich geschrieben hat. Das zu hören hat gutgetan. Uns beiden, glaube ich.«

Sie konnte sehen, wie Peter ruhiger wurde. Dass der neue Kontakt zwischen Mutter und Tochter mit einem Gespräch über wichtige Dinge begonnen hatte, verhieß Gutes.

»Jetzt schauen wir weiter«, sagte sie. »Ich fahre morgen wieder runter. Ein Schritt nach dem anderen.«

»Schön. Ich gratuliere euch beiden.«

Sie wollte gerade Peter nach seinem eigenen Verhältnis zu Sally fragen, als er in Richtung des großen Bilds auf der Staffelei nickte.

»Und wirst du an dem da weiterarbeiten?«

Vanja schüttelte den Kopf.

»Das ist fertig. Da gibt es nichts mehr hinzuzufügen.«

Peter betrachtete das Bild. Er hatte nicht gefragt, was es darstellen sollte oder wovon es handelte, aber das war auch nicht nötig. Sie brach nun auf zu neuen Welten und Gedanken. Und was das genau hieß, würde sich zeigen.

Vanja sammelte im Raum verteilte Stifte und Pinsel und steckte sie jeweils in ihre richtigen Büchsen, die nach eigenem System an verschiedenen Orten platziert standen.

Sie betrachtete Peter. Da gab es etwas, was er über Sally wissen sollte. Oder vielleicht auch nicht. Sie war sich unsicher, ob es richtig war, ihm davon zu erzählen. Richtig gegenüber Peter, aber auch gegenüber Sally.

Ihr Schweigen ließ ihn sie eindringlich ansehen.

»Da ist noch etwas«, sagte er. »Das du nicht erzählt hast. Das sehe ich dir an.«

Vanja öffnete die Holzkiste, in der sie die Ölfarben aufbewahrte, und legte ein paar verrutschte Farbtuben in ihre Fächer. Ließ sich Zeit. Wenn sie nur die Antwort schuldig bleiben könnte!

Dann schloss sie den Deckel der Kiste und ging wieder zu dem Bild, betrachtete es aus unterschiedlichen Winkeln, besah sich die einzelnen Partien genau. Ja, es war abgeschlossen. Sie wüsste nicht, was sie daran noch machen könnte. Außer vielleicht das helle Feld etwas auszubessern.

Peter war noch immer da. Es gab kein Entrinnen.

»Vanja, was ist los?«

Vielleicht war es besser, wenn er sich selbst eine Meinung bilden konnte. Und sich zu der Information verhalten.

Damit machen, was er wollte. War sie uninteressant für ihn, spielte sie auch keine Rolle. Sie räusperte sich.

»Ich habe gestern Abend Sally gesehen. Mit diesem Frank. Ihrem Ex.«

Peter starrte sie an. Jetzt gab es kein Zurück mehr.

»Ich habe meinen Abendspaziergang am Strand lang gemacht«, sprach sie weiter. »Fast bis nach Haväng. Als ich wieder beim Parkplatz war, wollte ich vor der Heimfahrt nur kurz aufs Klo. Aber ich bin nicht mal hineingekommen. Denn in dem Moment, da ich dort angelangt war, kam Sally über die Holzbrücke. Mit einem Mann, den ich noch nie gesehen hatte.«

Vanja sank auf ihren Sessel, ihre Beine gaben plötzlich erschöpft nach.

»Ich habe mich hinters Toilettenhäuschen gestellt. Voller Panik, man könnte mich entdecken. Ich wusste nicht, was ich tun sollte.«

»Was ist dann passiert?«

Peters Stimme war schwächer geworden. Sie goss ein Glas Wasser aus der Karaffe auf dem kleinen Sideboard und streckte es ihm entgegen, aber er nahm es nicht, sondern setzte sich nur auf den Hocker.

»Ich stand da«, sagte sie. »Völlig panisch. Ich dachte, sie würden an der Toilette vorbeigehen und mich entdecken. Aber das taten sie nicht.«

Er goss sich selbst Wasser ein und trank in großen Schlucken, während sie überlegte, ob sie ihm den Rest auch noch erzählen sollte. Das Letzte.

Offensichtlich sollte Peter es nicht wissen. Aber sie wollte auch nicht, dass ihm ein weiterer schmerzhafter Verlust drohte. Nicht nach Ellen. Besser, wenn er die Fakten kannte.

Vanja stellte das Glas ab.

»Ich glaube, sie könnten einander geküsst haben. Aber sicher bin ich mir nicht.«

Peter stand auf.

»Was gedenkst du zu tun?«, fragte sie.

»Nichts.«

»Ist etwas zwischen euch?«

Sie musste einfach fragen. Er war auf dem Weg zur Tür, warf einen flüchtigen Blick zurück.

»Wir sind nur gute Freunde.«

Dann war er verschwunden. Vanja blickte durchs Fenster. Sah ihn über den Hofplatz zum Schweinestall latschen.

Was hatte sie nun angerichtet?

Josefin

Im *Broken Twill* sollte alles auf exakt dieselbe Art zusammengelegt werden. Josefin breitete einen Pullover mit der Bauchseite nach unten so aus, wie es ihr Anton beigebracht hatte, faltete einen Arm nach innen und den anderen darüber. Dann knickte sie die Ränder des entstandenen Rechtecks nach innen und faltete das Ganze anschließend erneut in der Mitte zu einem perfekten A4-Format.

Sie legte den Pullover ins richtige Regal, auf die anderen derselben Farbe. Anton kam vorbei.

»Ganz gut. Aber falte ihn noch mal. Noch ein wenig flacher. Geradere Ränder.«

Er hatte ihr sämtliche Abteilungen des Ladens gezeigt und sie ausführlich über die verschiedenen Designermarken und ihre Eigenschaften unterrichtet. Sie hatte von Stoffsorten, Schnitten, Säumen, Kragen, Taschen und Fadenrichtungen gehört. Eine ganze Menge, die man im Kopf behalten musste.

Die wichtigste Lektion war aber das Verhalten im Laden. Waren Kunden da, hatte man ihnen natürlich vor allem zu helfen. Sie begrüßen und dann aufmerksam erspüren, ob sie Beratung wollten oder nicht. Nach dem Motto, nie aufdringlich sein, aber jederzeit ansprechbar. Zeit zum Ausruhen gab es nicht. Selbst wenn keine Kundinnen da seien, müsse sie die ganze Zeit aktiv bleiben, hatte Anton Josefin eingeschärft.

»Stell dir den Laden als Restaurant vor«, sagte er. »Du bist immer dabei, irgendwas zu tun. Gehst herum und räumst auf. Richtest Gedecke, achtest darauf, dass das Glas am exakt richtigen Platz steht, putzt Silber. Nicht vergessen, *immer* schön das Silber putzen.«

Sie gingen durch den Laden. Anton justierte die Bünde von Jeans, zupfte an Jackenärmeln, knöpfte Hemdknöpfe zu.

»Alles hier soll wie frisch ausgepackt wirken. Der Kunde entdeckt das Kleidungsstück erst. Die Kundin macht den ersten Schritt auf den Mond! Verstehst du?«

Josefin nickte.

»Der ganze Laden muss perfekt sein«, fuhr er fort. »Wer durch die Tür tritt, soll sich wie der erste Kunde nach der Eröffnung fühlen. So wie im Restaurant. Wenn sich Gäste an einen Tisch setzen, sollen sie nicht merken, dass dort zuvor jemand anders gesessen hat.«

Allmählich verstand sie.

»Dein Gefühl sollte sein: ›Ich *bin* dieser Laden‹«, sagte Anton. »Er gehört dir. Nichts darf schief hängen oder schäbig aussehen. Denn der Laden ist *du*.«

Er stellte sich vor eine Kleiderstange und verschob die Kleiderbügel der Lederjacken, sodass die Zwischenräume exakt gleich wurden. Josefin faltete weitere Pullover.

Sie wusste nicht viel über ihn. Nur dass er mit seinem Freund in einer Wohnung in Möllevången lebte. In der Freizeit radelten die beiden bei gutem Wetter zum Baden nach Västra Hamnen. Sie waren ausgesprochene Großstadtmenschen. Verbrachten viel Zeit mit ihren Freunden in Cafés, Bars und Nachtclubs.

Wenn Harald nur ihre Sehnsucht nach alldem verstehen könnte! Aber das würde er vermutlich nie.

Der Laden war gerade leer.

»Warum sind du und dein Typ auf einen Hof auf dem

Land gezogen?«, wollte Anton wissen. »Ist das nicht unpraktisch?«

Josefin antwortete wahrheitsgetreu.

»Wir wollten ein anderes Leben. In dem wir uns für Zeit anstatt für Geld entscheiden konnten. Wir wollten weniger arbeiten und mehr leben. Unabhängig sein.«

Er fuhr sich über seine gerade Nase.

»Na ja, aber, weniger arbeiten ... auf einem Hof ist doch ständig etwas zu tun? Mit den Tieren und allem anderen.«

»Schon, aber wir betrachten die Arbeit auf dem Hof nicht als Arbeit. Eher als sinnvoll verbrachte Freizeit. Lieber in der Erde graben als dauerglotzen.«

Das klang weiterhin vernünftig. Josefin erinnerte sich an ihre Anfangseuphorie. Damals sprach Harald darüber, wie frei sie sich fühlten, keine gewöhnliche Arbeit mit beknackten Chefs haben zu müssen. Aber zunehmend hatte sich herausgestellt, dass es auch auf einem Hof einen Alltag gab. Man war gezwungen, selbst sein Chef zu sein. Und es gab unendlich viele Aufgaben. Plus Rechnungen, die bezahlt werden wollten.

Anton glättete die Vorderseite einer Wildlederjacke.

»Ich würde wahnsinnig werden. Kann mir kaum was Besseres vorstellen als Fernsehglotzen.«

Josefin blieb eine Antwort schuldig, da die Tür bimmelte. Ein Kunde mit dunkelgrauen, nach hinten gekämmten Haaren und gepflegtem Bart kam herein. Er trug eine hochgekrempelte Jeans mit roten Hosenträgern. Dazu ein weißes Unterhemd, Sandalen und eine Tweed-Schiebermütze.

»Hallo«, sagte Anton.

Der Mann erwiderte den Gruß, dann sah er sich im Laden um. Bei einem Hoodie, der an einem Bügel hing, blieb er stehen und betrachtete ihn gründlich.

Anton ging zu ihm.

»Kann ich helfen?«

»Ich suche nach etwas Ausgefallenem. Was ist das für ein Pullover?«

»Der wurde in Japan gefertigt.«

Der Pullover war dunkelrotbraun, farblich ein bisschen wie Blutpudding. Der Mann befühlte das Material erneut.

»Der ist mit Lehm gefärbt«, sagte Anton. »Man taucht ihn ein und lässt ihn danach in der Sonne trocknen. In mehreren Durchgängen. Das ist eine besondere Technik mit langer Tradition.«

Josefin notierte sich alles im Kopf und knöpfte dabei den obersten Knopf eines Hemds zu.

Ein flüchtiger Blick zu Lou am Kassentresen. Heute trug sie eine abgetragene Jeansjacke, deren Ellbogen schon weiß gerieben waren. Irgendwann hatte die Jacke sicher wie eine, die sie verkauften, ausgesehen.

Josefin drückte verstohlen den Stoff einer dunkelblauen Jacke zusammen. Er war hart wie Karton, vermutlich stand die Jacke von selbst, wenn man sie auf den Boden stellte. Im Prinzip musste man wohl mindestens ein paar Jahre darin leben, damit sie so weich und gebraucht aussah wie die von Lou.

Sie erinnerte sich an Antons Worte. Man brauche das besondere Vermögen, über das Kleidungsstück hinauszusehen. Das Wissen, dass es mit der Zeit immer besser werden würde. Das musste sie sich aneignen.

Josefin mischte gerade einen Grünkohlsalat, da klingelte es an der Tür. Draußen stand wieder Grethe mit einer dicken, von einem Gummiband zusammengehaltenen Plastikmappe. Ihr schmales Gesicht hatte in der Sonne Farbe bekommen. In ihren Augen war Leben.

»Ich komme gerade aus dem Krankenhaus. Mama ist aufgewacht.«

»Ach, Grethe.«

Josefin atmete erleichtert auf. Sie war auf jede Nachricht gefasst gewesen.

Nach einer langen Umarmung gingen sie in die Küche. Josefin deckte für zwei, das Essen war mehr als ausreichend, und wieder Besuch von Grethe zu haben, war schön. Sie strahlte eine Stärke aus, vermutlich, weil sie sich von ihrem Freund getrennt hatte und auf eigenen Beinen stand. Wahrscheinlich verlieh es eine besondere Kraft, nicht länger von einem Mann abhängig zu sein, weder finanziell noch sonst irgendwie. Ein Machtwort gesprochen und Nein gesagt zu haben.

Josefin erkannte sich darin wieder, wenn Harald auch überhaupt nicht wie Noah war. Aber ihre Entscheidung für den Sommerjob war eine Variation davon im Kleinen.

»Wie lange muss deine Mutter noch im Krankenhaus bleiben?«, fragte sie.

»Noch eine Weile. Sie ist ziemlich müde. Schläft viel, hat Schmerzen und bekommt starke Medikamente.«

Grethe lehnte sich mit der Plastikmappe vor der Brust an die Küchenzeile.

»Außerdem wollen die Ärzte weitere Untersuchungen machen. Offenbar hat sie mehrere Brüche und eine heftige Gehirnerschütterung, aber es könnte auch noch eine Operation der Halswirbelsäule nötig werden. Im schlimmsten Fall erwarteten sie neurologische Folgeschäden. Aber zumindest lebt sie und ist aufgewacht.«

»Und sie wird überleben? Ganz sicher?«

»Ja. Hundertprozentig. Ich bin so glücklich, dass ich gar nicht weiß, wohin mit mir.«

Grethe wischte sich lächelnd ein paar Tränen aus den Augen.

»Als der Arzt es mir gesagt hat, musste ich losheulen.«

Josefin hobelte Parmesan über den Salat. Die Sache stand nun ganz anders als letztes Mal. Ihre Großmutter musste erfahren, dass Vibeke nicht sterben würde. Die zwei konnten sich weiter treffen. Sie hatten einander nicht verloren.

Grethe streckte ihr die Plastikmappe entgegen.

»Das sind die Aufzeichnungen meiner Mutter, von denen ich dir erzählt habe. Der Stapel mit alten Notizen. Ich weiß nicht, ob es ein Roman oder ein Tagebuch ist. Vielleicht irgendwas dazwischen.«

Sie hielt Josefin derart stur die Plastikmappe entgegen, dass ihr nichts anderes übrig blieb, als sie zu nehmen. Die Mappe war unerwartet schwer.

»Lies«, sagte Grethe. »Es geht auch um deine Großmutter.«

Josefin blickte auf die Mappe in ihren Händen.

»Hast du Vibeke denn gefragt?«

»Nein, aber sie hat bestimmt nichts dagegen.«

Josefin legte die Mappe ab, streute geröstete Sonnenblumenkerne über den Salat und stellte die Schale auf den Tisch.

»Danke, dass ich bei dir essen darf«, sagte Grethe.

Sie nahm die Mappe und setzte sich auf denselben Platz wie am Tag zuvor.

»Wo ich wohne, haben sie es nicht gerne, dass ich die Küche benutze. Also meine Freundin und ihr Freund.«

Sie lachte über Josefins verwunderten Gesichtsausdruck.

»Meine Mutter will, dass ich in ihrer Wohnung lebe, aber dort ist es so einsam.«

»Jedenfalls solltest du ihre Aufzeichnungen zurücklegen.«

Josefin verteilte Salat auf die Teller. Grethe tippte mit dem kurzgeknabberten Zeigefingernagel klackend auf die Plastikmappe.

»Wie gesagt. Du solltest das lesen. Darin steht viel über deine Großmutter. Über ihr Leben und das meiner Mutter in den Siebzigern.«

»Jetzt essen wir.«

»Bist du nicht neugierig? Wobei, du weißt vielleicht schon das meiste.«

Josefin begann zu essen. Ihre Großmutter hatte ihr nicht sonderlich viel von früher erzählt. Eigentlich fast nichts.

Mal abgesehen von der Seite ihres Großvaters väterlicherseits hatte Josefin nur spärliche Informationen über ihren Stammbaum. Ihren Vater hatte sie nie kennengelernt. Er war Amerikaner und lebte mit seiner Familie in den USA. Ihre Mutter war ihm nur ein einziges Mal begegnet, als er mit ihr seine Ehefrau betrog. Josefin hatte er nicht kennenlernen wollen. Er war ein Schwein wie Frank.

Natürlich war Josefin neugierig auf die Jugend ihrer Großmutter. Aber Vibekes private Notizen zu lesen war falsch. Sie wechselte das Thema.

»Da deine Mutter durchkommen wird, überlege ich, Oma anzurufen, um es ihr zu erzählen.«

Grethe legte das Besteck ab.

»Sie wollte doch keinen Kontakt. Was, wenn sie wütend wird?«

»Dann soll sie das. Sie muss es erfahren.«

Dass Vibeke sagenhaftes Glück gehabt hatte und überleben würde, konnte ihre Großmutter nur überglücklich machen.

Josefin schielte zu der Plastikmappe, die Grethe auf den Tisch neben sich gelegt hatte. Was wohl darin stand? Vor allem über ihre Großmutter?

Sally

Sally legte die Heckenschere ab und streckte sich. Arme und Finger schmerzten, und dabei hatte sie erst zweieinhalb ihrer kugelförmigen Buchsbäume beschnitten. Drei weitere warteten nach diesem noch und schmälerten mit ihrem unregelmäßig zerrupften Blattwerk den Gesamteindruck der Pension. Damit war nun endlich Schluss. Olle und Yvonne sollten sehen, dass sie ihr Grundstück ebenso gut in Schuss halten konnte wie alle anderen Nachbarn.

Sally kreiste die Schultern. Sie hatte sich nicht vorgestellt, dass sie ununterbrochen beschäftigt sein würde und sich kaum eine Viertelstunde freinehmen konnte. Die Tage waren voll mit Tisch decken, Zimmer putzen, Betten machen, Buchungen annehmen, Gäste empfangen oder auschecken und den Garten präsentabel halten. Aber auch wenn es hektisch war, machte sie alles mit Freude. Sie war stark und frei. Führte ihr eigenes Leben, ohne einen Chef, der Anordnungen gab.

Was für eine Erleichterung, dass Frank weg war! Im Nachhinein war sein Besuch nur eine letzte Bestätigung dafür, dass sie mit ihm ein für alle Mal durch war.

Sally schnitt weiter, dachte wieder an den Mittsommerabend mit Peter. Den atemberaubenden Sonnenuntergang, den Kuss. Fast wie im Film. Zugleich aber auch ein unglückliches Ereignis. Denn vielleicht hatte ihre Freundschaft doch Schaden genommen, obwohl sie alles wieder beim Alten gewähnt hatte.

Seit Peters Kurzbesuch in ihrer Küche hatte sie ihn nicht wiedergesehen und auch keine Nachricht bekommen. Natürlich könnte sie auch selbst eine schreiben, wusste aber nicht, was. Er sollte auf keinen Fall denken, sie habe etwas falsch verstanden.

Märta trottete träge zu ihrem Platz im Schatten des Apfelbaums. Von dort aus hatte sie den Überblick über den ganzen Garten. Sally sah von der Arbeit hoch. Sie musste selbst stets alle Pensionsgäste im Auge behalten, durfte nicht übersehen, wenn jemand eine Frage hatte oder Hilfe brauchte. Aber alles war ruhig. Zwei Männer über dreißig, die vorgestern eingecheckt hatten, entspannten sich in Liegestühlen. Sonst schienen sie ein ziemlich agiles Paar zu sein. Am Morgen war einer Joggingtour am Strand entlang etwas Morgengymnastik und dann ein Sprung vom Kai ins Wasser gefolgt.

Ein Mann und eine Frau in den besten Jahren mit Sonnenbrillen und eleganter Sommerkleidung frühstückten. Auf dem Pflasterweg beugte sich eine Frau Mitte sechzig mit Rucksack und Wanderstöcken über eine Landkarte. Sie war gestern gekommen.

Die Pension war für zwei Wochen im Voraus ausgebucht, obwohl Sally weder Zeit noch Geld in Werbung investiert hatte. Lediglich eine Facebook-Seite und einen Instagram-Account hatte ihre *Pension Pomona* erhalten, wo sie jeden Tag Bilder und ein paar Zeilen postete.

Sally hob die Heckenschere wieder an. Die trockenen Zweige fielen zu Boden, allmählich bekamen die Kugeln ihre runde Form zurück. Mit jedem Schnitt kam frisches Grün zum Vorschein. Weg mit dem Verwelkten, dann zeigt sich das Neue. Währenddessen wanderten ihre Gedanken zu der Begegnung am Tag zuvor. Die Momente mit Vanja, bei ihrem ersten Wiedersehen seit April.

Eine kleine Enttäuschung. Zuerst war alles ganz vielversprechend gewesen, besser als erhofft. Sie waren natürlich und offen miteinander umgegangen. Das Gespräch war flüssig verlaufen und sie hatten Tee getrunken. Fast wie ein stinknormaler Besuch einer Mutter bei ihrer Tochter. Als hätte es all die Jahre Abwesenheit nicht gegeben.

Aber dann hatte Sally, von dieser scheinbaren Sicherheit bestärkt, den Mut gefasst und von Åke erzählt. Dass er es gewesen sei, der ihren Vater dazu gebracht habe, in seinen Briefen Nein zu sagen. Und Vanjas Reaktion darauf war ganz und gar nicht gewesen wie erwartet. Zwar war sie spürbar berührt, hatte aber nur kurz angebunden gesagt, diese Information bedeute ihr viel.

Ein paar weitere kurze Sätze als Antwort hätten gereicht. Eine Art Bestätigung. Dass sie nun endlich hier mit Sally im Garten sitze, wie sie es in ihren Briefen erbeten habe. Sie hätte irgendwas sagen können, das helfen würde, zumindest einen kleinen Teil der Distanz zwischen ihnen zu überbrücken.

Sally schnitt schnell und rhythmisch. Ihr fielen eine Menge denkbarer, passender Antworten ein. Die zu verstehen gegeben hätten, dass sie das gehofft, gewünscht, ersehnt habe. Aber stattdessen waren nur ein paar distanzierte Phrasen gekommen, von wegen, es sei Zeit, wieder nach Svinaberga zu fahren, und ein Danke für den Tee.

Als wäre Sally eine x-beliebige Kivikerin.

Olle und Yvonne gingen mit Liegestühlen und Picknickkorb draußen am Zaun entlang. Olle hob die Hand zum Gruß.

»Wahnsinnige Arbeitsdisziplin.«

Sally machte wieder eine Pause.

»Ist nett geworden«, sagte Yvonne. »Und schön voll.«

»Ja, es läuft gut.«

Yvonne blieb stehen.

»Du hast doch daran gedacht, im Frühjahr die Rosen zu schneiden? Als die Birken Kätzchen trugen. Oder hast du zu lange gewartet?«

»Nein, nein, keine Sorge.«

Sally lächelte höflich. Für Rosenpflege hatte sie keine Sekunde übrig gehabt.

»Man muss schwache und tote Zweige abschneiden«, sprach Yvonne weiter. »Das ist wichtig. Sie können Krankheiten haben. Und denk beim Beschneiden immer dran, den Schnitt etwas schief anzusetzen.«

Sie stellte ihren Liegestuhl ab und hielt die Hand leicht schräg hoch.

»Neige die Gartenschere in einem Winkel von fünfundvierzig Grad, also ungefähr im gleichen Winkel, wie das Auge sitzt.«

Olle sah sie fragend an.

»Das Auge?«

»Na ja, die Blattknospe. Von dort aus sollte der Schnitt abfallen. Dann kann das Wasser abfließen, ohne dass sich Pilzkrankheiten festsetzen.«

Yvonne nahm den Sonnenstuhl wieder hoch und ging mit Olle weiter Richtung Strand. Sie waren gerade in einem schmalen Häuserdurchgang verschwunden, als der weinrote VW-Bus vorm Grundstück hielt.

Vanja stieg aus. Sie war nicht wie alle anderen Menschen an diesem schwülen Sommertag leicht gekleidet. Stattdessen trug sie eine lange Hose und eine lila Samtjacke mit einer Blumengirlandenstickerei entlang eines Ärmels.

Sally legte die Heckenschere weg. Sie war fertig, hatte die Buchsbaumkugeln ziemlich gleichmäßig hingekriegt.

Als Vanja das Gartentor öffnete, klingelte ihr Handy. Sie nahm den Anruf mit ihrer kraftvollen Stimme entgegen.

»Hallo, Schatz. Fühlst du dich wohl in der Wohnung?«

Sally lauschte. Seit Josefin in Kopenhagen war, hatte sie sich nur ein einziges Mal gemeldet und auch nur, um mitzuteilen, sie werde das vermutlich nicht oft schaffen. Der Job in dem Kleidungsladen sei cool und außerdem habe sie sich mit einer Dänin in ihrem Alter angefreundet.

»Wirklich? Was für großartige Neuigkeiten!«

Vanja stand wie angewurzelt und lauschte mit ganzer Aufmerksamkeit ins Telefon. Sally konnte sehen, dass ihr Gesicht bebte, bevor sie mit dem Telefon am Ohr ein paar Schritte wegging. Den Rücken der dunkelvioletten Jacke zierte eine weitere, größere Stickerei.

Sally setzte sich ins Gras und strich Märta über den flauschigen Kopf. Ihr Schwanz schlug ein paarmal auf den Boden, was ihr diskreter Ausdruck von Wertschätzung war.

»Meine Liebe«, sagte Vanja ins Telefon. »Das ist so schön zu hören. Danke.«

Ihre Stimme klang nun belegt und sie hüstelte einmal.

»Ich bin übrigens gerade bei Sally. Wir haben es nett.«

Vanja beendete das Gespräch, blieb aber mit zum Meer gewandtem Gesicht stehen. Ein Marienkäfer krabbelte ihr über die Schulter, sie stupste ihn vorsichtig an, schwankend flog er weg.

Sally beobachtete, wie Vanja ihm mit dem Blick folgte. Eine Träne suchte sich langsam den Weg durch die Falten in der Wange. Sie wischte sie weg und steckte das Telefon in die Tasche der Samtjacke. Dann drehte sie sich um.

»Ich habe gerade erfahren, dass eine verunglückte Freundin durchkommen wird.«

Genauer schien sie auf die Situation nicht eingehen zu wollen.

»Möchtest du einen Kaffee?«, fragte Sally. »Einen Tee, meine ich natürlich.«

Sally fühlte sich dumm, aber Vanja lächelte.

»Nein, danke. Alles gut. Ich fahre gleich nach Hause zum Mittagessen.«

Die höchst alltäglichen Repliken verklangen. Sally betrachtete die Frau vor sich. Diesmal war da keine Enttäuschung, sondern nur eine neutrale Feststellung. Um herauszufinden, wer die andere war, brauchten sie beide Zeit. Zumindest standen sie aber hier im Garten, was an sich schon als bedeutsam angesehen werden musste.

»Entschuldigung.«

Sally drehte sich um. Die gutgekleidete Frau mit Sonnenbrille war zu ihnen getreten. Die eine Hälfte des Paars im besten Alter.

»Gibt es in Kivik ein Kaufhaus? Åhlens oder so?«

»Nein, da müssen Sie nach Kristianstad fahren. Das hier ist nur ein kleiner Ort.«

Die Frau war sichtlich unzufrieden.

»Schlechtes Angebot, finde ich.«

Sally sah, wie Vanja den Mund verzog. Selbst gelang es ihr mit einiger Anstrengung ernst zu bleiben.

Die Frau ging zurück zu ihrem Mann. Manche Touristen waren merkwürdig, daran hatte sich Sally schon gewöhnt. Oft fragten sie nach ausgefallenen Speisen, nach mehreren oder besseren Restaurants oder ob es in der Nähe einen Laden gebe, der rund um die Uhr geöffnet sei.

Vanja lachte leise.

»Ein paar Spinner gibt es immer.«

»Ja.«

Sally begegnete Vanjas Blick. Dieselben Augen wie in dem gerahmten Foto, das sie oben in Papa Georgs Zimmer auf dem Regal über dem Bett gut sichtbar hingestellt hatte. Das Bild von Vanja draußen am Pier. Mit zweiundzwanzig Jahren, hochschwanger, wegen des Sonnenlichts blinzelnd, aber mit direktem Blick in die Kamera.

Als wäre Vanja ihren Gedanken gefolgt, nickte sie nach oben zum Obergeschoss.

»Denkst du oft an deinen Vater? Dass er hier gestorben ist?«

Sally schwieg. Die langen Spaziergänge am Strand miteinander. Der Sand, der unter jedem Schritt stöhnte. Ihr Vater, der stehen blieb, einen Stein aufhob und ihn über die Wasseroberfläche schnipste.

»Jeden Tag. Aber nicht so sehr hier im Haus. Eher wenn ich spazieren gehe oder Rad fahre. Insbesondere unten am Meer.«

Die gemeinsamen Radtouren, am liebsten auf leeren Landstraßen. Das leise Quietschen der Radnaben, das ihre Plaudereien begleitete.

»Aber manchmal mag ich es, dass ich traurig bin. Weil es bedeutet, dass er noch existiert.«

Vanja sah sie forschend an.

»Ist vermutlich besonders schwer, wenn Josefin nicht hier ist?«

»Ja. Allerdings.«

Die Frau mit der Karte war weg. Das Sportpärchen saß noch immer in den Liegestühlen.

Die Sonne stand senkrecht über ihnen. Vanja zog die Samtjacke aus. Darunter trug sie einen eierschalfarbigen Baumwollpullover mit Knopfleiste.

»Bis bald wieder.«

Sally begleitete sie zum Auto. Viele Blumen ließen in der sengenden Hitze die Köpfchen schlaff hängen.

Sie musste fragen, konnte Vanja nicht vorher fahren lassen.

»Wie geht es denn eigentlich Peter auf seinem Hof da oben?«

Schwach hoffte sie, etwas Großes wäre geschehen, irgendwas, das ihn daran gehindert hatte, sich zu melden. Auch wenn sie keine Ahnung hatte, was das sein sollte.

Vanja drehte sich weg, um die Autotür zu öffnen.

»Ach. Er arbeitet. Alles wie immer.«

Sonst nichts. Somit auch keine Auskunft darüber, ob ihre Freundschaft intakt war oder nicht. Wenn aber alles normal wäre, hätte Peter ja schreiben oder vorbeikommen können wie früher ab und zu. Wie vor dem Mittsommerabend.

Sally winkte, als der VW-Bus auf die Straße bog.

Wie immer. Keine Ahnung, was das bedeutete.

Sie musste irgendwie versuchen, Peter aus ihren ständigen Gedanken zu kriegen. Vielleicht sollte sie ihm eine Nachricht schicken. Nur um zu zeigen, dass sie ihn noch immer als Freund betrachtete.

Josefin

Josefin setzte sich im Bett auf. Hinter dem Vorhang schien die Sonne, und in der Küche hörte sie Wasser laufen, Grethe setzte Morgentee auf. Sie waren gestern lange wach gewesen und hatten einen Film geschaut. Es war so spät geworden, dass Grethe lieber nicht in die Wohnung zurückwollte, in der sie untergeschlüpft war. Ihre Freundin und deren Freund hatten es nicht gern, wenn sie mitten in der Nacht nach Hause kam und dadurch ihre Nachtruhe störte. Also hatte sie auf dem Sofa übernachten dürfen.

Über einem Stuhl hing der Seidenkimono von Josefins Großmutter. Josefin schlang ihn um sich. Er duftete nach Teeblättern, Tempelblumen und Mandelseife. Ihr wurde ganz warm, wenn sie an ihre Großmutter dachte und an das, was sie gestern am Telefon gesagt hatte. Sie sei bei Sally und es wäre nett.

Josefins kühnste Träume hatten sich erfüllt.

Vermutlich war zwischen ihrer Mutter und Großmutter jetzt erstmal alles fragil und empfindlich, aber sie lernten einander weiter kennen. Sicher fragten sich beide, was die andere wohl in all den Jahren gemacht hatte. Besonders ihre Mutter wollte bestimmt wissen, wie das Leben von Vanja in Dänemark war. Was würde Josefins Großmutter antworten? In dieser sensiblen Anfangsphase war ein guter Eindruck extrem wichtig. Josefin konnte nur hoffen.

Jedenfalls war ihre Großmutter erleichtert und gerührt gewesen, dass Josefin sie wegen Vibeke angerufen hatte. Sie hatte gar nicht sauer oder genervt geklungen. Nur dankbar.

In der Küche hatte Grethe fürs Frühstück gedeckt und eine Kerze angezündet, obwohl es mitten im Sommer war.

»Guten Morgen«, sagte sie. »Du hast keine Ahnung, wie schön es ist, in völliger Ruhe aufzuwachen. Nicht umgeben von zwei Menschen, die genervt wirken. Morgens geben sie mir immer das Gefühl, sie wollten mich am liebsten umbringen.«

»Wie anstrengend.«

»Ja, ich muss versuchen, irgendwas anderes zu finden.«

»Wenn du willst, kannst du ein paar Nächte hierbleiben.«

»Ich werde es dort schon noch aushalten. Zumindest eine Weile. Aber danke trotzdem.«

Josefin setzte sich an den Tisch und löffelte Joghurt auf den Teller. Dabei dachte sie an das Gespräch vom Abend zuvor über ihre jeweiligen Partner. Dieser Noah klang nicht gerade intelligent. Ein launischer Hitzkopf und auch wenn er gegen Grethe nicht gewalttätig geworden war, wirkte er doch ziemlich unangenehm.

Man konnte ihn nicht mit Harald vergleichen. Josefin hatte nur mühsam eine Antwort auf Grethes Frage gefunden, warum sie eine Beziehungspause machten. Eine Pause? Das Wort hatte fremd geklungen. Das war keine Pause. Nur ein Sommerjob. Sie musste etwas anderes erleben als Vallmogården.

Aber sicher. Ihre Anwesenheit in Kopenhagen war auch eine Konsequenz dessen, dass sie ihrem eigenen Willen gefolgt war und sich Harald nicht angepasst hatte.

Grethe goss ihr einen hellgrünen Tee ein, den sie gestern aus dem Yogastudio mitgebracht hatte.

Josefin checkte ihr Handy. Keine Nachricht von Harald.

Und auch sie hatte ihm seit vorgestern nichts geschickt. Sie wusste nicht, was sie erzählen könnte, das ihn interessieren würde.

Das musste noch ein wenig warten.

Anton schob die Lederjacken auf der Stange zurecht, sodass sie locker in einer Reihe hingen, eine wiederkehrende Beschäftigung. Josefin hatte gelernt, wie alles aussehen musste. Sie stand hinterm Kassentresen bereit, einen Kunden zu bedienen, der durch die Strickpullover stöberte. Ein dreißigjähriger Mann mit einem Dutt im Nacken, Lederhose und tätowiertem Unterarm, der laut in sein Handy sprach, während er herumsuchte. Manchmal lachte er dreckig auf.

Bisher hatten sie heute nicht viele Kunden gehabt, aber es war auch erst Viertel nach elf, bis zur Mittagspause würden noch einige kommen. Lou war noch nicht da.

Nachdem er sich vorm Spiegel einen Berg Pullover angehalten hatte, ohne sich entscheiden zu können, ging der Typ. Der Laden war leer und Josefin machte sich daran, die Pullover wieder zu falten. *Das Silber putzen.*

Es bimmelte und sie drehte sich zur Begrüßung der nächsten Kundin um, aber es war nur Lou. Auf dem Weg zu ihrem Büro nickte sie in Richtung von Josefins Kleidung.

»Du weißt, was Stil ist. Ganz nach unserem Sinn, keine Wegwerfmode, sondern das komplette Gegenteil.«

Josefins Wangen wurden heiß. Sie brachte nicht einmal ein Danke heraus, und dabei sollte sie doch eigentlich sagen, wie gern sie bei *Broken Twill* arbeitete. Mit Kleidung und Schuhen, die Tiefe und Charakter besaßen. In denen man leben wollte.

Lou stellte sich an ein Regal und faltete Jeans zu ordentlichen Quadraten.

Josefin strich über ihre alten Second-Hand-Sachen. Auf Vallmogården war sie dafür noch nie von jemandem gelobt worden, weder von Harald noch irgendeiner Nachbarin.

Sie passte viel besser in die Stadt. Sie liebte es, jeden Tag zur Arbeit zu fahren. War stolz, den Kunden zu zeigen, was es bei ihnen gab. Was Vintage oder handgemacht oder mit schönen, alten, im Prinzip in Schweden nicht mehr existierenden Maschinen gefertigt war. Es war genau, wie Anton gesagt hatte. *Sie* war *Broken Twill* geworden.

Nach ein paar weiteren Kunden, die etwas gekauft hatten, war der Laden wieder leer. Nun faltete sie rasch einen Packen Jeans und legte ihn aufs Regal.

»Josefin, komm mal kurz. Hast du die hier gesehen?«

Lou stand an einem Kleiderständer mit blauen Jacken. Josefin hatte sie gesehen, wusste aber noch nichts über sie.

»Also, in Japan gibt es eine uralte Flicktradition«, sagte Lou. »In früheren Zeiten waren manche japanische Orte ziemlich isoliert. Insbesondere auf Inseln. Stoff war Mangelware, also gab man auf wirklich alles extrem acht.«

Lou betonte jedes Wort. Sie strahlte förmlich.

»Ging ein Kleidungsstück kaputt, wurde es sorgfältig repariert. Das wurde regelrecht zu einer Kunstform. Gab es ein Loch oder einen Riss, wurde ein neuer Flicken darauf genäht. Dann wurde die Kleidung weitervererbt, und deshalb kann so eine Jacke leicht aus Teilen bestehen, die mehrere hundert Jahre alt sind. Wahnsinn, oder?«

Sie nahm eine blaumarmorierte Jacke vom Ständer. Ein

gerade geschnittenes Modell mit kleinem Kragen, Knöpfen und drei Taschen.

»Unsere hier sind natürlich nicht so alt. Vielleicht nur hundert Jahre. Und nicht aus Japan.«

Die Jacke war etwas zerknittert und hatte mehrere aufgenähte Stoffflicken in verschiedenen Schattierungen. Den ausgebleichten Stellen an verschiedenen Orten nach war sie ziemlich viel in Gebrauch gewesen.

»Das ist eine französische Arbeiterjacke aus den Zwanzigern. Solche Jacken kamen Ende des neunzehnten Jahrhunderts auf, als die Arbeit mit schweren Maschinen begann und man robuste Kleidung brauchte. Fühl mal, wie weich und glatt sie ist.«

Josefin strich über die Oberfläche. Es fühlte sich an, als würde sie eines der von ihrer Großmutter geerbten Bettlaken berühren. Sie fuhr mit dem Zeigefinger eine Naht nach.

»Probiere sie an«, sagte Lou.

Josefin schlüpfte in die Jacke. Harald und sie hatten oft über ganz Ähnliches gesprochen. Sie wollten alte Methoden anwenden und so lange wie möglich weiterbenutzen, was funktionierte. Die vorherigen Besitzer von Vallmogården hatten eine Menge antikes Zeug in der Scheune zurückgelassen. Vieles davon hatte sich als brauchbar herausgestellt.

»Man hat die Jacken blau gefärbt, damit Schmutz und Schweiß darin verschwanden«, erklärte Lou. »Auch wenn sie beinahe identisch aussehen, ist jedes Exemplar ein Einzelstück. Denn der Stoff ist an unterschiedlichen Stellen ausgebleicht oder geflickt.«

Sie öffnete einen Knopf, strich den Stoff an den Schultern glatt.

»Wie viel Energie in so einem Kleidungsstück steckt.

Ich finde, die schwappt quasi durch einen hindurch. Denk dran, wie viele Menschen, diese Jacke anhatten. Mit der trägt man die Geschichte wahrlich mit sich.«

Josefin betrachtete sich im Spiegel. Wie viele Menschen hatten wohl die hier schon angehabt? Menschen, die nicht mehr am Leben waren. Aber ihre Seelen hingen noch in dem wertgeschätzten Kleidungsstück. Sie fühlte sich ihnen nah, wie ein Glied in einer Kette.

Die Plastikmappe mit Vibekes Zettelstapel lag so auf dem Sofatisch, wie ihn Grethe zurückgelassen hatte. Josefin ließ sich aufs Sofa plumpsen und legte die Füße hoch. Nach einem Tag im Laden taten sie weh, aber das machte nichts. Die Arbeit machte derartig Spaß, dass sie nicht darüber nachdachte, wie müde man von stundenlangem Stehen und Gehen wurde.

Sie beugte sich vor und griff nach der Mappe. Was Grethe damit gemeint hatte, dass ihre Großmutter in Vibekes Aufzeichnungen auch vorkäme, war nicht ganz klar geworden. Weder das Ausmaß noch die Art.

Sicher war es unproblematisch, wenn sie mal einen Blick auf ein oder zwei Seiten warf.

Josefin löste die Gummischnur, öffnete zögernd die Plastikmappe und hob den Packen Zettel heraus. Die Seiten waren eng mit Computer geschrieben und ausgedruckt.

Sie überflog auf der Suche nach dem Namen ihrer Großmutter Zeile für Zeile. Er tauchte erst auf Seite zwölf auf. Vibeke schrieb über Vanja Larsson, ihre langjährige Freundin und Kollegin, und wie unterschiedlich sie in ihrem künstlerischen Schaffen waren. Selbst sei sie meist kritisch mit dem, was sie hervorbrachte, während Vanja nie Unsicherheit oder Zweifel gegenüber ihrem Ergebnis hege. *Ich bin so neidisch!*, stand da auf Dänisch. *Vanja lässt sich nie von einem Gefühl des Scheiterns runterziehen. Ihrer Ansicht nach ist eine solche Haltung ein Verrat an allen weiblichen Künstlerinnen. An unseren Mitschwestern, die jeden Tag dafür kämpfen, sich in einer patriarchalen Welt ausdrücken zu dürfen. Ich bewundere sie grenzenlos.*

Josefin wurde stolz. Hier ging es um ihre Großmutter. Vibeke beschrieb, wie wichtig das Wiedertreffen mit Vanja nach so vielen Jahren war. Sie waren durch einen dummen Zufall aufeinandergestoßen und hatten an den Tagen danach eine Menge Zeit miteinander verbracht, waren durch Kopenhagen spaziert, hatten alte Lieblingsplätze aufgesucht und schöne Sommertage genossen, hatten den Generationswechsel diskutiert und was in der Gesellschaft geschehen war. Und waren höchst zufrieden damit gewesen, in einer so wichtigen Zeit wie den Siebzigern gelebt und gearbeitet und zur Entwicklung der Frauenbewegung beigetragen zu haben. Sie hatten durchaus für das Recht auf Arbeit und Kinderbetreuung gekämpft, für freie Abtreibung, Schmerzmittel bei der Entbindung und geteilte Elternbeihilfe. *Und der Kampf geht weiter!*, schrieb Vibeke.

Auf der nächsten Seite stand etwas über eine Party Mitte der Siebziger.

Was war das für eine verrückte Party! Alle waren stockbesoffen und um drei Uhr nachts artete das Ganze aus. Irgendein Idiot hatte ins Treppenhaus gepinkelt und die Nachbarn beschwerten sich bei der Polizei, die kam und anordnete, die Musik leiser zu drehen. Am Morgen fand ich Vanja im Bett mit einem Musiker, an dessen Namen ich mich nicht mehr erinnere, aber

Josefin blätterte um, das war ihr dann doch etwas peinlich. Aber ihre Großmutter schien als junge Frau im Vergleich zu heute nicht viel anders gewesen zu sein. Auch heute war sie stets rastlos und voller verrückter Einfälle. Nur drückte sich das nun meist in ihrer Kunst aus.

Ein anderer Abschnitt drehte sich um das Leben in der Wohnkommune.

Gerade geht es bei uns turbulent zu. Karla ist noch nicht darüber hinweg, dass Mikkel und Ditte zusammen sind. Sie ist am Boden zerstört, obwohl es schon ewig so ist und die beiden jetzt zwei Kinder miteinander haben. Vanja versucht, ihr Vernunft beizubringen, aber keine Ahnung, wie das ausgehen wird. Karla meint, sie muss noch immer als Nummer eins betrachtet werden, da sie als Erste ein Kind mit Mikkel bekommen hat. Ditte sagt, es gibt keinen Besitzanspruch und es ginge nur um Eifersucht. Mikkel kann wohl selbst entscheiden, wen er liebt. Gestern früh gab es einen Riesenstreit in der Küche, weil Karla den Müll nicht rausgebracht und Ditte den gesamten Frühstücksabwasch überlassen hatte. Jetzt ist also richtig Krise.

Josefin staunte. Karla, Ditte und Mikkel, die über vierzig Jahre später so gute Freunde waren. Offensichtlich hatte sich ihr Konflikt irgendwie gelöst.

Dann kam wieder etwas über ihre Großmutter. Vibeke beschrieb die Verachtung, die sie und Vanja gegenüber allem, was mit bürgerlicher Kernfamilie und biologischen Familienbanden zu tun hatte, gehegt hatten.

Besonders Vanja, die aus einer zerbrochenen Familie kam. Ihre Eltern waren beide nicht in der Lage gewesen, die Verantwortung für ihre Kinder zu übernehmen, weswegen Vanja und ihr kleiner Bruder früh vom Jugendamt in Obhut genommen worden waren.

Josefin setzte sich auf. Blätterte zurück. Sie hatte offenbar den falschen Namen gelesen. Aber nein, hier ging es um ihre Großmutter. Vibeke beschrieb ihre Freundin, die Künstlerin Vanja Larsson und ihren familiären Hintergrund.

Josefin hatte ihre Großmutter nie von einem kleinen Bruder sprechen hören.

Ein langes Klingeln an der Haustür, Josefin schreckte zusammen und hob den Blick. Es folgten mehrere kurze Klingeltöne nacheinander und Josefin machte ein Eselsohr in die Seite, auf der sie war, legte alle Blätter in einem Stapel auf den Tisch und ging zur Tür, um aufzumachen.

Im Treppenhaus stand Grethe mit einer großen Velourstasche über einer Schulter und einer kleinen Stofftasche über der anderen. Unterm Arm klemmte ihre aufgerollte Yogamatte.

»Kann ich auch hier schlafen? Ich musste bei meiner Freundin schon heute raus.«

Josefin ließ sie in die Wohnung. Grethe stellte ihre Sachen ab.

»Wie nett von dir. Danke, Süße.«

»Hast du Hunger?«, fragte Josefin.

Grethe wollte gern etwas essen. Josefin wärmte ein paar Stücke Pizza vom Vortag auf, deckte den Tisch im Wohnzimmer, öffnete ihren Laptop und machte eine Komödie an.

»Mama geht es viel besser«, sagte Grethe. »Sie haben keinerlei neurologische Schäden finden können.«

Sie deutete auf den Zettelstapel.

»Hast du in ihren Text reingelesen?«

»Ein bisschen.«

»Ist gut, oder?«

»Ja, ziemlich cool zu lesen, wie sie gedacht und gelebt haben. Aber ich bin noch nicht sehr weit.«

Josefin aß ihre Pizza. Sie wollte unbedingt weiterlesen und mehr darüber wissen, was nach dem Küchenstreit zwischen Karla und Ditte geschehen war. Aber auch über den kleinen Bruder ihrer Großmutter.

»Glaubst du, dass das alles wahr ist?«

Grethe zuckte mit den Achseln.

»Die Hauptsache ist, dass Mama es aufgeschrieben hat. Sie wollte immer schreiben. Als Schriftstellerin hat man die Freiheit, sich auszudenken, was man will.«

Vanja

Vanja nahm das große Ölbild von der Staffelei. Das Kind und die Badewanne. Sie wischte etwas Staub vom oberen Rand und putzte die Finger am Overall ab. Wie wohl Vibeke dieses Werk finden würde? Eine Weile stand sie einfach nur vor der leeren Staffelei, noch völlig überwältigt von der noch nicht verarbeiteten, neuen Realität. Vibeke würde überleben, hatte Josefin am Telefon erzählt. Aber in welcher Verfassung?

Vanja konnte sich nicht dazu durchringen nachzufragen. Mit einer traurigen Nachricht könnte sie nicht umgehen. Nicht nach Trine.

Draußen erklangen Motorengeräusche. Vanja trat ans Fenster. Ein großer Transporter rollte auf den Hof. Endlich war er hier, ihr geliebter Webstuhl, auf den sie so viele Tage gewartet hatte. Vor einer Stunde hatte der Fahrer angerufen und gefragt, ob sie zu Hause sei, dann würde er das von Gorm Brinck-Jensen in Kopenhagen beauftragte Transportgut liefern.

Himmel auch, hatte das Personal des Transportunternehmens geschafft, das Ungetüm zu demontieren? Nicht, dass das schwer war, aber man musste wissen, wie es ging. Vanja eilte in den Flur, schlüpfte in die Holzpantoffeln und öffnete die Haustür.

Der Fahrer hatte den Transporter vor dem Längsgebäude abgestellt. Er kletterte aus dem Fahrerhäuschen und der jüngere Helfer vom Sitz daneben. Sie grüßten. Vanjas Unruhe erwies sich als unbegründet. Die Demontage war keinerlei Problem für die beiden Dänen gewesen. Gleich darauf hatten sie die Teile auch schon ins Haus und in die Ecke des Ateliers geschleppt, die Vanja ihnen gezeigt hatte.

»Danke, ihr Schätze«, sagte sie.

»Brauchen Sie Hilfe bei der Montage?«, fragte der eine.

»Nein, nein. Das mache ich ganz leicht selbst.«

Die Kerle fuhren ab und sie blieb zurück. Atmete tief durch, um den Herzschlag wieder zu bändigen. Offenbar waren ihre Nerven momentan angeschlagen. Aber jetzt konnte sie wieder weben.

Vanja rief Josefin an. Keine Antwort. Dann stattdessen also eine SMS. *Der Webstuhl ist da! Vielen Dank für deine Hilfe.* Und ein rotes Herz hinterher.

Sie brauchte weniger als eine halbe Stunde, um mithilfe von Holzscheiten und Keilen den Webstuhl zusammenzubauen. Sie strich über das weiche Holz der Lade. Ihr Augenstern war hier, in Svinaberga. Zu Hause.

Vanja legte sich ausgestreckt aufs Sofa und blickte an die Decke des Ateliers. Die kurzen Momente gestern bei Sally waren genauso nett wie das Mal zuvor. Diesen Exfreund hatte sie nicht mehr gesehen. Vielleicht war er abgereist. Dann war wohl nichts zwischen den beiden.

Seit dem Bericht über die Beinahebegegnung in Vitemölle wirkte Peter betrübt, und sie wollte gern etwas Tröstendes sagen, ließ es aber lieber. Wenn sie sich weiter einmischte, konnte alles nur noch falscher laufen.

Auch Sally war traurig. Darüber, dass Josefin weg war. Fraglich nur, ob Harald Josefin einfach wieder mit offenen Armen aufnehmen würde. Vermutlich stand ihm da sein Stolz im Weg. Das würde Sally umbringen.

Vanja setzte sich auf. Wie ging es Harald eigentlich auf

Vallmogården? Sie hatte versucht, ihn anzurufen, hatte ihm Nachrichten geschickt, aber nie Antwort bekommen.

Erna, Haralds Großmutter, wusste bestimmt, wie es ihm ging. Aber ein Anruf bei ihr würde aufdringlich wirken.

Vanja stand auf. Drehte ein paar Runden durchs Atelier und dachte nach. Es war Dienstag. Erna war bestimmt beim wöchentlichen Buchcafé in der Kapelle von Kivik.

Das große helle Gebäude war fast vollständig besetzt. Der Gast des Abends war ein im Sommer hier lebender Krimiautor, von dem Vanja noch nie gehört hatte. Nach dem Eintreten blieb sie stehen, wusste nicht, wo sie sich hinsetzen sollte. Erna saß mit einem jüngeren Nachbarspaar mitten im Publikum und bemerkte Vanja nicht, die sich am Rand niederließ.

Die Lesung dauerte eine Stunde und nach einem herzlichen Applaus strömte das Publikum nach draußen. Vanja behielt Erna im Blick, die aufstand und mühsam ging, aber zumindest keinen Rollator brauchte. Während sie in ihren Sommermantel schlüpfte, plauderte sie mit ihren Nachbarn. Vanja ging nach draußen und stellte sich wartend hinter den Eingang.

Eigentlich widerstrebte ihr, sich Erna zu nähern. Sie waren sich zwar schon mal wieder begegnet, hatten aber genaugenommen seit über vier Jahrzehnten nicht mehr richtig miteinander gesprochen. Aber nun ging es um Harald und Josefin. Ihrer beider Enkelkinder, die offenbar Beziehungsprobleme hatten.

»Erna?«

Die kleine, krumme Gestalt drehte sich gleich nach dem Verlassen des Gebäudes um. Vanja trat schnell zu ihr.

»Ich muss dich was fragen.«

Ernas Blick war klar und neugierig.

»Aha, du bist also zurück aus Kopenhagen. Wie kommt es?«

»Ich wollte Sally treffen. Meine Tochter.«

Erna nickte langsam und fragte nichts weiter. Sie sahen einander an. Zwei Frauen, die früher engen Kontakt gehabt hatten, sich aber in den letzten Jahren kaum mehr grüßten. Vanja wurde innerlich ganz ruhig. Sie und Erna trugen einen Teil der Geschichte der anderen in sich. Kannten Menschen und Erlebnisse, an die sich sonst niemand mehr erinnerte.

»Ich habe ein Auto«, sagte sie. »Kann ich dich nach Hause fahren?«

Erna ging möglichst viel zu Fuß. Bestimmt war sie mit dem Nachbarspaar hierherspaziert. Aber der Heimweg war sicher beschwerlich für sie.

Zuerst schien Erna zu zögern, aber dann lächelte sie ein wenig.

»Ja, danke. Das wäre schön.«

Ernas Nachbarn waren stehen geblieben, um auf sie zu warten.

»Ich werde heimgebracht«, sagte sie. »Schönen Abend noch.«

Vanja geleitete Erna zum Auto und half ihr auf den Beifahrersitz. Dann fuhren sie nach Kivik.

»Wie fandst du den Autor?«, wollte Erna wissen.

»Krimi ist nicht unbedingt mein Genre.«

»Ich finde, er war richtig charmant. Seine Bücher sind wahnsinnig spannend.«

Vanja fuhr am Hafen vorbei und bog Richtung Marktplatz ab.

»Ja, wie gesagt. Es gibt da was, das ich dich fragen möchte. Ich mache mir Sorgen um Harald. Wie geht es ihm? So ohne Josefin.«

Nach kurzem Schweigen antwortete Erna.

»Ich weiß, dass er leidet. Und ein genauso großer Sturschädel ist wie sein Vater. Ich habe versucht, mit Göran und Inger zu sprechen, aber sie finden, er muss endlich einsehen, dass diese Sache mit dem Hof nicht funktioniert.«

»Isoliert er sich dort?«

»Scheint so. Harald war schon immer stur. Ich kann mir vorstellen, dass es ihn stolz macht, alles auf eigene Faust hinzukriegen. Ohne jemanden um Hilfe zu bitten oder sich zu beklagen.«

Vanja bog in Ernas von frei stehenden Einfamilienhäusern und ein paar kleineren Reihenhäusern gesäumte, kleine Straße ein.

»Vielleicht fahre ich mal zu ihm hoch«, sagte sie. »Helfe ihm auf den Feldern.«

»Da wäre ich dir sehr dankbar. Er hängt so an dir.«

Vanja hielt vor Ernas Haus.

»Das beruht auf Gegenseitigkeit. Harald ist ein guter Junge.«

Erna kletterte mühsam aus dem Auto.

»Danke fürs Heimfahren. Und dass du nach Vallmogården fahren willst.«

»Ich sehe nach ihm und dann melde ich mich.«

Vanja legte die Hände aufs Lenkrad. Sie wollte nicht wegfahren. Noch nicht. Die Wiederbegegnung mit Erna war fast ebenso merkwürdig wie die mit Vibeke.

»Ist ziemlich gut organisiert, das Buchcafé«, sagte sie. »Und gut besucht.«

Erna nickte.

»Ich mag die hübsche Kapelle sehr. Kannst du dich noch an die Jahresversammlungen dort erinnern? Vom Umweltverband.«

Vanja erinnerte sich.

»An das eine Mal, als Fritjof Nilsson, der Pirat, sich an seinem Stock hochgerappelt und verlangt hat, dass motorisierte Rasenmäher verboten werden?«, fragte Erna. »Weil ihn das Geräusch so störte. Das war irgendwann in den Siebzigern.«

Vanja schüttelte den Kopf.

»Ich bin neunundsechzig nach Kuba.«

»Ach ja.«

Erna nickte.

»Der Volksschullehrer Sten Andersson hat ihm als Vorsitzender geantwortet, der Verband könne keine Verbote, sondern nur Empfehlungen aussprechen. Da stand der Pirat noch mal und wieder genauso umständlich auf und sagte: ›Empfehlt so viel wie möglich!‹«

Bei der Erinnerung kicherte Erna.

»Georg und ich haben laut aufgelacht.«

»Georg?«

»Ja, er war auch da. Danach hat im Jahresbericht des Umweltverbands als Empfehlung für alle gestanden, das Gras nur samstags vormittags zu mähen. Und die Leute haben tatsächlich gehorcht, und jeden Samstag erklangen die Motorengeräusche.«

»Und Georg war dort? Das klingt so gar nicht nach ihm.«

»Er hat mich begleitet.«

Erna sagte nicht mehr, aber ihr Gesicht erzählte Vanja, dass sie mit ihrer Vermutung Recht hatte.

»Hatten du und Georg eine Affäre? Nachdem ich weg war?«

Ernas Miene zeigte nun Resignation.

»Na gut, du kannst es auch einfach wissen. Ja, wir haben uns getroffen. Und ich war verheiratet. Rune hat nichts davon gewusst. Auch sonst niemand. Alle dachten, wir wären nur gute Freunde.«

Sie seufzte.

»Ich habe Georg getröstet, so gut ich konnte, aber er kam nie über dich hinweg.«

Vanja schwieg. Sie brauchte etwas Zeit, um diese Nachricht zu verdauen.

Andererseits hatte sie Georg wohl nie das Gefühl gegeben, ausreichend geliebt zu werden, und selbst war sie schlecht darin, Liebe zu empfangen.

Georg hatte sie immer auf ein Podest gehoben, sie beinahe vergöttert. Aber zugleich ihr Seelenleben ignoriert. Von ihrer postnatalen Depression hatte er überhaupt nichts begriffen und war einfach nur genervt gewesen, dass das nie aufhörte.

»Hast du ihn geliebt?«, fragte Erna.

Vanja dachte nach.

»Ich weiß es nicht. Georg war ein Original. In vielerlei Hinsicht.«

»Ja, das war er.«

Sie brauchten nicht deutlicher zu werden. Wussten beide, wovon sie sprachen. Da war der Alkohol. Aber auch anderes. Seine Rastlosigkeit und Großspurigkeit, die unzähligen hochfliegenden Pläne, aus denen nie etwas geworden war. Projekte, die begonnen und nie beendet wurden.

Erna blickte in die Ferne.

»Eines weiß ich jedenfalls. Dass ich Rune nie geliebt habe. Es klingt zwar entsetzlich, aber als er gestorben ist, habe ich nicht getrauert.«

Vanja war nicht erstaunt, sie hatte sich immer gefragt, was Erna an ihrem Mann fand.

»Sicher, er war verlässlich und arbeitsam«, sprach Erna weiter. »Und ein guter Großvater. Harald war als Kind gern bei uns.«

Das hatte Josefin erzählt. Vanja wusste außerdem, dass auf dem Hof seiner Großeltern mütterlicherseits sein Interesse für Feldbau und Tierhaltung geweckt worden war. Und dass sein Vater Göran, Ernas Sohn, das Leben seiner Schwiegereltern auf dem Land nie auch nur die Bohne interessiert hatte.

Erna stand auf dem Bürgersteig und wischte sich eine Träne aus dem Augenwinkel.

»Aber Erna.«

Vanja löste schnell den Sicherheitsgurt, stieg aus, ging ums Auto und legte Erna den Arm um die Schulter. Die Erinnerung sickerte durch. Sie beide als junge Frauen. Einander tröstend.

»Weine ruhig.«

Erna zog ein Taschentuch aus der Manteltasche.

»Es ist wegen Göran. Als er sich geweigert hat, den Zimmereibetrieb zu übernehmen, ist Rune viel zu hart zu ihm gewesen. Und als Göran mit dem Medizinstudium angefangen hatte, war für Rune sein Sohn plötzlich ein Snob. Während Göran fand, sein Vater sei nur ein simpler Handwerker. Es war furchtbar. Und ich stand dazwischen.«

Vanja begriff allmählich, warum Göran so wütend auf Harald geworden war, als er und Josefin Vallmogården gekauft hatten. Ein Leben als Landwirt bedeutete jede Menge praktischer Handwerksarbeit. Und obwohl drei Jahre vergangen waren, hatte Göran die Entscheidung für diese Art zu leben noch immer nicht akzeptiert.

»Aber Rune ist weg«, sagte sie. »Ihr habt das hinter euch gelassen, du und Göran.«

Erna schnäuzte sich noch einmal.

»Ja, genaugenommen war es schön, als Rune verschwand. Da konnte ich wieder eine gute Beziehung zu meinem Sohn aufbauen. Schade nur, dass er und Harald sich nicht verstehen.«

Etwas gefasster sah sie Vanja an.

»Aber offenbar du und Sally.«

Vanja nickte. Sie hatte ebenfalls ein erwachsenes Kind. Was für ein fremdes Gefühl. Aber so war es.

»Ja, wir fangen langsam an, uns regelmäßig zu sehen.«

Danach verabschiedeten sich die beiden, und Vanja fuhr durch den Sommerabend nach Hause. Morgen in aller Frühe würde sie Harald auf Vallmogården besuchen. Ihm bei irgendeiner praktischen Arbeit helfen, aber auch sicherstellen, dass er nicht zu sehr verbitterte. Wenn Josefin zurückkommen wollte, durfte er sich nicht querstellen. Dann musste sie willkommen sein.

Seinetwegen. Aber auch wegen Sally.

Josefin

Grethe schlief noch laut und ruhig atmend zusammengerollt unter einer Decke auf dem Sofa. Josefin blieb in der Tür zum Wohnzimmer stehen. Grethes vorübergehender Einzug machte das Leben in Kopenhagen nur besser. Sie wohnten miteinander in einer kleinen Zweizimmer-WG. Beinahe eine Miniversion des Lebens von Vibeke und ihrer Großmutter in den Siebzigern. Nur ohne Partys, Männer und Streit.

Der Pack Papier lag weiterhin auf dem Sofatisch. Josefin betrachtete ihn. Bevor der Laden aufmachte, war noch genug Zeit.

Sie nahm ihn aus dem Wohnzimmer mit in die Küche, schlug an der Seite mit dem Eselsohr auf und las dort weiter, wo Vibeke über Vanjas Familie geschrieben hatte.

Natürlich war sie dankbar für die Stabilität ihrer Pflegeeltern gewesen, die wohlhabend in einer schönen Gegend Stockholms lebten. Aber sie hatte auch energisch gegen sie revoltiert. Ihr Pflegevater, ein Möbelfabrikant, war ein konservativer Patriarch. Seine Ehefrau gehörte zu der Art Hausfrauen, die still ertrugen. Als Christin betrachtete sie beinahe alles als Gottes Wille und fügte sich. Ihr ganzes Leben ging einzig darum, zu dienen. Kein Wunder, dass die Pflegeeltern Vanja aus dem Erbe ausschloss. So streitsüchtig, wie sie gewesen war.

Josefin blätterte weiter. Der Konflikt zwischen Karla und Ditte mit dem Alphamännchen Mikkel im Zentrum ging weiter. Ihre Großmutter schien mehr und mehr in deren Sumpf hineingezogen worden zu sein. Wie hatten sie es geschafft, alle unterm selben Dach zu leben?

Ditte findet, dass Karla ihre Familie ständig stört, weil sie nicht kapiert, dass es zwischen ihr und Mikkel aus ist. Ditte erträgt nicht, wie anhänglich Karla ist und wie sie sich immer reindrängt und dabei sein will. Vanja versucht mit Karla und auch mit Ditte zu sprechen, aber ohne Ergebnis, die beiden werden nur noch wütender und meinen, sie würde die Partei der jeweils anderen ergreifen. Mikkel sagt meist nur, sie sollen sich alle mal beruhigen, er wäre genug für alle. Er versteht sich gut mit den Kindern, auch wenn er Karlas Ansicht nach seinen ältesten Sohn zugunsten der Kleinen vernachlässigt. Jetzt ist alles so infiziert, dass es Ditte allmählich reicht. Sie findet, dass Karla schuld ist, wenn es zwischen ihr und Mikkel nicht hält. Karla wiederum meint, dass sie aufgrund der vielen Jahre, die sie Mikkel bereits kennt, ein stärkeres Band zu ihm hat.

Und was war mit Vanjas kleinem Bruder? Josefins Blick flog fieberhaft über die Zeilen, wo er wieder vorkam. Da musste mehr über ihn stehen. Irgendwo musste er vorkommen. Aber Seite für Seite nur Kunst und Politik, verwoben mit Partys in Wohnungen, Kunstateliers und Parks. Spannend zu lesen, aber nicht das, wonach sie suchte.

Da, dreiundzwanzig Seiten später, tauchte er plötzlich auf.

Gestern bekam Vanja Besuch von ihrem Bruder. Er war zum Abendessen da (Chili con carne) und blieb drei Stunden. Vanja fand, sie hätten überhaupt nichts gemeinsam. Sie wären ja bereits als Kinder getrennt worden. Ich glaube nicht, dass er noch einmal wiederkommt.

Das war alles. Josefin blätterte an die zwanzig Seiten weiter, aber nirgends hatte Vibeke noch etwas über den Bruder geschrieben. Es gab nur diese paar kümmerlichen Sätze.

Josefin blickte auf die Uhr. Sie musste los zur Arbeit. Schnell knickte sie ein Eselsohr in die Seite, wo sie war, und legte die Zettel auf einen Stapel. Dann schminkte sie sich vorm Flurspiegel und schlüpfte in die Jacke.

Grethe tauchte in der Wohnzimmertür auf. Ihre Haare waren verstrubbelt und das weite T-Shirt war über eine Schulter heruntergerutscht.

»Habe ich dich geweckt?«, fragte Josefin. »Ich habe versucht, leise zu sein.«

»Nein, nein. Ich muss sowieso raus.«

Grethe rieb sich die Augen.

»Muss bald ins Krankenhaus.«

Josefin griff an die Türklinke.

»Kannst du deine Mutter fragen, ob das, was sie geschrieben hat, wahr ist?«

»Bist du verrückt? Dann weiß sie doch, dass ich darin gelesen habe. Und dann möchte sie bestimmt, dass ich alles wegwerfe.«

Josefin öffnete die Wohnungstür. Früher oder später musste sie herausfinden, wie viel Wirklichkeit in Vibekes Texten steckte. Nur wusste sie noch nicht, wie.

Vorm Gartentor lungerten drei junge Frauen herum. Sie waren in Josefins Alter und hatten sich große Mühe mit ihren ausgefallenen Looks gegeben.

»Entschuldigung«, sagte eine mit pechschwarzen Haaren und roter Katzenaugenbrille. »Lebt hier Vanja Larsson?«

»Ja. Aber im Augenblick ist sie verreist.«

Die drei jungen Frauen sahen einander triumphierend an.

»Aber sie lebt hier?«, fragte eine mit Schottenkarohose und gelbem, ärmellosem Poloshirt. »Und, kennst du sie?«

»Sie ist meine Großmutter.«

Die drei holten tief Luft, als hätten sie in der Lotterie den Hauptpreis gewonnen.

»Wir lieben ihre Kunst«, sagte die dritte, die über ihrem Blümchenkleid ein übergroßes Sakko trug. »Vanja Larsson ist eine unserer größten Ikonen.«

Die anderen beiden wurden ganz aufgeregt und die mit der Katzenaugenbrille gestikulierte wild.

»Ein Teil ihrer Werke erscheint auf den ersten Blick konventionell. Bis man die poetische, lebensbejahende Fantasie darin entdeckt.«

Die Pechschwarze mischte sich ein.

»Aber diese durchgängige Megadiskrepanz zwischen den frühen Werken und dem restlichen Schaffen ist wahnsinnig faszinierend.«

»Ja, genau«, nickte die Katzenaugenbrille. »Wenn man sie mit ihren späteren Werken vergleicht, sind sie von einem völlig anderen Streben nach Provokation geprägt. Und einer größeren Experimentierfreudigkeit, mit variierenden Motiven und Techniken.«

»Alles ist einfach fantastisch«, sagte die mit dem Sakko. »Was für eine unfassbare Schaffenslust. Die strömt nur so über.«

Josefin lächelte die drei an. Sie hatte nicht gewusst, dass ihre Großmutter wirkliche Fans hatte. Sie schien für die jungen Frauen ein echtes Idol zu sein.

»Wie schön, zu hören. Ich werde sie grüßen.«

Josefin ging auf dem Bürgersteig los und die drei winkten ihr aufgeregt nach.

Es war kurz vor halb sieben und somit bald Ladenschluss. Josefin ordnete ein paar Flanellhemden, die eine Kundin gerade anprobiert hatte. Dann ging sie ans andere Ladenende, zog den Reißverschluss einer Lederjacke hoch und rutschte sie auf dem Kleiderbügel zurecht.

Mittlerweile kannte sie das gesamte Sortiment. Tag für Tag fragten Kunden nach etwas Besonderem, das sie im Netz gesehen oder von dem sie gehört oder das sie bereits einmal anprobiert hatten, und immer öfter konnte Josefin ihnen ohne Lous oder Antons Hilfe antworten.

Wäre Harald nur nicht so anti eingestellt, wäre es so schön, ihn von all dem Neuen zu erzählen. Sie hatte noch immer nichts von ihm gehört. Das war etwas beunruhigend. Am Morgen hatte sie ihm vor dem Aussteigen in Malmö eine SMS geschickt. Hatte gefragt, wie es zu Hause auf dem Hof laufe, ob die Arbeit zu schwer sei oder ob er jemanden um Hilfe gebeten habe. Vielleicht Svante und Kristin? Aber bisher hatte er nicht geantwortet.

Anton stand mit einem Kunden am Jeansregal. Er hob eine Jeans in Josefins Richtung hoch.

»Kannst du von der hier aus dem Lager größere Größen holen?«

Sie ging durch die unauffällige Schiebetür, die sowohl zum Personalraum wie auch zum Lager führte. Im Pausenraum hing ihre Jacke. Sie warf einen schnellen Blick auf ihr Telefon. Endlich eine Antwort. Aber nur drei Worte: *Alles ist OK*. Nicht mehr. Was so viel bedeutete wie, dass nicht alles okay war. Aber bitte, wenn er es so wollte. Bis er sich nicht wieder eingekriegt hatte und selbst die Initiative zur Kommunikation ergriff, würde sie sich nicht mehr melden.

Der Kunde probierte die Jeans an und kaufte eine. Lou wickelte sie in Seidenpapier und steckte das Ganze in eine Tüte.

Josefin trat zu einer anderen Kundin, die schon eine ganze Weile vor einem Kleiderständer stand.

»Kann ich helfen?«

Die Kundin, eine Frau in wadenlangem Rock und Feinripphemd, hielt einen Pullover an einem Kleiderbügel hoch.

»Was ist an dem so besonders? Der fühlt sich so anders an.«

»Das ist ein Loopwheel-Sweatshirt.«

Josefin fuhr mit der Hand an der Innenseite des Pullovers entlang.

»Hier. Der hat keine Nähte. Das kommt daher, dass diese Sweatshirts in einer Rundstrickmaschine gestrickt werden. Die strickt quasi runde Tunnel und dabei wird das Garn nicht unter Spannung gesetzt, weswegen das Material eine einzigartige Textur und Weichheit erhält.«

Die Frau befühlte den Stoff. Der Pullover war spürbar dick und schwer.

»Es gibt nur noch ein paar wenige solche Maschinen auf der Welt«, sagte Josefin. »Die meisten davon in Japan. Man kann auf ihnen nur einen einzigen Meter pro Stunde herstellen und jede Maschine auch nur eine einzige Größe.«

Die Frau legte sich den Pullover über den Arm.

»Danke. Den probiere ich an.«

Sie ging damit in die Umkleide. Lou stützte die Ellbogen auf den Kassentresen und lächelte Josefin an.

»Gut gemacht. Weißt du übrigens, dass du auf alles im Laden Personalrabatt bekommst?«

Josefin schüttelte den Kopf. Es war so viel zu lernen gewesen, dass sie nicht einmal darüber nachgedacht hatte, selbst etwas zu kaufen. Außerdem hatte sie noch keinen Lohn bekommen, und die Karte ihrer Mutter war heilig und durfte nur für das Allernotwendigste benutzt werden.

»Du kriegst fünfzig Prozent auf den Einkaufspreis«, sagte Lou. »Es wird also zweieinhalb Mal billiger als hier im Laden. Wenn beispielsweise ein Stück zweitausendfünfhundert kostet, dann kriegst du es für tausend Mäuse. Falls du was siehst, das du haben willst.«

Josefins Blick glitt durch den Laden. Davon gab es hier eine ganze Menge.

»Ich überlege es mir. Sobald ich meinen Lohn bekommen habe.«

Lou zuckte mit den Schultern.

»Nimm dir jetzt was, wenn du willst. Ich ziehe es dir dann vom Lohn ab.«

Josefin nickte. Ihr Herz wurde schneller und schneller. Genaugenommen war der Rabatt absolut unglaublich.

Anton kam an ihr vorbei. Er knuffte Josefin in die Seite.

»Vergiss mal kurz die erbärmliche Regel, dass ihr nie etwas shoppen wollt. Oder was auch immer ihr da beschlossen habt. Du und dein Kerl.«

»Wir versuchen nur, unseren Konsum einzuschränken.«

Anton lächelte amüsiert. Sie musste deutlicher werden.

»Unsere Gesellschaft kann nicht in einem Verbrauchstempo weitermachen, für das man vier Planeten benötigt. Außerdem teilen wir die Vorstellung von Menschen als ökonomischen Wesen nicht.«

Er lachte los und legte ihr die Hand auf die Schulter

»Du bist echt lustig. Aber dir ist schon klar, dass wir hier nachhaltig denken. Also ist es doch eigentlich okay.«

Lou nickte.

»Genau. Wir übernehmen auf unsere Weise Verantwortung für den Planeten.«

Ein paar Stunden später verließ der Zug Malmö Central und nahm Fahrt in Richtung Kopenhagen auf. Josefin stellte die Kleidungstüte zwischen ihre Füße und lehnte den Hinterkopf an den Sitz. Sie war völlig erschöpft. Die Füße taten weh. Aber im Bauch vibrierte auch ein seltsames Glück. Sie hatte sich zwei Jeans und einen Pullover gekauft, zu einem Preis, der an und für sich im Vergleich mit normalen Läden viel zu hoch war. Und dennoch niedrig. Für Kleidung von *Broken Twill.*

Sie blinzelte, ließ sich vom rhythmischen Schaukeln des Zugs einlullen. Dachte an das Neue, das sie am Morgen in Vibekes Aufzeichnungen gelesen hatte, über den biologischen Bruder ihrer Großmutter.

Hatte Vibeke ihn erfunden oder gab es ihn? Und wenn es ihn gab, hatte ihre Großmutter ihn nach diesem Abendessen noch einmal wiedergesehen?

Josefin blickte über das glitzernde Wasser des Öresund. Sie musste sie fragen. Aber nicht am Telefon, es musste warten. Auf eine Tasse Tee im Atelier ihrer Großmutter in Svinaberga.

Sally

Es war wirklich Hochsommer. Sally stand auf der Vortreppe, ließ sich die bloßen Arme von der Morgensonne wärmen und dachte daran zurück, wie das Grundstück am Tag ihrer Ankunft in Kivik ausgesehen hatte. Damals waren die Beete graubraun gewesen, bedeckt von Herbstlaub und verwelkten Pflanzenteilen, hier und da durchbrochen von emporragenden, kleinen Knospen. Jetzt stand alles in voller Blüte.

In der Küche blubberte die Kaffeemaschine und es roch nach Malerfarbe. Liselott hatte heute weder eine Schicht bei ICA noch Fußpflegekundinnen und machte sich deshalb in der Pension zu schaffen. Bepackt mit Farbdosen und Pinseln war sie früh am Morgen gekommen und wollte unbedingt Åkes alte Küchenbank streichen. Der Fußboden war bereits mit einer Plastikplane abgedeckt.

Sally brachte die Platten mit Wurst und Käse in den Speiseraum und stellte sie auf den Konsolentisch an der Wand. Dort wartete unter einem Geschirrhandtuch bereits ein Korb voll frischgebackener Sauerteigbrötchen mit gerösteten Kürbiskernen. Die Gäste konnten jeden Moment aufstehen.

Mit ein paar belegten Broten setzte sie sich an einen Tisch im Garten. Es duftete nach blühenden Rosen. Märta kam angetrottet.

»Nein«, sagte Sally. »Du hast selbst was.«

Aber der Blick des Hunds war derart herzerweichend, dass sie nicht anders konnte, als ihr einen Bissen Brot abzubrechen.

»Mehr gibt es aber nicht.«

Märta trollte sich zum Apfelbaum und legte sich auf den Rücken. Bald hörte man von ihr nur noch ein deutliches Schnarchen, das sich mit der Radiosendung mischte, die aus dem offenen Küchenfester drang.

Eine Frau kam durchs Gartentor, aber es gab die ganze Woche über kein freies Zimmer mehr. Sally stand auf, um ihr entgegenzugehen, und blieb jäh stehen.

Da auf dem Weg war Milena.

Ihre liebe, kluge Nachbarin aus Stockholm, die im Frühling nach Paris gezogen war. Da kam sie lächelnd und aufrecht den Weg entlang. Ihre langen, dunklen Haare waren zu einem Knoten im Nacken zusammengedreht und sie zog einen Rollkoffer im Leopardenmuster hinter sich her. Über der Schulter hing ein kleineres Handgepäckstück, eine Tasche aus hellem Wildleder.

»Hast du ein Plätzchen für mich zum Schlafen?«, fragte sie. »Eine Abstellkammer? Irgendwas.«

Sally lachte und schlang die Arme um Milena.

»Warum hast du nichts gesagt? Du hättest anrufen oder eine Nachricht schreiben können. Dann hätte ich dir das beste Zimmer hergerichtet.«

Die Umarmung wurde lang. Dann traten sie einen Schritt zurück und sahen einander an. Seit dem Frühling, als Milena erzählt hatte, sie und Otto machten – vorerst – eine Beziehungspause, hatten sie nicht mehr miteinander gesprochen.

Milena hatte abgenommen. Ihr Gesicht wirkte nackt und schutzlos. Sie war nicht die selbstsichere Person, die sie in Stockholm gewesen war. Dort hatte sie mit Otto zwei Stockwerke über Sally gewohnt. Die beiden waren ihre hilfsbereiten Nachbarn gewesen, das stabile Paar, das seit Ewigkeiten zusammenlebte. Allerdings ohne Kinder, weil sie so viel anderes vorhatten. Arbeiten, reisen und neue Projekte. Alles immer gemeinsam.

Im April hatten sie ihre Wohnung verkauft und waren nach Paris gezogen, um sich dauerhaft in Frankreich niederzulassen.

»Du weißja, wie das mit Pausen ist«, sagte Milena. »Wir haben uns getrennt.«

»Ihr habt nicht wieder zusammengefunden?«

»Er hat sich in eine Arbeitskollegin verliebt. Eine Französin.«

Trost war da schwierig. Aber jedenfalls war Milena an den richtigen Ort gekommen. Hier gab es Ruhe und Stille. Und schöne Natur, wenn man allein mit seinen Gedanken spazieren gehen musste.

»Ich habe mich so über deinen Anruf gefreut«, sagte sie. »Was du über Österlen und die Pension erzählt hast, klang wahnsinnig gemütlich. Also bin ich einfach los, als alles zusammengebrochen ist. Ich habe es in Paris nicht länger ausgehalten. In der brütenden Hitze zwischen all den Autos und Touristen.«

Sally umarmte sie wieder.

»Natürlich bleibst du bei mir. Ich habe ja gesagt, du sollst im Sommer kommen. Durch den Garten spazieren und Rosen abknipsen oder was auch immer du tun willst.«

Milena lächelte schief.

»Hast du denn ein Zimmer für mich? Ich bezahle natürlich dafür.«

»Quatsch. Komm, ich zeige es dir. Du bekommst das alte Schlafzimmer meines Vaters.«

Sally ging vor Milena her in Richtung des großen Hauses. Märta schlurfte hinterher.

»Ist das *dein* Hund?«, fragte Milena.

»Ja. War nie ein Traum von mir. Aber nun ist es so gekommen.«

Sie ließen den schweren Koffer stehen und gingen die Vortreppe hoch. Milena wirkte aufgelöst, blickte abwechselnd zu Sally und Märta, dann über den Garten und in die Diele.

»Ich weiß nicht, was ich sagen soll. Es ist ganz anders, als ich es mir vorgestellt habe. Du bist dieselbe Person, aber alles um dich herum ist so anders. Als in Stockholm, meine ich.«

Sally nickte. Alles war jetzt sehr anders. Sie arbeitete nicht mehr für einen launischen, mürrischen Chef, musste sich nicht als Kellnerin auf Stundenbasis in einer Kneipe stressen und wohnte nicht mehr beengt in einer Zweizimmerwohnung mitten in der Stadt.

Und sie lebte auch nicht mehr in einer halbgaren Beziehung. Sie stand auf eigenen Beinen. Und am allerwichtigsten: Sie hatte ihre Tochter wieder. Auch wenn die vorübergehend nach Kopenhagen gezogen war.

Außerdem hatte sie eine Mutter bekommen, was das Allermerkwürdigste war.

»Wie läuft es mit Josefin?«, wollte Milena wissen.

»Gut. Aber es ist noch etwas anderes passiert.«

Sally erzählte von Vanja. Von der Begegnung nach Åkes Begräbnis im Frühling, der Entdeckung, dass ihre Mutter nur ein paar Kilometer entfernt im Nachbarort lebte. Milena riss die Augen auf.

»Wirklich wahr? Du musst mir alles erzählen.«

»Werde ich. Aber nicht jetzt.«

Sally trat in die Diele. Die Geschichte über Vanja war lang und verschlungen und brauchte genug Zeit.

»Und ich habe das hier. Willkommen in der *Pension Pomona.*«

»Wahnsinnig schön!«

Milena sog die Luft ein. Sally deutete zur Treppe.

»Ich wohne in meinem alten Zimmer im Obergeschoss und da ist auch deines. Aber ich zeige dir erst mal das Erdgeschoss.«

Sally ging voraus und sah sich überrascht um. Die Küche mit ihrem Sachsenstab, der alten Speisekammertür und der Kücheneinrichtung aus den Fünfzigern würde Sally ihr später zeigen müssen, wenn Liselott fertig mit Streichen war. Stattdessen führte sie sie in den Speiseraum, wo Milena den Blick über Kachelofen, Korbstühle, Esstisch und das Frühstücksbuffet schweifen ließ. Schließlich blickte sie zum Wintergarten mit der kleinen Holzbank, dem Tisch und der Petroleumlampe darauf. Im Fenster drängten sich Vasen mit Mårbacka-Pelargonien.

Sally machte sich auf ironische Bemerkungen über die inszenierte Österlen-Fantasie oder Ähnliches gefasst. Aber nichts dergleichen. Milena drehte sich mit verblüfft offen stehendem Mund zu ihr um.

»Unfassbar, dass das dein neues Zuhause ist. Was für ein Ort!«

Sally nickte, sie sah es selbst. Bisher war es vor allem ums Fertigwerden gegangen, danach um die Angst, sich übernommen zu haben und keinen einzigen Gast zu bekommen. Vielleicht sollte sie sich allmählich ein wenig beruhigen.

»Sally! Hast du noch mehr Malerkrepp?«

Liselott rief aus der Küche und tauchte kurz darauf mit rosigem, von Schweiß glänzendem Gesicht und Dekolleté, einem Malerpinsel in der einen und einer klitschigen Farbdose in der anderen Hand auf. Ihr übergroßes Hemd war voll Farbflecken.

Sie sah Milena.

»Ui. Entschuldigung.«

»Hallo«, sagte Milena.

Sie schien von Liselotts energischem Auftritt amüsiert.

»Das ist meine enge Freundin Milena«, sagte Sally.

Liselott stellte die Dose ab, zog den Malhandschuh aus und reichte Milena die Hand.

»Ich bin Sallys Kindheitsfreundin, arbeite bei ICA und habe einen Fußpflegesalon. Wenn ich nicht gerade in der Pension irgendwas repariere, ganz einfach, weil es hier so toll ist.«

»Milena und ich waren in Stockholm Nachbarinnen. Seitdem ist viel geschehen«, erklärte Sally.

Milena lachte trocken.

»Das kann man wohl sagen. Mann weg, Job weg, Wohnung weg.«

Sie wirkte verzweifelt.

»Ich wollte als Freelancerin in Paris arbeiten, aber daraus wurden gerade mal ein paar Aufträge. Jetzt weiß ich nicht, was ich tun soll.«

»Bleib eine Weile«, sagte Liselott. »Dann fällt dir schon was ein.«

»Nur ein paar Tage. Dann fahre ich zurück nach Stockholm und fange von vorne an.«

» Erstmal jedenfalls: Herzlich willkommen bei uns.«

Liselott verschwand wieder in die Küche zum Malern. Milena holte ihren Koffer aus dem Garten, dann folgte sie Sally Richtung Treppe nach oben.

Ein Pensionsgast, eine große Frau um die fünfzig mit kleiner Knubbelnase, kam ins Haus.

»Kann ich etwas fragen?«

Sie machte eine Geste in Richtung Speiseraum.

»Die ganzen Bilder, die hier hängen. Mit den Blumen und Schmetterlingen und Katzenbabys. Haben Sie die gemacht?«

Sally zögerte mit der Antwort.

»Nein, nicht ich. Hier hat früher einmal eine Künstlerin gelebt.«

»Sehr schön, wirklich.«

»Danke.«

Die Frau wandte sich zum Gehen, drehte sich aber noch mal um.

»Die stehen vermutlich nicht zum Verkauf, oder?«

»Nein. Leider nicht.«

»Verstehe. Sie gehören hierher.«

Die Frau ging nach draußen in den Garten. Sally stand mit der Hand auf dem Treppengeländer da. Die Bilder im Haus hatten nie zur Debatte gestanden.

»Sind sie von deiner Mutter?«, fragte Milena.

Sally nickte.

»Es gibt auch noch ihr Atelier. Auf dem Dachboden, im Turmzimmer.«

Sie ging weiter die Treppe hoch. Milena folgte mit ihrem schweren Koffer. Sally schob die Tür zum alten Zimmer ihres Vaters auf. Sonnenlicht fiel, gefiltert durch die dünnen Gardinen vor den Fenstern, in den Raum.

»Hier wohnst du. Das war vor dreißig Jahren das Zimmer meines Vaters. Aber ich habe es hergerichtet. Das Bett ist ganz neu.«

Milena stellte den Koffer ab.

»Es ist wunderschön.«

Sally zog die Gardinen etwas auseinander. Das Zimmer ihres Vaters sollte nicht länger unberührt bleiben. Es sollte benutzt werden. Mit möglichst viel Leben gefüllt.

Sie nahm das gerahmte Foto vom Wandregal. Das Bild der jungen Vanja in hellblauem Sommerkleid und weißer Strickjacke am Pier.

Sally reichte Melina das verblichene Foto.

»Das ist meine Mutter. Und ich.«

Milena studierte das Bild und stellte es wieder aufs Regal.

»Wie süß sie aussieht.«

Sally griff nach dem im Frühjahr gefundenen Buch mit moosgrünen Buchdeckeln, in dem die junge Vanja notiert hatte, was sie im Garten gepflanzt hatte. Auf dem Rückentitel stand *Mein Garten,* und vorne war ein Etikett, auf das Vanja in altmodischer Schrift geschrieben hatte: *Vanja Larsson, 1966.*

»Der lag im Planschrank meines Vaters. Ihr alter Gartenkalender.«

»Wow. Unglaublich, dass es den noch gibt.«

»Ja. Aber noch unglaublicher ist, dass ich meine Mutter getroffen habe.«

»Und wie ist es?«

»Wir gehen es langsam an.«

»Muss ein seltsames Gefühl sein, nach so langer Zeit.«

»Ja.«

Sally legte den Kalender wieder auf den Sekretär. Nun wusste sie nicht wie weiter.

»Warte, du musst ein paar andere Bilder sehen.«

Nach etwas Kramen in den Regalen des begehbaren Schranks fand sie das braune Kuvert mit den irgendwann in den Sechzigern in einem Fotostudio aufgenommenen Portraitfotos von Vanja. Der Umschlag hatte früher in einer Schreibtischschublade gelegen. Die puppenartige junge Frau mit gekünsteltem Lächeln und einer blonden, trutschigen Frisur war mit der Siebzigjährigen von heute kaum in Einklang zu bringen. Es gab quasi keinerlei Ähnlichkeiten, abgesehen von einem Zug um den Mund und der Form der Lippen.

»Eigentlich sieht sie heute nicht mehr so aus. Kein bisschen.«

Sally steckte das Bild wieder in das Kuvert. Milena begann sich im Zimmer einzurichten.

»Und sonst?«, fragte sie. »Hast du einen neuen Mann kennengelernt? Vielleicht einen Skåner?«

Sallys Schweigen dauerte etwas zu lange, Milena blickte sie amüsiert an.

»Lass hören!«

»Jedenfalls kein Skåner.«

»Lebt er in der Nähe?«

»Also, es gibt jemanden, den ich kennengelernt habe. Er wohnt auf einem Hof.«

Milena lachte.

»Ein Bauer?«

»Apfelbauer. Davor irgendwas mit IT. Aber wir sind nur Freunde.«

Milena zwirbelte eine Haarsträhne.

»Du bist doch jetzt vorsichtig, Sally? Nach der ganzen Geschichte mit Frank.«

»Er ist ganz und gar nicht wie Frank.«

»Nein, schon klar. Aber pass auf dich auf.«

Sally senkte den Blick.

Es hatte keinen Sinn, Milena zu erzählen, dass Frank eine Weile hier gewesen war. Er war kein Gespräch mehr wert.

Milena packte drei Paar Schuhe aus und stellte sie an die Tür.

»Du hast es verdient, dass du jemand richtig Guten triffst.«

Dazu konnte Sally nur nicken.

Josefin

Josefins Kinn ruhte auf der am Kassentresen aufgestützten Hand. Heute Vormittag war sie allein im Laden und hatte ihn zum ersten Mal auch selbstständig aufgemacht. Bisher waren kaum Kunden da gewesen, aber zur Mittagszeit wurden es gewöhnlich mehr.

Die Tür öffnete sich und Josefin richtete sich auf. Aber es war nur Lou in ihrem üblichen Look aus Boots, abgetragener Jeans und kariertem Hemd.

»Alles gut gegangen mit dem Aufschließen und Abschalten der Alarmanlage?«

»Alles super. Aber heute Vormittag war ziemlich tote Hose.«

»Das sehe ich.« Lou nickte in Richtung des Schaufensters. »Du hast umdekoriert? Die Hemden dort sind weg.«

Ihr Ton machte Josefin irgendwie nervös.

»Ich dachte nur, es müsste etwas heller sein. Im Schaufenster und auch hier drinnen. Und dann habe ich gedacht, es wäre besser, wenn man von der Straße aus in den Laden schauen kann.«

»Aha? Und wie ich gesehen habe, hast du auch Sachen auf die Bohlen im Fenster gelegt.«

»Ja, die Cargohosen. Ich dachte, man sollte sie richtig sehen.«

Lou sagte nichts mehr. Ihr Blick war an dem länglichen Tisch in der Mitte des Raums hängengeblieben. Dort lagen normalerweise Kleidungsstücke, Schals und Ledergürtel in Stapeln. Auch dort hatte Josefin ein wenig was verändert, als sie keine Kunden gehabt hatte. Das vordere Tischende hatte so etwas wie ein Stillleben erhalten. Sie hatte eine Jeans und einen Pullover neben einem Paar Schnürstiefel arrangiert, mit Handschuhen darauf. Ihrer Ansicht nach sah es einladender aus, cooler. Es erinnerte fast an eine Installation ihrer Großmutter.

»Wie findest du es?«, fragte Josefin.

»Anders.«

Lou ging um den Tisch herum und begutachtete das Ganze. Ihr Gesichtsausdruck war völlig neutral.

»Super, eine Frau der Tat.«

»Ich habe auch diese Kleidungsständer etwas umgestellt.«

Josefin zeigte auf eine Stange voll alter Lederjacken, die früher direkt vor der Umkleide gestanden hatte. Mit den Armen demonstrierte sie den freieren Platz rundherum.

»Jetzt kriegt man selbst vom Lager aus mit, wenn jemand reinkommt. Und man sieht, ob in der Umkleide jemand Hilfe braucht. Und auch von der Kasse aus hat man einen besseren Überblick. Dachte ich.«

»Ich weiß nicht, ob es einen großen Unterschied macht«, sagte Lou. »Aber gut. Lass es uns eine Weile probieren.«

Das Türglöckchen bimmelte. Anton kam herein, nahm den Regenbogenmotorradhelm ab, schüttelte die dunklen Haare und schaute lächelnd zu Lou.

»Du hast ja das Schaufenster umgestaltet! Ist viel besser.«

Lou nickte in Josefins Richtung.

»Das war Josefin.«

»Perfekt!«, sagte Anton. »Schön, dass man jetzt von der Straße aus in den Laden sieht. Und wie hell es hier geworden ist.«

»Ja«, sagte Lou. »Aber wenn wir überall Sachen hängen

und liegen haben, dann passiert mehr. Und das ist unser Ansatz. Das eklektische.«

»Ja, aber das Gefühl vermittelt sich noch immer«, sagte Anton. »Nur mit etwas mehr Luft.«

Josefin wartete darauf, dass Lou sie bat, alles zurückzuändern, aber das tat sie nicht.

»Wir können es ja versuchen«, sagte sie knapp.

Anton hatte den langen Tisch in der Mitte und die Kleidungsinstallation entdeckt.

»Ui! Das ist ja megahübsch.«

Er blickte zu Josefin.

»Hast das auch du gemacht?«

Sie nickte, wagte aber nicht, noch einmal zu erklären, was sie sich dabei gedacht hatte. Lou sollte sie nicht lästig finden.

Dann ging die Tür wieder auf. Zwei junge Frauen um die dreißig kamen herein, beide mit schwarzen Schnürstiefeln und Lederjacken. Lou begrüßte sie.

»Hallo«, antwortete die eine, die einen hellbraunen Pagenschnitt hatte. »Wir wollten nur kurz schauen.«

»Was für ein cooler Laden«, sagte die andere, eine blonde. »Ist der neu?«

Lou lachte.

»Nein, das kann man nicht gerade sagen.«

Die Frauen sahen einander an.

»Wie?«, fragte die Blonde. »Ich gehe doch jeden Tag hier längs, aber ich habe noch nie ein Geschäft gesehen. Gibt es euch schon lang?«

»Fast zehn Jahre.«

»Es sieht von draußen unfassbar einladend aus«, sagte die andere. »Verkauft ihr Vintageklamotten?«

»Sowohl Vintage wie auch Neuware«, sagte Josefin. »Alles von bester Qualität.«

Anton zeigte mit einer Geste den Laden.

»Seht euch gern um. Und gebt Bescheid, wenn ihr Hilfe braucht.«

Lou wandte sich ab und zupfte ein paar Schals auf einem Ständer zurecht.

Josefin nahm ein paar Schuhkartons vom Regal im Lager. Auf der Uhr im Pausenraum war es kurz vor halb fünf. Sie ging zurück in den Verkaufsraum, in dem jetzt eine Menge Kundinnen verteilt waren. Gegen fünf Uhr nachmittags wurden es wie schon rund um die Mittagszeit immer mehr.

Ihr Kunde, ein Fünfundzwanzigjähriger mit fettigen Haaren und strengem Fußschweiß, wartete auf der lederüberzogenen Bank. Sie brachte ihm bestimmt zum siebten Mal eine neue Größe oder ein neues Modell. Er probierte Schuh um Schuh, lief herum, zog den nächsten an. Josefin stand neben ihm und versuchte weiterhin, zugewandt zu wirken, obwohl sie nun schon seit einer halben Stunde für ihn am Rennen war. Jetzt hatte der Typ sich aber offenbar entschieden.

»Dann weiß ich Bescheid.«

Er stand auf und steuerte auf die Tür zu.

»Und welche willst du?«, fragte Josefin.

Der Typ drehte sich mit einem Grinsen um.

»Gar keine. Ich kaufe sie im Netz. Das ist billiger.«

Er riss die Tür derartig auf, dass das Glöckchen wie irre bimmelte. Josefin sammelte langsam alle Schuhe wieder ein, legte sie zurück in die Kartons und wechselte einen müden Blick mit Anton. Das war einer von der nervigen Sorte gewesen.

Mit der Zeit hatte sie gelernt, die Kundentypen zu unterscheiden. Manche waren Internetkäufer, wie der gerade. Andere bemühten sich, Stammkunden zu werden, und unterhielten sich eine Ewigkeit mit dem Personal. Manche wollten Teil der *Broken-Twill*-Kultur sein und fragten nach Sachen, die sie schon einmal probiert hatten. Dann gab es noch die Sammler, die bestimmte Kleidungsstücke einfach haben mussten und offenbar unendlich viele davon tragen konnten.

Ein Muskelprotz in engem Langarmshirt hatte sich Anton geschnappt.

»Gibt es das in M?« Der durchtrainierte Mann hielt ein Flanellhemd hoch.

Anton kratzte sich am Hals.

»Du brauchst vermutlich eher L.«

Der Mann schüttelte energisch den Kopf und Josefin konnte ein Grinsen kaum unterdrücken. Das war eine weitere Kategorie, bei ihnen musste die Kleidung eng wie Wurstpelle sitzen.

Sie brachte die Schuhkartons ins Lager zurück, ging wieder in den Laden und faltete Pullover. Mittlerweile war sie darin Meisterin und die Prozedur dauerte pro Pullover nur mehr ein paar Sekunden.

Neue Kunden kamen. Zwei Jungs Anfang zwanzig liefen planlos herum.

»Hallo«, sagte Josefin. »Gebt Bescheid, wenn ihr Hilfe bei Größen oder Farben braucht.«

Die beiden waren vor ein paar T-Shirts stehen geblieben, aber gaben keine Antwort. Josefin beobachtete sie, während sie faltete. Der eine holte sein Handy raus.

»Mama, schickst du mir Geld rüber? Für ein neues Shirt.«

Er hörte schweigend zu.

»Okay. Gut.«

Einen Moment später suchte er ein T-Shirt aus und ging zur Kasse.

»Das nehm ich.«

Josefin faltete das T-Shirt und legte es in eine Einkaufstasche, tippte den Betrag ein, eintausendsiebenhundert Kronen, und erhielt seine Bankkarte. Mittlerweile schockierte es sie nicht mehr, dass Teenager in den Laden kamen und zu horrenden Preisen einkauften.

Als die Jungs weg waren, faltete sie den ganzen T-Shirt-Stapel zu Perfektion. Sie dachte an Harald. Ob er zurechtkam? Von seiner Seite herrschte nun schon lange Schweigen. Aber sie hatte anderes zu tun, als beunruhigt zu sein.

N hat angerufen. Ich bin kurz zu ihm rüber. Bin zum Abendessen wieder da. Umarmung G.

Josefin studierte noch in Straßenschuhen und Jacke den Notizblock auf dem Küchentisch. Grethe hatte schludrig geschrieben. N konnte nur eine Person sein. Noah. Der Freund, mit dem Schluss war. Der wohl ziemlich gefährlich werden konnte.

Grethe war doch so sicher gewesen, dass die Beziehung vorbei war. Mehrmals hatte sie betont, wie erleichtert sie sei, Noah nie mehr begegnen zu müssen, zumindest nicht absichtlich. Und wenn sie ihm einmal auf der Straße ineinanderlaufen sollten, wollte sie nur nicken und wortlos weitergehen.

Jetzt hatte sie offenbar mit ihm gesprochen und war zu ihm in die Wohnung gegangen.

Abendessenszeit war längst vorbei. Und Grethe ging

nicht ans Telefon. Aber sie hatte Josefin einmal gezeigt, wo Noah wohnte. Es war ganz in der Nähe.

Josefin trat auf den Bürgersteig. Nach ein paar Querstraßen bog sie um eine Ecke. Dort lag das Haus, ein Jahrhundertwendebau wie der ihrer Großmutter mit roter Backsteinfassade und hohen Fenstern.

Neben der mit Ornamenten versehenen Eingangstür war eine Gegensprechanlage mit Namenstafel. Es gab nur einen Nachnamen mit einem N davor. Josefin drückte auf den Knopf, hörte es tuten und wartete. Keine Antwort. Sie versuchte es noch einmal, mehrmals, aber ohne Ergebnis.

Waren Grethe und Noah ausgegangen? Grethe hatte irgendeine bezahlbare Lieblingskneipe um die Ecke erwähnt, aber den Namen hatte Josefin nicht abgespeichert.

Die kleinen Straßen rundherum waren voller Bars und Cafés. Auf den Außenplätzen saßen Leute mit Bierkrügen, viele rauchten und redeten laut. Eine ganz andere Atmosphäre als in Schweden.

Der größte Unterschied war die Altersmischung der Kneipengäste. Nicht nur junge oder mittelalte Leute waren unterwegs, sondern um einige Tische saßen ältere in Gruppen, weitaus mehr, als man das zu Hause beobachten konnte. Einige hatten Stöcke und Rollatoren und gingen wohl bald auf die hundert zu, was sie nicht daran hinderte, hitzig zu diskutieren oder schallend laut zu lachen.

Josefin blieb bei ein paar Kneipen stehen, fand Grethe aber nicht. Dann entdeckte sie ein Schild auf der gegenüberliegenden Straßenseite. *BØF & ØL* stand da. Das war die Kneipe von Grethe und Noah.

Gerade als sie durch die Eingangstür trat, sah sie Grethe ein paar Meter entfernt mit dem Rücken an der Ziegelwand und vor ihr ein Mann mit blonden Haaren. Das musste Noah sein. Er war Grethe deutlich zu nah, sicher war das unangenehm für sie. Außerdem versperrten ihr seine kräftigen über und über tätowierten Arme jeglichen Fluchtweg.

Josefin trat zu ihnen.

»Grethe, ich glaube, du solltest jetzt mit mir nach Hause gehen.«

Noah warf ihr einen vernichtenden Blick zu.

»Und wer bist du?«

»Meine Freundin«, sagte Grethe. »Bei der ich wohne.«

Josefin trat einen Schritt näher. Was würde ihre Großmutter in einer solchen Situation tun?

»Lass sie.«

Sie versuchte, bestimmt auszusehen und dass die Stimme nicht zitterte.

»Lass sie gehen.«

Grethe machte den Ansatz einer Bewegung, da packte Noah sie.

»Wer wird es denn so eilig haben?«

Er drückte sich an sie und wollte sie küssen. Grethe stemmte sich mit beide Händen gegen seine Brust.

»Hör auf!«

Er lachte und machte weiter, aber da schubste ihn Grethe mit einem energischen Stoß von sich.

»Verpiss dich, Noah.«

Seine Augen wurden riesig.

»Scheiße, was?«

Josefin zog Grethe hinter sich her und sie rannten den Bürgersteig entlang in eine kleine Seitenstraße. Hinter sich hörten sie Noah. Er holte sie mühelos ein. Mit tiefrotem Gesicht packte er Grethe.

»So was sagt man nicht, kapiert?!«

Josefin stand mit wummerndem Herzen da. In dieser kleinen Seitenstraße war kein Mensch. Niemand konnte sie hören oder sehen. Sie trat auf Noah zu. Er fauchte sie an.

»Pass auf, du!«

Sie wusste nicht, wie das in Dänemark war, aber in Schweden war es nicht erlaubt, jemand zu bedrohen.

»Du kannst dafür eine Anzeige bekommen«, sagte sie.

Noah ließ Grethe los. Er ging auf Josefin zu und krallte sich den Kragen ihres Hemds. Er war aus seidenweichem Material und sie hatte dafür siebenhundertfünfzig Kronen bezahlt statt der viertausend, die es eigentlich im Laden kostete.

»Misch dich nicht in Sachen ein, die dich nichts angehen.«

Er zog etwas Rotz in der Nase hoch und spuckte einen Schleimbatzen auf den Boden. Dann ging er weg. Josefin richtete ihr Oberteil mit zittrigen Händen und blickte zu Grethe.

»Du solltest ihn anzeigen. Wegen Bedrohung.«

Aber Grethe wollte nicht. Das Beste sei, keinen Wind zu machen. Sie würde ihn ja ohnehin nie mehr treffen.

Sie gingen zurück zum Haus ihrer Großmutter. Josefin versuchte, ruhig zu atmen. Wieder in ihre kraftvolle Gemeinschaft zurückzufinden, zu der Stärke zweier junger selbstständiger Frauen, die zusammenhielten.

Während sie die Wohnungstür aufschloss, schaute sie Grethe von der Seite an.

»Danke. Du warst ganz schön mutig.«

»Du wolltest keinen Kontakt mehr mit Noah. Warum bist du zu ihm gegangen? Du hast doch Schluss gemacht.«

Grethe antwortete nicht auf die Frage.

»Erzähl es nicht meiner Mutter. Und auch nicht Vanja. Versprich mir das.«

Josefin versprach es.

»Er ist nicht gefährlich«, sagte Grethe. »Aber er hat ein Problem mit seinem Temperament. Daran arbeitet er.«

Josefin hängte ihre Jacke auf. Ihre Großmutter wäre sicher stärker und frecher gewesen. Hätte Noah sich entschuldigen lassen und ihm das Versprechen abgerungen, sich für immer fernzuhalten.

Sie ließ sich aufs Sofa fallen. Für ein paar Sekunden saß sie einfach nur da, wie in einem zeitlosen Vakuum. Noahs kalte Augen. Sie waren das komplette Gegenteil von Haralds. Dessen warme, gute Augen, in die sie immer geschaut hatte, wenn sie nebeneinander im Bett lagen. Ohne ein Wort zu sprechen. Das war jetzt lange her.

Wäre Harald hier, würde er sie umarmen. Würde sie auffordern zu erzählen, was passiert sei.

Wenn er hier wäre. Aber er war jetzt nicht hier.

Und Grethe und sie waren sich vielleicht doch gar nicht so ähnlich.

Vanja

Vallmogården war herrlich. Wie immer. Lag wie ein Schmuckstück inmitten des sommerlichen Grüns. Vanja parkte den VW-Bus auf dem Hofplatz und holte zwei Einkaufstüten heraus. Sie waren voll mit Nahrungsmitteln, aber nur solchen, die man nicht selbst anbauen konnte.

Harald stand an der Scheune und malerte irgendwas mit langen, sorgfältigen Pinselstrichen. Sonnenlicht fiel durch die Blätter der Bäume und warf ein gelbes Muster auf den Boden. Der Inbegriff von Sommeridylle, wenn Harald nicht derart geknickt aussehen würde.

Vanja stellte die Tüten ab und trat näher.

»Hallihallo.«

Er unterbrach seine Arbeit. Um die Nase war er ein wenig rot, hatte sich mal wieder einen Sonnenbrand geholt. Er antwortete mit einem kurzen Hallo und strich dann weiter die Zaunpfosten für einen neuen Hühnerhof in falunroter Farbe. Das Gebäude war viel größer als das alte. Schön für die Hühner, auch wenn sie meist frei herumliefen und pickten, wo sie wollten.

Vanja sah sich um.

»Ich wollte mal nachsehen, wie es dir geht.«

»Es läuft.«

Harald klang nicht verärgert, aber zugeknöpft. Er strich weiter. Die Hitze war in der Sonne unerträglich. Vanja liefen Schweißperlen über den Rücken.

»Können wir in den Schatten gehen?«

Harald legte den Pinsel auf ein Brett und wischte sich über die Stirn.

»Möchtest du Eistee?«

»Sehr gern.«

Sie gingen ins Haus. Harald bedankte sich für die Einkäufe und verstaute die verderblichen Sachen im Kühlschrank. Dann goss er Vanja und sich je ein Glas Eistee ein und sie setzten sich auf die Veranda. Das Gespräch war ein vorsichtiges Abtasten. Sie fragte nach der Arbeit auf dem Hof und wie er die diesjährige Ernte einschätze. Harald antwortete, alles laufe gut und die Ernte werde vermutlich normal.

Danach wurde es still. Vanja drehte ihr Glas und die Eiswürfel kreiselten im Goldgelb.

»Und Josefin? Habt ihr Kontakt?«

Er blickte zum Hühnerhof.

»Kaum. Auch egal.«

»Ihr müsst sprechen.«

»Warum? Sie will hier nicht mehr leben.«

»Hat sie das gesagt?«

»Mehr oder weniger.«

»Und wenn sie zurückkommt, was machst du dann?«

»Sie kann bleiben, wo sie ist.«

Vanja schwieg wieder. Harald mauerte komplett. Vielleicht machte er sich Selbstvorwürfe.

»Denk nicht darüber nach, was du hättest anders machen können«, sagte sie. »Josefin hatte Sehnsucht hier wegzukommen. Sie musste etwas anderes probieren. Aber so viel ist sicher, wenn sie zurückwill, muss sie das dürfen.«

Er schnaubte.

»Ich bin niemandes Fußabtreter. Sie hat davon gesprochen, dass sie den Hof nicht mehr möchte. Dass sie in die Stadt ziehen möchte.«

»Ja, aber so was sagt man dahin. Wenn man sich uninspiriert fühlt und neue Energie braucht. Manchmal hat man einfach das Gefühl, man ist in einer statischen Situation gelandet, die man nicht ändern kann. Man hat Angst zu stagnieren, quasi seelisch zu sterben. Verstehst du das? Dann will man weg. Aber das hält nicht lange an.«

Vanja wartete seine Reaktion ab, etwas beunruhigt, dass sie zu viel gesagt und ihn beleidigt hatte.

Harald schwenkte sein Glas. An den schwieligen Händen waren kleine Schrammen, unter den Fingernägeln klebte Erde.

»Ich habe mit dem Nachbarsbauern gesprochen. Er will, falls nötig, die Weide für ein Jahr pachten. So kann ich den Hof noch eine Weile betreiben und dann sehe ich wohl weiter.«

»Allein, meinst du? Schaffst du das?«

»Ich muss doppelt so hart arbeiten.«

Vanja dachte an das, was Erna erzählt hatte. Dass Göran der Entschluss seines Sohns für die Landwirtschaft, anstatt einer Karriere als Jurist, Lehrer oder wenigstens Bauingenieur, nicht gefiel. Es war nicht leicht, sich von den Eltern als Versager betrachtet zu fühlen.

Harald sprach wie seine Eltern ein gemütliches Lund-Skånisch, seine soziale Herkunft war unüberhörbar. Als Teenager hatte er eher zu den Unsicheren gehört und war nicht karriereorientiert gewesen wie die Altersgenossen in seiner Wohngegend. Er hatte alle möglichen Studiengänge ausprobiert, bis ihm schließlich klar geworden war, dass es genug sei mit dem Studieren. Göran und Inger hatten das freundlich und wohlwollend angenommen, und als Harald etwas später von Josefins und seinem Traum, Vallmogården zu kaufen, erzählt hatte, hatten sie die beiden finanziell unterstützt und ein Teil des Erbes der Großeltern mütterlicherseits hineingesteckt. Vielleicht waren sie erleichtert darüber gewesen, dass Harald endlich etwas gefunden hatte, das er wirklich tun wollte. Aber dann begann das Hofprojekt immer mehr zu kosten.

Göran und Ingers Sorgen waren berechtigt. Vallmogården verschlang das Geld und die Ausgaben würden kaum sinken. Das Dach des Wohnhauses war in schlechtem Zustand und hätte eigentlich schon im letzten Jahr neu gedeckt werden müssen. Die Feuchtigkeitsflecken an der Innenseite des Vordachs waren während des Frühlings größer geworden. Im Badezimmer löste sich der PVC-Boden. Vanja hatte in der Ecke schwarzen Schimmel gesehen, Punkte in dichter werdenden Ansammlungen.

Schon bei Josefin und Haralds Einzug hatte der Sachverständige festgestellt, dass die meisten Arbeiten richtiger Pfusch waren. Eine ordnungsgemäße Besichtigung hatte kaum Sinn gemacht. Aber die jungen Menschen wollten trotzdem zuschlagen. Behaupteten, man könne Schritt für Schritt renovieren, es gehe darum, sich Arbeiten selbst zuzutrauen und keine Angst vorm Scheitern zu haben. Vanja hatte sie in dieser Haltung in vorderster Linie unterstützt.

Aber im Ergebnis war drei Jahre später nicht wahnsinnig viel geschehen. Denn alles war mit Kosten verbunden und hatte länger gedauert als veranschlagt. Der Hof verfiel mit jedem Tag mehr und mehr.

Vanja trank den letzten Schluck Eistee. Die Finanzen waren eine Sache, aber jetzt musste sie Harald dazu bekommen, seine Haltung Josefin gegenüber zu ändern. Sie hatten vier Jahre eine harmonische Beziehung geführt. Da sollte ein Sommerjob nicht das Ende bedeuten. Natürlich nicht.

Harald stand vom Korbstuhl auf.

»Kaffee? Es ist welcher fertig.«

»Danke, aber Eistee reicht mir.«

Er verschwand in der Küche. Kam mit einer altmodischen Kaffeetasse und einer Thermoskanne zurück. Das dünne Porzellan zierte ein hübsches Rosenmuster. Vanja hatte das Service vor zwei Sommern auf einem Flohmarkt gefunden und es den beiden geschenkt.

»Brauchst du hier auf dem Hof Hilfe bei etwas?«, fragte sie. »Ich helfe gern.«

»Muss nicht sein. Ich habe ein großes Projekt vor, aber das ist zu schwer. Den Rest schaffe ich auch selbst.«

»Was denn für ein großes Projekt?«

Er deutete zu einem Steinhaufen auf der anderen Seite des Hofplatzes.

»Ich baue einen Steinwall. Aus Natursteinen.«

»Aha. Wo du schon so viel anderes zu tun hast.«

»Mit einer ordentlichen Mauer macht der Hof gleich viel mehr her.«

Eine Mauer. Die einrahmt und isoliert. Ein Schild gegen die Umwelt. Das war das Letzte, was er brauchte.

Aber Vanja nickte.

»Ja. Klar. Nur müsste sie auf die richtige Art gebaut werden. Eine richtige Trockenmauer gemäß alter Methoden. Original skånisch. Damit sie zum Hof passt.«

Er starrte sie an. Offenbar hatte er sich über die Form der Mauer noch keine Gedanken gemacht.

»Dabei gibt es eine Menge zu bedenken«, fügte sie hinzu. »Ich befürchte, sie stürzt sonst schnell zusammen.«

Harald stellte die Kaffeetasse derart energisch auf den Unterteller, dass sie zu zerbrechen drohte.

»Ich muss zusehen, dass die Schafe Wasser bekommen.«

Er stiefelte los in Richtung Schafweide und Vanja begriff, dass er nicht mehr zurückkommen würde, also hievte sie sich aus dem Korbstuhl und eilte ihm hinterher.

Harald blieb stehen und drehte sich um. Seine Augen waren nun ganz dunkel.

»Was machst du hier? Du hast Josefin doch deine Wohnung geliehen. Für dich ist es ja auch nichts Besonderes, dass man einfach abhaut, wenn man darauf Lust hat.«

Diese Worte trafen wie ein Dolchstoß, Vanja entschied, sie zu überhören.

»Für dich ist der Hof so etwas wie ein Hobby«, sprach er weiter. »Und für Josefin auch. Ihr wollt keinerlei Verantwortung übernehmen.«

»Ich kann verstehen, wo diese Gedanken herkommen, Harald. Aber im Grunde denken wir drei gleich. Dass der Kniefall vor der Lohnarbeit ein Problem unserer Gesellschaft ist. Dass sie uns zu Sklaven macht, wo wir frei sein sollten. Damit wir unsere Zeit auf etwas verwenden, das klug und sinnhaft ist.«

Harald war verstummt. Sie setzte erneut an.

»Ich weiß, dass du nicht verzogen bist, wie Josefin vielleicht denkt. Du kämpfst deinen Kampf um die Akzeptanz deines Vaters. Aber ich bin mir sicher, dass Göran in seinem tiefsten Inneren auf dich stolz ist.«

Harald sagte noch immer nichts. Fuhr sich nur mit der Hand durch die rotblonden Haare. Er erinnerte Vanja an Knud. Den hellhäutigen Dänen mit den Sommersprossen, dem Vanja Ende der Sechziger gleich nach der Ankunft aus

Kuba in Kopenhagen begegnet war. Durch ihn war sie in der dänischen Pampa gelandet, in dem kleinen Ort Søvind.

Wenn Knud etwas beherrscht hatte, dann ökologische Landwirtschaft und dazu gehörte der Bau von Mauern aus Stein. Sie waren seit Urzeiten auf dieselbe Art gebaut worden, um weidende Tiere von wachsender Ernte zu trennen.

Da kam ihr plötzlich der Gedanke, glasklar. Sie würde Harald zu einer robusten Trockenmauer verhelfen, exakt so einer, wie er haben wollte. Sie würden sie gemeinsam errichten. Stunden voller Plackerei, mit Ruhepausen dazwischen. Genug Zeit für Gespräche.

Vanja riss einen grünen Halm aus dem Grünstreifen.

»Weißt du was? Wir werden deine Mauer bauen. Du und ich. Bis zum Herbst ist sie fertig.«

»Hast du sonst nichts zu tun?«

»Doch, ich habe eine Menge Kunstprojekte, für die ich brenne. Aber ich will das hier machen.«

»Warum?«

»Es geht darum, etwas Robustes zu schaffen, das lange nach uns in unserer gemeinsamen Familie bleibt. Etwas für deine Kinder und meine Enkelkinder und deren Nachkommen.«

Vanja warf den Grashalm weg.

»Einen echten skånischen Natursteinwall. Nach allen Regeln der Kunst.«

Josefin

Josefin betrachtete Grethe von hinten, als sie das Krankenhaus betraten. Die weiche Yogahose und der Hoodie schlackerten um ihren Körper, ihre Haltung war eingesunken.

Seit dem Vorfall vor der Eckkneipe gestern war sie wortkarg, hatte kaum ein Wort über diesen Exfreund verloren. Auch nicht darüber, wie sie in Zukunft mit ihm umgehen wollte.

Josefin wagte gar nicht daran zu denken, was geschehen hätte können, wäre sie nicht im rechten Moment aufgetaucht. Hoffentlich war er von nun an raus aus Grethes Leben.

Vor dem Lift legte Josefin die Arme um Grethe. Eine kurze Umarmung. Dann wickelte sie den Blumenstrauß aus dem Papier.

»Sag Mama nichts von Noah«, sagte Grethe.

»Nein, nein. Habe ich dir doch versprochen.«

Mit zwei Krankenschwestern und einer älteren Frau im Rollstuhl bestiegen sie den Lift. Grethe drückte auf die Drei.

»Er wollte mich zurückhaben. Aber ich habe Nein gesagt.«

»Versteh ich gut.«

»Also ist es nicht der Rede wert.«

Der Lift stoppte und die Türen glitten auf. Ein langer Flur erstreckte sich vor ihnen. Vibeke lag in Zimmer fünf.

Grethe blieb stehen, sie drehte sich erneut zu Josefin und griff sie am Arm.

»Frag Mama nichts über das, was sie geschrieben hat. Sie ist immer noch schwach.«

»Nein, natürlich nicht.«

Sie gingen weiter. Josefin studierte die verschiedenen Bilder an den Wänden des Flurs. Sie brauchte Grethe nicht zu erzählen, dass einer der Gründe ihres Mitkommens ins Krankenhaus genau die Chance war, Vibeke ein paar Fragen über ihre Großmutter zu stellen.

Noahs Auftauchen hatte sie stark zum Überlegen gebracht. Sie musste mehr bei sich bleiben, als Grethe es tat. Durfte nicht unentschlossen herumflattern, ohne zu wissen, wer sie war und was sie wollte.

Bei ihrer Ankunft in Kopenhagen musste sich ihre Großmutter auch einsam und verlassen gefühlt haben. Aber dann hatte sie Wurzeln geschlagen und war zielstrebig geworden.

Wer war ihre Großmutter in dieser Zeit gewesen? Und warum hatte sie ihren kleinen Bruder, ihre einzige Familie, fortgeschickt?

Sie gingen zu Zimmer fünf. Es war bereits Besuch da. Dieselben Personen, die an Josefins erstem Abend im Innenhof der Galerie gesessen hatten. Der Galerist Gorm, mit einem Häkelmützchen auf dem Kopf. Ditte und Karla, auch heute mit üppigem, selbstgemachtem Schmuck. Und dann Mikkel mit dem struppigen Bart.

Die vier nickten und lächelten sie an. Nach dem Lesen von Vibekes Erzählungen über die Ereignisse vor vierzig Jahren war das Wiedersehen seltsam. Josefins Neugier, wie sie nach diesen ganzen Streitereien wieder Freunde hatten werden und bis heute bleiben können, wuchs weiter.

Gorm, Mikkel, Karla und Ditte waren um eines der Betten versammelt. Die Frau darin war etwas jünger als Josefins Großmutter und hatte unleugbare Ähnlichkeit mit

Grethe. Sie trug eine Brille und um ihren Kopf lag ein Verband. Das rechte Bein war eingegipst und hing in einem Gestell über dem Bett.

Grethe ging zu ihr.

»Hallo, Mama.«

Vibeke streckte mühsam einen Arm. Der andere war wie das Bein eingegipst. Grethe umarmte sie.

»Ich habe meine Freundin Josefin mitgebracht.«

Josefin grüßte Vibeke, die mit einem matten Lächeln den Blumenstrauß entgegennahm. Auf einer Seite ihres Gesichts prangten violette Blutergüsse.

»Vanjas Enkelin. Wie schön. Und was für schöne Blumen.«

Vibeke legte den Strauß auf die Decke. Sie nahm die Brille ab und musterte Josefin.

»Und Vanja, wie geht es ihr?«

Josefin wusste keine Antwort. Außer dem kurzen Gespräch vor über einer Woche hatte sie nicht mehr mit ihrer Großmutter gesprochen. Vibeke offenbar auch nicht.

»Ganz gut. Soweit ich weiß.«

Gespanntes Schweigen breitete sich aus. Hinter dem vorgezogenen Vorhang am anderen Ende des Zimmers sprach jemand.

Karla griff nach dem Strauß.

»Ich schau mal nach einer Vase. Blumen brauchen Wasser.«

»Danke«, sagte Vibeke. »Das ist lieb.«

Karla ging mit den Blumen auf den Flur hinaus. Vibeke sah zu Josefin.

»Ich habe gehört, dass Grethe bei dir eingezogen ist. Wie läuft es?«

»Super. Wir fühlen uns wohl.«

»Das ist ein bisschen wie bei euch früher«, sagte Grethe. »Als ihr alle gemeinsam gelebt habt. Inklusive Vanja.«

Sie wechselte einen kurzen amüsierten Blick mit Josefin.

»Ja«, sagte Vibeke. »Alle außer Gorm. Was für eine turbulente Zeit!«

Mikkel lachte auf.

»Du meinst kreativ.«

Ditte lächelte gepresst. Grethe nahm die Hand ihrer Mutter.

»Inwiefern turbulent?«

Vibeke lehnte sich ins Kissen zurück.

»Ich kann mich kaum erinnern. Es ist so lange her.«

Karla kam wieder und stellte den Strauß in einer Edelstahlvase auf den Nachttisch. Ditte schlug die Hände zusammen.

»Seht euch das an. Da kommen doch gleich ein paar Sommergefühle auf.«

Vibeke schloss die Augen und Mikkel stand auf.

»Wir gehen dann mal. Es war wunderbar, dich zu sehen, Vibeke. Wir kommen bald wieder.«

Die vier verließen das Zimmer. Josefin sah ihnen nach. Gorm, Mikkel, Karla und Ditte. Sie hatten in den Siebzigern Zeit mit ihrer Großmutter verbracht. Und wussten sicher viel über sie.

»Gestern haben wir fünf von den Cargohosen verkauft«, sagte Lou. »Und drei Strickpullover. An einem einzigen Tag. Und offenbar hat für uns der Verkauf von Schnürstiefeln begonnen, obwohl es noch so früh in der Saison ist.«

Sie studierte den Bildschirm, scrollte vor und zurück. Dann nahm sie ihre kleine, runde Lesebrille ab und blickte hoch zu Josefin.

»Was du da auf dem großen Tisch gemacht hast, war wahnsinnig smart. Wir hatten gestern einen guten Tag. Haben eine Menge sonst schwer verkäuflicher Sachen verkauft.«

Josefin lächelte.

»Schön, dass es funktioniert hat. Danke.«

»Mach ruhig in Zukunft weiter solche Sachen, mit anderen Teilen.«

»Okay.«

Lou setzte die Brille wieder auf und wandte den Blick auf den Bildschirm. Josefin bemerkte, dass an der Umkleide die Vorhänge unsauber fielen. Auch wenn Lou nichts übers Schaufenster gesagt hatte, hatten ihre Veränderungen dort zweifellos Leute in den Laden gelockt. Eine ganze Reihe der gestrigen Kunden hatten angeblich *Broken Twill* gerade erst entdeckt und waren vorher nie auf den Gedanken gekommen, dass sich hier ein Klamottenladen verstecken könnte, obwohl sie täglich vorbeikamen. Und einige Stammkunden hatten lobend erwähnt, wie schön es sei, direkt in den Laden sehen zu können.

Lou hatte ihr nicht aufgetragen, irgendeine Änderung zurückzunehmen oder die Hemden wieder wie früher aufzuhängen, sondern so getan, als sei nichts Besonderes geschehen.

Obwohl es schon nach zwölf war, war Anton noch nicht da. Josefin ging wieder zu Lou.

»Hat Anton heute frei?«

»Er kommt später. Er wollte seinen Freund hofieren, der

heute dreißig wird. Superromantisch feiern mit Austern, Champagner, Rosen und allem Pipapo. Hach, supergoldig.«

Josefin wickelte das Schnurband eines Schnürstiefels auf. Harald hatte noch immer nichts von sich hören lassen. Allmählich fragte sie sich, ob er überhaupt noch an sie dachte. Besonders romantisch war es zwischen ihnen schon lange nicht mehr.

Die Eingangstür ging auf und das Gebimmel ließ Lou vom Schirm hochsehen. Schlagartig veränderte ihr Gesicht den Charakter. Sie lachte breiter, als Josefin das je gesehen hatte.

»Aber hallo!«

Lou ging mit ausgebreiteten Armen auf die neue Kundin zu. Die beiden umarmten einander herzlich. Die Frau war im gleichen Alter wie Lou und ihr Look war ähnlich. Statt Lous sonnenblonder Haare hatte die Kundin zu einem Pferdeschwanz gebundene dunkle Locken. Um Hals und Handgelenke hing eine Menge Silberschmuck, der auf der tief sonnengebräunten Haut glänzte. Dem Äußeren nach wirkte sie wie eine Stammkundin, aber Josefin hatte sie noch nie gesehen.

»Wie geht es dir, meine Liebe?«, fragte Lou. »Vermutlich jagt ein Erfolg den nächsten. Nicole, du rockst echt.«

Nicole lächelte mit strahlend weißen Zähnen.

»Ja, es läuft gut, aber mein Kalender ist irrsinnig voll, ich drehe noch durch. Außer zum Arbeiten komme ich zu nichts. Du kennst das ja, als Selbstständige geht das Geschäft immer vor.«

Lou nickte.

»Da sagst du was. Ja. Alles andere muss sich hintenanstellen.«

»Man muss Prioritäten setzen«, sagte Nicole. »Aber jetzt hatte ich plötzlich eine Lücke im Kalender und die wollte ich effektiv nutzen.«

»Da hast du völlig Recht.« Lou warf bedauernd die Arme in die Luft. »Aber was für ein Pech. Ich muss jetzt los zu einem Termin. Hättest du was gesagt, hätte ich den verschoben.«

Nicole machte eine enttäuschte Miene. Josefin trat zu ihnen.

»Ich helfe gerne aus.«

»Du bist neu, oder?«

Nicole wirkte überrascht. Lou legte Josefin den Arm um die Schulter.

»Das ist Josefin. Meine Sommeraushilfe. Ein ziemlich tüchtiges Mädchen.«

Sie ließ Josefin los und drehte sich mit einem bedeutungsvollen Blick zu ihr. »Nicole schafft es nicht oft, Kleidung zu kaufen.«

»Kein Problem«, sagte Josefin. »Das kriege ich hin.«

Nicole lächelte erneut, sodass ihre weißen Zähne blitzten.

»Geschäftsfrau und Mutter von fünf Kindern. Da hat man vielleicht einmal im Halbjahr Zeit für Shopping.«

Lou nahm Nicole die große Handtasche ab und stellte sie hinter den Tresen, damit sie sich unbeschwert von Josefin alles zeigen lassen konnte.

»Ich gehe dann mal«, sagte sie zu Nicole. »Hoffe, du findest was, das dir gefällt.«

Nicole war schon dabei, das Jeansregal durchzuschauen. Schnell zog Lou Josefin zu sich.

»Das ist unsere beste Kundin«, flüsterte sie ihr ins Ohr. »Streng dich an und vermassle mir das nicht.«

Josefin nickte. Ihre Haut prickelte vor Nervosität.

Nach einer weiteren Umarmung von Nicole verließ Lou den Laden und Josefin war allein mit ihrer Kundin. Sie behielt Nicole im Blick, die einen Jeansrock nahm und lange betrachtete.

»Hübsch, oder?«, fragte Josefin. »Der ist in Belgien hergestellt. Ich habe den auch.«

Sie biss sich auf die Lippen. Das klang etwas anbiedernd und nach einem Spruch, den man Millionen Male von irgendwelchen Modeverkäuferinnen gehört hatte. Sie räusperte sich leicht.

»Der hat zwar seinen Preis, aber dafür erhält man unglaubliche Qualität. Und man kann ihn sowohl schick wie auch leger stylen. Also eigentlich passt er zu jeder Gelegenheit. Außer vielleicht zu einer Hochzeit. Oder einer Beerdigung.«

Nicole brach in Lachen aus.

»Es sei denn, man steht auf Überraschungen.«

»Ja, dann kann man ihn natürlich zur eigenen Hochzeit tragen. Überm Brautkleid.«

Nicole kicherte.

»Wie dumm, dass ich schon seit zehn Jahren verheiratet bin.«

Sie legte sich den Rock über den Arm und ging weiter zu den Loopwheel-Sweatshirts. Josefin hielt sich im Hintergrund, schon etwas ruhiger. Das würde wohl gut laufen.

Ein paar Stunden später war Lou zurück, gemeinsam mit Anton, auf den sie auf der Straße getroffen war. Josefin hängte gerade alle Sachen auf, die Nicole anprobiert hatte, brachte sie an ihren Platz und strich sie glatt. Ansonsten war der Laden leer.

»Wie ist es gelaufen?«, fragte Lou.

Anton zog seine Jacke aus, brachte sie in den Personalraum und kam wieder zurück.

»Ich habe gehört, du hattest heute den großen Hecht zu Besuch.«

Josefin nickte.

»Schade, dass ich nicht bleiben konnte«, sagte Lou. »Nicole kauft gewöhnlich für mindestens fünfunddreißig bis vierzigtausend Kronen ein. Einmal waren es sogar fünfundvierzigtausend.«

Josefin reichte ihr den langen Kassenzettel. Lou starrte darauf. Dann blickte sie zu Anton.

»Dreiundsechzigtausend.«

Anton fuhr zusammen.

»Was hast du gesagt?«

Lou lehnte sich an den Kassentresen und betrachtete die Quittung.

»Vier Jeans, acht T-Shirts, drei Strickpullover, eine Lederjacke, zwei Paar Schnürstiefel ...«

Sie hielt inne, schaute Josefin an und brachte keinen Laut hervor.

»Was für eine krasse Monsterquittung«, sagte Anton.

Er knuffte Josefin am Oberarm.

»Gratulation. In welcher Schule lernt man das?«

»Deiner.«

Er brach in Lachen aus, musste sich aber schnell zusammenreißen, weil ein neuer Kunde durch die Tür kam. Lou legte den Kassenzettel in eine Schublade und machte sie mit einem Knall zu.

Nach einer kurzen Runde durch den Laden ging der Kunde wieder. Lou bürstete ein paar kaum sichtbare Staubkörner von einer alten Schaufensterpuppe mit knallrotem Mund und leeren Augen. Die Puppe trug eine grüne Army-MC-Jacke, äußerst gebraucht und ziemlich wertvoll. Lou hatte sie vor einigen Jahren im Keller des Ladens gefunden und würde sie vermutlich nie verkaufen können.

»Ich bin beeindruckt«, sagte sie, als Josefin an ihr vorbeiging.«

»Danke.«

»Ich möchte dir sagen, ich bin mit deiner bisherigen Arbeit sehr zufrieden.«

Lou ging zum Kassentresen, ordnete ein paar Stifte und rückte das Kartenlesegerät exakt gerade.

»Ehrlich gesagt so zufrieden, dass ich mich frage, ob du im Herbst bleiben möchtest?«

Ihr Lächeln wurde größer. Josefin war sprachlos, kam dann aber zur Besinnung.

»Das geht wohl nicht.«

»Denk wenigstens darüber nach. Du glänzt doch so gern. Und so bekämst du dafür mehr Möglichkeit.«

Lou verschwand in der Personalküche. Josefin ging zurück zu der Stange mit Strickpullovern, die nach dem letzten Kunden unordentlich hingen.

Nach dem Sommer bleiben. Hier den ganzen Herbst über jeden Tag herkommen. In Kopenhagen leben, mit Grethe die Freizeit verbringen. Was für ein Traum das doch wäre! Aber sie musste nach Hause zu Harald.

Draußen in der Pantryküche spülte Lou Geschirr ab, das Porzellan klirrte.

Josefin zog einen nach innen gestülpten Pulloverarm

heraus. Was hatte Lou damit gemeint? Dass sie so gerne glänze.

Die Wohnung war leer. Grethe hatte nichts von Yogaklassen am Abend erwähnt, aber vielleicht hatte sie doch welche. Im Flur stand ihr einziges Gepäckstück, die große, selbstgenähte Velourstasche mit dem chaotischen Inhalt aus Kleidung, Schminke und Hygieneprodukten.

Neben der Tasche lagen eine Menge Tüten mit dem Logo von *Broken Twill* darauf. Josefin legte sie zu einem ordentlichen Stapel zusammen. Sie hatte einen Haufen Schnäppchen zum Personalrabatt geschossen. Konnte es einfach nicht lassen. Ständig entdeckte sie neue Stücke, die sie unbedingt haben musste. Kluges Shopping, hatte sie sich eingeredet. Aufgrund der guten Qualität achtete sie durch nachhaltiges Denken auf die Umwelt, so wie Lou und Anton gesagt hatten.

Bisher hatte sie vier Jeans und man kam um die Feststellung nicht herum, dass sie so viele eigentlich nicht brauchte, sie würde es nicht schaffen, jede auch nur annähernd bemerkbar abzunutzen, nicht einmal, wenn sie jeden Tag eine der Hosen tragen würde. Sie hörte innerlich Haralds Stimme darauf hinweisen, dass jede Jeans bei der Herstellung tausend Liter Wasser benötige.

Josefin machte sich in der Küche ein Käsebrot. Dann rief sie ihre Großmutter an.

»Ich war heute mit Grethe im Krankenhaus. Vibeke ist auf dem Weg der Besserung. Offenbar gibt es keine bleibenden Schäden.«

»Das ist eine gute Nachricht.«

Ihre Großmutter klang erleichtert.

»Ich habe auch deine alten Freunde getroffen«, sagte Josefin. »Gorm, deinen Galeristen. Und Ditte, Karla und Mikkel.«

»Ah, die waren also auch da? Aha.«

Ihre Großmutter klang merkwürdig abwesend. Vielleicht war sie im Atelier mit irgendwas beschäftigt, das ihre ganze Konzentration beanspruchte. Dann machte ein Gespräch mit ihr wenig Sinn.

»Lass uns wann anders telefonieren«, sagte Josefin.

»Ja. Pass auf dich auf.«

Sie wickelte das Kopfhörerkabel auf und blickte über den Innenhof. Zwischen ihrer Großmutter und ihrer Mutter hatte sich doch tatsächlich alles gelöst!

Und dass sie selbst vor ein paar Monaten noch furchtbar wütend auf ihre Mutter gewesen war, wirkte aus heutiger Sicht befremdlich. Die angestaute Wut war zusammengeschrumpft wie ein schlaffer Ballon. Ihre Mutter war zu einem Vorbild geworden und falls sie wieder mit Frank zusammen sein wollte, änderte das nichts.

Sally

Sally schaute ins ehemalige Zimmer ihres Vaters. Die Gardinen waren zugezogen und der Raum lag im Halbdunkel.

»Hallo? Bist du wach?«

Die Bettdecke war ein regungsloser Klumpen. Dann aber tauchte oben ein Augenpaar auf.

»Wie wäre es mit einem morgendlichen Sprung ins Meer?«, fragte Sally.

»Schon wieder?«

Milena verzog gequält das Gesicht, lachte dann auf und schlug die Bettdecke zur Seite.

»Na klar.«

Klaglos war sie die letzten drei Morgen in Folge mitgekommen. Sally hatte ihr bereits am ersten Tag erklärt, das Meer sei im Grunde genommen immer schweinekalt. Aber wenn man von klein auf bei niedrigen Temperaturen gebadet habe, gebe es nichts zu jammern. Milena hatte erwidert, sie sei kein Feigling. Wenn ein morgendlicher Sprung ins Meer zu Sallys Gewohnheiten gehöre, würde auch sie reinhüpfen.

Heute war Milenas letzter Tag in Kivik. Ohne sie würde das Haus leer werden, sie hatten miteinander eine schöne Zeit verbracht. Milena hatte ihr beim Zimmermachen geholfen und dabei von der Scheidung erzählt. Eine Wiedervereinigung mit Otto stand nicht zur Debatte. Die Französin war die neue Frau in seinem Leben, der Mensch, mit dem er seine Zukunft verbringen wollte.

Milena hatte sieben Kilo abgenommen, und es fiel ihr noch schwer, diese Geschehnisse zu akzeptieren. Aber zumindest die Tage hier hatten ihr ein bisschen Heilung gespendet.

Nachdem das Frühstücksbuffet fertig aufgebaut war, schlüpften sie in die Badesachen. Sally lieh Milena einen Bademantel und pfiff nach Märta, die sofort angetrottet kam. Auf dem Weg zum Gartentor blieb Milena mitten auf der Wiese an dem großen Apfelbaum stehen.

»Dass das wirklich dein eigener Baum ist«, sagte sie. »Das ist unsagbar schön. Deine Eltern müssen einander sehr geliebt haben. Und froh darüber gewesen sein, dich zu haben.«

Sie schnupperte an einem der noch unreifen Äpfel.

»Jetzt ist mir klar, warum du so leckeren Apfelkuchen machst.«

»Komm im Herbst«, sagte Sally. »Dann ist Apfelmarkt. Im Herbst dreht sich hier alles um Äpfel.«

»Das klingt wunderbar.«

Sally nahm Märta an die Leine. Sie marschierten gemächlich durch den Ort in Richtung Pier. Machten einen Umweg durch schmale, verwinkelte Gassen, vorbei an Häusern unterschiedlichster Größe, viele davon klein und niedrig. Überall waren Pflanzen, Kletterrosen und Obstbäume, Johannisbeersträucher und Blumenbeete. Die gemütlichen Gärtchen innerhalb der Granitmauern und Zäune waren von der Fläche her zwar nicht groß, mitunter nur wenige Quadratmeter, aber trotzdem fand man darin Platz fürs Nötigste.

Milena blieb bei dem ein oder anderen Haus stehen und stellte Fragen, und Sally erzählte, was sie über die Bewohnerinnen oder früheren Besitzer wusste. Als wären die Erinnerungen in sie eingeritzt und tauchten umso mehr auf, je mehr sie berichtete.

Manche der Fachwerkreihenhäuser waren in Ost-West-Ausrichtung mit dem Giebel zum Meer gebaut. Das waren die ältesten Häuser des Fischerorts, gebaut im achtzehnten Jahrhundert, manche sogar Ende des siebzehnten. Åke hatte erklärt, man habe damals nur einen möglichst kleinen Teil der Hausfassade den Kräften des Meeres aussetzen wollen.

Bis zum Pier dauerte es ein Weilchen. Heute hatten sie Glück und den Betonkai für sich allein. Das Meer lag völlig ruhig, kaum ein Wellenkräuseln war sichtbar. Die Horizontlinie war messerscharf.

Sie schlüpften aus den Bademänteln und stiegen auf zwei Leitern hinunter. Sally blieb auf der Sprosse über der Wasseroberfläche stehen und streckte die Zehen hinein. Wie üblich hatte sie das Badethermometer zu Hause vergessen. Aber zumindest kroch einem die Kälte nicht in die Beine.

Milena klammerte sich zitternd ans Leitergeländer.

»Eins, zwei, drei!«, rief sie.

Sie stürzte sich ins Wasser und kletterte augenblicklich mit tropfnassen Füßen wieder zurück auf den Kai. Sally tat es ihr gleich.

Danach standen sie in der Morgensonne und ließen sich lufttrocknen, schwangen mit den Armen. Sally schlüpfte in den Bademantel und knotete den verschlissenen Gürtel mit ausfransenden Enden zu. Nächstes Jahr brauchte sie einen neuen. Im Augenblick fehlte das Geld dafür.

»Und, gewöhnst du dich allmählich daran?«, fragte sie.

Milena wrang ihre langen, dunklen Haare aus.

»Na ja. Ich kapiere einfach nicht, wie das Wasser am einen Tag eiskalt und am nächsten ganz okay ist. Dass das so hin und her springt.«

»Das liegt an der wechselnden Windrichtung. Aber im August wird es normalerweise ein bisschen wärmer.«

Sie setzten sich auf zwei Felsen und lehnten sich an den rauen Pier. Vitemölle und Haväng erstreckten sich im Hintergrund.

»Seid ihr euch ähnlich, du und deine Mutter?«, wollte Milena wissen. »Vom Wesen her, meine ich.«

Sally betrachtete eine Fischmöwe, die auf der Kaimauer landete. Milena hatte seit dem ersten Tag nicht nach Vanja gefragt. Sie hatten ein wenig über die schockartige Begegnung auf Åkes Begräbnis gesprochen und wie schwer es für Sally gewesen war, die große Neuigkeit zu verdauen. Die Tatsache, dass sich ihre Mutter und ihre Tochter gut kannten, und zwar seit mehreren Jahren.

Die Möwe glitt übers Wasser davon.

»Ich kenne sie noch nicht gut genug«, sagte Sally. »Also weiß ich es nicht.«

»Bereut sie es sehr? Dass sie dich im Stich gelassen hat, als du klein warst.«

»Darüber haben wir nicht gesprochen. Aber im Frühling hat sie gesagt, es täte ihr leid, wie alles gekommen ist. Und ich habe ihr vergeben.«

»Hat sie sonst nichts gesagt? Außer dass es ihr leidtut?«

»Nein, nicht direkt.«

»Spürst du, dass sie deine Mutter ist? Oder ist es eher so, wie wenn du eine x-beliebige Frau in ihrem Alter triffst?«

»Na ja, eine x-beliebige Frau ist sie nicht gerade. Sie ist eher speziell. Ein Künstlertyp.«

Sally wurde still. Vanja war schwer zu beschreiben.

»Aber wie verhält sie sich denn?«, fragte Milena. »Jetzt,

da sie ihr Kind kennenlernt. Sie muss ja viel an dich gedacht haben.«

»Hat sie bestimmt. Aber sie ist nicht gerade jemand, der darüber spricht.«

Eine Windbö ließ Sally erzittern. Der nasse Badeanzug lag feuchtkalt am Körper.

»Lass uns gehen.«

Milena stand auf und schälte sich unter dem geliehenen Bademantel umständlich aus dem Badeanzug.

Sie spazierten durch den Ort nach Hause. Sally versuchte sich vorzustellen, wie es früher gewesen war, in der Zeit, als die Straßen nur mit Kopfstein gepflastert oder einfache Schotterwege waren. Wie bis heute bei den engen Durchgängen zwischen den Häusern.

»Als deine Mutter im Frühling von hier weg ist«, sprach Milena weiter, »hast du dich da nicht ein zweites Mal im Stich gelassen gefühlt?«

Sally lachte auf.

»Ich bin im Mai zweiundfünfzig geworden.«

»Was spielt denn das für eine Rolle? Du kannst sie doch trotzdem vermissen. Und trauern. Darüber, dass sie wieder nicht geblieben ist.«

»Habe ich aber nicht. Ich kann wirklich verstehen, dass die Begegnung mit mir für sie schwer war.«

Milena sah Sally forschend an.

»Hoffentlich werde ich mit der Zeit Otto gegenüber auch so verständnisvoll.«

»Im Augenblick ist das bestimmt superschwer.«

»Ja, aber ich möchte wirklich vergeben können. Allerdings nicht leichtfertig, nicht nur, weil es sich am leichtesten anfühlt, schnell weiterzumachen.«

Milena seufzte.

»Mir schwirrt der Kopf. Manchmal möchte ich Otto bloß erwürgen. Und manchmal bin ich kurz davor, ihn anzurufen und anzuflehen, mich wieder zurückzunehmen. Und in der nächsten Sekunde finde ich, dass es das Beste ist, was mir passiert ist.«

»Versuch einfach, alles mit der Ruhe anzugehen. Und das Praktische zu klären.«

Sally blieb an einem blühenden Rosenbusch stehen. Sie beugte sich über eine weiße Rose und sog den Duft ein. Dieser Spaziergang vom morgendlichen Sprung ins Meer nach Hause war normalerweise eine Stunde des stillen Glücks. Aber nicht heute.

Sie wollte mit jemandem über diese verzwickte Sache reden. Vergebung. Aber es musste die richtige Person sein, und im Augenblick war das nicht Milena.

Zurück im Garten hängten sie die Badeanzüge zum Trocknen auf. Während Milena ihren leopardengemusterten Rollkoffer packte, beantwortete Sally Telefonanrufe und checkte neue Gäste ein.

Etwas später verabschiedeten sie sich an der Bushaltestelle. Milena legte Sally die Hände auf die Schultern.

»Viel Glück dir. Mit der Pension und Josefin. Und mit deiner Mutter.«

Der Bus kam und fuhr ab. Hinter der Scheibe lächelte Milena, und Sally winkte zurück, bis sie einander nicht mehr erkennen konnten.

Sie ging nach Hause, blieb aber nach fünfzig Schritten stehen. Es gab keinen Grund, Peter nicht zu kontaktieren. Sie hatten sich darauf geeinigt, nur Freunde zu sein, das war ausgemacht. Alles war in Ordnung.

Sie nahm ihr Telefon. Überlegte ein paar Sekunden.

Picknick in Vitemölle am Abend? Mit einer Freundin. Dienstag?

Sie schickte die Nachricht ab. Nach gerade mal ein paar Schritten kam eine Antwort. *Ja, gerne, Kumpel,* stand da. Und danach eine kleine rosa Tulpe.

Sie starrte lange aufs Display.

Josefin

Josefin sah vom Zettelstapel hoch. Der Himmel war grau und an der Fensterscheibe hingen winzige Wassertröpfchen. Am Sonntag öffnete *Broken Twill* um zwölf, sie musste bald zur Arbeit. Aber noch nicht, erst konnte sie noch ein bisschen weiterlesen.

Gestern war Chaos. Karla war wütend, sie meint, dass sich ihr Sohn von seinem Vater wegen Dittes zwei jüngeren Kindern vernachlässigt fühlt und sich Mikkel engagierter um die beiden Halbgeschwister kümmert. Ditte behauptet, dass das nicht wahr ist.

Mitten in der Diskussion erklärte Mikkel plötzlich, dass er Ditte verlassen will. Ihre Beziehung hätte schon länger Abnutzungserscheinungen. Er hat sich in eine junge Sängerin verliebt, die er auf einem Dokumentarfilmfestival kennengelernt hat. Ditte brach zusammen und ich tröstete sie gemeinsam mit Karla. Beide so verlassen vereinigten sich nun Karla und Ditte.

Sie stürzten sich auf Mikkel, der schließlich wütend das Feld räumte, natürlich runter in die Kneipe. Dabei nahm er Rami und Sören mit. Was für ein Durcheinander von Ex-Partnern, Kindern und Halbgeschwistern. Ditte weinte und sagte zu Vanja, dass sie froh sein kann, keine Kinder bekommen zu haben, und dass der Versuch als Kernfamilie zu leben die verdammte Hölle ist. Aber da bekam Vanja einen unvorhersehbaren, unvorstellbaren heftigen Ausbruch. Ich habe sie noch nie so wütend und verzweifelt gesehen.

Vanja packte ihre Sachen und sagte, dass sie hier nicht

mehr leben kann. In dieser beschissenen Scheiße könnte sie nicht bleiben, sie würde ausziehen, sobald sie eine kleine Wohnung findet. Ich war untröstlich. Zuerst dachte ich, dass Vanja ihren Bruder vermisst, und sagte, ich würde ihn anrufen. Aber Vanja wollte das nicht. Und dann erzählte sie von ihrer Tochter. Einem zehnjährigen Mädchen, das mit seinem Vater in Schweden lebte und das sie seit sieben Jahren nicht gesehen hat.

Ich bin noch immer im Schockzustand.

Josefin zog die Decke enger um sich und verkroch sich im Sessel. Hier also, ein gutes Stück weiter in Vibekes Text, war noch deutlicher, dass Mikkel in der Kommune eine Art Dreh- und Angelpunkt gewesen war. Er schien mehr oder minder zwischen verschiedenen Frauen hin und her gewandert zu sein, wenn er nicht seine Dokumentarfilme über wichtige Gesellschaftsfragen machte. Karla und Ditte mussten sich beide neben ihrem künstlerischen Schaffen um Kinder und Haushalt kümmern, das war zwischen den Zeilen zu lesen, auch wenn Vibeke es nicht direkt geschrieben hatte. Selbst hatte sie mit ihrem mangelnden Selbstvertrauen zu kämpfen, ständig ermutigt von Josefins Großmutter.

Ihre Großmutter, die nach ihrem Umzug aus dem Örtchen in der dänischen Pampa gekommen war, offenbar nirgends hineingepasst hatte, bis sie ihre neue Herde aus Künstlerinnen fand.

In dieser Erzählung steckten so viele verschiedene menschliche Schicksale. Individuen, die Josefin nicht mehr aus dem Kopf gingen. Und Vibeke konnte wirklich schreiben, man bekam den Eindruck, Schreiben wäre ihr Traum.

Falls ja, war daraus ebenso wenig geworden wie aus ihrem Wunsch, bildende Künstlerin zu sein.

Der Laden war gut gefüllt mit Malmöern, die am Sonntag freihatten. Josefin stand an der Kasse, an der sich eine Schlange bildete. Der vorderste Kunde trommelte mit den Fingern auf den Tresen, er war um die fünfzig, hatte ein jugendliches Aussehen, einen gut gepflegten Bart und trug eine braune Lederjacke voll Kratzspuren und Flickstellen. Manchmal waren diese Stammkunden, die offenbar den Traum davon kultivierten, ein Grubenarbeiter der Zwanziger oder ein Motorradfahrer der Fünfziger zu sein, schon etwas lächerlich. Kein Mensch brauchte ein Hemd für dreitausend Kronen oder ein Paar steinharte Schnürstiefel, die mehrere Jahre eingetragen werden mussten.

Der Mann legte einen Strickpulli auf den Tresen und deutete auf eine Stelle unterm Arm. An einer Naht war ein kleines Loch entstanden.

»Den habe ich vor einer Weile gekauft und jetzt ist er kaputt. Ich möchte mein Geld zurück.«

Josefin betrachtete den Pullover. Das Loch war klein und leicht zu flicken, ohne dass man danach etwas merken würde. Sie lächelte den Kunden freundlich an.

»So funktioniert das bei uns nicht. Kaputte Sachen reparieren wir.«

»Ich möchte lieber das Geld.«

Der Mann erhob die Stimme und würde bestimmt bald wütend werden.

Josefin schielte zu Lou, die ganz versunken an einer Kleiderstange hängende dünne Strickjacken zuknöpfte. Oder falls sie zuhörte, zeigte sie es nicht.

Josefins Magen zog sich zusammen, am liebsten wollte sie verschwinden. Auf einem Hof war ein kleiner Fehler nicht schlimm. Außer den Hühnern und Schafen oder vielleicht einer Nachbarskuh bemerkte es niemand.

Sie wandte sich wieder an den Mann.

»Tut mir leid. Wir werfen keinen Pullover weg, der noch ganz in Ordnung ist. Das ist die Philosophie von *Broken Twill.* Aber unsere Schneiderinnen sind ziemlich gut, sie verstehen ihr Handwerk, und Sie werden einen Pullover zurückbekommen, der sogar besser ist als neu. Denn die Schneiderinnen führen ihre Arbeit noch gründlicher aus als die ursprünglichen Macher.«

Der Kunde sagte nichts, starrte nur auf den Pullover.

»Das Schneiderhandwerk ist über hunderte von Jahren alt«, sprach Josefin weiter. »Wir bringen ein Kleidungsstück voll Stolz und Ehre zum Schneider, um es flicken zu lassen. Wenn Sie verstehen, was ich meine.«

Der Mann kochte innerlich allmählich.

»Wir möchten dazu beitragen, dass sich die Menschen mit weniger Sachen umgeben und dafür mehr Qualität gönnen«, fügte sie hinzu.

Da grapschte der Mann den Pullover vom Tresen und stürmte zum Ausgang.

»Scheiße, vergiss es. Als ob das so verdammt schwer wäre!«

Die Tür knallte hinter ihm zu. Josefin seufzte. Lou warf ihr einen Blick zu, sagte aber nichts.

Schweigen breitete sich im Laden aus, während Josefin überlegte, was sie sagen sollte. Da ging die Tür auf und der Mann tauchte wieder auf. Er kratzte sich am Bart, während er auf den Tresen zukam.

»Allerdings habe ich diesen Pullover ziemlich viel getragen. Genaugenommen liebe ich ihn.«

Er nickte Josefin zu.

»Okay. Dann machen wir es so, wie du gesagt hast.«

»Großartig.«

Josefin gab ihm Stift und Block.

»Ich bringe Ihren Pullover zum Flicken. Wenn Sie mir hier Ihre Nummer aufschreiben, bekommen Sie eine SMS, sobald er fertig ist. Sie werden keinen Unterschied feststellen.«

Der Mann kritzelte seine Nummer auf den Zettel. Dann sah er sich um.

»Euren Werten stimme ich absolut zu.«

»Wir wollen die Leute zu weniger Konsum ermuntern«, sagte Josefin. »Außerdem feiern wir zeitloses Handwerk. Ein neu hergestelltes Kleidungsstück, das genauso aussieht wie von vor hundertzwanzig Jahren, kann schlicht nicht falsch sein.«

Sein Blick hatte plötzlich etwas Abgeklärtes.

»Tut mir leid, dass ich wütend geworden bin. Du hast es drauf. Und du hast einen schönen Laden.«

»Danke.«

Das Gesicht des Manns war nun ein einziges breites Lächeln.

»Hier kaufe ich wieder ein.«

Nachdem er gegangen war, faltete Josefin den Pullover zusammen und legte ihn zu den Sachen, die in die Schneiderei sollten. Anton hatte sich um die restlichen Leute in der Schlange gekümmert.

Eine Weile später war der Laden leer und bald würden sie schließen. Lou stellte sich neben Josefin.

»Vielleicht solltest du in Verkaufsgesprächen nicht ganz so dick auftragen. Das mit dem Pullover ging etwas zu weit.«

Josefin verstand nur Bahnhof.

»Der Kunde hat doch seine Meinung geändert? Also lief das doch ziemlich gut?«

»Ja, schon. Aber es ist ein bisschen albern, dass du meine Sätze bis ins kleinste Detail kopierst.«

»Deine Sätze? Das mache ich doch gar nicht.«

Lou lachte auf.

»Wenn du das so siehst, bitte. Es funktioniert offenbar. Aber tu nicht so, als ob das dein Laden wäre.«

»Das hat er gesagt. Nicht ich.«

Lou lachte wieder, kalt.

»Bitte, sehen wir das so. Brillieren ist dir offenbar wirklich wichtig.«

Josefin starrte mit hämmerndem Puls auf den Boden. Das Blut rauschte ihr durch den Kopf, und die Holzplanken verschwammen vor ihrem Blick. Diese Worte, die Lou über sie sagte. Dass sie gerne glänzen wolle. Brillieren. Obwohl sie den Laden wirklich mochte, würde sie, wenn sie sich so etwas anhören musste, nicht den ganzen Sommer bleiben.

Das musste sie auch nicht. Niemand konnte sie zwingen.

Josefin blickte wieder auf.

»Nein, es ist mir nicht die Spur wichtig, zu brillieren. Und deshalb höre ich hier auf. Jetzt sofort.«

Lou ließ die Jacke in ihren Händen sinken.

»Jetzt?«

»Ja. Jetzt.«

Lou hängte die Jacke etwas schlampig auf den Bügel.

»Du kannst nicht einfach gehen.«

»Ich glaube nicht, dass das hier etwas für mich ist.«

Anton warf ihnen vom anderen Ende des Ladens einen Blick zu. Er wirkte unruhig. Aber was sie sagte, stimmte. Sie war mit *Broken Twill* durch.

Auf Vallmogården konnte man freier atmen. Und dort war Harald.

»Okay, okay«, sagte Lou. »Wenn du nicht bleiben willst, werde ich dich nicht aufhalten.«

Josefin ging in den Personalraum und holte ihre Jacke. Lou folgte ihr und lehnte sich, den Daumen in den Gürtel eingehängt, mit der Schulter an die Wand.

»Was deinen Lohn angeht, hast du für mehr Kleidung gekauft, als du bisher bekommen würdest.«

Josefin kämpfte mit einem Jackenärmel. Er hatte sich nach innen gestülpt und wollte nicht raus. Ihre Augen brannten.

»Aber behalt sie«, fügte Lou hinzu. »Es geht um keine große Summe.«

»Danke.«

Endlich war Josefin mit dem Arm im Ärmel und ging durch den Laden zum Ausgang. Anton hielt sie auf.

»Schade, dass du aufhörst. Aber du hast dich offenbar entschieden.«

Sie nickte. Er umarmte sie.

»Viel Glück mit dem Hof. Und der Liebe.«

»Dir auch. Minus dem Hof.«

Anton lächelte. Noch ein paar Schritte, dann war Josefin auf der Straße. Das Türgebimmel hing ihr noch in den Ohren, als sie bereits am Bahnhof war.

Es war weiterhin bewölkt und grau. Der Zug kam, sie

stieg ein, sank in den Sitz und lehnte den Kopf zurück an die Nackenstütze.

Arbeitslos. Ohne eine einzige Krone und dabei hatte sie Harald versprochen, mit dem Sommerjob zusätzliches Geld zu verdienen. Stattdessen schuldete sie nun ihrer Mutter eine beträchtliche Summe.

Josefin starrte durchs Zugfenster. Sie dachte an das, was in Vibekes Aufzeichnungen gestanden hatte. Über ihre Großmutter, die planlos herumgeirrt war, bis sie ihren Künstlerfreundinnen begegnete. Jung, verloren und verantwortungslos.

War es wahr, dass sie ihr kleiner Bruder in der Wohnkommune besucht hatte? Dass ihre Großmutter ihn aber danach nicht wieder treffen wollte? Oder hatte es ihn nie gegeben?

Die glitzernde Wasseroberfläche reflektierte die Sonne. Josefin drehte den Kopf in die andere Richtung. Nein, sie konnte Kopenhagen jetzt nicht verlassen. Sie musste noch irgendwas Erwachsenes, Verantwortungsbewusstes tun, bevor sie zurück nach Hause konnte. Sonst war die ganze Reise sinnlos und sie konnte weder ihrer Mutter noch Harald unter die Augen treten.

Vanja

»Vanja? Bist das wirklich du?«

Knud am anderen Ende der Leitung klang munter. Derselbe schwer verständliche dänische Dialekt wie eh und je.

»Ja, ich bin's«, sagte sie. »Wie geht es dir?«

»So auf und ab. Mensch, dass du anrufst! Nach all den Jahren.«

Auch seine Stimme klang noch wie damals, obwohl man hören konnte, dass er älter geworden war. Vanja fragte sich, ob er noch immer in Søvind lebte. Vermutlich eher nicht, es war viel Zeit vergangen.

Sie sammelte sich.

»Ich melde mich wegen was Bestimmtem.«

»Ah? Worum geht es?«

Jetzt hörte Vanja, dass Knud trotz der frühen Nachmittagsstunde leicht angetüdelt war. Nicht sehr merklich, aber sie registrierte die dafür typische Trägheit in der Sprache. Selbst nach all den Jahrzehnten verschuf ihr das noch ein unbehagliches Gefühl.

»Ich habe eine Frage«, fuhr sie mit betont energischer Stimme fort, um nicht in schale Nostalgie abzudriften. »Ich möchte einen robusten Steinwall bauen, nach überlieferter Methode. Und da musste ich an dich denken. Kannst du mir ein paar Tipps geben?«

Knud am anderen Ende lachte schallend. Sie sah ihn regelrecht vor sich. Hellhäutig, rosig. Dann wurde ihr klar, der Mann, den sie gerade visualisierte, war ein Fünfunddreißigjähriger. Der Knud von heute war gerade vierundsiebzig geworden.

»Das kann ich«, sagte er. »Mit dem größten Vergnügen.«

Sein alkoholgeschwängerter Atem, an den erinnerte sie sich gut. Was für eine Erleichterung, nicht mehr mit irgendeinem Menschen zusammenzuleben, weder in einer Wohnkommune noch sonst wie.

Knud begann, lang und ausführlich zu erklären, wie man das anzupacken hatte. Der Wall müsse aus einer doppelten, bis zur Ackerkrume oder auch tiefer eingegrabenen Steinmauer bestehen.

»Zuerst legt man eine Sohle aus Steinen über die freigelegte Erde. Dann baut man die Mauern in die Höhe und füllt Steine dazwischen. Merk dir, der Sockel muss breiter sein als der Wall an sich.«

Als er mit der Ausführung seiner wohlerprobten Vorgehensweise fertig war, waren gut fünfundvierzig Minuten vergangen. Vanja hatte Kopfschmerzen von der Konzentration, die nötig war, um zuzuhören und zugleich alles zu notieren.

Das Gespräch endete mit Höflichkeitsfloskeln, sie legte auf und das Telefon beiseite. Sie hatte es getan. Hatte trotz des massiven inneren Widerstands Knud angerufen. Und brauchbare Tipps erhalten. Die vierzig Jahre später doch noch von lebensnotwendigem Nutzen geworden waren.

Vanja legte im Wohnzimmer ein paar Ohrringe an. Sie wollte bei Sally vorbeischauen. Falls sich eine passende Gelegenheit bieten sollte, wollte sie ihr von dem Entschluss erzählen, Harald zu helfen. Und den Zweck der Sache betonen, dass er nämlich seine Meinung änderte und Josefin wieder aufnahm, wenn sie zurückkam. Dadurch sollte

Sally erfahren, dass Vanja alles gab. Dass sie beide als Mutter und Tochter ein gemeinsames Ziel hatten.

Die Gedanken wanderten zurück zu Knud. Wie er, nachdem sie ihn verlassen und Søvind den Rücken gekehrt hatte, am Boden zerstört gewesen und später nach Kopenhagen gekommen war, um sie zum Wiederkommen zu überreden. Er war schon, als er mit der Gitarre in der einen und dem Rucksack in der anderen Hand an ihrer Tür geklingelt hatte, stockbesoffen gewesen und Vanja dumm genug, ihn reinzulassen, sie hatte es einfach nicht übers Herz gebracht, es nicht zu tun. Ihn wieder loszuwerden, hatte ein paar Monate gedauert.

Knud vermisste sie wahrlich nicht, wenn sie an diese Zeit zurückdachte. Auch nicht Søren oder Rami, die nur kurz in der Wohnkommune gelebt hatten, die waren ziemlich anonyme Gestalten geblieben. Die anderen Freunde hingegen hatten eine Leerstelle hinterlassen. Natürlich Vibeke. Und Gorm. Aber auch Karla, Ditte und Mikkel, die sie lange nicht gesehen hatte.

Im Laufe der Jahre hatten sich ihre verschiedenen Interessensgebiete herauskristallisiert. Ditte beschäftigte sich mit Theater, Mikkel machte Dokumentarfilme, Karla wurde Keramikerin und Goldschmiedin. Niemand aus ihrem Kreis war reich geworden, aber sie hatten sich ihren Leidenschaften gewidmet. Alle außer Vibeke.

Vanja hatte keine Ahnung, wie die Freunde in den Jahren Anfang der Siebziger finanziell über die Runden gekommen waren. Auch nicht, wie sie selbst das geschafft hatte. Während der Zeit in der dänischen Pampa hatte sie nicht besonders viel Geld gebraucht und nach dem Umzug nach Kopenhagen ab und zu ein Bild verkauft, was aber nie ausreichte. Ständig war sie in den Miesen gewesen und hatte Schulden bei Freunden gehabt, die ebenso knapp bei Kasse waren wie sie. Und das war nicht besser geworden, nachdem Knud sich aufgedrängt hatte und soff und sich von ihr aushalten ließ.

Ob für Sally vielleicht interessant war, von diesen Jahren in Kopenhagen zu hören? Zumindest ausgewählte Teile. Wichtiger war aber, sie über die Sache mit Harald zu informieren.

Sally sei im Flügelgebäude zum Putzen und Bettenmachen, erklärte Liselott, die mit dem Elektrorasenmäher auf und ab marschierte, während zur gleichen Zeit Gäste inmitten des Krachs auf den Gartengarnituren saßen. Andere hängten ihre Badesachen zum Trocknen auf die Wäschespinne, Kinder rannten herum, spielten und naschten Johannisbeeren von den Büschen.

Vanja wusste nicht, wohin mit sich. Sie entschied sich für den Rattansessel in der Ecke des Grundstücks, von wo aus sie zwei Gäste beobachtete, die offenbar gerade ausgecheckt hatten. Ein deutsches Paar in den Dreißigern, deren Gepäck aus ausgebeulten Rucksäcken, Jutebeuteln, einem Handwagen und einer kleinen Plastiktüte bestand. Kleinzeug wurde in Büchsen und Gehäusen verstaut und dann in die Außenfächer gestopft. Reißverschlüsse wurden zugezogen und Klettverschlüsse geschlossen.

Vanja musste an das Gepäck denken, mit dem sie von Søvind nach Kopenhagen gekommen war. Ein randvoller Rucksack und ein paar kleinere Taschen, plus einer langen, unhandlichen Kartonrolle mit Plastikkappen an beiden Enden, in der sie ihre Skizzen und Zeichnungen aufbewahrte.

Knuds Tränen. Sie erinnerte sich noch daran, wie ihm die Gesichtszüge entgleisten, als sie ihm eröffnete, sie habe beschlossen, die Beziehung zu beenden und wegzugehen. Danach waren sie sich zweimal wiederbegegnet. Das erste Mal, als sie gerade aus der Wohnkommune in eine eigene kleine Bude gezogen war. Das zweite Mal direkt nach Georgs Tod. Beide Male dasselbe Szenario: Knud klingelte in betrunkenem Zustand an ihrer Tür und flehte sie an, zu ihm zurückzukommen.

Heute hatte sie mit ihm telefoniert. Seit dreißig Jahren zum ersten Mal. Vielleicht auch zum letzten.

Sally kam mit dem Staubsauger aus dem Flügelgebäude, zog nebenbei ihr Handy aus der Tasche und warf einen kurzen Blick darauf. Vanja stand auf und ging ihr entgegen.

»Du wirkst ziemlich beschäftigt.«

Sallys Haare waren zu einem schlampigen Knoten zusammengedreht.

»Hallo. Ach, du hier?«

»Ich hatte Lust vorbeizuschauen. Aber vielleicht komme ich ungelegen.«

»Nein, nein. Ist nur viel los.«

Sally sah zum großen Haus. Vanja kam ihr mit einer abwehrenden Geste zuvor.

»Für mich keinen Tee oder Kaffee. Ich möchte nicht zur Last fallen.«

Sie erzählte von dem bedeutungsvollen Besuch bei Harald am Tag zuvor, dem Grund ihres Auftauchens heute.

»Ich denke, er braucht etwas Aufmerksamkeit und Widerrede. Damit kann ich dienen. Harald überblickt meines Erachtens die Situation momentan nicht klar.«

Sally nickte nur.

»Das wird sich finden.«

Dann musste sie mit dem Staubsauger ins Haus und sich um ein paar neue Gäste kümmern, die einchecken wollten, und Vanja registrierte, wie sie zwischendurch erneut einen kurzen Blick auf ihr Handy warf. Wartete sie auf eine SMS von jemandem?

Eine um die siebzig Jahre alte sportliche Frau in einem hellgelben Kostüm aus Shorts und ärmellosen Top überhäufte Sally mit Fragen über Sehenswürdigkeiten der Gegend. Sally erwähnte das Arboretum beim Esperöds Herrgård, die Mosterei und Svabesholm. Aber damit war die Frau noch nicht zufrieden, sie fragte nach Öffnungszeiten und Hintergrundwissen und wirkte enttäuscht, wenn Sally damit nicht dienen konnte. Als wäre es schlechter Service, nicht belesen zu sein. Vanja bekam Lust, sich einzumischen, ließ es aber. Am besten hielt sie den Ball flach.

Der Hund kam und schnüffelte an ihren Schuhen. Sie streichelte ihn pflichtschuldig, zu einem gewissen Grad auch, um zu verbergen, dass sie sich im Weg fühlte. Ihre Überlegung, Sally von der Zeit als junge, freie Frau in Kopenhagen zu erzählen, erschien zunehmend falsch. Das war überhaupt keine gute Idee.

Märta knuffte ihr mit dem Kopf an den Schenkel. Vielleicht hatte sie Durst. Vanja ging zu ihrem Wassernapf und füllte ihn mit dem Gartenschlauch. So hatte sie zumindest etwas zu tun. Sie ging in die Hocke und vergrub die Hände im dicken Fell, zunehmend frustrierter.

Überflüssig. Das war sie hier. Ihre Tochter war so lange ohne sie klargekommen, dass sie niemanden brauchte.

Als Sally mit den neuen Gästen wieder das Haus verließ, um ihnen ihr Zimmer zu zeigen, ging Vanja zum Gartentor.

»Bis bald.« Vanja versuchte möglichst unbekümmert zu klingen. »Wir sehen uns.«

»Ja, bis bald«, antwortete Sally.

Im Auto den Hügel zur Hauptstraße hinauf dachte Vanja den kurzen Besuch noch einmal durch. Hatte sie sich etwa auf irgendeine Art verhalten, die man als störend oder nervig begreifen konnte?

Von nun an würde sie in die Demonstration konkreter Tatkraft investieren. Den besten Eindruck konnte sie immer noch dadurch machen, mit Harald auf Vallmogården seinen Wall zu bauen und ihn zu einem Umdenken bezüglich Josefin zu bewegen.

Nur dann würde Sally verstehen, wie wichtig ihre Mutter für sie war.

Josefin

Josefin und Grethe saßen im Schneidersitz am Kai und aßen Würstchen von Papptellern. Sie waren unterwegs zu einem Treffen mit Karla, wollten aber vorher mittagessen, je zwei knallrote Kochwürstchen mit gerösteten Zwiebeln, Essiggurke und Brot.

»Eine kleine Notlüge ist okay«, sagte Grethe. »Du musst deine Mutter nicht unnötig beunruhigen.«

Josefin las auf ihrem Handy und quälte sich. Sie war mitten in einer SMS-Konversation mit ihrer Mutter. *Alles gut?*, hatte ihre Mutter geschrieben, und Josefin hatte geantwortet: *Alles super!* Darauf hatte ihre Mutter erwidert: *Und bald kriegst du den ersten Lohn, wie wunderbar!*

Danach stand nichts mehr.

»Ich kann sie nicht in dem Glauben lassen, dass ich arbeite.«

Grethe drückte ihr Würstchen in den Senftupfen.

»Warum nicht? Du hast gestern aufgehört. Es ist zu früh. Sag erst was, wenn du weißt, wie es weitergeht.«

Josefin kaute auf dem letzten Bissen herum und blickte dabei über den Nyhavn. Sie fühlte sich schlecht, die Scham über die Lüge nahm ihr die Luft zum Atmen, und da half es auch nicht, die hübschen, alten Boote und fröhlich in der Sonne schlendernde Menschen zu beobachten.

Schließlich schrieb sie: *Bis bald.* Vielleicht war es ganz okay, noch ein wenig zu warten.

Abgesehen davon war sie aber auch erleichtert. Die Konversation hatte nämlich damit begonnen, dass ihr ihre Mutter mitgeteilt hatte, es sei nicht zu einer Wiedervereinigung mit Frank gekommen. Er habe Kivik verlassen und diesmal für immer, weil ihre Mutter kein bisschen mehr an ihm interessiert war.

Das Telefon klingelte. Josefin fuhr zusammen, aber es war nicht wie vermutet ihre Mutter.

Lous strenge Stimme. Und im Hintergrund der groovig kratzige Sechzigerjahre-Soul.

»Ich wollte dich um Entschuldigung bitten. Ich war unfair.«

Darauf wusste Josefin keine Antwort.

»Ich habe aus dem Moment reagiert«, sprach Lou weiter. »Was ich gesagt habe, war dumm. Komm heute vorbei, dann reden wir darüber. Du bist so gut und solltest dir keinen neuen Job suchen müssen.«

Josefin stand auf und warf ihren leeren Pappteller in einen Mülleimer. Sie hatte nur noch eine Sache zu erledigen. Dann würde sie nach Vallmogården zurückkehren.

»Nein«, sagte sie in den Hörer. »Ich habe gekündigt. Und so bleibt es. Aber danke trotzdem.«

Lou schwieg einen Augenblick.

»Meld dich, wenn sich deine Pläne ändern«, sagte sie dann.

»Das mache ich.«

Josefin stopfte das Telefon in den Stoffbeutel. Genauso pleite und arbeitslos wie beim Aufwachen am Morgen. Aber ihre Zeit bei *Broken Twill* war vorbei.

»Ganz schön waghalsig«, sagte Grethe. »Allmählich kapiere ich, wie ähnlich du Vanja bist.«

Josefin griff nach ihrer Tasche und Jacke.

»Vielleicht ein bisschen.«

Sie spazierten in Richtung Stadtzentrum. Es war Montag,

Anfang Juli. Die Cafés entlang des Strøget waren voll. Straßenmusiker spielten, Familien mit Kindern waren unterwegs zum Tivoli. Grethe kannte den Weg zu Karlas Atelier, Werkstatt und Laden. Sie hatte angerufen und gefragt, ob sie vorbeikommen könnten. Karla hatte freudig Ja gesagt.

Die Adresse lag in einem ruhigeren Teil von Kopenhagen, nur eine kurze Busfahrt entfernt. Das Haus war alt und man gelangte durch einen Gewölbegang in einen Hinterhof. Dort eröffnete sich zwischen von Blumen und Pflanzen überwachsenen Häuserfassaden eine eigene Welt aus kleinen Lädchen und Cafés.

Karla öffnete eine Tür und begrüßte sie. Sie trug eine ihrer Tuniken und hatte eine selbstdesignte Kette um den Hals. Ihre grauen Haare steckten wie immer in einem Dutt.

»Da seid ihr. Kommt rein und seht euch um.«

Sie führte sie in ihren Laden. Der kleine Raum war voller Keramikerzeugnisse und Schmuck. Alles hatte einen ähnlichen Charakter, mit starken Farben, deren Mischung an halb geschmolzenes Eis erinnerte.

Hinter dem Laden war die Werkstatt mit einem Arbeitstisch für die Schmuckherstellung, einer Drehscheibe und einem Brennofen. Die Wandregale waren voll mit Keramiksachen, alle gleich asymmetrisch.

Karla servierte ihnen einen tropischen Fruchtsaft. Sie setzten sich vorm Ladeneingang um einen runden, auf dem unebenen Straßenpflaster leicht kippelnden Tisch auf weiße Metallstühle.

»Was für ein gemütliches Atelier«, sagte Josefin.

Karla nickte.

»Ja, hier bin ich glücklich. Hierher komme ich jeden Tag, obwohl ich eigentlich längst in Rente hätte gehen können.

Aber mit meiner Kunst aufzuhören ist undenkbar. Damit werde ich weitermachen, bis ich sterbe.«

»Was machen die anderen aus eurer Clique?«

»Du meinst Ditte, Mikkel und Vibeke? Wir waren ja noch mehr. Ein Typ namens Søren, hat von Anfang an in der Wohnkommune gelebt und dann noch einer namens Rami. Aber Kontakt haben nur noch wir vier.«

Karla dachte nach.

»Ditte hat mit dem Malen aufgehört und ist Schauspielerin geworden. Aber Rollen zu bekommen war schwer. Sie hat sich mit einem zusätzlichen Job als Haushaltshilfe über Wasser gehalten. Und irgendwann hat sie einen Doktor in Theaterwissenschaft gemacht und unterrichtet jetzt an der Danska Scenkonstskolan. Mikkel ist Dokumentarfilmmacher. Aber in den letzten Jahren hat er sich da rar gemacht. Es ist lange her, dass er gearbeitet hat.«

Sie nickte in Richtung von Grethe.

»Ich weiß nicht, was Vibeke heute treibt. Soweit ich weiß, malt sie nicht mehr. Schreibt sie?«

»Im Moment nicht«, sagte Grethe. »Aber vor dem Unfall.«

»Hoffentlich macht sie damit weiter. Und hoffentlich darf sie bald aus dem Krankenhaus raus.«

Dann wandte sich Karla an Josefin.

»Und was wolltest du wissen? Grethe hat gesagt, du würdest mich gern treffen, um mir ein paar Fragen zu stellen.«

»Ich bin nur neugierig auf das Leben meiner Großmutter hier in Kopenhagen in den Siebzigern. Sie hat nicht sonderlich viel davon erzählt.«

Karla grinste.

»Das kann ich mir vorstellen. Vanja hat nie besonders viel über ihre Vergangenheit erzählt. Allein die Tatsache, dass sie ein Kind und sogar ein Enkelkind hat. Wir stehen alle noch etwas unter Schock, und vermutlich habe ich es noch gar nicht wirklich kapiert. Aber es ist großartig, dich kennenzulernen.«

»Was glaubst du, warum sie euch nichts gesagt hat? Nur Vibeke hat es gewusst.«

Karla nahm die schildpattfarbige Brille ab.

»Du musst verstehen, dass die Männer um sie herum viel Zeit und Kraft erfordert hatten. Ich glaube, sie hatte Angst, man würde sie nicht sehen und lieben, wenn sie sagte, sie habe ein Kind. Und Liebe brauchte sie. Sie träumte von einer neuen Familie. Aber daraus ist nie was geworden.«

Karla war nun in Fahrt. Sie erzählte davon, wie sie Vanja durch gemeinsame Künstlerfreunde begegnet war. Dann hatten sie sich mehrere Jahre täglich gesehen. Hatten je in einem kleinen Raum eines in einer Abbruchbude gelegenen Ateliers von insgesamt acht Künstlerinnen gearbeitet. Vibeke war zehn Jahre jünger als Vanja und die anderen, aber der Altersunterschied hatte nie eine Rolle gespielt.

Jeden Tag machten sie zum Mittagessen und Nachmittagskaffee gemeinsam Pause und diskutierten private und berufliche Probleme. Und natürlich ihre Zukunftsträume. Vanja und Vibeke waren beste Freundinnen gewesen, mit einer Nähe, auf die Karla ein wenig eifersüchtig gewesen war.

»Ich kann mich daran erinnern, dass sie darüber nachgedacht haben, ein Künstlerinnenduo zu gründen«, sagte sie. »V&V wollten sie sich nennen. Aber daraus ist nie was geworden.«

»Warum nicht?«, fragte Josefin. »Klingt doch super.«

»Ja, vielleicht. Aber aus den Plänen Tat werden zu lassen, unmöglich. Vibeke hatte leider zu wenig Selbstvertrauen. Ständig behauptete sie, Vanja sei die Begabte von ihnen. Ich glaube, sie hat nie zu ihrer eigenen künstlerischen Triebkraft gefunden.«

»Habt ihr anderen Mamas Ansicht geteilt?«, fragte Grethe.

»Nein. Überhaupt nicht. Vibeke hat sich manchmal mit der Inspiration schwergetan, aber richtig schlecht lief es nicht.«

Karla nickte in Richtung Josefins.

»Und dann hatte deine Großmutter etwas Besonderes. Mann, war ich damals frustriert. Und eifersüchtig. Vanjas Begabung war irgendwie so selbstverständlich. Ich musste mir jede Idee erkämpfen.«

Für einen Augenblick wurde es still. Josefin fragte sich, ob sie den kleinen Bruder ihrer Großmutter aufs Tapet bringen sollte. Falls er nicht nur eine von Vibeke erfundene Fantasiegestalt war. Aber dann hatten vielleicht auch die Konflikte zwischen Karla, Ditte und Mikkel nie in der Wirklichkeit existiert.

»Wie war das, als ihr damals in dieser Wohnung zusammengelebt habt?«

Karla lachte auf.

»Wie letztes Mal bereits gesagt, manchmal war es ein bisschen chaotisch. Ditte und ich bekamen beide mit Mikkel Kinder, und er kam dann mit einer anderen zusammen. Wir mussten einsehen, dass er ein notorischer Fremdgeher war. Mir ist völlig unbegreiflich, wie wir drei zusammenleben konnten. Und dann noch mit Vanja und Vibeke und Søren und Rami.«

»Also habt ihr viel gestritten?«

»Oh ja. Ununterbrochen. Am Schluss hat es Vanja gereicht und sie ist ausgezogen. Ich kann sie verstehen.«

Grethe und Josefin tauschten einen Blick.

»Und wie seid ihr wieder Freunde geworden?«, fragte Grethe nach.

Karla säuberte ihre Brille an der Tunika. Sie wirkte nachdenklich.

»Schwer zu sagen. Durch unsere drei Kinder waren wir miteinander verbunden. Ich habe einen Sohn, Ditte zwei Töchter. Und Mikkel ist reifer geworden und hat sein infantiles Verhalten abgelegt. Es gab ein Zusammengehörigkeitsgefühl zwischen uns, da wir einander so lange kannten. Und wir teilten denselben Willen, unser persönliches Potential auszuschöpfen. Unsere Träume zu verfolgen.«

Sie setzte die Brille auf und sah mit einem Lächeln hoch.

»Mit der Zeit hat jeder von uns auf seine Weise erkannt, dass die Lebenszeit begrenzt ist. Da will man keine Zeit mit Zankereien vergeuden.«

»Das klingt so einfach«, sagte Grethe.

»Ja. Aber das war es nie.«

Karla stellte die ausgetrunkenen Gläser und die Saftkanne auf ein Tablett.

»Gibt es noch was, das ihr mich fragen wolltet? Ich mache dann nämlich für heute zu.«

Josefin räusperte sich.

»Weißt du, ob meine Großmutter einen Bruder hat?«

Karlas Hände froren in der Bewegung ein.

»Nein. Ich weiß fast nichts über Vanjas Vergangenheit. Wie gesagt, sie ist in eine eigene Wohnung gezogen. Die, in der du gerade bist. Danach hatten wir außer im Atelier nicht mehr viel Kontakt. Du musst sie selbst fragen.«

»Gibt es sonst niemanden, der es weiß?«

»Das glaube ich nicht.«

Karla nahm das Tablett hoch, wandte sich zum Gehen, blieb dann aber stehen.

»Na ja, tja. Vielleicht Knud. Dieser Bauerntölpel, mit dem sie während ihrer Zeit in Jylland zusammen war. Ein anstrengender Kerl, der zu Besuch kam und eine Weile blieb. Er trank immer wieder zu viel, alles drehte sich um ihn. Vanja musste ihn durchfüttern, obwohl sie selbst kaum was verdiente. Es muss hart für sie gewesen sein. Aber gesagt hat sie trotzdem fast nichts.«

Karla wich mit dem Blick aus.

»So war das damals. Wir Frauen haben viel ausgehalten, was ihr in eurer Generation nie tun würdet. Ihr wisst es heute besser. Dass niemand allein ist. Dass Trolle im Sonnenlicht zerspringen.«

»Wer war er?«, sagte Josefin. »Knud.«

»Soweit ich mich erinnern kann, ein Sänger. Und Poet. Lebt angeblich jetzt in Kopenhagen. Spielt noch immer in irgendeiner Band. Ich habe Anzeigen mit Auftritten in einem Jazzpub gesehen.«

Karla ging mit dem Tablett nach drinnen.

Josefin blickte zu Grethe. Sie schien denselben Gedanken zu haben.

Sally

Peters Haare waren nach der Fahrradfahrt die Hügel von Svinaberga herunter vom Wind zerzaust. Er hatte was kindisch Ausgelassenes an sich.

»Picknick. Lange keines mehr gemacht.«

»Ich dachte, das könnte nett sein«, sagte Sally.

Sie versuchte, entspannt zu wirken.

»Und wir haben schönes Wetter bekommen.«

Er fuhr ein schwarzes Fahrrad mit vielen Gängen. Sie nahm das Einzige, das sie besaß, Åkes alten orangenen Drahtesel. Angenehm schweigend strampelten sie dahin.

Am nördlichen Strand stellten sie die Fahrräder ab und griffen nach Decke und Picknickkorb. Der Strand erstreckte sich wie ein Gürtel. Sie gingen am Rand des Wassers entlang, wo der Sand dunkel und fest war. Kleine Wellen kräuselten sich spielerisch um die nackten Füße.

Erst weit draußen an der Landspitze ließen sie sich nieder. Die Badesachen hatten sie schon an. Sally ging hinaus ins seichte Wasser, Peter folgte ihr, tauchte unter und kam wieder hoch.

Das Wasser war grün wie Glas. Sie reckte sich und dachte in diesem Moment an nichts anderes, als eins mit dem Meer zu sein. Das hatte sie schon als Kind gemacht. Sie wollte Peter fragen, ob er diese Empfindung kenne, aber er watete bereits zurück an Land. Trocknete sich mit Blick übers Wasser, in Richtung der Steilhänge bei Haväng ab.

Wie schön er war. Wie unerreichbar. Sie wusste nicht, was eigentlich in ihm vorging. Was er fühlte und wollte.

Die Wolken am Horizont hatten dieselbe Farbe wie reife

Pfirsiche. Sally schwamm eine Weile, dann ging auch sie aus dem Wasser, trocknete sich ab und zog sich an.

»Möchtest du ein Glas Wein?«, fragte Peter.

Ein beruhigender Vorschlag. Sie setzten sich auf die Decke. Holten gemeinsam das Essen, das Sally in ihrer Küche gepackt hatte, aus dem Korb. Es gab eine Flasche Weißwein, eine Tüte Trüffelchips, Spinatquiche mit Ziegenkäse und in einer Plastikdose einen grünen Salat.

Sally füllte Peter einen Teller mit Quiche und Salat, während er den Wein öffnete. Sie stießen mit Plastikgläsern an.

»Hast du hier mit Ellen auch immer gesessen?«, wagte sie zu fragen.

Sie bereute es sofort. Ellen zu erwähnen, war das Letzte, was sie tun sollte.

Aber Peter schien es nicht schlecht aufzunehmen. Er wirkte eher dankbar, balancierte das Glas auf seinem Knie.

»Oft. An solchen Sommerabenden gab es für sie nichts Schöneres. Und für mich auch nicht.«

»Ich wollte dich nicht an sie erinnern.«

Er lächelte.

»Macht nichts. Wie sollte ich nicht an sie erinnert werden? Wenn ich an einem Strand sitze und Wein trinke. Oder wann auch immer.«

Sally schwieg. Natürlich dachte er ununterbrochen an Ellen. Die er liebte. Die tot war.

»Aber allmählich komme ich darüber hinweg«, fügte er hinzu. »In echt. Und nicht nur so, wie man das dahinsagt.«

Sie schnitt in ihre Quiche.

»Und du?«, fragte Peter. »Kannst du über deinen Ex sprechen?«

Sie sah vom Pappteller zu ihm hoch.

»Ja. Aber da gibt es nicht wahnsinnig viel zu sagen.«

Tat es aber doch. Sie beschloss, offen zu sein und weiterzusprechen.

»Wir hatten eine unmögliche Beziehung. Aber das habe ich erst vor Kurzem kapiert.«

»Josefin mochte ihn nicht, oder?«

Sie schüttelte den Kopf.

»Das beruhte auf Gegenseitigkeit. Und ich war eine Vollidiotin. Die ihm erlaubt hat, seine Ansichten über sie zu haben. Dafür werde ich mich ewig schuldig fühlen.«

Sally begegnete Peters ruhigem Blick. Auf dem Weg hierher, während sie geradelt waren, hatte sie sich vorgenommen, nicht viel zu sagen. Aber die Worte sprudelten nur so aus ihr heraus.

»Es hat ihn genervt, dass sie daheim nicht mithalf. Er fand, sie würde ihr Zeug überall verteilen. Und sie sei kindisch und faul.«

»Hat er das gesagt?«

»Ja. Unter anderem. Er hat immer gesagt, Josefin sei manipulativ. Sie habe gelernt, den Umstand, dass sie andere wegen ihres fehlenden Vaters bemitleideten, auszunutzen. Und dass sie allein deshalb mit allem durchkam.«

»Warst du seiner Meinung?«

Peter strahlte keinerlei Vorwurf aus. Sah sie nur aufmerksam an.

»Vielleicht manchmal.«

Sally erinnerte sich mehr und mehr. Josefin war achtzehn Jahre gewesen, auf dem besten Weg zum Erwachsensein, aber gleichzeitig noch unreif. Ein normaler Teenager, mitunter ziemlich anstrengend. Aber Frank hatte alles nur schlimmer gemacht.

Sally versuchte, sich selbst zu verstehen. Ja, sie war in Frank verliebt gewesen. Schwer verliebt. Aber jetzt existierte nicht einmal mehr der Hauch eines solchen Gefühls. Sein kurzer Besuch in Kivik war wie eine unglückliche Klammer gewesen. Wie ein anhaltender Phantomschmerz von etwas, das nie existiert hatte, sondern immer nur Einbildung gewesen war.

»Und wie läuft es mit Vanja?«, fragte Peter. »Ist bestimmt gut, dass ihr Kontakt habt?«

Sally trank einen Schluck Wein und stellte das Glas auf die Decke.

»Na ja, Kontakt. Wir haben uns ein paarmal gesehen.«

»Sie hat lange darauf gewartet, dich kennenzulernen. Aber ich verstehe, dass es kompliziert ist.«

Sie zog die Knie hoch und schlang die Arme herum. Fand keine Worte, um sich auszudrücken. Diese Sache mit der Vergebung war riesig und kompliziert. Manchmal auch furchtbar anstrengend, als würde sie das Unrecht, das ihr widerfahren war, totschweigen. Eine Art wiederholte Verletzung. Andere Male sehnte sie sich danach. Wie ein fernes Versprechen auf Befreiung.

Außerdem raubte ihr der Gedanke daran, Vanja zu vergeben, immer wieder die Luft, da er im nächsten Schritt in Gewissensbisse darüber umschlug, was sie ihrer eigenen Tochter angetan hatte. Auch wenn Josefin beinahe erwachsen gewesen war und die Situation ganz anders.

Peter ritzte Schnörkelmuster in den Sand.

»Eine Sache, über die ich während Ellens Krebsbehandlung nachdenken musste, war, wie viele Menschen ihre Leben dadurch vergeuden, dass sie nicht vergeben.«

»Wie das?«

»Ich traf Angehörige in derselben Situation wie meiner, aber ihr sterbender Angehöriger hatte irgendeinen Fehler begangen und sie waren seit jenem Tag keinen Schritt weitergekommen. Und so waren sie voll jahrelang aufgestautem Hass und sollten zugleich trauern.«

Er lächelte und die Grübchen tauchten in seinen Wangen auf.

»Ich meine damit, es ist gut, dass du Vanja zumindest nicht hasst.«

»Nein, das tue ich überhaupt nicht. Sie ist nur ein normaler Mensch.«

Das musste reichen. Egal was sie über Vanja sagte, wurde sie daran erinnert, dass er diese Frau bereits viel länger kannte. Seit mehreren Jahren.

»Ich glaube, Vanja braucht Zeit«, erklärte er. »Sie kämpft.«

Sally nickte. Sie konnte sich von Vanja nicht mehr erwarten als von irgendeiner anderen neuen Bekanntschaft. Darauf musste sie sich einstellen.

Peter wischte die Krümel in den Sand. Seine Hände waren genauso schön wie sein Profil. Oder der Wirbel in den Haaren. Besonders jetzt, wenn sie gerade trockneten.

Sally wurde nervös und stand auf. Das Weinglas fiel um. Der verbliebene Rest ergoss sich über die Decke, bildete kurz eine Pfütze, die sofort aufgesogen wurde.

»Ups!«

»Macht doch nichts.«

Sie trat fest auf den Sand auf, um das Blut in Zirkulation zu bringen. War überhaupt nicht darauf gefasst, dass Peter aufstand und sie an sich zog. Als er sie küsste, schien in ihrer Brust etwas Zerbrechliches, Loses zu vibrieren. Sie wollte losheulen, obwohl sie nicht traurig war.

Dann küssten sie sich nicht mehr. Waren einander nur nah. Die Münder berührten sich, aber beide taten nichts. Sie atmeten einander still ins Gesicht.

Peter legte die Hand an Sallys Wange.

»Was ist los?«, flüsterte er.

»Ich habe Angst.«

Das Gefühl, weinen zu wollen, wurde stärker. Als würde sie sich gegen eine Flutwelle stemmen.

Er presste die Lippen auf ihre weichen Haare.

»Ich weiß. Ich auch.«

Sally schloss die Augen. Um sie lagen die Arme eines anderen Menschen. Nachdem ihr diese simple Sache so lange gefehlt hatte, war die Erfahrung fast eine Sensation.

Peter war ihr wichtig, sie brauchte ihn als Freund. Dieses Verhalten war zu riskant.

Sie löste sich von ihm und sammelte Handy, Handtuch und die nassen Badesachen ein.

Gemeinsam verpackten sie die Reste des Picknicks und gingen am Strand zurück. Beide schwiegen. Sally machte schnelle Schritte. Um ihre Füße spritzten Sand und Wasser bis zu den Unterschenkeln hoch.

»Danke für den Abend«, sagte Peter.

»Toll, dass du mitgekommen bist.«

Sie stolperte, verlor beinahe Badesachen und Handtuch, drückte alles fester an sich und eilte weiter in Richtung Fahrrad.

Während sie ihre Sachen im Fahrradkorb verstaute, wandte sie sich an ihn und versuchte erneut so auszusehen, als wäre nichts passiert.

»Ich müsste den Holzvorrat für den Winter auffüllen. Weiß du, wo man Birkenholz bestellen kann?«

Peter nickte.

»Ich kümmere mich darum. Besser, es ist richtig abgelegen und trocken. Reichen zwei Kubikmeter? 1-a-Birkenholz.«

»Perfekt. Danke.«

Sie schoben die Fahrräder zur Holzbrücke.

»Ich komme dann zum Stapeln vorbei«, sagte Peter. »Das dauert. Und du hast so viel anderes zu tun.«

»Das wäre superlieb.«

Sie setzten sich auf die Fahrräder und strampelten los. Sally atmete nun ruhig. Alles war wieder im Lot.

Josefin

In Vibekes Papierstapel waren nicht mehr viele Seiten übrig. Josefin lag im Bett und las, da sie früh aufgewacht war und nicht mehr hatte einschlafen können. Die Texte waren wie eine Droge.

Ihre Großmutter erklärte sich kinderlos und hatte eine Reihe Verhältnisse mit verschiedenen Männern, unter anderem diesem kräfteraubenden Knud. Vibeke verglich sich ständig mit allen andern und lernte einen neuen Typen mit eigenem Unternehmen kennen. Karla war auf Mikkel, den Vater ihres Sohns böse, weil er sie für die schwangere Ditte verlassen hatte, die bis dahin seine Geliebte gewesen war. Die Romanze mit dieser anonymen Sängerin blieb kurz, weil sie nicht akzeptieren konnte, dass er seine Ruhe brauchte, wenn er an einem Dokumentarfilm arbeitete.

Was sie da las, bedrückte sie aber auch manchmal. Josefin wollte diese Leute darin anschreien, sie schütteln, ihnen den Kopf waschen.

Die Kinder kamen kaum vor, obwohl einige der Erwachsenen auf unterschiedliche Art Projekte für Kinder machten. Politik hingegen durchzog alles. Die Clique schien nichts anderes getan zu haben, als zu diskutieren, wenn nicht über Politik, dann über Musik. Mikkel mochte Prog- und Classic-Rock, während ihre Großmutter und Vibeke auf Jimi Hendrix standen.

Internet gab es noch keines, ein Gedanke, der Josefin in klaustrophobische Zustände versetzte.

Sie ackerte Seite um Seite durch. Besser, alles gelesen zu haben, bevor sie loszog, um nach Knud zu suchen. Heute war Mittwoch und laut Google hatte seine die Zeiten überdauernde Progrockband Jet Lag am Abend einen Auftritt.

Josefin drehte die nächste Seite um.

Vanja ist vor zwei Wochen ausgezogen. Sie hat sich eine kleine Zweizimmerwohnung in der Nähe der Galerie gesucht. Die Miete ist bezahlbar und sie wirkt froh darüber, ein eigenes Zuhause zu haben. Wir haben ihr alle beim Umzug geholfen. Auch Gorm. Vanja hat uns zu Spaghetti mit Hackfleischsauce und einer Menge Bier eingeladen. Ich war den ganzen Tag traurig und auch die erste Zeit danach, aber jetzt gewöhne ich mich daran. Sie wohnt auch nicht furchtbar weit weg.

Das Schlimmste ist, dass ihr Ex bei ihr wohnt. Er heißt Knud und spielt Gitarre. Zieht als Sänger umher, schreibt außerdem Gedichte und nennt sich selbst Poet. Mit ihm war Vanja in Søvind zusammen und nun kann ich wirklich verstehen, warum sie ihn verlassen hat. Er hat sie vor drei Tagen heimgesucht und scheint nicht so schnell wieder verschwinden zu wollen. Ich habe ihn gestern kennengelernt, als er sie ins Atelier begleitet hat. Nicht gerade ein Charmebolzen. Und er hatte eine Fahne.

Ich sagte zu Vanja, dass sie ihn rauswerfen soll. Ich finde, sie muss mit dem Vater ihrer Tochter in Schweden Kontakt aufnehmen. Sie sollte ihr Kind treffen dürfen. So kann das nicht laufen. Ich merke, wie unglücklich sie ist, auch wenn sie versucht, das nicht zu zeigen.

Es klopfte leise an der Tür.

»Bist du wach? Gut.«

Josefin legte den Papierstapel beiseite. Grethe tapste herein und setzte sich ans Bettende.

»Ich habe gerade mit meiner Mutter telefoniert. Sie wird bald entlassen! Am Montag darf sie nach Hause. Endlich.«

»Wunderbar. Herzlichen Glückwunsch.«

»Sie wird dann wahnsinnig viel Hilfe brauchen, also ziehe ich am besten zu ihr. Und vorher muss ich ihre Wohnung vorbereiten. Sie wird noch eine Weile bewegungseingeschränkt sein. Im Rollstuhl sitzen und so.«

»Schon klar. Wann ziehst du aus?«

»Morgen. Aber ich muss heute schon kurz hin.«

»Heute?«

Josefin bemühte sich, unterstützend zu wirken.

»Ja«, sagte Grethe. »Und deswegen kann ich heute Abend nicht zu dem Jazzpub mit. Ich habe Handwerker bestellt, die Handgriffe und anderes Zeug im Bad anbringen, damit Mama es dort leichter hat. Sie kommen zwischen sieben und zehn Uhr.«

»Heute Abend? Ging das nicht anders?«

»Sie sind komplett ausgebucht, und es war reinstes Glück, dass ich sie zu Überstunden überreden konnte. Ich musste ziemlich betteln.«

Josefin widersprach nicht. Natürlich brauchte Grethe keine ganze Woche, um eine Einzimmerwohnung herzurichten. Sie wollte in der Wohnung ihrer Mutter sein und herumkruschen und alles schön machen. Dafür sorgen, dass es so gemütlich wie möglich wurde. Eine Aufgabe haben.

»Macht nichts. Ich fahre allein zum Pub. Du musst nicht mitkommen.«

»Bist du sicher?«

»Na klar. Es geht schließlich um meine Großmutter. Ich kann mit diesem Knud reden.«

»Du musst mir hinterher alles erzählen.«

Josefin griff nach dem Zettelhaufen.

»Ich bin jetzt fast durch. Weißt du was? Vibeke schreibt so gut, dass das ein Buch werden sollte.«

Grethe lachte auf.

»Und wie sollte es heißen? *Partys der 70er*, oder was?«

»Ich meine es ernst. Diese Texte sollten veröffentlicht werden. Als ich an der Uni war, hatte ich eine Freundin, die Literaturwissenschaft studiert hat. Sie hat eine Arbeit über Schriftstellerinnen der Siebziger geschrieben und das hier würde sie lieben.«

Grethes Lächeln wurde unsicher.

»Man wird in diese Epoche regelrecht hineingesogen«, sprach Josefin weiter. »Es gibt viele Querelen, aber auch eine Menge Solidarität und Gemeinschaft. Und Liebe. Obwohl ich an all die beteiligten Kinder denke. Über sie steht fast nichts. Die Erwachsenen wirken furchtbar egozentrisch. Aber das sagt vielleicht auch etwas über die Zeit.«

Sie hob den Stapel hoch.

»Willst du es nicht einfach einem Verlag zeigen? Hören, was man dazu sagt.«

Grethe schüttelte nur den Kopf, lächelte nicht mehr.

Heute Abend, 21.00: Jet Lag, stand auf einer großen Tafel vor dem Eingang des Pubs. Josefin sah das von der anderen Straßenseite. Es war Viertel nach acht. Sie bereute es, dass sie Grethe nicht gedrängt hatte mitzukommen. Jetzt stand sie hier, mitten in Kopenhagen, allein und ängstlich und fühlte sich klein. Allmählich wurde es dunkel. Überall spazierten munter plaudernde Menschen zu zweit oder in Gruppen herum. Die Lokale waren hell erleuchtet, an den

Tischen ringsherum hatten offenbar alle einen fabelhaften Abend.

Der Jazzpub hieß *The Cave* und sah wie ein stinknormaler Pub aus. Dunkle Holzfassade, klassische Buchstaben auf dem Schild, große Blumentöpfe am Eingang und unter den Fenstern. An den hohen Tischen davor drängten sich Leute. Riesige Biere wurden geleert, es wurde geraucht, Pfeifen und Zigaretten. Aus der offenen Tür drang swingende Jazzmusik.

Josefin dachte noch mal darüber nach, ob sie wirklich hineingehen sollte. Sie war bestimmt halb so alt wie der Großteil der Gäste. Außerdem war ihr nicht ganz klar, was sie zu Knud, falls sie ihm begegnete, sagen sollte. Wollte er überhaupt über ihre Großmutter sprechen? Zwar hatten die beiden in den Siebzigern eine stürmische Beziehung gehabt, aber vielleicht erinnerte er sich nicht mehr an sie. Oder sie hassten einander, seit Schluss war.

Josefin machte sich Mut. Sie konnte jetzt nicht kneifen, sie musste wissen, ob ihre Großmutter einen kleinen Bruder hatte oder nicht. Wenn es stimmte und die Geschwister seit jenem Abendessen keinen Kontakt mehr hatten, musste man sie wiedervereinen, bevor es zu spät war. Es lag in Josefins Verantwortung, sich darum zu kümmern, wenn es sonst niemand tat. Dann konnte sie stolz auf das sein, was sie in Kopenhagen erreicht hatte.

Sie ging über die Straße auf den Eingang zu. Schlängelte sich durch die Pubgäste, die mit randvollen Biergläsern auf dem Weg nach draußen oder drinnen waren. Es roch nach Bierhefe, Schweiß und Tabak.

Im Laden war das Licht gedimmt und das Gedränge nicht ganz so groß. Leute saßen mit ihren Bieren in kleinen

Nischen entlang der Wände oder um Tische in der Mitte. Die Wände zierten dunkel leuchtende Lampen. An der Bar war es laut, es wurde geschrien, mit den Händen gefuchtelt und gewunken, der dicke Barkeeper mit Bandana um den Kopf hatte Stress.

Musik schallte aus den Lautsprechern und auf der kleinen Bühne etwas weiter hinten warteten die Instrumente der Band auf den Liveauftritt. *Jet Lag* stand auf einem Banner.

Josefin ging zur Bar. Sie hob einen Finger, um den Barkeeper auf sich aufmerksam zu machen. Nach ein paar Sekunden kam er zu ihr und schob sein gerötetes Gesicht vor, um sie hören zu können.

»Ich suche einen Musiker der Band«, sagte sie. »Den Gitarristen. Knud, heißt er, glaube ich.«

Der Barkeeper antwortete etwas auf Dänisch, was sie nicht verstand. Er nickte mit dem Kopf Richtung Bühne und deutete auf eine kräftige Frau in Flanellhemd, die vor einer schwarzen Tür stand.

Josefin bedankte sich und wühlte sich dorthin durch.

»Ich heiße Josefin und suche Knud«, sagte sie zu der Frau. »Er spielt Gitarre.«

Die ungeschminkte Frau mit breitem Gesicht musterte sie. Nicht unfreundlich, aber auch nicht einladend.

»Kennst du ihn?«

»Nein. Aber ich bin die Enkeltochter einer Exfreundin von ihm. Aus den Siebzigern. Vanja Larsson.«

»Warte hier.«

Die Frau ging durch die schwarze Tür. Es dauerte ein paar Minuten, dann kam sie zurück. In Begleitung eines älteren Manns in Lederjacke.

Beim Anblick von Josefin blieb er stehen, als hätte er ein Gespenst gesehen.

»Du bist Vanjas Enkeltochter?«

Sie begrüßten einander. Knud hatte einen festen Händedruck und glasige Augen. Er rieb sich am Kinn.

»Hat dich Vanja geschickt? Sie hat mich grad erst angerufen. Davor haben wir seit dreißig Jahren nicht miteinander gesprochen.«

Josefin konnte sein Dänisch kaum verstehen, er sprach irgendeinen Dialekt.

»Nein, meine Großmutter weiß nicht, dass ich hier bin.«

»Was für ein merkwürdiger Zufall.«

Warum hatte ihre Großmutter Knud angerufen? Aber offenbar hatte sie es getan. Jedenfalls waren sie nicht zerstritten, das sagte sein sanftes Lächeln.

»Was für eine Überraschung«, sagte er. »Wie alt bist du?«

»Vierundzwanzig.«

Josefin warf einen Blick auf die große Uhr über der Bar. Fünf nach halb neun. Bald würde die Band auftreten. Wollte sie etwas herausfinden, musste sie direkt zur Sache kommen.

»Wusstest du, dass Vanja eine Tochter hat?«

Knud führte sie zu einem etwas abseits gelegenen, freien Tisch. Sie setzten sich einander gegenüber. Er sah sie ernsthaft an.

»Ja. Das hat sie mir erzählt.«

Er legte die Hände auf den Tisch und streckte den Rücken ein wenig.

»Also. Warum bist du hier? Ist Vanja was passiert?«

»Ich möchte nur eine Frage stellen. Es gibt etwas, das ich wissen muss und von dem meine Großmutter nie was erzählt hat.«

Sie machte eine kurze Pause.

»Weißt du, ob sie Geschwister hat? Ich meine biologische.«

Knud kratzte mit dem Zeigefinger über die frischrasierte Wange. Die Haut war faltig und rosa.

»Sie hatte einen Bruder. Ein paar Jahre jünger. Er hat studiert, glaube ich. Aber sonst kann ich mich an nichts erinnern.«

»Bist du ihm begegnet?«

»Nein, daraus ist nichts geworden. Als ich nach Kopenhagen kam, hatten sie gerade den Kontakt abgebrochen.«

»Weißt du, warum?«

Knud schüttelte den Kopf.

»Vanja hatte ihn zum Abendessen eingeladen, als sie noch mit einigen Freunden in der großen Wohnung gelebt hat. An dem Abend waren aber nicht alle dabei, glaube ich. Nur Vibeke. Und danach wollte Vanja nichts mehr mit ihrem Bruder zu tun haben.«

Er schob den Stuhl zurück und stand auf.

»Tut mir leid, ich muss rein. Bleib doch und schau dir den Auftritt an, wenn du willst.«

Josefin stand auf.

»Weißt du, wo man ihren Bruder heute finden könnte?«

»Nein. Das weiß vermutlich nicht einmal Vanja.«

Knud schüttelte ihr erneut die Hand.

»Richte ihr liebe Grüße aus.«

Josefin nickte, versprach aber nichts. Vielleicht würde sie es tun, vielleicht nicht.

»Wo wohnt sie jetzt?«, wollte Knud wissen.

»In Schweden. Ich wohne gerade in ihrer Wohnung hier in Kopenhagen.«

»Hat sie einen Schweden geheiratet?«

Josefin lachte kurz auf. Der Gedanke war absurd.

»Nein, sie lebt allein. Wobei, sie hat die Familie um sich.«

»Das ist gut.«

Knud verschwand wieder durch die schwarze Tür, die ihm von der Frau im Flanellhemd aufgehalten wurde.

Die Pubgäste versammelten sich mit den Biergläsern in den Händen allmählich vor der Bühne. Sie waren noch lauter geworden und ausladender in ihren Gesten.

Josefin drängte sich zum Ausgang durch, Progrock war nicht ihr Lieblingsgenre, und außerdem war es schon jetzt viel zu heiß im Pub. Sie hatte ihre Sache erledigt.

Ihre Großmutter hatte einen Bruder. Das war nun geklärt. Aber die Antwort hatte viele weitere Fragen aufgeworfen. Wer er war und was aus ihm geworden ist, nachdem sie den Kontakt abgebrochen hatten. Und ob er lebte.

Vanja

Harald stand am Steinhaufen, als Vanja vom Auto kam. Auf seinem Gesicht war noch immer derselbe mürrische Ausdruck.

»Ich habe herausgefunden, wie man einen Steinwall baut«, sagte sie. »So einen, wie du haben willst.«

»Einen echt skånischen?«

»Ja. Oder eher echt dänisch. Aber das nimmt sich ja nichts.«

Harald trug Arbeitshandschuhe und warf ihr ein Paar zu. Diese Geste hatte etwas Vertrauensvolles, Vanja hielt die Handschuhe beinahe feierlich in ihren Händen.

»Ich habe einen alten Freund angerufen. Einen dänischen Musiker und ehemaligen Selbstversorger. Wir haben früher auf dem Land im Kollektiv zusammengelebt. Er weiß fast alles über solche alten Mauern.«

Die Steine waren dekorativ moosbewachsen. Offenbar hatten sie früher bereits eine Mauer gebildet, die nach und nach eingestürzt war und die man zu diesem Haufen zusammengetragen hatte.

»Ein Steinwall hier, das wird schön«, sagte sie.

Harald lächelte schief, sagte aber nichts.

Vanja meinte es ernst. Ein Steinwall passte hervorragend in die alte, von Landwirtschaft geprägte Gegend. Sie fungierte als Schutz vor Tieren und Pflanzen und hatte außerdem einen hohen ästhetischen Wert. In einigen Jahren würden vielleicht wilde Himbeeren und Brombeeren daran emporwachsen und ihre Urenkel davon naschen.

»Die Mauer muss sich beidseitig nach innen neigen«,

erklärte sie. »Mit einer Neigung von ungefähr zwanzig Zentimeter auf einen Meter. Andernfalls drückt der Erddruck des Bodens die Mauer nach oben und bringt sie zum Einstürzen. Und das Regenwasser wäscht den Sand und die Erde weg, die die Steine verbindet.«

Harald ging zu dem Steinhaufen und hob probeweise einen der kleinen Felsbrocken an.

»Wart ihr ein Paar? Du und dieser Musiker?«

Sie nickte, eine Spur überrascht von seinem Interesse. Angesichts dessen, wie verschlossen und bockig abweisend er in letzter Zeit gewesen war, hatte sie sich auf eine längere Anlaufphase eingestellt. Harald war nicht der Typ, der in einer Krisensituation sofort bei Angehörigen Unterstützung suchte.

Aber vielleicht war er jetzt einsam und brauchte Kontakt. Sie wusste, dass er ihr großes Vertrauen entgegenbrachte. Zwischen ihnen gab es eine Basis, auf der man aufbauen konnte.

»Wir sind uns Ende der Sechziger in Kopenhagen begegnet«, sagte sie. »Als ich gerade aus Kuba zurück war.«

Sie schlüpfte in die Arbeitshandschuhe, zupfte sie zurecht.

Kuba. Ein weiterhin aufgeladenes Wort. Das sie stets unmittelbar in die Vergangenheit versetzte.

Harald ließ den Stein los. Er rollte mit einem tiefen Klonk zurück auf seinen Platz.

»Das war die Zeit, in der du dich am freisten gefühlt hast. Also nehme ich an.«

Sie antwortete wahrheitsgetreu.

»Nein. Mir ging es nicht gut.«

»Warum nicht?«

Vanja schob die Hände ineinander, damit die Handschuhe gut an den Fingern saßen, benötigte ein paar Sekunden, um sich zu sammeln. Hatte sie geglaubt, sie könne einfach ankommen und zu Harald durchdringen, ohne selbst die Wahrheit zu sagen?

Sie musste mehr wie Vibeke werden. Musste, ohne zu zögern, offen und ehrlich auch über schwierigere Dinge sprechen. Zumindest mit den Menschen, die sie als ihre Nächsten betrachtete.

»Meine beste Freundin hatte dort einen Autounfall und ist gestorben.«

Bei dem Satz machte ihr Herz einen Doppelschlag, aber es gelang ihr, die Gesichtszüge unter Kontrolle zu halten.

Harald hob den Kopf.

»Deine beste Freundin?«

Vanja nickte mit gesenktem Blick.

»Knud hat sich meiner angenommen. Der Selbstversorger. Er ist genau dann aufgetaucht, als ich das am dringendsten gebraucht habe. Hat mich dazu gebracht, auf seinen Hof auf dem Land zu kommen. Und dort bin ich sieben Jahre geblieben.«

Harald setzte sich auf einen Stein.

»Wie viele seid ihr dort gewesen?«

»Um die acht. Es schwankte. Wir hatten eine gute Gemeinschaft, aber natürlich eine Menge harter Arbeit auf dem Hof. Ist ja klar. Es war schön da. Zumindest am Anfang. Dann bekam Knud ein Problem. Er trank zeitweise zu viel.«

Sie hatte noch nie von der Kommune erzählt. Außer ansatzweise, um Josefins Fragen zu beantworten, bei denen es meist um Pflanzmethoden und Tierhaltung gegangen war.

»Was hast du dir vorgestellt, wie lang der Wall werden soll?«

Vanja zeigte in die Ferne und versuchte sich an Knuds Worte zu erinnern. Die Steine, die sie für die Seiten der Mauer auswählten, sollten so glatt sein, dass sie gleichzeitig fest aufeinander aufliegen und nach außen weisen konnten. Man konnte sie dafür auch mit Hammer und Meißel bearbeiten.

Harald stand auf und trat auf die Fläche.

»Bist du deshalb dort weggezogen? Weil er getrunken hat?«

Sie dachte lange nach.

»Nicht nur. Vielleicht hätte er es geschafft, trocken zu werden, wenn ich ein Ultimatum gestellt hätte. Aber es ging noch um was anderes.«

Vanja setzte einen Fuß auf einen Stein und überlegte, wo sie am besten mit dem Graben begannen. Knud hätte noch so stocknüchtern sein können, sie hätte trotzdem weggewollt. Während ihrer letzten Jahre im Landwirtschaftskollektiv war ihr klar geworden, dass sie nicht das ganze Leben mit demselben Mann leben wollte. Das erschien ihr zu sehr wie ein Gefängnis.

Harald schritt die Strecke ab, entlang der er sich die Mauer vorgestellt hatte. Vanja entschied sich zu Aufrichtigkeit.

»Ich war nicht frei. Deshalb habe ich Søvind verlassen. Manchmal braucht man einen Tapetenwechsel.«

Exakt so war es gewesen und dazu stand sie auch. Das Leben im Kollektiv war mehr und mehr erstickend gewesen. Am Schluss konnte sie nicht anders, als aufzubrechen.

»Ich hatte das Gefühl, mich selbst außer Acht gelassen zu haben. Ziemlich lange.«

»Wie das?«

»Irgendwann wuchs der Wunsch, so sein zu können, wie ich war. Nicht nur wie die, die ich in Beziehung zu Knud und den anderen geworden war.«

Vanja betrachtete den Steinhaufen, kalkulierte, ob er reichen würde. Erinnerte sich zugleich an das unbändige Glück, als sie nach ein paar Fortbildungskursen im Målarskolan Forum, einer Kunstschule in Malmö, aufgenommen wurde. Und Gleichgesinnten begegnete und bald in deren Bruchbudenwohnung im Herzen von Kopenhagen zog. Plakate aufhängte und Bücher und Schallplatten in Bierkästen herumschleppte. Die Zeit war wunderbar gewesen.

Harald bückte sich nach einem großen Zweig, der im Weg lag, und schleuderte ihn ins Dickicht.

»Und was hat dein Musiker dazu gesagt?«

»Knud? Der war natürlich traurig und sauer. Am Anfang.«

Sie kratzte etwas eingetrocknetes, gelbes Moos von einem Stein.

»Aber das ging vorbei. Kein Mensch ist Leibeigener eines anderen. Am Ende hat er verstanden.«

Sie erwog kurz, ihm von Knuds verzweifelten Wiedervereinigungsversuchen zu erzählen. Als er Jahre später, Mitte der Achtziger, nach Kopenhagen gekommen und bei ihr eingezogen war.

»Und wer war deine Freundin?«, fragte Harald. »Die gestorben ist. Bei dem Unfall.«

Vanja sah ihm in die Augen. Unfassbar, dass sie überhaupt über Trine sprach. Außer zu Vibeke hatte sie niemandem gegenüber je nur ein Wort über sie verloren.

Die dralle Trine mit ihren großgemusterten Kleidern

und den dicken, goldblonden Zöpfen. Ihre sanften, braunen Augen, die Stimme mit dem besonderen Klang.

Wie Trine auf Kuba ohne Unterlass darauf geachtet hatte, wie es Vanja ging, sich morgens und abends nach ihrem Befinden erkundigte. Dafür sorgte, dass sie aß und ordentlich schlief und ihr dazwischen sinnvolle Beschäftigungen suchte, die das Dasein verankerten. So war die Depression langsam verflogen.

»Sie hieß Trine. Und ihr Tod war meine Schuld. Ganz allein meine.«

Haralds Arme hingen nun schlaff herunter.

»Warst du mit ihr im Auto?«

Vanja sank schwer auf einen Stein.

»Nein. Aber ihr Crash war Selbstmord. Davon bin ich überzeugt. Sie war wegen einer Eifersuchtsgeschichte sauer auf mich.«

Trine musste in Leif verliebt gewesen sein. Und zufällig mitgekriegt haben, wie Vanja und Leif knutschten. So banal. Und so tieftragisch.

Der charmante, debattierfreudige Leif. Mit schulterlangen Haaren, einem Lederhalsband und einem Ohrring. Er hatte sich den ganzen Abend Vanja gewidmet, sie hatten die Klassenfrage diskutiert und herumgealbert. Gegen Mitternacht hatte er sie beiseite gezogen und geküsst. Und sie später in sein Hotelzimmer mitgenommen.

Währenddessen war Trine in die dunkle Nacht gefahren. In die tiefste Nacht, aus der sie nie zurückkommen würde.

Vanja starrte in die Luft, über das Rapsfeld. Warum hatte sie es nicht damals begriffen? Dann würde Trine noch leben.

Trine hätte Leif haben können. Er war nicht Vanjas Typ.

Es war einfach nur passiert. Verliebt war sie definitiv nicht gewesen, vielleicht von ihm angezogen.

Sie knetete sich den Nacken.

»Harald. Wenn Josefin anruft, gehst du doch ran? Und heißt sie willkommen? Wenn sie wieder nach Hause kommen möchte?«

Harald hob den Blick nicht und trat leicht gegen einen Stein.

»Denn das wird sie wollen«, sprach Vanja weiter. »Glaub mir.«

Er hörte auf mit dem Treten.

»Ja. Sicher. Wenn sie will.«

Josefin

Grethe saß im Schneidersitz auf der ausgerollten Yogamatte. Sie sprach leise ins Telefon, vielleicht mit ihrer Mutter. Josefin trug die Tüten mit den Einkäufen in die Küche und stellte zwei flache Kartons neben das Spülbecken. Sie hatte bei dem Italiener ein paar Straßen weiter exquisite Pizza gekauft und eine teure Flasche Rotwein. Und für danach Eiscreme deluxe von dem Eisladen an der Ecke.

Das vorerst letzte Abendessen mit Grethe. Nach dem Essen würde sie in Vibekes kleine Wohnung ziehen, um dort zu wohnen, bis ihre Mutter entlassen wurde.

Josefin deckte den Tisch mit Tischsets und Stoffservietten, die sie in einer Schublade gefunden hatte. Sie würde Grethe vermissen. Sogar die nervigen Quietschgeräusche bei ihren akrobatischen Übungen.

Josefin stellte sich in die Tür zum Wohnzimmer. Grethe hatte das Gespräch beendet und rollte die Yogamatte zusammen.

»Bring das Manuskript zu einem Verlag«, sagte Josefin. »Oder wenn es dir lieber ist, kann ich das auch machen.«

Sie nahm den Papierberg und streckte ihn Grethe hin, die aber nur darauf blickte.

»Nein, es ist besser, das Ganze wegzuwerfen. Meine Mutter hatte den ganzen Stapel in den Mülleimer gesteckt. Dort habe ich ihn gefunden.«

»Wegwerfen? Bist du noch ganz sauber?«

»Du durftest es lesen, weil deine Großmutter darin vorkommt. Und gelesen hast du es ja jetzt.«

Grethe nahm Josefin den Berg Papier ab.

»Meine Mutter wollte eigentlich nicht, dass es überhaupt jemand sieht. Sicher würde es ihr nicht gefallen, dass ich es dir gezeigt habe. Die Sache mit dem Verlag kannst du also gleich vergessen.«

»Denk zumindest darüber nach«, sagte Josefin.

Sie ging in die Küche.

»Jetzt essen wir. Ich habe Pizza geholt.«

Grethe folgte ihr mit der Yogamatte im Arm, blieb in der Küchentür stehen.

»Danke, aber ... ich muss los. Ich habe Noah versprochen, heute Abend mit ihm zu essen.«

Josefin erstarrte.

»Was?«

Grethe schlüpfte in ihre Flipflops und hängte sich die Velourstasche über die Schulter.

»Wir sind nicht wieder zusammen, falls du das glaubst. Er wollte nur reden. Sich entschuldigen.«

»Geh nicht zu ihm zurück. Was auch immer du tust.«

»Da musst du keine Angst haben.«

»Hoffentlich. Und ruf an, wenn du Hilfe brauchst.«

Grethe umarmte Josefin.

»Hab einen schönen Abend. Schau dir eine Serie an. Wir sprechen morgen.«

Die Tür fiel hinter ihr ins Schloss. Josefin ging zurück in die Küche.

Sie öffnete den oberen Pizzakarton. Warmer Duft stieg auf, sie hatte riesigen Hunger. Kümmerte sich nicht um eine Serie, faltete nur die Pizzastücke dreieckig zusammen und begann zu essen.

Eine dreiviertel Pizza war verschlungen, da klingelte es an der Tür. Draußen stand Knud mit Gitarrenkoffer in der

Hand. Seine hellen dünnen Haare waren ungekämmt und die Augen noch glasiger als am Tag zuvor.

»Entschuldigung. Kann ich reinkommen?«

Josefin ließ ihn in die Wohnung. Er blickte vom Flur aus ins Wohnzimmer.

»Alles noch wie früher.«

Knud schwankte leicht. Lallte auch ein wenig.

»Wolltest du was Bestimmtes?«, fragte Josefin. »Ich bin gerade beim Essen.«

»Oh, entschuldige. Dann mach ich es kurz.«

Der Mann machte einen erbärmlichen Eindruck. Josefin dachte an die restliche Pizza in der Küche. Wäre schade, sie wegzuwerfen, wenn auch jemand davon satt werden konnte.

»Willst du vielleicht Pizza?«

Knud sah gleich besser aus, seine Augen wurden größer und größer, als könnte er nicht glauben, dass sie es ernst meinte.

»Tausend Dank.«

Nachdem er sich hingesetzt und zu essen begonnen hatte, dauerte es eine Weile, bis er wieder in der Lage war zu sprechen. Er stopfte die Pizza in sich hinein, als hätte er seit Wochen kein Essen gesehen. Josefin stellte ihm ein Glas Wasser hin.

Knud leerte das Glas zur Hälfte und lehnte sich dann nach hinten an die Stuhllehne.

»Ich wollte dich eigentlich nur eine Sache über Vanja fragen«, sagte er mit hörbarer Anstrengung, sich deutlich zu artikulieren. »Du hast gesagt, dass sie allein lebt. Ich auch. Seit vielen Jahren.«

Er warf die Hände in die Höhe. An seinen Bewegungen sah man, wie betrunken er war.

»Warum sollen wir beide an unseren Orten für uns allein leben, wenn wir auch zusammen sein könnten?«

»Ich glaube nicht, dass meine Großmutter …«

Knud hörte ihr gar nicht zu.

»Vanja braucht jemanden, der sich um sie kümmert. Ich weiß noch, wie verzweifelt sie bei ihrer Ankunft in Søvind war. Sie schrieb Briefe, um ihre Tochter zu treffen.«

Er machte eine Pause, schluckte.

»War das deine Mutter? Ja, vermutlich.«

Statt eine Antwort abzuwarten, sprach er weiter.

»Vanja kam aus einem zerrütteten Elternhaus. Sie und ihr Bruder hatten eine schwere Kindheit. Das Jugendamt hatte einschreiten müssen. So etwas hinterlässt Spuren. Bestimmt hat Vanja noch immer das Bedürfnis nach Sicherheit. Nach einem Lebensgefährten, der ihr zur Seite steht. Und sie nie im Stich lässt.«

»Du solltest jetzt besser nach Hause gehen.«

Josefin fasste ihn unterm Arm und half ihm hoch. Dass sie Pizza abzugeben hatte, sollte nicht zu einem Problem für ihre Großmutter werden.

Knud fegte sich ein paar Pizzakrümel vom Bauch. Er schwankte und hielt sich am Tisch fest.

»Ich glaube, Vanja und ihr Bruder sind als Kinder schlecht behandelt worden. Aber sie konnten nicht miteinander kommunizieren. Auch nicht im Erwachsenenalter. Tragisch.«

Josefin führte ihn in den Flur zu seinem Gitarrenkoffer.

»Kann ich noch etwas Wasser haben?«, fragte er.

Sie erwog, Nein zu sagen, aber das wäre unnötig schroff gewesen. Knud würde ja gehen, natürlich konnte er Wasser bekommen.

Während sie sein Glas füllte, rief er von hinten.

»Bier hast du keins, oder?«

»Leider nein«, antwortete sie, schaute aber nicht einmal im Kühlschrank nach.

Sie ließ sich Zeit, brauchte Beruhigung nach dem, was Knud über die Kindheit ihrer Großmutter und deren Bruder gesagt hatte.

Als Josefin mit dem Wasserglas zurück in den Flur kam, war Knud verschwunden. Nur der Gitarrenkoffer stand an derselben Stelle. Sie schnüffelte. Von irgendwo roch es leicht nach Rauch.

Auf den ersten Blick war das Wohnzimmer leer. Dann entdeckte sie Knud am offenen Kamin. Er kniete davor. Im Kamin brannte es. Große Flammen leckten an den rußigen Ziegeln.

Die Streichholzschachtel, die normalerweise auf dem Kaminsims war, lag halb offen auf dem Boden neben ihm.

»Was machst du?«

Er drehte sich um und schien auf einmal guter Laune.

»Ich dachte, ich mache es uns gemütlich. Vanja und ich haben hier oft Feuer gemacht.«

Er stocherte mit einem Schürhaken im Feuer herum. Normal stand der neben dem Kamin.

»Wir haben Würstchen gegrillt. Manchmal auch Äpfel. Das war wirklich schön und gemütlich.«

Josefin starrte auf das, was da brannte. Eine Menge weißes Papier.

»Was ist das da?«

Schlagartig verstand sie. Grethe musste Vibekes Texte in den offenen Kamin geworfen haben.

Knud rührte wieder mit dem Schürhaken herum. Das

Feuer bekam mehr Sauerstoff und flammte auf. Verschlang rasch den Papierstapel, Seite für Seite.

»Magst du Grilläpfel? Wie deine Großmutter?«

Er stellte den Schürhaken zurück an seinen Platz. Stand mühsam auf, verzog das Gesicht, wankte zum Sofa und setzte sich.

Im offenen Kamin wurden die Aufzeichnungen vernichtet. Das Feuer wurde bereits wieder weniger.

Die Vergangenheit ihrer Großmutter. Ihr Leben in den Siebzigern mit Vibeke und den anderen in der Atelierskommune. Der kleine Splitter neuzeitlicher Geschichte, eine Art Volkskundeforschung. Nun gab es sie nicht mehr.

Grobes, grunzendes Schnarchen ließ Josefin sich umdrehen. Knud hatte sich auf dem Sofa auf die Seite gerollt. Er schlief tief, wie ein Bewusstloser.

Sally

Das Birkenholz lag gestapelt im Holzschuppen. Sally hatte den gesamten Vormittag über ein schlechtes Gewissen gehabt, wenn sie Peter zwischen Schuppen und dem Haufen Scheite hin- und herlaufen gesehen hatte, während sie selbst in der Pension arbeitete. Aber die Frage, ob er nicht lieber aufhören und heimfahren wolle, hatte er jedes Mal abgewimmelt. Das sei keine besonders schwere Arbeit, hatte er behauptet.

Nach der Holzlegearbeit hatte er sich ans Rasenmähen gemacht. Sally machte währenddessen die Zimmer, bügelte, wusch Wäsche und bezog für neue, abends anreisende Gäste die Betten. Dazwischen beantwortete sie Anrufe und nahm Buchungen entgegen.

Nun war es seit einer Weile ruhig, also holte sie sich die Heckenschere. Trennte ein paar Zweige ab, die aus den Buchsbaumkugeln ragten, frisierte die Bäume quasi. Peter kam mit dem Laubkorb, um vertrocknete Blätter einzusammeln. Sie arbeiteten wieder Hand in Hand, alles war in bester Ordnung.

Vier Gäste, zwei junge Paare um die dreißig, saßen um einen Gartentisch und plauderten. Dem Dialekt nach kamen sie irgendwo von der Westküste. Nicht aus Göteborg, sondern eher einem kleineren Ort. Sie redeten über Stockholm. Eine der Frauen wollte hin, aber die anderen drei fanden das keine gute Idee.

»Oh Mann, nein«, sagte einer der Männer. »Die Menschen da sind total zusammengepfercht und pissen und kotzen überall hin. Wohin man schaut eine Menge Leute, die auf irgendwas drauf sind. Wirklich. Wer schräg oder krank ist, der geht nach Stockholm.«

Die andere junge Frau nickte bestätigend.

»Genau. Und der Rest sind eingebildete Snobs. Die ständig damit angeben, wie erfolgreich sie sind. Und ihr Geld zum Fenster rauswerfen und reich tun. Die glauben, sie leben in New York. Komplett weltfremd.«

Sally und Peter wechselten einen amüsierten Blick. Jetzt mischte sich auch der zweite Typ ins Gespräch ein.

»Genau. Und sobald sie die Stadt verlassen, glauben sie, sie könnten sich aufführen, wie sie wollen.«

»Die gesamte U-Bahn ist ein einziges, öffentliches Klo«, fügte der erste Typ hinzu. »Eng und voll, dreckig und ekelhaft. Außerdem hasst man den Stockholm-Dialekt.«

Peter nickte in Richtung Sally.

»Genau.«

Sie musste wegschauen, um nicht laut loszulachen. Aber diese Beschreibung ihrer Heimatstadt machte sie zugleich traurig, denn sie verstand, was gemeint war. Sie gehörte dort nicht mehr hin, aber hierher auch nicht. Immer öfter wünschte sie sich, Skånisch zu sprechen.

Sie beschnitt weiter den Buchsbaum. Peter sammelte die Abschnitte in den Laubkorb. Alles war fast wie früher. Vor Mittsommer.

Die vier Stockholmverachter verließen den Tisch und gingen ins Flügelgebäude, um ihre Badesachen zu holen. Sally hörte, wie sie sich darauf einigten, an irgendeinen Strand zu fahren, solange es noch sonnig war.

Der Garten leerte sich. Zeit zum Mittagessen, also stellte sie den Sonnenschirm auf, den sie neu gekauft hatte, damit es nicht so heftig auf die Veranda herabbrannte. Der Sonnenschirm war groß und schwer und hatte eine massive Holzstange in der Mitte. Sie musste alle Kräfte aufbringen, um das Mittelteil weit genug hochzuschieben, damit sie den Metallbolzen durch eines der kleinen Löcher in der Stange schieben konnte.

»Warte, ich helfe dir.«

Peter war zu ihr getreten. Sie zeigte ihm, was zu tun war.

»Danke. Der ist schrecklich schwer.«

»Ich mache das.«

»Normalerweise kriege ich es ja hin, aber ...«

Sie verstummte, als er sich neben sie stellte, um zu verstehen, wohin er greifen musste. Dann schob er das Mittelteil in Position und Sally konnte den Bolzen durchs Holz stecken.

Während sie sich auf ihr gemeinsames Tun konzentrierten, spürte sie durch das T-Shirt die Wärme seines Körpers. Sie wurden aneinandergepresst, Ellbogen an Rippe.

Dann war der überdimensionale Sonnenschirm offen und sie ließen los. Peter verschob den Schirmfuß, damit der Tisch im Schatten lag.

»Hast du mal darüber nachgedacht, einen richtig großen Sonnenschirm zu kaufen?«, fragte er.

Sally verzog scherzhaft das Gesicht, vor allem, um ihre leichte Benommenheit zu verbergen. Diese Empfindsamkeit vom Strand war wieder da.

Sie gingen zum Haus, um sich etwas zu essen zu holen, und gelangten gleichzeitig auf den Pflasterweg, berührten einander kurz im Gehen, es durchzuckte sie wie ein Stromschlag. Sally hoffte, Peter hatte nichts gemerkt, aber kaum waren sie im Hausflur, hielt er sie auf.

Wie in einem Fiebertraum ließ sie zu, dass er sie umarmte. Ihre Hände glitten unter sein T-Shirt und berührten die warme Haut. Sie taumelten rückwärts in Hutablage und Garderobenständer. Verborgen von Jacken und Mänteln küssten sie sich wieder, wie am Strand, nun aber mit Feuer.

Dann ließ Liselott in der Küche etwas krachend zu Boden fallen und Sally kam zu Sinnen. Sie erlangte ihr Urteilsvermögen zurück und schob Peter bebend von sich.

»Tut mir leid. Du musst gehen.«

»Warum denn?«, flüsterte er. »Wir können zu mir fahren.«

Sie brach in berstendes Lachen aus. Dann schüttelte sie den Kopf.

»Es geht nicht.«

Er fasste sie um die Taille, näherte sich wieder ihrem Mund. Sie wich ihm aus.

»Ich weiß nicht, ob es gut ist, wenn wir uns weiter sehen. Grundsätzlich.«

»Was meinst du?«

Sally warf einen Blick in den leeren Speiseraum und wandte sich dann wieder an Peter.

»Es klappt offenbar nicht.«

Lächelnd versuchte er sie wieder an sich zu ziehen.

»Was? Nur Freunde zu sein? Nein. Ganz offensichtlich nicht. Aber genau deshalb wollte ich dich treffen. Die ganze Zeit.«

Sie wich einen weiteren Schritt zurück.

»Das ist nicht so einfach. Ich glaube, ich kann das nicht. Wegen Vanja.«

Peter wurde still.

»Vanja?«

»Ihr steht einander nah. Du hast eine Beziehung zu ihr, aber ich kenne sie kaum. Habe noch immer keinen blassen Schimmer, wie ich mit ihr umgehen soll. Ich kann sie nicht in mein Leben integrieren. Und das steht im Weg. Dir und mir. Ich weiß nicht, wie ich das erklären soll.«

Er ließ die Arme sinken. Wurde ein anderer Mensch.

»Du meinst also, ich soll gehen?«

Sie nickte langsam.

»Wie gerne ich es auch wollte, aber … Entschuldige. Wir sollten …«

Sie brach ab. Er vollendete den Satz.

»… auf Abstand gehen? Ich verstehe. Du brauchst dich nicht zu entschuldigen.«

Peter ging nach draußen auf die Vortreppe. Sie sah, wie er dort stehen blieb, sich kurz in die Sonne reckte und dann durch den Garten zu seinem Toyota ging und wegfuhr.

Sally strich die Kleidung glatt, atmete tief durch, versuchte den anhaltenden Schwindel zu vertreiben. Die Schwere, die sie gefühlt und ihre Knie so unfassbar schwach hatte werden lassen.

Sie drehte sich zum Spiegel. Ihr Gesicht glänzte und Peters Bartstoppel hatten um den Mund ein leichtes Rot hinterlassen. Innerlich war sie leer, in den Augen lag nur eine verzehrende Sehnsucht. Aber es musste so sein.

Josefin

Josefin hatte die Kaffeemaschine angestellt. Sie überlegte, ob sie auch ein paar Brote schmieren sollte, beschloss aber zu warten. Vielleicht mochte Knud keinen Käse und was anderes hatte sie nicht da. Falls er überhaupt etwas essen wollte.

Sie blickte hinunter in den Hof, wo eine Familie Pancakes aß. In der Sandkiste spielten ein paar Kleinkinder, schaufelten mit ihren Schäufelchen Sand und stellten Plastikautos auf Sandberge. Für sie hatte der Tag gerade begonnen und sie mussten sich nicht fragen, wie er sich entwickeln würde. Ihre Eltern kümmerten sich um alles Nötige, der Rest drehte sich ums Spielen.

Josefin füllte die Wasserkaraffe und goss den Kaktus am Fensterbrett. Dann lauschte sie. Das Schnarchen im Wohnzimmer hatte aufgehört. Knud war wohl aufgewacht, sie hörte, wie er sich auf dem Sofa wälzte. Nach ein paar tiefen Seufzern und Hustern und einigen wackligen Schritten im Flur erschien er in der Küchentür. Die blonden, dünnen Haare standen in sämtliche Richtungen ab und die Kleidung von gestern war zerknittert.

»Guten Morgen«, sagte sie.

Knud lächelte verlegen.

»Guten Morgen.«

Er klang asthmatisch und heiser, aber ansonsten wirkte er deutlich frischer als am vorigen Abend. Die glasigen Augen hatten eine neue Klarheit.

»Möchtest du Kaffee?«

»Danke, gerne.«

Knud ließ sich auf denselben Küchenstuhl wie gestern sinken. Josefin holte eine Tasse aus dem Schrank und servierte ihm den Kaffee.

»Vielleicht ein belegtes Brot? Mit Käse.«

»Wenn du eines hast.«

Sie schmierte das Brot. Er schwieg, die Hände ruhten auf der Tischplatte, ab und zu nahm er einen Schluck vom Kaffee. Er trank ihn schwarz.

Als sie den Teller vor ihn stellte, blickte er auf.

»Josefin, es tut mir leid. Ich wollte dich nicht belästigen.«

Er raufte sich die Haare, danach lagen sie nur schlechter als vorher.

»Ich weiß nicht einmal mehr, was ich gesagt habe. Ich kann mich an nichts erinnern.«

»Du warst betrunken.«

Er nickte. Sie stellte sich an den Kühlschrank, verschränkte die Hände vor der Brust.

»Du hast gesagt, dass du wieder mit meiner Großmutter zusammen sein möchtest.«

Knud biss in einem leidenden Gesichtsausdruck die Zähne zusammen.

»Habe ich das? Dann muss ich mich wirklich bei dir entschuldigen. Ich wollte dir so was nicht zumuten.«

Er seufzte. Biss in das Brot.

»Und trotzdem bist du nett zu mir. Du bist wie Vanja. Sie ist die Gutmütigkeit in Person.«

Nach einem weiteren Schluck Kaffee sah er wieder zu Josefin hoch.

»Ich bin Vanja nicht wert. Das ist die Wahrheit. Ich habe sie vergöttert, von dem Moment, wo sie in Søvind aufgetaucht ist. Sie war in der großen weiten Welt gewesen und in Kopenhagen gelandet. Ein Großstadtmädchen durch und durch. Während ich ein romantischer Dorfknabe war, der Gedichte schrieb und Gitarre spielte. Es war immer klar, dass es mit uns nicht auf Dauer sein würde. Sie war zu gut für mich.«

Josefin setzte sich an den Tisch.

»Bist du in Søvind aufgewachsen?«

Knud nickte.

»Beinahe. In einem anderen kleinen Ort. Meine Eltern waren Bauern.«

Er aß weiter. Trank einen Schluck Kaffee.

»Ich dachte, ich würde auch Landwirt. Bis ich nach Kopenhagen kam und Musiker wurde. Das verdanke ich Vanja. Ich habe versucht, sie zurückzugewinnen, aber das ist mir nicht gelungen, und dann bin ich in der Stadt geblieben.«

»Du warst Sänger?«

»Anfangs, ja. Habe mich eine Weile durchgewurschtelt. Dann bin ich in die Band gekommen und wir sind nun schon eine ziemliche Zeit gemeinsam unterwegs.«

»Hast du nie geheiratet? Nach meiner Großmutter?«

Er schnaubte.

»Doch. Zweimal. Aber es hat immer nur ein paar Jahre gehalten. Und ich habe nie Kinder bekommen. Also dreht sich jetzt alles um die Band. Wir haben Spaß.«

Knud war fertig mit dem Frühstück. Er stand auf und stellte den Teller ans Spülbecken. Dann wandte er sich wieder Josefin zu.

»Ich musst dir was zeigen. Im Wohnzimmer.«

Sie folgte ihm. Er ging in die Ecke, wo der Webstuhl gestanden hatte. Deutete auf ein Bild an der Wand.

»Das hier. Ich habe es beim Aufwachen entdeckt.«

Josefin betrachtete das Bild. Es schien eine Familie zu zeigen. Sechs Personen, alle mit verschwommenen Gesichtern. Eine davon war ein Mädchen, das am äußersten Rand der Gruppe etwas abgewandt stand.

»Ich erinnere mich, wie Vanja das gemalt hat«, sagte Knud. »Irgendwann Mitte der Siebziger. Kannst du lesen, was da steht?«

Josefin beugte sich vor, ganz unten in der rechten Ecke des Bilds konnte sie die Signatur ihrer Großmutter entdecken: *Vanja Larsson 76.*

»Stimmt, ja. Was ist damit?«

Knud strich sich über den Scheitel.

»Das zeigt Vanjas Pflegefamilie. Vater, Mutter und drei Kinder. Sie hießen Hallqvist mit Nachnamen. Der Vater war ein Möbelfabrikant.«

Josefin konnte kaum atmen. Hallqvist. Den Namen hatte sie noch nie gehört.

»Plötzlich ist es mir eingefallen«, sprach Knud weiter. »Hallqvist hießen sie. Sie hatte gerade mit ihnen gebrochen. Zwei ihrer Pflegegeschwister kamen nach Kopenhagen, um mit ihr zu sprechen. Aber sie wollte zu niemandem aus dieser Familie Kontakt. Sie hat sich dort nie akzeptiert gefühlt.«

»Bist du ihnen begegnet?«

»Nein, nie. Ich brauchte nur Vanja. Aber mir ist der Name von einem der Geschwister eingefallen, die gekommen sind. Inez. Die ältere Schwester.«

»Inez? Bist du dir sicher?«

Er nickte.

»Ja. So hieß meine Großmutter. Deshalb kann ich mich

daran erinnern. Aber ich habe all die Jahre weder an das Bild noch an die Pflegegeschwister gedacht.«

Plötzlich hatte es Josefin eilig. Sie holte einen Stift aus der Dose auf der Flurkommode, riss ein Blatt von einem Zeichenblock ihrer Großmutter. Schrieb *Inez Hallqvist.*

»Wie viel älter war Inez ungefähr?«

»Keine Ahnung. Vielleicht lebt sie nicht mehr. Die Eltern sind selbstverständlich schon lange tot. Aber falls du etwas über Vanjas biologische Familie herausfinden möchtest, kannst du versuchen, Inez aufzuspüren. Falls sie noch lebt und klar im Kopf ist, kann sie dir vielleicht Auskunft geben.«

Knud ging in den Flur und schlüpfte in Jacke und Schuhe. Dann griff er nach dem Gitarrenkoffer und streckte Josefin die Hand hin.

»Danke noch einmal. Wie gesagt. Man merkt, dass du Vanjas Enkelin bist.«

Sie ergriff seine Hand. Hielt sie den Bruchteil einer Sekunde fest.

»Danke dir auch, Knud.«

Er ging und schloss die Tür hinter sich. Nach einem kurzen Augenblick ging sie zurück zu dem Bild im Wohnzimmer.

Außer dem biologischen Bruder auch Pflegegeschwister. Noch mehr Menschen hatten in der Vergangenheit ihrer Großmutter eine Rolle gespielt. Personen, die ihre Großmutter aus irgendeinem Grund aussortiert hatte. Aber die sie vielleicht nach all den Jahren der Trennung zurückhaben wollte. Wenn sie erfuhr, dass die Möglichkeit dazu bestand.

Ihre Großmutter war bereits mit ihrer Tochter in Kivik

wiedervereint. Nun trieb Josefin den Prozess, die Überreste der zersplitterten Familie zusammenzusammeln, weiter voran. Das würde sicher dauern, aber jeder einzelne Schritt war bedeutsam.

Neue Verwandte, für sie und ihre Mutter.

Der Gedanke verlieh ihr Stärke und einen kleinen Energieschub. Nur war sie bei weitem nicht so gut, wie Knud sie sah. Sie hatte noch immer nicht die Wahrheit über den Sommerjob und den ausbleibenden Lohn gesagt, weder ihrer Mutter noch Harald.

Die Beichte musste noch eine Weile verschoben werden. Josefin betrachtete das leere Sofa. Grethes ehemaligen Schlafplatz. Bevor sie verschwunden war, um Noah wiederzutreffen.

Es roch schon im Treppenhaus nach Putzmittel. Grethe öffnete die Wohnungstür. Ihre Wangen waren leicht gerötet und ihr Jogginganzug aus hellblauem Nikkistoff passte perfekt zu ihr.

»Hallo, komm rein!«

Josefin trat in die geräumige Einzimmerwohnung. Sie sah Grethe fragend an, die mit den Schultern zuckte.

»Wir waren Hamburger essen. Dann bin ich nach Hause.«

»Es ist also wirklich Schluss?«

»Momentan ja.«

»Was meinst du damit?«

Grethe wandte den Blick ab.

»Ich liebe ihn und er liebt mich, aber wir können nicht miteinander leben. Wir sind nicht gut füreinander.«

Das klang leicht beunruhigend.

»Wie war es, heute Nacht allein zu schlafen?«

»Überhaupt kein Problem. Aber ich freue mich wahnsinnig darauf, wenn Mama am Montag kommt.«

Grethe drehte sich um die eigene Achse, sodass die frisch gewaschenen Haare flatterten.

»Wie findest du es? Habe ich es ihr nicht schön gemacht?«

Josefin sah sich im einzigen Zimmer der Wohnung um.

»Supergemütlich hier.«

Sie hatte natürlich keinen Vergleich zu vorher, aber das Zimmer war heimelig. Die großen Fenster gingen zur Straße hinaus und es gab sogar einen kleinen Balkon. An einer Wand waren Bücherregale, an der anderen Bilder. Josefin erkannte in manchen Werke ihrer Großmutter. Neben dem Esstisch stand ein altes, schwarzes Klavier.

»Ich schlafe auf dem Bettsofa und Mama bekommt die Schlafnische«, erklärte Grethe. »Hier war vorher eine Menge Zeug, mehrere kleine Tische, ein Schaukelstuhl und wahnsinnig viele Bücher. Ich habe einen Teil davon in den Keller geräumt. Mama kann dann entscheiden, was bleibt und was weggeworfen wird. Jedenfalls kommt sie so mit dem Rollstuhl gut durch. Bis sie wieder laufen kann.«

Grethe zeigte ihr im Bad die Handgriffe in der Dusche und neben der Toilette, die die Handwerker montiert hatten. In die Dusche hatte sie einen Plastikhocker gestellt, der Vibeke entlasten sollte.

»Wie lange kannst du hier wohnen?«, fragte Josefin.

»Solange Mama Hilfe brauchte. Oder Gesellschaft. Mindestens zwei Monate, denke ich, vielleicht drei. Oder vier.«

»Und dann?«

»Suche ich mir was, vielleicht zur Untermiete. Aber zuerst brauche ich einen Job. Yoga wirft nicht genug ab.«

Josefin zog Lous Visitenkarte aus der Jackentasche.

»Hier. Ruf da an und sag, dass du mich kennst.«

Grethe nahm die Visitenkarte entgegen.

»Danke, aber lieber nicht. Ich hatte noch nie einen Dienstleistungsjob. Man muss die ganze Zeit lächeln und wahnsinnig sozial sein. Dafür bin ich zu schüchtern.«

Sie wollte die Karte zurückgeben, aber Josefin nahm sie nicht.

»Du wirst es lernen. Dort ist ein Typ, Anton, der ist supernett.«

Grethe legte die Karte aufs Klavier.

»Mal sehen. Vielleicht rufe ich da an.«

Josefin drückte ein paar Tasten. Es klang furchtbar, das Klavier war schrecklich verstimmt. Nicht wie Peters Flügel in Svinaberga, der Ellen gehört hatte und nun im Atelier ihrer Großmutter stand. Josefin liebte es, zu Peters Begleitung zu singen. Der Flügel hatte einen wahnsinnig schönen Klang.

Aber den hatte sie lange nicht mehr gehört.

»Und du?«, fragte Grethe. »Was hast du jetzt vor?«

»Die Herkunft meiner Großmutter weiter erforschen. Es gibt Menschen, die sie vermutlich gerne wiedertreffen will. Leute, die zu unserer Familie gehören. Die Teil ihrer Kindheit und Jugend waren. Aber wer davon noch lebt, weiß ich nicht.«

Sie erzählte Grethe von Knuds unerwartetem Besuch am Abend zuvor. Wie er Vibekes Notizen verbrannt hatte und dann auf dem Sofa eingeschlafen war.

Grethe lachte los, so sehr, dass sie sich auf den Klavierhocker setzen musste.

»Es ist furchtbar schade, dass die Texte deiner Mutter nicht mehr existieren«, sagte Josefin. »Ganz schrecklich.«

Grethe schüttelte den Kopf.

»Nein, das ist nur gut. Ich habe sie in den offenen Kamin geworfen, sie sollten verschwinden. Meine Mutter braucht nie davon zu erfahren.«

Josefin war da anderer Meinung, aber man konnte nichts machen. Wenigstens hatte sich Knud an den Namen eines der Pflegegeschwister ihrer Großmutter erinnert. Das war ein großer Schritt vorwärts.

Sie ging durch das Zimmer und holte dabei ihr Handy heraus. *Inez Hallqvist* schrieb sie ins Suchfeld. Kein Treffer.

»Am Wochenende koche ich die Lieblingsgerichte von Mama und friere sie ein«, sagte Grethe. »Und ab Montag darf ich dann mit ihr Zeit verbringen.«

Josefin steckte das Telefon wieder weg.

»Da wird sie sich aber freuen.«

Montag. Montag war zu spät. Sollte ihr Vibeke etwas von ihrer Großmutter erzählen, musste das vorher geschehen.

Vanja

Peter fuhr mit Gehörschutz auf dem Aufsitzmäher über die Wiese, es fehlten nur noch wenige Quadratmeter, dann war er fertig. Vanja öffnete das Küchenfenster. Als Peter sie entdeckte, stellte er den Motor ab und machte die Ohren frei.

»Wollen wir gemeinsam abendessen?«, fragte sie. »Ich kann einen Salat machen. Oder auch was Handfesteres.«

Peter fummelte am Gehörschutz rum.

»Nein danke. Ich habe keinen Hunger.«

Offenbar hatte er schlechte Laune. Sie versuchte ihn aufzumuntern.

»Ich war am Donnerstag bei Harald auf Vallmogården. Hab ihm bei den Planungen einer Trockenmauer geholfen, die er bauen will.«

»So?«

»Er ist tief enttäuscht von Josefin und war auch ziemlich gekränkt. Am Anfang schien er fast nicht zu wollen, dass sie zurückkommt. Aber ich glaube, es ist mir gelungen, ihn umzustimmen.«

Vanja wartete auf ein Lächeln von Peter, vielleicht eine Bemerkung darüber, dass sie das gut gemacht habe.

Aber er sagte nichts. Ließ den Motor wieder an und mähte das letzte Stück Wiese, vor und zurück, bis er fertig war. Sie blieb am Fenster stehen und verfolgte die Bahnen. Irgendwas war mit Peters Traurigkeit, sie war anders als sonst. Vanja konnte es nicht ertragen, ihn so zu sehen, ohne zu wissen, was los war.

Nachdem er den Rasenmäher im Schuppen geparkt

hatte, ging er ohne Gehörschutz langsam in Richtung seines Hauses.

»Was ist, Peter? Ist was passiert?«

»Alles in Ordnung.«

Nein, das war es nicht. Vanja konnte sich nicht länger zurückhalten.

»Geht es um Sally?«

Keine Antwort, nicht einmal ein Blick. Sie verließ das Fenster, ging durch die Haustür und holte ihn ein.

»Soll ich vielleicht zu ihr fahren und mit ihr reden? Ich wollte mich bisher nicht einmischen, aber vielleicht kann ich sie zur Einsicht bringen. Wie gut ihr beiden zusammenpasst. Wenn ihr euch nur trauen würdet, euch dafür zu entscheiden.«

Peter blieb stehen.

»Das ist wohl keine gute Idee, dass du zu ihr fährst.«

»Warum nicht? Bist du dir da wirklich sicher?«

Sie streichelte ihn an der Schulter.

»Ich kenne euch beide. Und ich kann mich noch daran erinnern, wie verzwickt so was sein kann. Vor allem am Anfang.«

Peter schüttelte den Kopf.

»Ich bin traurig. Aber es scheint ihr schwerzufallen, dich auf die Art in ihr Leben zu lassen, wie du das möchtest. Und mich auch.«

Vanja schluckte.

»Wie meinst du das?«

»Zwischen Theorie und Wirklichkeit besteht ein Unterschied. Sie hat dir vergeben, das wohl. Oder zumindest ist sie auf dem besten Weg dahin. Aber das bedeutet nicht, dass du zu ihrem engsten Familienkreis gehörst.«

Sie musste seine Worte erst mal sacken lassen.

»Wir treffen uns und haben eine gute Beziehung«, sagte sie dann. »Finde ich jedenfalls. Und soweit ich verstanden habe, auch Sally.«

»Sicher. Als Freunde. Oder Bekannte.«

Er ging die Vortreppe nach oben. Sie sah zu ihm hoch.

»Also bin ich ein Hindernis für dich? Dafür, Sally zu bekommen. Willst du das sagen?«

Peter griff, ohne zu antworten, nach der Türklinke. Vanja blieb auf der untersten Treppenstufe stehen.

»Wenn ich jetzt verschwinden würde? Dann könntet ihr zwei zusammen sein. So sieht es doch aus, oder?«

Sie presste die Fingerknöchel gegeneinander, um nicht loszuheulen.

Peter drehte sich auf der Türschwelle um. Sie konnte sehen, dass er sauer war und wie die Wut anschwoll. Die Augen funkelten.

»Du willst also wieder abhauen? Wie oft denn noch? Dein ganzes Leben?«

»Ich meine nur, wenn …«

Er würgte sie ab.

»Das ist nicht fair. Man haut nicht ab, wenn man Kinder hat. Und Enkelkinder, Freunde, Familie. Das macht man einfach nicht.«

Peter schlug die Haustür hinter sich zu. Vanja blieb auf der Treppe zurück. Ihr Blick fiel auf die Sonnenblume neben dem Geländer. Sie war kürzlich erst aufgeblüht. War so lebendig und stolz in die Höhe geragt. Jetzt war der Blütenkranz verschrumpelt bräunlich. Die Sonnenblume war vertrocknet, ohne dass sie es bemerkt hatte.

Das Webstück war seit dem Morgen einen halben Meter länger geworden. Vanja schoss den Schützen noch einmal durch die Kettfäden und zog das Riet energisch zu sich. Die Farbkombinationen waren anspruchsvoll, das Muster gut umgesetzt.

Welche Verwendung der Teppich nach seiner Fertigstellung finden würde, wusste sie noch nicht. Aber ohne den Webstuhl stünde sie vermutlich mit Whiskey und Zigarillo auf der Treppe vorm Atelier.

Dieser Teppich würde ein Teppich voll Emotionen werden, ob sie nun wollte oder nicht. Manchmal nässte eine tropfende Träne das Gewebe, was auch egal war. Vielleicht würde es sogar zu einer besonderen Musterung beitragen.

Ihr war die Lage klar. Sally hatte Peter ihretwegen zurückgewiesen. Weil Sally sie nach so vielen Jahren nicht als Mutter annehmen konnte. Nicht richtig.

Natürlich war ein bisschen Smalltalk im Garten nicht genug.

Vanja hörte auf zu weben und ließ das Riet los. Strich mit den Fingern übers Gewebe, folgte den Linien, registrierte zufrieden, dass keine Fädchen herausstanden.

Sally, ihre Tochter. Die ihr wiederum ein Enkelkind geschenkt hatte.

Selbst das Gewebe schien von Erinnerungsbildern durchsetzt zu sein. Neben den bunten Stofffetzen bildeten sie einen Teil des Rohmaterials.

Vanja würde nie den Tag vergessen, als die zwanzigjährige Josefin an ihrer Tür in Kopenhagen geklingelt hatte. Josefin hatte ihren Namen gesagt und erklärt, sie sei Sallys Tochter und wolle ihre Großmutter kennenlernen.

Vanja, die immer einen niedrigen Blutdruck hatte, war

es schwarz vor den Augen geworden. Sie hatte sich am Türrahmen festhalten müssen, um nicht zu Boden zu sinken. Josefin hatte sie zu einem Sessel geführt und in der Küche ein Glas Wasser geholt.

Während des folgenden Gesprächs hatte Vanja begriffen, dass Josefin nicht gekommen war, um sie zu verurteilen oder anzuklagen. Sie hatte nur sehen wollen, wer ihre Großmutter war, und ihr sagen, dass es sie selbst gab.

Eine Weile später hatte sich Vanja überreden lassen, den alten Stall in Svinaberga zu mieten. Josefin hatte darauf bestanden, sie in ihrer Nähe zu haben.

Vanja ließ den Schützen flitzen und zog wieder das Riet zu sich. Sie konnte sich vorstellen, wie Sally in diesem Moment in ihrer Pension rackerte und schuftete. Vermutlich füllte die Hausarbeit jede Minute. Wie damals für Gerda, ihre Pflegemutter. Ständig beschäftigt, immer in Bewegung. Pflücken, putzen, aufräumen. Die Hände im Spülbecken oder am Teigkneten oder beim Rühren in einer Schüssel.

Vielleicht hatte Sally mehr mit Vanjas Pflegemutter gemein als mit ihrer biologischen Mutter. Gut möglich.

Josefin

Eine Krankenschwester mit streng nach hinten gekämmten Haaren deutete auf einen Anschlag mit Zeiten. In der Sonntagsspalte befand sich ein rotes Kreuz. Auf Vibekes Station war keine Besuchszeit.

Josefin musste also demütigst betteln. Zu guter Letzt verschwand die Krankenschwester, um Vibeke zu fragen, ob sie ihre junge Freundin empfangen wolle.

Als sie gleich darauf zurückkam, ließ sie Josefin in den Flur.

»Zimmer fünf.«

»Danke. Ich war schon mal hier.«

Josefin ging los, Meter für Meter. Wie seltsam, ohne Grethe im Krankenhaus zu sein. Insbesondere, da Grethe ihr Anliegen nicht gefallen würde.

Langsam schob sie die Tür zu Zimmer fünf auf. Natürlich, sie hätte ein Geschenk mitbringen sollen, Blumen oder Schokolade. Aber dafür war es jetzt zu spät.

Vibeke lag genau wie beim letzten Besuch mit dem eingegipsten Bein in der Luft. Die Vorhänge um das Bett in der Mitte waren zugezogen. Tiefes Schnarchen drang hindurch. Nicht so penetrant wie beim letzten Mal und lang nicht so laut wie das von Knud vergangene Nacht.

Vibeke saß halb aufrecht. Sie wirkte munterer.

»Josefin. Du? Was für eine Überraschung.«

»Entschuldige, dass ich störe. Eigentlich ist keine Besuchszeit.«

»Du störst nicht. Setz dich.«

Josefin zog einen Stuhl heran.

»Grethe ist ausgezogen und kümmert sich um deine Wohnung. Deshalb bin ich allein da.«

Vibeke lachte leise.

»Ich weiß. Sie hat angerufen. Ich glaube, sie richtet mich neu ein. Oder so was in der Art.«

Für einen Augenblick wurde es still. Josefin schielte zu dem geschlossenen Vorhang. Das Schnarchen war unregelmäßig, manchmal nur schnüffelnd, aber dann erschallte plötzlich ein lauter Schnarcher, sodass es klang, als läge die Person im Sterben. Aber vermutlich war es nicht so schlimm.

Sie wandte sich wieder an Vibeke. Musste das Gespräch am Laufen halten.

»Grethe hat gesagt, dass du morgen nach Hause darfst. Ist bestimmt schön, entlassen zu werden?«

»Sehr. Auch wenn ich in der nächsten Zeit Hilfe brauche.«

»Was für ein Glück, dass du Grethe hast.«

»Ja, ich freue mich wieder mit ihr zusammen zu sein. Sogar mit ihr zu wohnen.«

Josefin schluckte dreimal tief. Sie musste sich trauen, zu sagen, warum sie gekommen war. Auch wenn das bedeutete, dass Vibeke anschließend wusste, dass ihre Aufzeichnungen gelesen worden waren. Es half nichts.

»Grethe hat vor einer Weile einen Berg alter Aufzeichnungen gefunden. Die du weggeworfen hast. Vermutlich hat sie nichts davon erzählt.«

Vibeke zog die Augenbrauen hoch. Josefin schwitzte. Sie schlüpfte aus ihrer Jacke und hängte sie über die Stuhllehne.

»Texte, die du geschrieben hast. Über das Leben von Oma und dir in den Siebzigern. Wir haben ein wenig darin gelesen, und …«

Sie verlor den Faden. Vibeke blickte sie mit Adleraugen an.

»Ja? Sprich weiter.«

Josefin schluckte.

»Da stand, dass meine Großmutter einen kleinen Bruder gehabt hat.«

Um Vibekes Mund tauchte ein strenger Zug auf.

»Habe ich das geschrieben?«

»Ja. Sie sind in der Kindheit getrennt worden. Ich weiß, dass meine Großmutter in einer Pflegefamilie aufgewachsen ist, aber nicht mehr. Von einem Bruder hat sie nie etwas erzählt.«

Vibeke schüttelte den Kopf.

»Ich kann mich nicht daran erinnern.«

»Offenbar war er einmal abends zu Besuch. Zum Abendessen. Aber danach wollte Oma ihn nicht mehr treffen.«

Vibeke machte mit ihrer gesunden Hand eine müde Bewegung.

»Ich kann dir deine Fragen nicht beantworten. Tut mir leid. Es ist so lang her.«

»Erinnerst du dich an den Abend?«

»Nein. Überhaupt nicht.«

Josefin rutschte mit dem Stuhl etwas näher ans Bett.

»Was weißt du über ihre Kindheit?«

»Sehr wenig.«

»Aber was? Kannst du mir davon erzählen?«

Vibeke seufzte.

»Du weißt bestimmt genauso viel wie ich. Zuerst ist sie in ein Kinderheim gekommen. Bevor sie die Pflegefamilie zu sich genommen hat.«

»Ja?«

»Das war 1951. Puh, dort ging es ihr überhaupt nicht gut. Das arme Kind.«

Josefin rechnete nach. Ihre Großmutter war dreiundvierzig geboren, also war sie dann acht Jahre gewesen.

»Es war irgendwo in Südschweden«, erzählte Vibeke weiter. »Das reinste Gefängnis. Gitterdach mit Stacheldraht drauf. Am schlimmsten war aber die Gewalt. Die Kinder wurden mit Fäusten ins Gesicht geschlagen. Die Treppen hinabgestoßen. Ich weiß nicht alles.«

Sie strich mit der gesunden Hand über die Bettdecke.

»Vanja hat die Schwächeren verteidigt. Wenn vor ihren Augen ein Kind schlecht behandelt wurde, war sie sofort dazwischengegangen.«

Josefin hörte regungslos zu. Das war ihr alles neu, auch Knud hatte kein Wort über ein Kinderheim gesagt.

Vibeke sprach weiter.

»Dann kam sie in die Pflegefamilie in Stockholm. Zum Glück. Da war sie im Teenageralter. Zumindest hatte sie dort einen sicheren Ort zum Leben. Auch wenn es nicht gerade ein liebevolles Zuhause war.«

Sie wandte den Kopf zu Josefin.

»Das ist alles, woran ich mich erinnere. Mehr kann ich dir nicht weiterhelfen. Du musst Vanja selbst fragen.«

Vibekes Augen fielen zu. Sie wirkte müde. Josefin nahm ihre Tasche und Jacke.

»Danke, dass ich dich besuchen durfte. Und dir Fragen stellen.«

Vibeke machte die Augen wieder auf.

»Was ist mit den alten Aufzeichnungen geschehen? Ich dachte, sie seien im Müll verschwunden.«

Josefin blieb in der Tür stehen.

»Grethe und ich hatten kurz überlegt, sie an einen Verlag zu schicken. Letztendlich haben wir es aber gelassen.«

Vibeke richtete sich auf.

»Einen Verlag? Unter keinen Umständen. Nie im Leben.«

Sie sank wieder zurück. Die Augenbrauen waren noch immer hochgezogen.

»Das war Mist. Den ich zu meiner Zerstreuung gemacht habe.«

»Jetzt ist es jedenfalls weg.«

Vibeke schwieg. Dann wandte sie sich noch mal an Josefin.

»Grüß Vanja, wenn du sie siehst. Das ist besser, als wenn ich sie anrufe und sie störe. Sag ihr, dass ich verstehe, warum sie sich nicht gemeldet hat. Für sie war es natürlich ziemlich schwer, mit diesem Unfall umzugehen. Für sie mehr als sonst jemandem. Wegen Trine.«

»Trine?«

»Ja, genau. Aber nach ihr musst du Vanja fragen.«

Vibeke nahm ein altmodisches Transistorradio vom Nachttischschränkchen.

»Deine Großmutter flieht. So ist sie. Sie flieht, statt zu bleiben und mit der Wirklichkeit umzugehen.«

Umständlich zog sie mit der nicht eingegipsten Hand die Antenne Zentimeter um Zentimeter heraus.

»Und jetzt höre ich Nachrichten.«

Die Wohnung ihrer Großmutter war stickig und roch abgestanden. Josefin öffnete im Wohnzimmer alle vier Fensterflügel, die leichten Gardinen begannen zu flattern. Unten im Hof spielten ein paar kleine Mädchen lautstark neben der Schaukel. Die Stimmen und das Gelächter hallten von den Backsteinwänden wider. Der Nachmittag neigte sich dem Abend zu, die Schatten waren länger geworden.

Josefin drehte sich um und betrachtete das Zimmer. Der Boden war staubig, besonders in der Ecke, wo der Webstuhl gestanden hatte. Er hatte helle Stellen auf dem Holz hinterlassen. Die gewebten Wandteppiche und Bilder schienen sie zu überragen. Die meisten hingen seit Jahrzehnten da. Selbst die aus hauptsächlich hellen Farben bestanden, hatten schwarze Elemente. Wie stille Schreie mitten im sonnigen Sommer.

Josefin sank aufs Sofa. Ihre Großmutter, in einem Kinderheim voller Gewalt. Von ihrem kleinen Bruder fortgerissen. Wie klein war er wohl gewesen? Jedenfalls jünger als acht Jahre. Unter Fremden und ohne seine große Schwester.

Sie legte sich aufs Sofa. Schloss die Augen und entspannte sich, bis sie hinterher das Naturreservat nördlich von Klammersbäck vor sich sah. Still, menschenleer, nur die Geräusche von Meer und Wind. Unberührte Wiesen voll Heiderosen und sandigen Stellen. Wellen, die an den Strand schlugen.

Kivik. Der Ort mit seinen kleinen Häusern und schmalen Straßen und Kopfsteingässchen. Obwohl sie auf einem durchgesessenen Sofa in einer Wohnung lag, roch sie alles ganz deutlich. An den Strand gespülte Algen, brackiges Meerwasser und Schornsteinrauch.

Sie dachte an die *Pension Pomona.* Die Morgen in der Küche. Das laufende Radio. Ihre Mutter an der Anrichte beim Schneiden der Paprika fürs Frühstücksbuffet. In der Kaffeemaschine blubberte Kaffee, im Ofen buk Brot und allmählich wachten die Pensionsgäste auf.

Åkes Garten, mit den ganzen Beerensträuchern und Obstbäumen und Blumen. Die von Kapuzinerkresse und Stockrosen gesäumten Wege. Dieselben Wege, über die sie als kleines Kind gerannt war.

Josefin setzte sich auf.

Vallmogården. Wo sie seit drei Jahren mit Harald zusammenlebte. Wo sie arbeiteten, um die Erde so fruchtbar und nährreich wie möglich zu machen. Wo sie Gemüse anbauten, Obst pflückten, die kleine Weide bewachten. Schreinerten und malerten und alle möglichen Verbesserungen am Wohnhaus unternahmen, innen wie außen.

Wo sie außerdem Hühner hielten, Schafe gekauft und dabei zugesehen hatten, wie sie trächtig wurden und Lämmchen bekamen. Wo sie darüber fantasiert hatten, irgendwann in der Zukunft Erdwärme zu installieren und sich Schweine zuzulegen und eine Orangerie zu bauen.

Alles konnte Wirklichkeit werden. Wenn man zu zweit war und am selben Strang zog. Zwei, die Seite an Seite standen und einander liebten. Sie konnte nun nichts mehr beunruhigen. Nach diesen Wochen schaffte sie alles.

Josefin kramte das Handy aus ihrem Jutebeutel, berührte das Display und dachte daran, dass Ullis nie mehr blökend zum Zaun kommen würde. Ihr Lieblingsmutterschaf lebte nicht mehr, aber der Rest der Herde lief weiter herum und weidete.

»Ich komme nach Hause«, sagte sie direkt, als Harald abhob. »Morgen.«

Sally

Die dunkelgrüne Farbe des fächerförmigen Holzspaliers blätterte ab, Sally konnte das durch die Blätter der Kletterpflanze hindurch sehen. Man sollte es besser streichen, wenn die Clematis im Herbst nicht mehr blühte.

Der Herbst fühlte sich noch weit weg an, aber eigentlich waren nicht mehr viele Sommerwochen übrig. Bald würde die Luft kühler werden und das Wasser eiskalt, die Blumen verblühen und das Laub von den Bäumen fallen.

Sally blickte zur Straße. In ihrem Bauch flirrte es unruhig. Der Kiviker Jahrmarkt hatte gerade begonnen und der Ort wimmelte von Touristen. Den restlichen Juli über war die Pension komplett ausgebucht. Aber danach hörten die Buchungen auf. Womöglich stand das Haus schon ab August leer. Das Risiko, dass die Pension bis zum Apfelmarkt im September nicht überlebte, war groß.

Das Budget, mit dem sie im Frühjahr kalkuliert hatte, war ziemlich klein gewesen, und seither hatte sie mit ansehen müssen, wie es die ganze Zeit gesprengt wurde. Auch die Kreditkarte in Kopenhagen war nicht in der Rechnung enthalten. Aber sobald Josefin den ersten Lohn bekam, würde sie ihr dieses Geld zurückzahlen.

Sally fuhr mit den Fingern die niedrige Lavendelhecke entlang, wie sie es als Kind oft getan hatte. Josefin vermutlich auch. Wann sie wohl wieder nach Hause kam? Ihre SMS waren furchtbar kurz und vage. Offenbar wusste sie es selbst nicht.

Auch Vanja hatte sich eine Weile nicht blicken lassen und vermutlich kam sie überhaupt nicht mehr. Peter hatte ihr bestimmt von dem Gespräch letzten Freitag erzählt. Ihr die Lage geschildert. Dass sie Vanja zwar vergeben habe, aber sie trotzdem kein Teil der Familie sei. Selbst wenn es vielleicht so wirkte.

Aus dem offenen Fenster drang das Geräusch der Küchenmaschine. Liselott machte den Teig fürs Frühstücksbrot am nächsten Tag. Sie war am frühen Morgen gekommen, um eine lange Liste an Aufgaben abzuarbeiten. Man konnte keine treuere Freundin haben. Aber bald war Liselotts Hilfe vielleicht gar nicht mehr nötig.

Sally hörte ein Auto anrollen und hob den Blick. Wieder parkte ein fremdes Auto direkt vorm Grundstück und sie musste zu seinem Besitzer, einem grobschlächtigen Mann mit in die Stirn gezogenem Basecap, gehen.

»Leider ist Parken hier nicht erlaubt«, sagte sie. »Das ist Privatgrund.«

Der Mann, der aus dem Auto gestiegen war, starrte sie verärgert an. Die füllige Frau mit gerötetem Gesicht auf dem Beifahrersitz fauchte in wütendem Ton etwas Unverständliches. Der Mann setzte sich wieder ins Auto und fuhr weg. Sally fragte sich, wie oft sie wohl in den nächsten Tagen noch darauf hinweisen musste. Am besten stellte sie eine Art Absperrung auf. Falls sie die Zeit dafür fand.

Sie ging ins Haus und setzte sich an den Küchentisch, versuchte rational zu denken. Zuerst alles Praktische, das dringend war, klären. Dann jede Menge Papierkram durchgehen, Rechnungen und so, damit sie mit der Buchführung nicht ins Hintertreffen geriet. Danach war Zeit, über die Zukunft nachzudenken.

Jetzt wäre es gut, wenn Peter da wäre. Mit ihm hatte sie ihre Sorgen über alles Finanzielle erörtern können oder war zumindest auf Verständnis gestoßen. Peter sagte immer, was er dachte. Er würde ihr sagen, wenn es Zeit zum Aufgeben war, und zwar, ohne zu urteilen oder sich lustig zu machen oder zu denken, sie sei gescheitert. Dazu war er nicht der Typ.

Sally saß tatenlos da. Dieser Tag im Frühjahr. Als sie Peter zum Strand joggen gesehen hatte, in schwarzer Trainingskleidung und mit Mütze. Sie hatte ihn aufs Grundstück gerufen und dann hatten sie im Wintergarten ein schönes Gespräch. Ein weltveränderndes sogar. Denn damals hatte ihre Idee einer Pension Fahrt aufgenommen. Peter hatte sie dazu gebracht, es zu wagen. Ihr fiel ein, was er gesagt hatte. *Pomona – Göttin der Baumfrüchte und des Gartens.* Er hatte der Pension den Namen gegeben.

Sie wandte sich wieder dem Papierkram zu, aber verlor sich erneut in den Gedanken. Bei dem Gespräch im Wintergarten war es nicht nur um ihren Traum von einer Pension gegangen. Am besten hatte ihr gefallen, nah bei ihm zu stehen, ihm in die Augen zu sehen, die Form seiner Lippen zu studieren. Schon damals hatte sie ihn küssen wollen.

Sie straffte die Schultern, wurde wieder nüchtern. Bestimmt war es gut, dass sie Stopp gesagt und sich die Romanze nicht weiter hatte entwickeln lassen. Peter stand Vanja zu nah. Das Ganze würde nur schieflaufen und merkwürdig.

Abgesehen davon waren Beziehungen höchst anstrengend. Sally erinnerte sich an die Arbeit, die in der Anfangsphase mit Frank nötig gewesen war. Wie sie sich darauf hatte konzentrieren müssen, nicht verzweifelt zu wirken, weil das abtörnend gewesen wäre, und zugleich klare Signale zu senden, dass sie wirklich mit ihm zusammen sein wollte, damit Frank nicht den Eindruck bekam, das Feuer wäre am Erlöschen. Was für ein furchtbarer Balanceakt!

Sie holte ein Tablett, um Geschirr von einem Tisch zu räumen. Eine brünette Frau kam aus dem Flügelgebäude. Die Hälfte eines Paars, das vor zwei Tagen mit einem Mietwagen aus Stockholm gekommen war. Die Frau setzte den Kabinentrolley auf den Kiesweg und ging mit kurzen Schritten und wiegenden Hüften in Richtung Gartentür. Direkt hinter ihr kam ihre Freundin, adrett und kleingewachsen mit zwei randvollen Sporttaschen. Sie war gewöhnlicher, ihr Benehmen hatte etwas Forsches.

Die beiden waren redselig und beinahe überenthusiastisch.

»Vielen, vielen Dank«, sagte die Forsche. »Dann checken wir mal aus.«

»Hoffe, es hat Ihnen gefallen.«

»Fantastisch.«

Die Brünette machte eine Handbewegung übers Gelände.

»Na, schauen Sie sich das doch an! Sie leben wirklich einen Traum.«

Die andere holte eine Sonnenbrille aus ihrer Hüfttasche und setzte sie auf.

»Klar, Sie haben viel zu tun. Aber trotzdem ist es doch auch ein Lebensstil.«

»Natürlich.«

»Sie haben alles hinter sich gelassen und sind hierhergezogen«, sagte ihre Freundin. »Genial.«

Sally schenkte ihnen ein sonniges Lächeln. Sie musste glücklich und sorglos wirken, das gehörte zu dem Erlebnis, für das die Gäste bezahlten.

Die Frauen gingen zu ihrem Wagen und luden das Gepäck ein.

Ein weiterer Gast kam aus dem Flügelgebäude. Ein korpulenter Mann mittleren Alters, der gestern spätabends mit seiner hageren Frau angekommen war. Sie schienen wohlhabend zu sein, fuhren einen SUV, in dem Markenkoffer und Golftaschen waren. Genau die Art Menschen, über die Josefin die Nase rümpfte und sie als Spießer bezeichnete.

Das Paar nickte ihr auf dem Weg zum Frühstück zu. Sally wünschte ihnen einen guten Morgen. Als sie im Haus verschwunden waren, dachte sie wieder an ihre Tochter. Wäre Josefin hier, würde sie bestimmt sagen, das Paar fahre sicher tausende Kilometer oder fliege durch die Welt, ohne auch nur einmal an die Klimakrise zu denken, und Sally würde vielleicht entgegnen, man solle sich nicht über andere erheben. Es gebe auch Menschen, die Autos und Flugzeuge wegen Panikattacken mieden.

Eigentlich ging es in solchen Gesprächen nie um Sachfragen. Sie waren nur eine Art zusammen zu sein. Sie vermisste Josefin, dass es schmerzte.

Gerade als Sally mit dem vollen Tablett ins Haus gekommen war und begann, die Spülmaschine einzuräumen, hörte sie auf der Vordertreppe schnelle Schritte. Liselott erschien in der Tür. Ihre Wangen waren knallrot, auf der Oberlippe glänzten kleine Schweißperlen.

»Hilfe, Krise! Verstopfte Toilette im Flügelgebäude! Ich habe alles versucht, aber nichts hilft. Hast du einen Klempner, den du anrufen kannst?«

Sally atmete tief durch. Eine verstopfte Toilette. Auch das noch! Und am ersten Jahrmarktstag! Sie hatte die

Nummer des Klempners von der Renovierung. Hoffentlich hatte er Zeit und verlangte nicht zu viel. Wobei, letzteres wusste sie. Er kostete, sobald er sich in sein Auto setzte.

»Ich rufe ihn an«, sagte sie. »Halte du indessen die neuen Gäste auf. Sie kommen bald.«

»Aufhalten, wie denn?«

»Empfehle ihnen Sehenswürdigkeiten oder was weiß ich.«

Liselott verschwand. Sally rief den Klempner an. Während das Rufsignal tutete, kratzte sie etwas zu fest an einem Mückenstich. Er begann zu bluten. Und dabei wollte sie als Pensionswirtin doch ordentlich aussehen.

Eine Frau mit Doppelkinn und Pferdeschwanz blickte in die Küche.

»In meinem Zimmer ist eine Glühbirne kaputt. Tauschen Sie die bitte aus. Im Astrachan.«

Mit klackernden Absätzen rauschte sie wieder ab.

Sally schloss kurz die Augen. Sie musste hier raus. Und wenn auch nur für einen Moment.

Die Mole war verlassen und Regen lag in der Luft. Der Wind hatte auch aufgefrischt, auf den kleinen Wellen tanzten Schaumkronen. Hier und da schwappte das Wasser über den Damm, es war überhaupt kein Badewetter.

Sally stand am Parkplatz. Sie pfiff nach Märta, die offenbar lieber wieder nach Hause wollte. Letztendlich trottete sie zumindest mit zögernden Schritten die Mole lang. Sie gingen bis ans Ende und stellten sich an die Hafeneinfahrt.

Die Landschaft zeichnete sich dramatisch vor dem silbergrauen Himmel ab. Die Küste hatte die Farbe wie heller Hafer. Wo das Meer fortsetzte, gingen die von der Sonne ausgeblichenen Wiesen und Sanddünen in flache Horizontallinien über.

Sally atmete. Jetzt gab es nur Wind, Wasser und Himmel.

An exakt dieser Stelle hatte Åke immer gestanden. Ihr schweigsamer Onkel mit den vielen Geheimnissen. Sie konnte ihm seine Fehler vergeben, das war nicht schwer. Er war ein gefühlsleerer, eher zurückgezogener Mann aus einer Generation, in der es üblich war, sein Inneres nicht zu reflektieren.

Was Vanja betraf, sah die Sache anders aus. Ihre Erwartung blockierte alles.

Märta hatte sich hingelegt, der Kopf ruhte schwer auf der Mole. Sally ging wieder los und der Hund kam auf die Pfoten. Sie spazierten zurück zum Land.

Eine Gestalt in gelber Regenjacke und trotz fehlendem Regen mit Kapuze auf dem Kopf kam ihnen entgegen. Die Gestalt winkte und nahm die Kapuze ab. Es war Liselott.

»Ich musste nachsehen, wo du abgeblieben bist. Du wirkst traurig. Dabei hast du doch deinen Traum und alles verwirklicht.«

»Ich bin nur ein bisschen niedergeschlagen. Das wird schon wieder.«

Am Strand lagen Optimisten-Jollen in Reih und Glied. Einen Sommer ihrer Kindheit waren Sally und Liselott und auch ihre dritte Freundin Nora zur Segelsommerschule gegangen. Jeden Morgen hatte sich die Truppe von Kindern, ungefähr ein Dutzend im Alter von acht bis zwölf Jahren, an dem kleinen Strand zur Theoriestunde getroffen.

»Weißt du noch?«

Liselott nickte in Richtung der Jollen.

»Die Segelschule. Da sind wir Freundinnen geworden.«

Sally erinnerte sich genau. Der Kurs gehörte zu jenen Wegscheiden, aus denen das Dasein bestand. Liselott war in ihr Leben getreten. War eine Weile geblieben, dann viele Jahre verschwunden. Und nun wieder zurück.

Sie sprachen über ihre Erinnerungen aus der Segelschule, wussten beide noch unterschiedliche Dinge. Man müsse Ruder und Schott greifen, sich an die richtige Stelle im Boot setzen und wissen, aus welcher Richtung der Wind blase, dann gegen den Wind kreuzen und zurück lenzen.

Man müsse aufpassen, keine überraschenden Patenthalse zu bekommen. Oder im Windauge zu landen, wo das Segel nur flatterte und man nirgendwo hinkam. Dann hieße es, so schnell wie möglich raus da und den Kurs ändern.

Sally wandte sich an Liselott.

»Ich war so ein Dummkopf. Habe mit Peter alles zerstört.«

Liselott bekam große Augen.

»Habt ihr euch gestritten?«

»Nein. Überhaupt nicht. Im Gegenteil.«

Sally wurde rot und blickte ins Strandgras hinunter.

»Aber es geht nicht. Wir haben es versaut.«

Liselott lachte kurz.

»Die Freundschaft? Verstehe. Aber was ist das Problem? Ihr müsst euch doch einfach nur weiter treffen?«

»Das ist nicht so einfach. Ich kann so einen Schritt mit ihm nicht machen. Nicht bevor ich bereit bin, Vanja in mein Leben aufzunehmen.«

»Du meinst, du musst eine Sache nach der anderen machen?«

»Vielleicht.«

Sally hakte sich bei Liselott ein. Sie gingen wieder los.

»Ich kann Vanja nicht als meine Mutter sehen. Es geht einfach nicht. Und ich kann auch nicht so tun. Also werde ich wohl auf lange Sicht herausfinden, wo sich Peter in dem ganzen Schlamassel einreiht. Aber ich freue mich riesig über die Pension. Und dich.«

Sie meinte jedes Wort. Liselott streichelte ihren Arm.

»Was für ein Glück, dass wir uns bei diesem Segelkurs angemeldet haben. Und dass du hierhergezogen bist.«

Sie gingen im Gleichschritt, Arm im Arm, als wären sie nur ein Wesen. Genau im Moment, da sie das Grundstück erreichten, begann es zu regnen.

Josefin

Das Großreinemachen der Wohnung ihrer Großmutter war fast geschafft. Josefin hatte jede Ecke gesaugt und danach die Böden gewischt. Das Bad war sauber, die Küche auch. Der einzige Ort, an dem sie nichts gemacht hatte, war der Abstellraum. Darin befanden sich Unmengen an Boxen und Pappschachteln unklaren Inhalts, Feuerlöscher und Bügelbrett und Werkzeugkasten, plus ein Berg Kleidung und Schuhe. Offensichtlich benutzte ihre Großmutter den kleinen Raum für alles, was sie nicht täglich brauchte.

Vielleicht waren darin auch Sachen, in denen kein anderer herumstöbern sollte.

Wer war diese Trine? Anscheinend war etwas mit ihr passiert. Vibeke hatte von einem Unfall gesprochen. Er musste ernst gewesen sein, wenn er derart große Folgen gehabt hatte.

Josefin blickte eine Weile auf das Bild in der Ecke. Die Familie Hallqvist. Dann hob sie das Handy und fotografierte es. Was hatte ihre Großmutter damals beim Malen gespürt? Wie sah sie es heute? Würde sie erzählen wollen?

Das war unmöglich zu wissen. Ihre Großmutter war manchmal offen und manchmal geheimnisvoll, je nach Laune. Man wusste bei ihr nie, woran man war.

Der Koffer war gepackt. Josefin drückte den Deckel zu und schloss beide Schnallen. Auf der Heimreise war das Gepäck deutlich größer als bei der Herfahrt. Die Klamotten, die sie reduziert gekauft hatte, brauchten unvorstellbar viel Platz. Aber sie würden nützlich sein. Perfekt als Arbeitskleidung, nachhaltig in jeder Faser.

Sie schleppte den bleischweren Koffer in den Flur, dafür brauchte sie Muskelkraft, und sie hob ihn höher als nötig, allein, weil es so guttat. Noch nie hatte sie sich so danach gesehnt, in Vallmogården mit anzupacken. Am liebsten wollte sie graben oder was bauen. Gemeinsam mit Harald.

Die Kofferrollen lärmten über den Bürgersteig. Josefin wuchtete das schwere Stück auf den Beifahrersitz und schloss die Autotür. Der Pick-up hatte eine Autowäsche dringend nötig. Er passte so gar nicht ins städtische Umfeld.

Sie ließ den Motor an, rollte langsam durch das Heimatviertel ihrer Großmutter und hielt an der Galerie. Als sie Gorm den Wohnungsschlüssel übergab, fasste er sie an den Schultern.

»Auf Wiedersehen fürs Erste. Hoffe, wir sehen uns bald wieder.«

Er kratzte sich am Kopf und sein Mützchen verrutschte.

»Wie geht es Grethe«?

»Gut. Sie hat die Wohnung ihrer Mutter hergerichtet und ist dort eingezogen. Und Vibeke darf heute aus dem Krankenhaus.«

»Wunderbar. Grethe ist ein fürsorgliches Mädchen. Wobei, manchmal auch etwas impulsiv. Das hat die Jahre über so manche Sorgen bereitet.«

Josefin nickte. Sie erzählte von Grethes spontaner Aktion neulich.

»Sie hat einen Stapel Aufzeichnungen weggeworfen, die Vibeke seit den Siebzigern aufbewahrt hat. Sie sind verbrannt. Ich finde, sie waren wertvoll. Eine Art Zeitdokument. Darin stand auch einiges über meine Großmutter. Die hätte das vermutlich gern gelesen.«

Gorm musterte sie.

»Aufzeichnungen, sagst du?«

»Ja, Grethe hat sie gefunden. Bei ihrer Mutter.«

Gorm verschwand in sein Büro. Josefin sah ihn durch die vergitterte Glaswand vor einem hohen Schrank eine Leiter aufklappen, hochsteigen und eine ganze Weile herumkramen. Dann kam er wieder zu ihr.

»Bitte.«

Er überreichte ihr einen Ordner.

»Ich habe vor einigen Jahren eine Kopie davon gemacht. Ehrlich gesagt hatte ich sie ganz vergessen. Vibeke hat mir die Sachen damals gegeben, aber ich habe es nie geschafft, darin zu lesen, und später wollte sie sie zurück. Sie hat nie an sich selbst geglaubt.«

Der Ordner war vor Staub ganz grau. Josefin öffnete ihn und blätterte. Jede engbeschriebene A4-Seite war kopiert und ordentlich gelocht. Sie war überwältigt.

»Vielen Dank.«

»Gib ihn Vanja. Sie wird sicher überrascht sein.«

»Das glaube ich auch.«

Vibeke konnte sagen, was sie wollte, aber Josefins Großmutter musste diese Texte sehen.

Josefin quetschte den Ordner in ihren Rucksack und schaute dann auf die Uhr. Noch war es nicht arg spät. Einen Ort wollte sie noch aufsuchen, bevor sie nach Hause fuhr.

Broken Twill hatte gerade aufgemacht, als Josefin reinkam. Das Türgebimmel klang ungewöhnlich gesellig. Lou grüßte sie vom Kassentresen aus, wo sie Poloshirts faltete.

»Hast du deine Meinung geändert?«

»Nein. Ich fahre jetzt. Das Auto steht draußen.«

Auf dem Plattenspieler kreiste eine Schallplatte und knisternder Soul ertönte aus den Lautsprechern.

»Anton braucht Verstärkung, also werde ich per Anzeige jemanden suchen«, sagte Lou. »Nur damit du es weißt.«

Josefin legte einen Zettel auf den Tresen.

»Ich wollte dir das hier geben. Das ist die Nummer einer dänischen Freundin. Grethe. Neunundzwanzig und megatüchtig. Sie würde wirklich hart arbeiten. Und ihr Bestes geben.«

Lou griff nach dem Zettel.

»Kennt sie sich mit Mode aus? Hat sie schon mal in einem Laden gearbeitet?«

»Sie wird es lernen. Und sie kann direkt anfangen.«

Lou legte einen Stapel Jeans in ein Regal.

»Wenn du sagst, dass sie tüchtig ist, okay. Sie kann jederzeit vorbeikommen.«

»Grüß sie von mir. Lass ihr alles von Anton beibringen.«

Josefin sah sich im Laden um. Jeder einzelne Stiefel und jedes Kleidungsstück stand und hing genau, wie es sollte. Ungefähr wie in einem erstklassigen, höchst stilvollen Restaurant. Grethe würde das ausgezeichnet hinkriegen, so beeindruckend, wie sie die Wohnung ihrer Mutter hergerichtet hatte.

»Brauchst du was?«, fragte Lou. »Wir haben einiges vor dem Herbst runtergesetzt.«

»Ich habe noch immer kein Geld. Du warst schon supergroßzügig.«

»Nimm dir etwas von den reduzierten Sachen. Als Dank für deine Hilfe.«

Lou fasste die sonnengebleichten Haare im Nacken zusammen.

»Und behalte meine Visitenkarte. Wie gesagt, ruf an, falls sich deine Pläne für den Herbst ändern.«

Mit einer Visitenkarte in der Tasche und einer Tüte in der Hand verließ Josefin den Laden, stieg ins Auto, stellte die Tüte auf den Koffer und schnallte sich an. Hoffentlich würde Grethe verstehen, wie wichtig es war, diesen Job zu bekommen und ihn zu behalten. Dadurch würde es für sie leichter sein, selbstständig zu bleiben und Noah zu meiden.

Josefin stellte den Rückspiegel ein und steckte sich einen Minzkaugummi in den Mund. Sie machte sich bereit für die Fahrt. Nach Kivik. Ihre Handflächen waren klebrig feucht. Es würde nicht leicht werden, ihrer Mutter und Harald alles zu erklären. Weder das fehlende Einkommen, noch dass sie gelogen hatte.

Josefin verließ Malmö. Und plötzlich schien ihr Gehirn zu neuem Leben zu erwachen. Sie hatte eine völlig neue Idee. Erst war es nur ein Einfall, der aber wuchs und wuchs.

Als Josefin die Autobahn erreicht hatte, war der Plan fertig. Und Harald würde er bestimmt gefallen.

Vanja

Vanja schnitt das Webstück aus dem Webstuhl und hielt es vor sich hoch, zog es an den Seiten auseinander. Die Ränder waren gleichmäßig und kein bisschen schlampig gearbeitet. Das abschließende Vernähen der Fäden und Anknüpfen von Fransen konnte warten.

Der Teppich war nicht lang, vielleicht zwei Meter. Er war denkbar als Bettvorleger in einem Schlafzimmer, dort würden die Fußsohlen ihn beim morgendlichen Aufstehen lieben. Vielleicht passte er auch auf eine Küchenbank.

Der Regen hatte sich verzogen. Draußen sah Vanja Peter seine Fenster putzen. Wenn sie an seinen verärgerten Ausbruch am Samstag dachte, zitterte sie am ganzen Leib.

Seitdem war er seinen täglichen Arbeiten nachgegangen, hatte den Garten gepflegt, die Schweine gefüttert, während sie am Webstuhl gesessen oder mit einem Buch auf der anderen Seite des Ateliers in der Hängematte gelegen hatte. Manchmal war sie in der Hitze eingedöst und hatte eine Weile geschlafen. War dann aufgewacht und hinunter zum Stenshuvud gefahren, um zu baden. Sie schwamm gerne, besonders bei den derzeitigen Wassertemperaturen, die über zwanzig Grad lagen.

Ansonsten befand sie sich jedoch in einem unangenehmen Abwarten. Sie war in einem Dazwischen, einem Schwebezustand gefangen. Konnte sich nicht entscheiden, ob es besser war, in Svinaberga zu bleiben oder zu verschwinden. Wenn sie in Sallys Augen nicht erwünscht war und Peter nur ins Unglück stürzte, durfte sie dann überhaupt weiter hier leben? Herumlaufen wie so ein Roboter. Hoffen und träumen, während die Zeit verging und sie immer jämmerlicher wirkte. Auch wenn sie von Harald geschätzt wurde.

Harald und seine Mauer. Möglicherweise ging es bei diesem Bauwerk gar nicht darum, sich zu isolieren. Sondern um Mut. Sich selbst in einem Stück Erde zu verankern, daran weiterzubauen, was einem die Vorfahren hinterlassen hatten. Die Entscheidung fürs Bleiben zu wagen, komme, was wolle. Sah wirkliche Courage so aus?

Vanja hängte den Teppich über eine Stuhllehne und legte eine ihrer Lieblingsplatten auf, *Rubber Soul* von den Beatles. Als die ersten Töne von »Girl« aus den Lautsprechern schallten, ging sie in die Küche, um Kartoffeln zu schrubben. Sie füllte das Spülbecken mit Wasser und dachte daran, dass heute Montag, der sechzehnte Juli war. Der Kiviker Jahrmarkt hatte gerade begonnen.

Es hatte eine Zeit gegeben, da hatte sie den nie versäumt. Ein Besuch mindestens war ihre Sommertradition. Und dabei wurde etwas gekauft, was auch immer, einige hundert Gramm Marktkonfekt oder eine Wurzelbürste von guter Qualität. Aber heutzutage hatte sie keine Lust mehr darauf. Ihr gefiel der Kommerz nicht, der billige Ramsch an den meisten Ständen, ja eigentlich überall.

Vanja trocknete sich die Hände an einem Geschirrhandtuch ab. Wenn Harald wagemutig war, musste sie es auch sein.

Das Telefon lag auf dem großen Arbeitstisch. Vibeke ging sofort ran. Ihre Stimme klang vielleicht etwas müder als sonst, aber hatte trotzdem Biss und Prägnanz. Sie war wieder zu Hause, Grethe hatte sie gerade aus dem Krankenhaus abgeholt. Nun lebte ihre Tochter bei ihr, und ihr Körper war am Heilen, wenn es auch etwas dauerte.

»Meine Liebste«, sagte Vanja. »Tut mir leid. Ich hätte mich melden sollen. Bei dir. Und bei Grethe.«

»Nur kein schlechtes Gewissen. Du weißt doch, dass ich dir weder was vorwerfe noch dich verurteile? Es war wegen Trine. Oder?«

Vanja strich den frisch gewebten Teppich glatt. Er war schön. Aber sinnlos. Genau wie alles andere, wenn sie doch Sally nicht haben konnte.

»Jetzt reden wir nicht mehr davon«, sprach Vibeke weiter. »Ich bin einem Auto ausgewichen und in einen Pfosten geknallt. Aber ich habe überlebt.«

Vibekes Stärke, ihr unbändiger Enthusiasmus. Vanja dachte an die Nächte, als sie ihr gemeinsames Projekt, das Künstlerinnenduo V&V, geplant hatten. An die verzwickten Auseinandersetzungen über das Wesen der Kunst. Die Ambitionen, die vage formulierten Gedanken und noch ungenaueren Beschreibungsversuche, was ihr gemeinsames Werk ausdrücken sollte.

»Du bist in Kivik«, sagte Vibeke. »Wie läuft es mit Sally?«

»Nicht so gut. Schlussendlich bin ich gescheitert.«

»Das tut mir leid.«

»Aber zumindest durfte ich sie ein wenig kennenlernen.«

»Dann war es die Rückkehr wert. Und du hast Josefin. Es war so schön, sie zu treffen. Aber es ist klug von ihr, wieder nach Hause zu fahren.«

Vanja wickelte einen Faden um die Finger.

»Nach Hause?«

»Ja, nach Kivik. Hat Grethe erzählt.«

Im Hintergrund erklang Grethes Stimme. Sie wollte etwas, und Vibeke musste das Gespräch beenden. Sie verabschiedeten sich. Vanja stand noch eine Weile regungslos da und drückte das Telefon an die Brust.

Josefin. Zurück bei Harald auf Vallmogården. Ihre Beihilfe zu Sallys Glück hatte gefruchtet.

Vanja betrachtete den Teppich. Eigentlich ein schönes Geschenk. Ein Kunstwerk, durchtränkt von Liebe und Fürsorge. Der als physische Erinnerung daran über dieser Stuhllehne hing, dass es niemanden mehr gab, dem sie ihn schenken konnte.

Sie benutzte erneut ihr Telefon. Erna ging ran.

»Ich habe einen Teppich gewebt«, sagte Vanja.

»Einen Teppich?«

»Ja. Vielleicht möchtest du ihn haben?«

Erna lachte leise.

»Danke, liebe Vanja, aber ich habe Teppiche im Überfluss. Allerdings finde ich, du solltest heute Nachmittag mit mir zum Markt kommen.«

Vanja war aus dem Konzept, atmete einmal ganz tief ein. Ob sie zumindest mal einen kurzen Blick auf den Markt werfen sollte? Etwas aus dem Haus rauskommen. Mit Erna.

An diesem ersten Tag des Jahrmarkts war der Verkehr auf der Hauptstraße dicht. Vanja radelte langsam, um unerwarteten Hindernissen rechtzeitig ausweichen zu können. Wollte nicht wie Vibeke enden.

Wie vorausgesehen, wäre es ein Ding der Unmöglichkeit gewesen, für den VW-Bus einen Parkplatz zu finden. Entlang des Straßenbanketts standen die Autos Stoßstange an Stoßstange, Leute fuhren Rad und Motorrad oder marschierten im Gänsemarsch hintereinander. Familien mit Kindern, Aufreißer, tätowierte Muskelprotze und Bikinibräute mit Cowboyhüten. Alle waren auf dem Weg zum oder vom Jahrmarktfeld. Wo versteckten sich diese schrägen Gestalten eigentlich das restliche Jahr über?

Vanja bog in den Campingplatz und schloss das Fahrrad an einen dünnen Baum. Dann betrat sie das Marktgelände, Erna und sie hatten sich an *WILLIAM ARNES MOTORCIRKUS* verabredet.

Diese Attraktion war noch unverändert, dasselbe Zelt, dieselbe Holzkonstruktion wie eh und je. Die stattliche Front krönte der Schriftzug *WILLIAM ARNE* in roten, mit Glühbirnen besetzten Buchstaben, darunter die gemalten Flaggen von Dänemark und Schweden und das Wort *MOTORCIRKUS*, sowie die Jahreszahl 1934. Auf beiden Seiten der Zeltkuppel über Wänden aus breiten orange-grünen Streifen waren hölzerne Treppen, über die das Publikum hochging, um im Kreis stehend in den großen Holzzylinder hinunterzuschauen, in dem die Show stattfand.

Vanja hatte es jahrelang nicht mehr gesehen. Sie konnte sich an die ohrenbetäubenden Motorengeräusche und den unerträglichen Abgasgestank erinnern. Man hatte die Luft im Zelt kaum atmen können. Außerdem kamen einem die todesmutigen Artisten unerträglich nah, wenn sie fast seitlich liegend Runde um Runde auf Motorrädern oder in kleinen Sportwagen fuhren. Und sie erinnerte sich an das unheilschwangere Knacken der Planken des sogenannten Velodroms.

Unter dem Frontschild war eine kleine Bühne mit Oldtimermotorrädern. Dort hielten sich die Artisten auf und präsentierten sich. Ein Mann in schwarzer Lederweste kündigte über Mikrofon die nächste Show an. Neben ihm stand bei einem der alten Motorräder ein Mann mit zerfurchtem Gesicht. Das war er doch. Der Däne mit den blondierten, nach hinten geföhnten Haaren und dunkler Sonnenbräune. Der betagte Star des Motorcirkus, den Vanja noch aus den Sechzigern kannte. Er trug Motorradstiefel, eine Lederhose mit Nieten und dazu ein weißes bis zur Taille aufgeknöpftes Rüschenhemd. Zwar war er nicht mehr der Jüngste, aber noch immer stilsicher.

Da kam Erna mit Mütze in der Hand und entzückend unordentlichen Haaren. Sie sah gesund aus. Harald hatte erzählt, sie sei gern im Freien. Wuselte immer friedlich auf ihrem kleinen Reihenhausgrundstück herum, knipste verwelkte Blätter ab, band Rosen hoch und zupfte Unkraut, bevor es sich zu sehr ausbreitete.

Ernas Gesicht mit den tausend kleinen Fältchen leuchtete auf, als sie Vanja entdeckte.

»Du wirkst fröhlicher als beim letzten Mal.«

Vanja lächelte.

»Ja. Josefin ist auf dem Weg nach Hause. Ich hoffe, Harald nimmt sie gut auf. Zumindest hat er mir das versprochen.«

»Das ist ja schön. Wie du dich ins Zeug gelegt hast.«

»Ach, nicht der Rede wert.«

Vanja senkte den Blick. Eigentlich hatte sie nicht besonders viel gemacht. Hatte nur neben einem Steinhaufen gestanden und ein Gespräch geführt. Aber offenbar hatte es Wirkung gezeigt.

Erna berührte sie am Arm.

»Göran hat mich gebeten, dich für kommenden Freitag zu ihnen einzuladen. Inger und ihm wäre das sehr wichtig.«

Vanja war Haralds Eltern eine ganze Weile nicht mehr begegnet. Ihre Beziehung war eher oberflächlich.

»Aha, warum denn?«

»Ich glaube, sie wollen dich um Rat fragen.«

Vanja putzte sich ein paar vertrocknete Grashalme von den Sandalen. Mit kleinen, nervösen Bewegungen. Hatte sie sich nicht genug in das Leben anderer eingemischt? Aber Erna ließ nicht locker, Göran und Inger luden zu Wein und Dessertkäse in ihren Garten.

»Ein Glas Wein geht, auch wenn du danach noch Auto fährst. Nach ein paar Stunden ist der Alkohol raus aus dem Körper. Und sonst kannst du dir immer noch ein Fahrrad leihen und dich die Hügel hochplagen. Bewegung ist gesund.«

Sie gingen los, vorbei an all den kreiselnden, blinkenden Fahrgeschäften. Von den Karussells wummerten ohrenbetäubende Discobeats. Erna schien glänzender Laune zu sein und auch Vanja blühte etwas auf. Es war fast wie früher, als sie einige Jahre in Folge gemeinsam hierhergekommen waren.

Für einen Moment glitten Vanjas Gedanken zu sich als Zweiundzwanzigjähriger. Dieser jungen Mutter eines Kleinkinds. Die Tochter war beim Papa geblieben, während sie mit Erna zum Jahrmarkt verschwunden war. Ein paar Stunden Freiheit, ohne Verantwortung. Vanja schüttelte den Gedanken ab.

Bei den Ständen war es ruhiger. Langsam streiften sie durch die Gänge und betrachteten die Auslagen. Vieles war einfach nur geschmacklos und deprimierend. Aber es gab auch anderes. Holzpantoffel und Küchenutensilien, Schmuck und Spielsachen, Käse, Körbe, Bücher und sogar ein wenig echtes Handwerk. Ein Stand verkaufte BHs in allen vorstellbaren Größen.

Dieser Kram in rauen Mengen wechselte sich mit verschiedensten, primitiven Zelten ab, in denen man sich tätowieren, den Rücken massieren oder das Gesicht bemalen lassen konnte. Ein einziges Wirrwarr aus Gerüchen. Von Popcorn und Rauch und Zigaretten und Zuckerwatte, gemischt mit dem Duft scharf Angebratenem und Fritteusenfett.

»Was meinen Göran und Inger mit Rat?«, wollte Vanja wissen. »Ich glaube nicht, dass ich ihnen einen geben kann.«

»Sie wissen, dass du Harald gut kennst. Und es gibt noch immer gewisse Meinungsverschiedenheiten.«

Vanja nickte. Davon wusste sie.

»Der Hof hat zu viel gekostet«, sagte Erna. »Wie wir alle wissen.«

Sie versuchte Vanja in die Augen zu sehen, beinahe ein bisschen ergeben.

»Kommst du am Freitag mit? Du Liebe. Der alten Freundschaft wegen.«

Ein heiseres Brüllen ließ sie umdrehen. Ein betrunkener Junge in einer Jeansjacke mit abgetrennten Ärmeln torkelte auf sie zu. Kurz wirkte er bedrohlich, dann fiel er um und blieb grunzend auf dem Boden liegen.

»Also jetzt reicht es mit dem Jahrmarktgetümmel«, sagte Erna.

Vanja war ganz ihrer Meinung. Sie gingen zurück zu William Arnes grün-orange gestreifter Zeltkuppel, um den Ausgang zu erreichen.

Die Schlange vor dem Motorcirkus war jetzt weniger lang als zuvor. Eine Show war zu Ende, die nächste würde bald beginnen. Zuschauer strömten die Treppen ins Zelt hinauf, während die Stimme des Lederwestenmanns aus dem Lautsprecher schmetterte.

»Hereinspaziert, meine Damen und Herren! Die nächste Vorstellung beginnt in sieben Minuten!«

Erna fasste Vanja am Arm.

»Wollen wir rein? Ich war seit Göran klein war nicht mehr bei William Arne.«

In ihrem Blick lag dasselbe lebendige Funkeln, an das sich Vanja aus den Jahren, bevor sie weggegangen war, erinnerte.

Sie wandte den Kopf Richtung Zeltkuppe. Diese nach Abgasen stinkende, lärmende Show ansehen? Während der man sich schlecht fühlte und einem die Ohren weh taten? Ja, darauf hatte sie Lust.

»Der alten Freundschaft wegen.«

Erna lachte begeistert. Sie eilten zur Ticketluke.

Josefin

Felder und Wiesen glitten am Auto vorbei. Schwarzweiße Kühe weideten, braune Pferde steckten die Köpfe zusammen. Josefin summte die Radiomusik mit. Es gab nichts Schöneres als den Weg nach Osten. Allmählich nahm jedoch der Verkehr zu, da der Jahrmarkt heute begann. Je näher sie Kivik kam, desto voller wurde die Landstraße. Bis zum Abzweig nach Vallmogården hatte sich eine Schlange gebildet, die nur noch im Schneckentempo vorwärts kroch.

Aus der Ferne wirkte ihr Zuhause fast märchenhaft. Der kleine Fachwerkhof könnte in jedem Lifestylemagazin abgebildet werden. Und jetzt mitten im Sommer war er eingebettet in Grün über Grün und umgeben von goldenen Feldern. Beim Näherkommen entdeckte man natürlich alles, was in keiner Reportage je vorkäme. Haufen von Bauschutt und altem Dämmmaterial, die schon längst hätten entsorgt werden sollen. Den kaputten Kühlschrank und Traktorreifen. Die Hollywoodschaukel, die Harald billig aufgetrieben hatte, um sie aufzupolieren. Wobei, eigentlich war sie eher eine von einer verdreckten, flatternden Stoffbahn zusammengehaltene Ansammlung rostiger Stahlrohre.

Aber nun war Zeit für einen Neuanfang. Der Sperrmüll musste zum Recyclinghof in Måsalycke. Solange Harald und sie es gemeinsam anpackten, würde sich alles finden.

Josefin parkte das Auto auf dem Hofplatz. Harald schleppte einen Sack Hühnerfutter und blieb stehen. Josefin stieg aus dem Auto.

»Ja.« Sie lächelte vorsichtig. »Da bin ich.«

»Das sehe ich.«

Er stellte das Hühnerfutter ab. Verfolgte mit abwartendem Blick, wie sie ihr Gepäck vom Beifahrersitz holte.

Als sie mit dem Rucksack über der Schulter und den Koffer hinter sich herziehend Richtung Wohnhaus ging, machte er ein paar zögerliche Schritte auf sie zu.

»Bis du hier, um zu bleiben?«

»Ja.«

Josefin zog den Rollkoffer die Steintreppe hoch, Stufe für Stufe.

»Ich hätte gerne, dass wir es noch mal miteinander versuchen. Wenn das für dich okay ist.«

Er nickte stumm.

Sie betrat mit ihren Sachen die Diele. Es roch nach Zuhause. Und es war aufgeräumter als üblich.

»Was ist das?«, fragte Harald.

Aus dem offenen Rucksack ragte eine Ecke des Ordners von Gorm.

»Den habe ich von Omas Galeristen.«

Josefin öffnete den Ordner und zeigte ihn Harald.

»Das sind Aufzeichnungen, die ihre alte Freundin Vibeke gemacht hat. Aus der Zeit, als sie und Oma in den Siebzigern ein Atelier geteilt haben. Ich weiß nicht genau, was ich damit anfangen werde. Vielleicht, ihn Oma zeigen.«

Harald fuhr sich über den Nacken.

»Hast du es gelesen?«

»Ja. Ist sehr interessant.«

Sie legte den Ordner auf die Flurkommode.

»Zum Beispiel habe ich erfahren, dass Oma einen kleinen Bruder hatte. Oder hat.«

»Vanja war doch ein Pflegekind?«

»Ja, aber offenbar wurden die biologischen Geschwister voneinander getrennt. Oma hat nie etwas davon erzählt.«

»Hä?«

Josefin öffnete den Koffer, um auszupacken.

»Sie scheint ziemlich viel verschwiegen zu haben. Wie auch, dass sie vor der Pflegefamilie einige Jahre in einem Kinderheim war. Mit acht.«

Haralds Augen wurden groß.

»Vibeke hat außerdem von jemandem namens Trine geredet«, sprach sie weiter. »Keine Ahnung, wer das war.«

»Trine? Das war ihre beste Freundin auf Kuba. Sie ist bei einem Autounfall gestorben. Angeblich Selbstmord.«

Josefin sah mit zwei dunkelblauen Jeans in der Hand hoch zu Harald.

»Was sagst du da?«

Sie legte die Jeans in den Koffer zurück und stand mit zittrigen Beinen auf.

»Hat dir Oma das erzählt?«

Er nickte.

»Sie war hier, um mir mit dem Natursteinwall zu helfen. Wir haben ein wenig miteinander geredet.«

Das Gespräch hatte die Atmosphäre zwischen ihnen geändert. Sie umarmten einander. Josefin schnüffelte an Haralds Achsel. Das Hemd roch so gut nach Heu und Erde und frischer Landluft.

»Wie ist es dir ergangen?«, fragte Harald nun.

Sie erzählte von Lou und Anton, vom Laden und seiner geschichtsorientierten Philosophie. Harald hörte zu und stellte exakt wie erwartet Fragen.

Dann packte sie weiter aus, Kleidungsstück um Kleidungsstück, während Harald immer überraschter wirkte.

Josefin hielt ihm eine Jeans hin. Sie war dunkel, steif und hatte weiße Nähte an den Seiten.

»Bitte. Die hält für den Rest deines Lebens.«

Sie kramte im Koffer herum, fand eine Strickjacke mit ausgefallenem Muster, Reißverschluss und zwei Taschen vorne.

»Gefällt dir die? Cowichan-Strickerei nennt man das. Wird von kanadischen Ureinwohnern gemacht.«

Harald nahm die Jacke entgegen, strich mit der Hand darüber. Josefin lachte über sein erstauntes Gesicht.

»Weißt du, was ich gern tun würde? Einen kleinen Hofladen aufmachen. Hier auf Vallmogården. Mit Vintagekleidung. Und Gemüse und Eiern vom Hof.«

»Vintagekleidung?«

»Ja! Erinnerst du dich an das ganze Zeug, das der vorherige Besitzer zurückgelassen hat? Was wir als alte Fetzen abgetan haben? Hemden, Hosen und Jacken.«

Harald nickte mit ausdrucksloser Miene. Bei ihrem Einzug waren die Schränke auf dem Hof voll mit Kleidung des alten Bauernpaars gewesen. Sie hatten alles leergeräumt und gründlich geputzt, die Sachen in Umzugskartons gesteckt und auf den Dachboden gebracht. Und dort standen sie bis heute und warteten auf ihre Fahrt nach Måsalycke.

»Ich bin mir sicher, dass da, wenn man aussortiert, eine Menge echter Schätze darunter ist«, sagte Josefin. »Ein Haufen schwedischer Fabrikate von unglaublicher Qualität. Einzelstücke. Und wir haben die Kleidung von Oma in Svinaberga. Ich glaube nicht, dass sie die noch haben will. Zumindest können wir sie fragen.«

Harald wirkte weiterhin fassungslos.

»Außerdem ist in der Scheune genug Platz«, sprach sie

weiter. »Wenn wir den ganzen Müll wegbringen. Wir streichen und machen es schön.«

Sie packte weiter aus. Ein Pullover war im Koffer verknittert, sie faltete ihn mit schnellen Bewegungen.

»Was hältst du davon? So können wir uns mit etwas anderem als nur Ackerbau und Tieren beschäftigen. Und nehmen zusätzliches Geld ein.«

Josefin hielt den Atem an, wappnete sich für die Frage nach ihrem Lohn. Aber sie kam nicht.

»Also, du willst hier leben?«, fragte Harald.

»Auf jeden Fall.«

Sie gab ihm einen Kuss.

»Ich will mit dir zusammen sein. Jeden Tag. Gemeinsam einschlafen und aufwachen.«

»Aber wenn man einen Hofladen hat … muss man Leuten begegnen? Und das magst du ja nicht.«

Sie lachte.

»Doch. Es ist cool, auf ganz unterschiedliche Menschen zu treffen.«

Sie nahm den Korb, der neben der Tür stand.

»Aber jetzt muss ich raus und mir unsere Felder anschauen. Komm!«

Seite an Seite gingen sie durch die Gemüseanpflanzungen. Harald hatte sie beispielhaft gepflegt. Alles war groß und kräftig geworden, überall war etwas fertig, zum Pflücken und Verwerten. Das Erdbeerfeld war in den vergangenen Wochen schier explodiert.

Josefin zog eine Karotte aus dem Boden, putzte die Erde ab und legte sie in den Korb. Dann besann sie sich und pflückte einen kleinen Strauß Ringelblumen und Gewürztagetes.

Vallmogården war ihr Lebenstraum. So stark und fest wie bei Harald. Sie waren zwei engagierte Selbstversorger, die diesen Betrieb gemeinsam bewirtschafteten.

Früher hatte sie geglaubt, Harald wolle mehr. Hatte ihn, ohne darüber nachzudenken, als eine Art Mentor betrachtet. Während er eigentlich ihr Lebensgefährte sein sollte. Der Hof musste kein Platz mit strengen Regeln über Lebensführung oder Ernährungsweise sein. Sie konnten tun, was auch immer sie wollten.

Nur war da das schlechte Gewissen. Josefin hielt es nicht länger aus.

»Ich habe Mama angelogen. Sie glaubt, ich kriege Geld für den Job in Malmö, aber daraus ist nichts geworden. Stattdessen habe ich Klamotten bekommen. Und ich habe auf ihre Kosten gelebt und werde ihr das Geld erst zurückzahlen können, wenn ich einen anderen Job habe. Im Herbst.«

Harald sah sie eindringlich ein. Josefin wich seinem Blick aus und pflückte noch ein paar Blumen.

»Ich weiß nicht, wie ich das hinkriege. Es gibt kein zusätzliches Geld für uns, wie ich dir versprochen habe.«

Sie sah hoch.

»Und ausgerechnet ich, die dich dafür beschuldigt hat, dir Geld von deinen Eltern geliehen zu haben. Ich war so dumm. Ich bin kein bisschen anders. Schlimmer.«

Sie war auf eine dramatischere Reaktion gefasst gewesen. Aber Harald schwieg.

»Ich habe eine Menge nachgedacht«, sagte er schließlich. »Während du weg warst.«

Der Ernst in seiner Stimme fuhr ihr in die Glieder. Sie wusste so wenig, was seit ihrer Abreise nach Malmö und Kopenhagen in seinem Kopf vorgegangen war. Hätte sie sich nur öfter gemeldet. Sie hätte auf engeren Kontakt bestehen sollen.

»Worüber nachgedacht?«

Harald trampelte auf der Stelle herum.

»Vielleicht ist es falsch, das genau jetzt zu sagen, nachdem du erzählt hast, wovon du alles träumst. Aber ich habe gedacht, dass ...«

Er brach ab. Sie rupfte eine weitere Blume ab.

»Jetzt komm schon. Sag es.«

Er räusperte sich, bevor er weitersprach.

»Ich möchte dich nicht zwingen, meinen Lebenstraum zu leben. Besonders, da wir nicht genug Geld dafür haben. Also sollten wir den Hof loswerden, finde ich.«

Josefin fiel fast der Strauß aus der Hand.

»Vallmogården verkaufen?«

Er nickte.

»Wir können nicht so weitermachen. Es ist Zeit, dass wir erwachsen werden. Wir verkaufen Vallmogården und kaufen stattdessen ein kleines Haus, das wir uns leisten können. Irgendwo in der Nähe. Und dann besorgen wir uns Jobs, von denen wir leben können. Vielleicht spüren wir dann noch größere Freiheit.«

»Aber ... verkaufen? Unseren Hof? In den wir so viel Arbeit gesteckt haben?«

»Ja, aber ich sehe es lieber anders. Wir haben hier eine Menge verbessert, und damit wird es leichter werden, einen Käufer zu finden. Alles, was wir getan haben, wird sich auszahlen.«

Josefin betrachtete Haralds Gesicht. Nase und Stirn glänzten schweißnass von der Sonne. Die Augen waren müde, aber nicht traurig. Eher vor Leben sprühend.

Er fasste sie an den Oberarmen und küsste sie.

»Wir kriegen alles hin. Jetzt, da du zurück bist.«

»Glaubst du?«

»Hundertprozentig.«

Sie umarmten sich fest. Josefin hörte Haralds Herz schlagen. Die Enttäuschung hatte sich wie ein kalter Spüllappen in ihre Brust gelegt. Aber sie wusste, er hatte Recht. Die Fortsetzung eines im Grunde genommen hoffnungslosen Projekts war keine gute Idee. Wie sehr sie das auch wollten.

Dann trat sie einen Schritt zurück.

»Wollen wir nicht unsere Familien zum Kaffee einladen? Am besten vielleicht übermorgen. Ich backe einen Kuchen und dann erzählen wir von unserer Entscheidung.«

»Kaffee und Kuchen? Mit wem denn?«

»Deinen Eltern, Erna, Oma und Mama.«

Josefin bückte sich nach einer letzten Ringelblume für den Strauß. Ihre Mutter und ihre Großmutter hatten sich ausgesprochen und versöhnt. Sie konnte sie auf Vallmogården einladen. Gemeinsam.

»Ich weiß nicht recht.«

Harald trat gegen einen Stein.

»Ich habe Mama und Papa den ganzen Sommer über nicht gesehen. Nicht seit jenem Abendessen.«

»Dann wird es Zeit.«

»Ja schon, aber was, wenn es schiefgeht? Nach so langem. Unsere letzte Begegnung war ziemlich unerfreulich.«

Er zögerte noch, Josefin legte die Wange an seine Brust.

»Ich kümmere mich um sie. Versprochen.«

Sie roch an dem Strauß. Ein gemeinsames Kaffeekränzchen. Ein guter Neuanfang, nach allem, was geschehen war. Morgen in aller Frühe würde sie ihre Mutter anrufen.

Sally

Sally parkte Åkes roten Volvo vor dem Haus und ließ Märta aus dem Kofferraum. Sie war beim Mellbybäcker gewesen, um etwas von seinem berühmten Kavring, diesem besonders würzigen Roggenbrot, zu holen.

Über dem Meer lag ein leichter Dunst. Die Wasseroberfläche war wellenlos glatt. Nichts erinnerte an das graue Wetter, den Regen und den Wind von gestern. Sie blickte durch die Häuser hindurch. Erwartete fast, dass Peter angejoggt kam.

Im Garten saß ein rund fünfzig Jahre altes Paar mit Sonnenbrand und aß Joghurt mit Erdbeeren. Sie grüßten Sally, als sie vorbeiging.

»Kann ich Sie fragen, wie lange Österlen schon eine Feriengegend ist?«, wollte der Mann mit der hohen Stirn und den kräftigen Wangenknochen wissen.

Diese Frage war sie gewohnt und kannte die Antwort mittlerweile.

»Das begann in den Fünfzigern, Sechzigern. Davor fuhren die Leute an die Westküste oder zu den Inlandsschären, wo man beim Aufkommen der naturnahen Erholung vor hundert Jahren die Badehotels und Sommerhäuser gebaut hatte. Auf dieser Seite hier war das Wasser zu kalt.«

Seine Frau war feingliedrig und hatte dichte, blonde Haare.

»Ja, aber jetzt hat es zwanzig Grad«, sagte sie. »Mindestens.«

»Wir hatten für ein paar Tage auflandigen Wind. Danach ist das so. Morgen kann es wieder eisig sein.«

»Und wie kommt es, dass Österlen später so beliebt wurde?«, wollte der Mann wissen.

»Viele Künstler und Schriftsteller kamen wegen des Lichts und der unberührten Natur hierher. Ihnen folgten die Sommergäste, die nicht wie Sardinen in der Dose am Strand liegen wollten.«

Die Frau nickte.

»Der Unterschied zur Westküste ist riesig. Hier ist es viel sauberer.«

»Ja, und die alten Fischerörtchen sind bezaubernd«, sagte der Mann. »Man versteht, dass das früher eine verschlossene Welt war.«

Sally wünschte ihnen einen angenehmen Tag, ging mit den Bäckereieinkäufen ins Haus und legte in der Küche das Handy auf die Arbeitsfläche. Ein verpasster Anruf von Josefin. Wenn nur in Kopenhagen nichts passiert war.

Sie rief sofort zurück. Die Stimme am anderen Ende war fröhlich zwitschernd.

»Mama, ich bin zu Hause! Auf Vallmogården. Mit Harald.«

»Wirklich? Ach, Liebling.«

Die Augen füllten sich mit Tränen. Sally legte die Stirn an die Kühlschranktür.

»Wann bist du gekommen?«

»Gestern. Harald und ich wollen die Familie zu Kaffee und Kuchen einladen. Am Mittwochnachmittag. Passt das? Haralds Eltern und Großmutter kommen. Und dann Oma und du.«

Oma und du. Im allerglücklichsten Tonfall.

»Tut mir leid, Josefin. Das ist keine gute Idee.«

»Doch. Du musst die Pension mal für eine kurze Weile verlassen können. Vielleicht kann Liselott einspringen. Harald und ich möchten euch gern gemeinsam treffen.«

»Es geht nicht um die Pension. Sondern um ... Vanja und mich. Vielleicht ist das nicht so entspannt, wie du dir das vorstellst.«

Stille in der Leitung.

»Ihr habt doch angefangen, euch zu treffen?«

»Ja, und wir werden da und dort ineinanderlaufen, aber ... ich betrachte sie nicht als meine Mutter. Eher als irgendjemanden, dem ich sporadisch begegne.«

»Hä? Sie *ist* deine Mutter.«

»Aber das war sie bisher nicht. Es ist nicht leicht, eine fremde Person einfach so aufzunehmen. Sie als nahe Verwandte anzusehen.«

»Okay. Dann laden wir eben nur Haralds Eltern ein. Bis dann.«

Das Gespräch brach ab. Sally ließ seufzend das Telefon sinken. Sie musste Josefin mehr Zeit geben.

Als sie gerade nach der ungespülten Bratpfanne griff, schaute eine Frau mit sommersprossiger Haut in die Küche. Sie war am vorigen Abend mit ihrem Partner, einem deutlich älteren Mann mit graumeliertem Haar und tiefschwarzer Sonnenbrille, angekommen. Das Paar hatte arrogant davon erzählt, sie würden als HR-Berater respektive Projektleitung arbeiten, und sich dann darüber beschwert, dass die Nachttischlampen am falschen Ort standen.

»Warum gibt es keine Kleenextücher auf dem Zimmer?« Die Klunker in den Ohrläppchen baumelten.

Sally rang sich ein Lächeln ab.

»Entschuldigen Sie, was meinten Sie?«

»Kleenex. Zellstofftücher. Die gibt es in jedem Hotelzimmer.«

»Nur ist das hier kein Hotel. Sondern bloß eine kleine Pension.«

Die Sommersprossige erwiderte das Lächeln nicht.

»Ja, das haben wir verstanden. Ohne eigenes Bad und Minibar oder Bügeleisen. Aber ich verstehe nicht, was so schwer daran ist, eine Packung Kleenex auszulegen.«

Ihr Mann kam und stellte sich hinter seine Frau. Spannte die Brust an, damit man nicht denken konnte, er hätte ein Bäuchlein.

»Allerdings. Das Zimmer ist nicht besonders gut ausgestattet«, sagt er. »Definitiv.«

Sally musste plötzlich an den Oberarzt denken, den sie vor vielen Jahren bei einem Job als Krankenpflegerin gehabt hatte. Das ganze Personal hatte seine Ausbrüche gefürchtet und große Umwege in Kauf genommen, wenn er sich näherte.

»Ich werde Ihnen Zellstofftücher besorgen. Gibt es denn sonst noch etwas, das Sie vermissen?«

Die Sommersprossige blickte zu ihrem Mann.

»Sinnlos. Eingedenk des generell niedrigen Standards. Wir checken am Nachmittag aus.«

Sally schrubbte die Bratpfanne mit der Spülbürste, dass es nur so schäumte.

»Oh, das tut mir leid.«

»Aber Kleenex können Sie trotzdem holen«, fügte die Sommersprossige hinzu. »Und wenn auch bloß für zukünftige Gäste.«

Sally bedankte sich für die Hinweise. Das Paar verschwand. Sie spülte die Bratpfanne unter fließendem Wasser ab und legte sie aufs Abtropfgestell. Dass sie Josefin enttäuscht hatte, war traurig. Aber zum Grübeln blieb keine Zeit, nun musste sie zu ICA.

Wieder waren Schritte zu hören und Sally blickte in die Diele. Ein neues Gesicht war in der Haustür aufgetaucht. Ein schlaksiger, etwas gebeugter Mann mit länglicher Kopfform und kurzem Bürstenschnitt. Er trug ein Hawaiihemd, seine kreideweißen Beine ragten aus kurzen Shorts, und er wirkte verwirrt, offenbar hatte er das *Pension-Pomona*-Schild am Gartentor gesehen und entschieden hereinzuspazieren. Er ging in den Speiseraum und pfiff dabei eine Art Klingelzeichen. Sein Blick blieb am Frühstücksbuffet hängen.

»Guten Morgen«, sagte Sally.

Der Mann drehte sich um.

»Gibt es ein Zimmer?«

»Leider nicht. Wir sind im Augenblick voll. Im August wieder.«

»Im August?«

»Ja, im Juli ist es in Österlen sehr schwer, was zu finden. Alle Quartiere sind ausgebucht.«

»Aber ich bin *jetzt* mit meiner Frau hier.«

Er machte eine Kopfbewegung Richtung Straße, wo ein Auto im Leerlauf surrte.

»Wie kann man ein Geschäft betreiben, ohne für seine Kunden zum Äußersten bereit zu sein? Das können Sie mir sehr gern mal erklären.«

»Wie gesagt. Wir sind voll. Tut mir wirklich leid.«

Der Mann legte den Kopf schief.

»Schätzelchen. Sie haben ein großes Haus. Wenn Sie nur lösungsorientiert denken und nicht Ihr Hirn blockieren, gibt es bestimmt genug Platz.«

»Die Pension befindet sich nur im Flügelgebäude. Der Rest ist privat.«

»Das ist auch eine Art der Argumentation. Falls man diese Einstellung haben möchte. Aber dann sollte man vielleicht kein Etablissement betreiben.«

Der Mann zwinkerte mit einem Auge. Dann ging er und schloss die Tür hinter sich. Sally nahm die Schürze ab.

Im Garten freute sich Märta unbändig über ihr Erscheinen. Die Hündin bellte leise und schnüffelte herum, der Schwanz wedelte eifrig, und als Sally in die Hocke ging, wurde sie fast umgeworfen. Abgesehen von allem anderen gab es zumindest eine, die sie abgöttisch liebte.

Bei ICA herrschte Gedränge und die Kassenschlangen waren lang. Sally stellte sich bei Liselotts Kasse an und leerte ihren Warenkorb aufs Band. Zuoberst lag die Schachtel Kleenex.

»Viel los?«, fragte Liselott.

»Chaos. Keine Ahnung, wie ich den Jahrmarkt überleben soll.«

Liselott zog ein Teil nach dem anderen über den Scanner.

»Gratuliere, dass es gut läuft.«

»Nächste Woche wird es fast noch schlimmer. Ab August habe ich dann aber kaum Buchungen. Allmählich werde ich unruhig.«

»Du darfst nicht aufgeben, du hast gerade erst losgelegt.«

»Was, wenn ich pleitegehe ...«

»Sag so was nicht.«

Sally bezahlte, nahm den Kassenzettel und packte die Einkäufe in eine Tüte. Erinnerungsfetzen aus der Zeit in Stockholm, als Josefin klein war, strömten auf sie ein. Als Sally zeitweise an allem hatte sparen müssen und es trotzdem kaum reichte. Als ihr jede Rechnung vor lauter Nervosität Übelkeit verursacht hatte.

Sie sah wieder zu Liselott hoch.

»Was meinst du, sollte ich erweitern? Jetzt, wo so viele Leute da sind? Sie auch im großen Haus wohnen lassen? Aber eigentlich möchte ich gern einen Teil für mich privat haben. Sonst werde ich verrückt.«

Liselott hatte sich dem nächsten Kunden zugewandt. Eine Kaffeepackung und Bananen flitzten über den Scanner.

»Natürlich sollst du dein Zuhause für dich haben«, sagte sie. »Und du brauchst Freizeit. Fahre für ein paar Stunden weg. Leg dich an den Strand und lies ein Buch.«

»Das ist völlig unmöglich.«

»Nein. Ich bin hier bald fertig. Dann fahre ich runter und übernehme.«

Sally seufzte. Liselott und ihre Sturheit.

»Vielen Dank, aber das geht nicht.«

Liselott scannte ein Paket Weizenmehl.

»Natürlich geht das. Nimm dir ein paar Stunden frei. Und mach nur, was du willst.«

Unter den Reifen knirschte es, als Sally den Kiesweg entlangkroch. Entweder war Peter zu Hause oder eben nicht. Vanja war bestimmt da, allein oder in Gesellschaft von jemandem. Aber das spielte keine Rolle. Sie war in diesem Moment nicht wichtig.

Der weinrote VW-Bus stand auf dem Hofplatz. Aus dem geöffneten Fenster des großen Hauses drang zarte Klaviermusik. Peter saß im Schatten einer Eiche und löste Kreuzworträtsel.

»Suchst du jemanden?«, fragte er.

Sally blieb am Auto stehen. Sie warf einen Blick zu dem gelben Seitengebäude, das einmal ein Stall gewesen war. Peter sah ihr Zögern.

»Vanja ist zum Schwimmen beim Stenshuvud.«

Sie entspannte sich etwas und ging zu ihm.

»Ich wollte nur sagen, dass ich die ganze Situation noch mal durchgedacht habe. Und ich wollte dir mitteilen, was dabei rausgekommen ist.«

Peter ließ sein Kreuzworträtsel auf die Knie sinken und legte den Stift darüber.

»Aha? Was denn?«

»Wir können zumindest Freunde sein, auch wenn Vanja auf deinem Hof lebt. Und auch wenn ihr Kontakt habt. Weil ich nichts gegen sie als Person habe. Ganz allgemein.«

»Das klingt plausibel.«

»Super. Also abgemacht.«

Die Sache war geklärt. Ab jetzt war alles geregelt. Sally konnte sich mit ihm beraten, so viel sie wollte.

»Okay«, sagte sie. »Dann frage ich mich, ob ich dich was fragen darf? Was die Pension betrifft. Weil du doch ein Unternehmen gehabt hast.«

»Natürlich. Machst du dir Sorgen?«

Sie stocherte mit der Fußspitze im Kies herum.

»Ich habe in der nächsten Zukunft furchtbar wenige Buchungen und brauche eine Lösung. Sonst muss ich womöglich im August schließen. Keine Ahnung.«

Peter stand auf. Sie bemerkte, dass er das Silberarmband nicht umhatte. In das *Ellen* eingraviert war. Wann hatte er es abgenommen?

»Wir können reden«, sagte er. »Ich muss nur erst die Schweine füttern. Du kannst so lange was trinken.«

»Hast du jetzt mehrere Schweine? Ich dachte, du hättest nur eines.«

»Ja, eine Weile hatte ich nur Timotej, der Gesellschaft von Sonja vom Nachbarn bekam. Aber nun habe ich ihr eine Freundin besorgt. Die Linderöd-Sau Linda.«

Sally blickte zum Schweinestall.

»Ich kann mitkommen und beim Füttern helfen. Wenn ich darf.«

Gemeinsam gingen sie zur Scheune, in der sich die Heuballen, große Maschinen und ein alter Traktor mit lehmigen Reifen befanden. Peter füllte einen Eimer mit Gemüseabfällen, und dann gingen sie weiter zum Auslauf, wo zwei schwarzgefleckte Schweine grunzend warteten.

Sally und Peter griffen abwechselnd in den Eimer und warfen ihnen Zwiebeln und Äpfel hin. Linda und Timotej verschlangen alles, als wäre es ein Wettrennen gegen die Zeit.

Peters Unterarm ruhte auf dem Gatter des Auslaufs.

»Eigentlich kann ich dir nicht sonderlich viel raten. Außer eines. Wenn ich etwas gelernt habe, dann, nicht aufzugeben. Einfach weiterarbeiten, egal wie anstrengend es ist. Sich daran gewöhnen, dass es auf und ab geht.«

»Ja. Klar.«

»Das klingt leicht gesagt, ich weiß. Und ausgenudelt.«

»Nein. Danke. Genau so was muss ich hören.«

»Vielleicht kannst du die Bank um etwas mehr Kredit bitten? Damit du es bis zum nächsten Jahr schaffst. Und überprüfen, wo du Ausgaben minimieren kannst. Keine Ahnung, ob das ein guter Rat ist. Aber so würde es manch einer wohl machen.«

Die Schweine fraßen und kauten. Sie waren wahnsinnig hübsch, Sally wollte sie am liebsten streicheln. Josefin hatte erwähnt, dass sich Harald und sie auf Vallmogården gern Schweine zulegen wollten. Obwohl dafür wohl das Geld nicht reichte.

Beim Gedanken an Josefin kam die Traurigkeit zurück. Ihre Tochter war fort gewesen und nach Hause gekommen, und dann hatte sie ihr keine Freude machen können.

»Was ist los?«, fragte Peter.

Sally schluchzte auf, konnte nicht anders. Müdigkeit überfiel sie. Sie fühlte sich, als hätte sie den ganzen Sommer rund um die Uhr gearbeitet.

Peter stellte den Eimer ab und nahm sie in den Arm. Sie fasste um seinen Rücken, klammerte sich fest, legte ihm die Hand um den Nacken, küsste ihn.

Peter erwiderte den Kuss. Und als sie sich dann vorsichtig an ihn presste, wollte sie nur eins. Ihm so nah sein wie möglich.

Josefin

Der Kuchen war eng bedeckt mit frischen Erdbeeren, die Sahne darunter blitzte kaum noch durch. Mit ein paar Blättchen Zitronenmelisse verlieh Josefin ihm den letzten Schliff, stellte ihn dann in den Kühlschrank und nahm die Schürze ab. Alles war fertig, nun konnten Göran und Inger jederzeit auftauchen.

Durchs Küchenfenster sah sie den schwarzen BMW auf den Hofplatz rollen. Harald ging darauf zu, um sie in Empfang zu nehmen. Ausnahmsweise war er gut angezogen, Jeans und Hemd waren von *Broken Twill.* Seine Eltern parkten und stiegen aus, wirkten etwas verloren, umarmten ihren Sohn aber. Harald ließ es zu. Wobei die gesamte Begrüßungszeremonie ziemlich steif wirkte, vielleicht waren auch alle drei nur unsicher, nachdem sie sich so lange nicht gesehen hatten.

Josefin warf auf dem Weg nach draußen einen kurzen Blick in den Flurspiegel. Sie musste wenigstens glücklich wirken, für ein paar Stunden musste die Enttäuschung versteckt werden. Sie und Harald hatten große, umstürzende Neuigkeiten zu verkünden.

Josefin trat auf die Vortreppe. Inger kam hoch und nahm sie in den Arm.

»Schön, dass du zurück bist. Ich hoffe, du hattest eine gute Zeit in Kopenhagen und Malmö.«

»Ja, war ganz interessant, mal etwas anderes zu sehen.«

»Das versteh ich gut«, sagte Göran. »Manchmal braucht man etwas Abwechslung.«

Harald tat, als hätte er das nicht gehört. Er führte seine

Eltern zu der sonnengeschützten Terrasse an der Giebelseite des Wohnhauses, wo der Tisch mit dem Blümchenporzellan und einer Vase voll Wiesenblumen fürs Kaffeetrinken gedeckt war.

»Das habt ihr schön gemacht«, sagte Inger.

Josefin holte den Kuchen und Harald schenkte derweil aus der Thermoskanne Kaffee aus. Sie redeten eine Weile über Josefins Aufenthalt in Kopenhagen und sie erzählte von ihrer Arbeit in dem Laden. Göran schien von Lous Philosophie für *Broken Twill* beeindruckt.

»Ich verstehe nicht, warum du so plötzlich aufgehört hast. Wolltest du nicht bleiben?«

Josefin nahm sich ein Stück Kuchen, während sie überlegte, was sie antworten sollte. Harald war damit beschäftigt, den Tortenheber auf der Platte zu platzieren.

»Nein«, sagte sie. »Ich bin zu dem Schluss gekommen, dass ich bei Harald sein möchte.«

Haralds Wangen änderten die Farbe. Inger goss sich Milch in die Tasse.

»Wunderbar. Dann hat die Pause ja ihren Zweck erfüllt.«

»Und jetzt habt ihr offenbar eine Menge neuer Projekte hier auf dem Hof«, sagte Göran. »Zum Beispiel da drüben.«

Er nickte zu dem Steinhaufen vor der Wiese des Nachbarn. Harald blickte in dieselbe Richtung.

»Wir dachten, die Natursteine könnten zu einer Mauer werden.«

»Ist das nicht ziemlich kompliziert?«

Josefin schielte zu Harald. Seine Nasenflügel vibrierten. Sie konnten die Neuigkeit nicht erzählen, er konnte Göran nicht Recht behalten lassen. Vielleicht später, aber nicht jetzt.

Harald blickte seinen Vater trotzig.

»Nein, kein Problem. Vanja hilft mir. Sie weiß alles über alte Mauern.«

»Na hoffentlich stürzt sie nicht gleich wieder ein, wenn ihr fertig seid«, sagte Göran.

»Wie gesagt. Vanja weiß, wie man es macht. Man muss planen, bevor man anfängt.«

»Na ja. Dann vertrauen wir mal auf Vanja.«

Göran wechselte einen Blick mit Inger. Haralds Gesichtszüge waren angespannt, seine Hände lagen flach auf der Tischfläche.

»Was meinst du damit?«

Göran nickte lächelnd in Richtung Josefin.

»Nichts, nur dass Vanja einiges draufhat, und dafür sind wir dankbar.«

»Glaubst du, ich hör nicht, was du sagst?«, fragte Harald. »Du hast keinen Respekt für sie. Für dich ist Vanja nur so ein esoterischer Hippie.«

Inger legte ihrem Sohn die Hand auf den Arm.

»Aber Harald. Das ist überhaupt nicht, was dein Vater denkt. Wir mögen Vanja.«

»Ihr habt keinen blassen Schummer, wer Vanja ist. Sie hockt auf einem Berg von Wissen, das sie nur deshalb besitzt, weil sie tatsächlich gelebt hat und nicht einfach geradlinig einen schicken Karriereweg verfolgt hat, um in einer bescheuerten Siedlung voller Statussymbole zu landen.«

»Das reicht«, sagte Göran.

»Mit Vanja kann man wirklich reden. Aber das habt ihr nie versucht.«

Göran stand auf. Unter den Achseln seines hellblauen Hemds waren dunkle Ringe.

»Willst du diese schöne Stunde kaputtmachen? Ich dachte, wir wollen ausnahmsweise nur gemütlich miteinander Kaffee trinken und feiern, dass Josefin zurück ist. Wieder normal miteinander umgehen.«

Josefin saß unnatürlich aufrecht. Am liebsten wollte sie unter den Tisch kriechen und einfach verschwinden.

Nun stand auch Harald. Er atmete heftig und starrte seinem Vater direkt in die Augen.

»Doch, das wollte ich. Aber das geht nicht, wenn du eine derartige Klassenverachtung an den Tag legst. Vanja gegenüber. Und uns.«

»Klassenverachtung? Das ist das Dümmste, was ich je gehört habe.«

Göran schlug mit der Hand auf den Tisch, die Kaffeetassen klirrten.

»Wie kannst du so was sagen, wo du seit mehreren Jahren zu uns kommst und um Geld bittest? Für die Finanzierung eines Selbstversorgerhofes, der offenbar nicht läuft! Anstatt dass du studierst und dir einen Job suchst, von dem man leben kann.«

Haralds Kiefer mahlten. Sein Gesicht war dunkelrot.

»Du versuchst ja nicht einmal, unseren Lebensstil zu verstehen. Wir wollen natürlich leben und nicht Teil einer Gesellschaft sein, in der sich alles um Erwerbsarbeit dreht.«

»Aber ihr seid Teil davon! Durch uns.«

Harald seufzte.

»Nur Meckerei und Kritik. Wie immer.«

Er setzte sich wieder. Zog die Kuchenplatte zu sich heran und wandte sich dann an Göran.

»Du kannst dich beruhigen. Ich werde dich nicht mehr bitten, uns was zu leihen. Das wird nicht mehr geschehen.

Denn ich habe keine Lust mehr, dafür ausgeschimpft zu werden, dass ich versuche, der zu sein, der ich bin.«

Josefin überlegte, wie sie in das Gespräch eingreifen konnte.

»Vielleicht sollten wir nach vorne denken anstatt zurück«, sagte sie. »An dem, was geschehen ist, können wir sowieso nichts ändern.«

Ingers Augen waren feucht. Sie hob die Kaffeetasse und stellte sie linkisch wieder ab.

»Dein Vater meint es nicht böse.«

»Nein«, sagte Harald. »Er hat nur irgendeinen Knacks aus seiner Kindheit oder so. Aber ich habe nicht vor, den zu übernehmen.«

Görans Mund wurde schmal wie ein Strich.

»Was ist das für ein Quatsch?«

»Solange ich denken kann, hast du mich angeschrien und ausgeschimpft«, sagte Harald. »Weil ich nicht büffeln wollte und deiner Meinung nach keinerlei Ambitionen habe. Wo doch nur unsere Lebensansichten unterschiedlich sind.«

Göran schoss aus dem Stuhl hoch.

»Inger, komm. Es hat keinen Sinn hierzubleiben.«

Er warf Harald einen schnellen Blick zu.

»Du hast dich über den Sommer verändert. Bist noch mehr auf Konfrontation aus. Ich weiß nicht, was passiert ist.«

Er ging mit wütenden Schritten in Richtung Auto. Ingers Kinn zitterte.

»Und dabei haben wir uns so darauf gefreut, euch zu treffen. So hatten wir uns das nicht vorgestellt.«

Sie raffte Strickjacke und Mantel zusammen, lächelte Josefin entschuldigend an und folgte dann ihrem Mann.

Harald und Josefin blieben zurück. Die Rücklichter des Autos verschwanden auf dem Kiesweg.

»Traurig«, sagte Harald. »Aber wir werden es überleben.«

»Jetzt haben wir es ihnen gar nicht erzählen können.«

»Sie werden es noch früh genug herausfinden.«

Er zog sie spielerisch am Ohr. Als sie ihm in die Augen sah, waren sie voller Lachen.

»Ich scheiß auf meine Eltern. Die Einzige, die für mich zählt, bist du.«

Josefin streichelte ihm über die Wange. Nach diesen Worten konnte sie nicht anders, sie musste ihn einfach küssen, eine Woge der Liebe brach sich Bahn. So plötzlich, dass ihr ganz schwindlig wurde.

Vanja

Vanja bremste vor dem Reihenhaus ab. Erna wartete mit dem Stock in der Hand am Gartentor. Sie trug ein schickes Hemdblusenkleid mit einer roten Strickjacke darüber und dazu die üblichen weißen Turnschuhe. In der Hand hatte sie eine Tüte Marktkonfekt. Der Rollator durfte offenbar auch heute zu Hause bleiben.

Görans und Ingers Haus lag nur ein paar hundert Meter weiter. Vanja parkte an der Hecke und half Erna aus dem Auto. Sie hakte sie unter und ging mit ihr zur Haustür.

Das sonnengebräunte Paar machte einen geleckten Eindruck wie immer. Göran trug eine Chino und ein pastellfarbenes Pikeehemd, Inger eine rosa Bluse zu weißer Leinenhose und an den Füßen Sandalen mit Goldriemchen. Sie führten sie auf ihr gepflegtes Grundstück, auf dem es verschiedene Sitzgruppen gab. Erna überreichte ihr Konfekt.

»Wie nett, dass du gekommen bist, Vanja«, sagte Inger.

»Gerne.«

Der Abend war lau und Vanja optimistischer gestimmt als seit langem. Wie angenehm es war, neue Menschen zu treffen, die man zu seinen nächsten Angehörigen zählen konnte. Wenn man so wollte.

Auf einem niedrigen Tisch waren Dessertkäse, Feigenkäse und Roggencracker angerichtet. Vanja ließ sich auf einem Sessel mit Daunenkissen nieder. Er war so bequem, als stünde er in einem Wohnzimmer. Erstaunlich, wie wohnlich man es im Freien haben konnte! Ihr alter, wackeliger Liegestuhl mit ausgeblichenem Stoff war eher reif für die

Mülldeponie, und dennoch schlummerte sie darin oft, gerade erst gestern wieder.

Göran schob das Crackerkörbchen zu ihr.

»Also, dass ihr beide wieder Kontakt habt. Wirklich schier unglaublich.«

»Wir haben einander eher gerade kennengelernt«, sagte Erna. »Oder wie soll man das ausdrücken?«

Vanja stimmte ihr zu. Nach all den Jahren war es, als wären sie sich zum ersten Mal begegnet. Sie wussten nicht viel vom Leben der jeweils anderen.

Inger wollte Wein einschenken, aber Vanja lehnte ab und nahm lieber ein Glas Apfelsaft.

»Wart ihr auf dem Jahrmarkt?«, fragte Erna.

Göran lachte trocken.

»Dem gehen wir aus dem Weg, so gut es geht.«

»Vielleicht nächstes Jahr mal«, sagte Inger.

Göran rümpfte die Nase.

»Nein, lieber fahre ich die Woche weg. Dann entkommt man der Invasion.«

Sie aßen Käse und redeten ein bisschen allgemein, was im Ort in der letzten Zeit geschehen war. Vanja wartete auf die angekündigten Fragen, aber sie ließen auf sich warten.

Allmählich dämmerte es. Göran zündete Feuer im Freikamin an, während Inger Kaffee und ein Schälchen für Ernas Marktkonfekt holte. Dann setzte sie sich Vanja zugewandt hin.

»Wir haben gehört, dass du bei Harald warst.«

»Ja, ich habe ihm bei den Planungen zu einer Trockenmauer geholfen. Er ist ein guter Junge. Arbeitsam und begabt.«

Inger fummelte an ihrer Papierserviette herum.

»Und soweit wir verstehen, ist es dir zu verdanken, dass er Josefin wieder aufgenommen hat.«

»Das weiß ich nicht. Aber ich hoffe, dass sie es von jetzt an gut miteinander haben.«

Göran hustete leise.

»Und die Selbstversorgerei. Wollen sie damit weitermachen?«

»Ich habe nichts Gegenteiliges gehört.«

Ingers Augen irrten über den Tisch.

»War es vielleicht ein Fehler, dass wir Harald kein Geld leihen wollten? Hätten wir ihm vielleicht im Gegenteil mehr leihen sollen, damit wir ihn nicht verlieren? Er ist doch unser einziges Kind.«

Sie blickte Vanja erneut an.

»Hast du keinen Rat für uns? Wir wissen nicht, was wir tun sollen. Göran und Harald finden einfach nicht zusammen.«

Vanja sah von einem zum anderen.

»Ja, also, wenn ihr mich fragt, habt ihr ihnen genug geliehen. Die Kinder sind erwachsen, sie müssen finanziell auf eigenen Beinen stehen. Aber ihr müsst mit der Erwartung aufhören, dass Harald eure Wünsche und Träume erfüllt. Was glaubt ihr, wie es sich für ihn anfühlt, euch zu enttäuschen?«

Es wurde mucksmäuschenstill. Göran starrte ins Feuer.

»Wir lieben ihn«, sagte Inger mit gepresster Stimme. »Das weiß er auch.«

»Ja. Aber ihr meckert daran herum, dass er nicht so erfolgreich ist, wie ihr wollt.«

Vanja wandte sich an Göran.

»Dein Benehmen Harald gegenüber lässt mich ehrlich gesagt an Rune denken.«

Göran warf den Kopf in den Nacken.

»Ich habe meinen Vater immer respektiert. Und tue es noch heute. Sicher, manchmal war er vielleicht ein wenig streng, aber das war okay.«

»Du meinst aggressiv. Ich habe Rune gekannt.«

Göran schnaubte.

»Er hatte ein hitziges Temperament. Aber ich habe gelernt, was Grenzen sind.«

»Hat er dich je um Entschuldigung gebeten?«

Göran starrte Vanja mit funkelnden Augen an.

»Rune war oft grundlos auf dich wütend«, sagte sie. »Weil du studieren wolltest, statt Schreiner zu werden. Du warst kein Handwerker wie er.«

Erna nahm ein Konfekt aus dem Schälchen und biss hinein. Vanja ließ Göran nicht aus den Augen.

»Dein Vater hätte sich dafür entschuldigen können, dass er ungerecht gewesen ist. Dass seine Frustration nichts mit dir zu tun gehabt hatte. Aber das hat er nie.«

Erna schüttelte den Kopf.

»Das wäre ihm peinlich gewesen.«

»Ja«, sagte Vanja. »Er hat sich geschämt. Da er sich bestimmt nicht als ungerechten Menschen empfunden hat. Wie du auch nicht, Göran. Aber du musst dich Harald gegenüber nicht verhalten wie Rune dir gegenüber.«

Erna nahm mit zitternder Hand noch ein Konfekt.

»Nein, wirklich nicht«, sagte sie. »Rune hat einen Fehler gemacht.«

Inger legte die zerknüllte Serviette weg.

»Im Sommer hat uns Harald kein einziges Mal besucht.«

»Er wollte euch vermutlich nicht enttäuschen«, sagte Vanja. »Hat sich nicht wert gefühlt, euer Sohn zu sein. Da ist es natürlich besser, sich fernzuhalten und damit dem schlechten Gewissen zu entkommen, nicht zu genügen.«

Da sonst niemand etwas sagte, sprach sie weiter. Es tat ihr in der Seele weh, wie eine Generation die vorherige ablöste, ohne die Muster zu ändern.

»Und wenn Harald euer Geld als eine Art Kompensation gewollt hat? Für etwas anderes, das er nicht bekommen hat. Und nun beißt er zurück und entzieht sich, und ihr fühlt euch deswegen gedemütigt.«

Göran starrte ins Dunkel.

»Du hast als junger Mann bestimmt auch rebelliert, oder?«, sagte Vanja zu ihm. »Während du noch zu Hause leben musstest, hast du Kraft gesammelt. Dann bist du an die Universität nach Lund verschwunden.«

Sie machte eine Pause. Das Herz wummerte. Zumindest hatten Göran und Inger ihr Kind aufwachsen sehen.

Das Ganze war eigentlich eine Bagatelle. Die vorübergehen würde.

»Wartet ab«, sagte sie. »Nachdem Josefin weg war und wiedergekommen ist, kann es anders werden. Mein Plan ist, in nächster Zeit öfter bei ihnen zu sein. Wenn sie das wollen.«

Erna wandte sich an Vanja.

»Wie läuft es denn mit Sally? Noch immer keine Veränderung?«

Es war Zeit, sich auf den Weg zu machen. Vanja zog den Autoschlüssel aus der Jackentasche. Sie musste Erna eine Antwort geben. Und auch Göran und Inger wirkten interessiert.

»Schlecht. Ich habe aufgegeben. Natürlich ist unsere Situation völlig anders gelagert.«

Es gab nichts mehr zu sagen. Es hatte keine neue Begegnung mit Sally gegeben, von der sie hätte erzählen können.

Jetzt sehnte sie sich nach ihrem Bett. Der Kopf war schwer, obwohl sie nur Apfelsaft getrunken hatte.

»Sally hat es wohl in ihrer Pension nicht ganz leicht«, sagte Inger. »Ich habe das von Liselott bei ICA gehört. Sie macht sich Sorgen über die Finanzen. Wenn sie nur nicht bankrottgeht.«

»Ah ja?«

»Das Kalkulieren ist bestimmt nicht einfach. Die Kosten sind höher als erwartet. Und im August hat sie offenbar kaum Gäste.«

Göran begann mit dem Abräumen des Tischs.

»Sobald die Touristensaison vorbei ist, stirbt der Ort aus. Viele versuchen, was Eigenes aufzuziehen, aber die wenigsten halten lange durch. Dann holt die Wirklichkeit sie ein.«

Erna stützte sich auf den Stock, stand auf und strich sich das faltige Kleid glatt.

»Gute Nacht. Vielen Dank. Ich gehe zu Fuß nach Hause, ich muss mich ein wenig bewegen. Nett, dass du mitgekommen bist, Vanja.«

Man trennte sich. Vanja stieg in den VW-Bus. Sie fuhr auf die große Straße, bog bei Skogsdala ab und ließ das Auto gemächlich den Hügel nach Svinaberga hochzuckeln. Wiesen und Gärten erstreckten sich in der Sommernacht.

Für einen Anruf war es noch nicht zu spät. Sie nahm ihr Telefon und fuhr an den Straßenrand.

Gorm war offenbar doch schon im Bett. Seine Stimme klang verschlafen.

»Tut mir leid, wenn ich dich geweckt habe«, sagte Vanja.

Er lachte leise, und das Lachen wurde zu einem zischenden Husten.

»*Darling*. Du hast bestimmt einen guten Grund, wenn du nachts um halb zwölf anrufst. Bist zu wieder in Dänemark?«

»Nein. Ich bleibe in Schweden. Dauerhaft. Aber ich brauche deine Hilfe.«

Sie konnte auch direkt zur Sache kommen, ohne die Zeit mit Smalltalk zu verplempern.

»Wobei?«

»Es geht um meine Tochter.«

»Aha?«

»Ja, ich möchte etwas für sie tun. Einen konkreten Gefallen. Ich glaube, das ist meine Verantwortung als Mutter. Einspringen, wenn ich kann.«

»Worum geht es?«

»Wie gesagt, es gibt hier ein paar Werke von mir. Frühe Werke. In dem Familienhaus, in dem ich damals gelebt habe.«

»Aha?«

»Mittlerweile ist es eine Pension, die meine Tochter betreibt. Und dort ist auch mein allererstes Atelier. Das ich Mitte der Sechziger hatte, als ich mit dem Malen angefangen habe.«

Vanja schluckte, es widerstrebte ihr, weiterzusprechen. Aber sie musste.

»Ich wollte fragen, ob du mal herkommen und dir die Sachen anschauen willst.«

Gorm atmete hörbar am anderen Ende. Sie konnte sein eingefallenes Gesicht mit den hängenden Augenlidern und die strubbeligen Haare vor sich sehen.

»Meinst du das ernst?«, fragte er. »Dass ich dich besuchen darf?«

»Ja. Und wenn du weitere Interessenten kennst, dann bring sie mit. So viele wie möglich.«

Sie machte die Autotür auf und stieg aus, um tief durchzuatmen. Der dunkelrosa Himmel war von Wolkenschleiern überzogen. In der weiten Landschaft erhoben sich nah und fern mehrere Kirchtürme.

Lieber Gott. Bitte, hilf mir jetzt.

Josefin

Das *Pension Pomona*-Schild klapperte, als Josefin das Gartentor aufmachte. Als es im Juni aufgehängt worden war, war sie wahnsinnig stolz auf ihre Mutter gewesen. Nun hatte sie nur Angst. Ihre Mutter würde bestimmt nicht erfreut darüber sein, dass ihre Tochter gelogen und bei ihrem Sommerjob keine einzige Krone verdient hatte. Und die Reaktion auf die Nachricht, dass Vallmogården bald verkauft werden sollte, war völlig unklar. Aber ein Scheitern war es auf jeden Fall.

Nach dem Gespräch letzten Dienstag hatten sie sich beide nicht mehr beieinander gemeldet. Das war vor über einer Woche und Josefin hatte seither jeden Tag ein schlechtes Gewissen. Ihre Mutter war hörbar traurig gewesen, und das mit Recht. Sie war nicht verpflichtet, Vanja als enges Familienmitglied anzusehen.

Aber Josefins Enttäuschung war zu groß gewesen.

Der Garten war voller Leute. Eine Gruppe ausländischer Gäste hatte sich auf der Treppe vor dem Haus versammelt. Vor allem junge Frauen, aber ein paar waren eher auch im Rentenalter. Auch der ein oder andere Mann war unter ihnen. Viele der Frauen trugen gemusterte Vierzigerjahrekleider oder waren von Kopf bis Fuß schwarz gekleidet. Eine trug einen Nikki-Jumpsuit mit ausgestellten Beinen. Auffällig viele hatten ausgefallene Frisuren. Die Gruppe war merkwürdig, überhaupt nicht vom Schlag der typischen Touristen hier. Gab es in der Nähe irgendein Event?

Jetzt sah sie, dass sie darauf warteten, an die Reihe zu kommen. Die Diele war voll und die Gäste drängten sich um den kleinen Tisch, den Josefins Mutter als Rezeption benutzte.

Josefin reckte den Hals und entdeckte ihre Mutter inmitten des Gewühls. Sie lächelte allen höflich, aber auch gestresst zu. Offensichtlich konnte sie kaum allen Anfragen gerecht werden und einige der Leute sprachen außerdem Dänisch.

»Entschuldigung.« Josefin lächelte ein paar Frauen an.

Sie traten zur Seite, damit sie durchkonnte. Ihre Mutter wirkte erleichtert.

»Oh, gut, dass du kommst. Ich brauche dich.«

»Was ist denn hier los?«

Ihre Mutter zog sie etwas beiseite.

»Diese ganzen Dänen sind gerade gekommen. Wir sind für die nächste Woche ausgebucht. Manche haben für August und September reserviert. Ich kapiere das nicht.«

»Da muss wohl auf irgendeiner dänischen Tourismusseite über dich geschrieben worden sein.«

Ihre Mutter sah sich nervös um.

»Viele von ihnen wollen sich das Haus anschauen. Kannst du sie herumführen?«

Eine Frau mit rotem Turban tippte ihrer Mutter auf die Schulter.

»Gibt es in der ersten Septemberwoche noch ein Zimmer?«, fragte sie auf Dänisch.

»Einen Moment, ich sehe nach.«

Ihre Mutter zog schnell den aufgeklappten Laptop zu sich heran, scrollte durch den Buchungsplan.

»Ja, aber nur zwei Einzelzimmer. Die Doppelzimmer sind bis Mitte des Monats ausgebucht.«

»Dann nehme ich beide Einzelzimmer, danke.«

Josefin stellte sich in die Tür zum Speiseraum.

»Hallo alle miteinander! Sie können gerne hier hereinkommen, wenn sie wollen.«

Sofort setzte sich ein Strom Menschen in Bewegung und presste sich mit derartiger Eile an ihr vorbei, dass Josefin zur Seite treten musste. Was ging hier vor? So hatten sich die Leute bisher nicht verhalten.

»Sind Sie die Pensionswirtin?«, frage eine Männerstimme, ebenfalls auf Dänisch. »Sally Larsson?«

Josefin kannte diese Stimme. Sie entdeckte Gorm, der vor ihrer Mutter stand und ihr die Hand entgegenstreckte. Ihre Mutter schüttelte sie ihm verwirrt.

»Ja, das bin ich.«

»Mein Name ist Gorm. Galerist aus Kopenhagen. Und ein langjähriger Freund Ihrer Mutter Vanja.«

Josefin eilte zu ihnen.

»Gorm! Was machst du denn hier?«

Er lächelte geheimnisvoll und blickte in den Speiseraum. Josefin folgte seinem Blick. Die Besucher hatten angefangen herumzugehen und die Bilder an den Wänden zu betrachten. Vor dem größten Aquarell hatte sich ein kleines Grüppchen versammelt. Sie bemerkte drei junge Frauen etwas weiter weg und erkannte das Trio, das ihr vor ein paar Wochen auf dem Bürgersteig vor der Wohnung ihrer Großmutter begegnet war. Das Mädchen mit den pechschwarzen Haaren und der roten Katzenaugenbrille vergaß man nicht so schnell.

»Hoffentlich sind wir euch nicht zu viele«, sagte Gorm. »Vielleicht bin ich nach Vanjas Anruf etwas übereifrig geworden. Aber ich hatte keine Ahnung, dass das Interesse derart groß sein würde.«

Josefin schielte zu ihrer Mutter, die den Mund gar nicht mehr zubekam. Sie schien ihr Sprachvermögen verloren zu haben und hatte Probleme Gorms Dänisch zu verstehen. Er sprach für sie zu schnell und schlampig, aber dass etwas geschehen sein musste, bekam sie mit.

»Kein Problem«, sagte Josefin. »Ist super.«

Die Menschen drängten sich nicht länger um die Rezeption. Stattdessen waren sie ausgeschwärmt, um die kleinen Bilder an den Wänden der Diele und die Treppe hoch zu betrachten.

Gorm lachte sein tiefes Lachen.

»Vanja hat gesagt, ich soll alle mitbringen, die ihr Frühwerk sehen wollen. Will jemand von euch es ihnen zeigen? Oder ist es möglich, dass ich zuerst auf eigene Faust eine kleine Entdeckungsreise unternehme und mir einen Überblick verschaffe?«

Josefin richtete sich auf. Allmählich verstand sie das Ganze.

»Ist in Ordnung. Im Erdgeschoss könnt ihr euch frei bewegen. Die Pension ist zugänglich für jeden.«

Sie machte eine Geste Richtung Speiseraum.

»Hier haben wir das Frühstückszimmer und zugleich den Aufenthaltsraum, und dort ist ein Wintergarten, in dem auch ein paar Bilder hängen. Außerdem haben wir die Diele und Treppe verwendet, um einen Teil der Kunst meiner Großmutter zu präsentieren.«

Gorm überflog mit dem Blick die Wände.

»Ja, das sehe ich. Was ist es doch für eine Gnade, hierherkommen zu dürfen. In das Haus, in dem sie gelebt hat, wenn auch nur für ein paar Jahre. Vielen Dank für die Gastfreundschaft.«

Er verschwand in den Speiseraum, aus dem ein beschwingtes Gemurmel drang. Die Diele leerte sich. Josefin legte die Hand vor den Mund und grinste los.

Ihre Mutter hielt sich krampfhaft an der Ecke des kleinen Rezeptionstischchens fest.

»Also hat Vanja Leute dazu ermuntert, uns zu überrennen? Das ist nicht ihr Haus.«

»Aber Mama. Du hast Buchungen bis in den September hinein!«

»Ja, ja. Das ist natürlich gut.«

Liselott schaute durch die Haustür.

»Was ist los? Draußen stehen Unmengen von Autos. Meine Nachbarin hat gesagt, es wären wahnsinnig viele Leute angekommen.«

Josefin nickte in Richtung Speiseraum.

»Kunstbegeisterte Däninnen und Dänen.«

Liselott stutzte, als sie sah, wie viele Leute darin herumliefen und die Bilder begutachteten.

»Herrje. Wie managen wir denn das?«

Weder Josefin noch ihre Mutter hatten eine Antwort. Vier weitere Frauen um die vierzig betraten die Diele. Schwedinnen. Eine von ihnen, eine kurzhaarige Blonde, trat an die Rezeption.

»Wir haben zwei Doppelzimmer für zwei Nächte gebucht.«

Ihre Mutter presste ein Lächeln hervor.

»Ach, Sie sind die Radurlauberinnen?«

»Genau. Mit dem Rad von Ystad nach Kivik.«

Dem Klang nach kam die Frau aus Stockholm. Sie zählte umständlich an den Fingern auf.

»Über Kåseberga, Glemminge, Löderup …«

Schweigend dachte sie nach. Ihre Freundin, vom Typ her etwas anämisch, übernahm.

»Sandhammaren, Skillinge, Gislövs hammar, Brantevik, Simrishamn, Rörum und Stenshuvud.«

»In fünf Tagen«, mischte sich die Dritte, ein rotblonder Lockenkopf, ein. »Wir sind völlig erledigt.«

Sie schnaufte demonstrativ erschöpft.

Die Vierte im Bunde hatte die Sonnenbrille auf die Stirn hochgeschoben und wirkte verstimmt. Sie spielte an ihren kräftigen, schwarzen Zöpfen.

»Wir hatten eigentlich etwas mehr Ruhe und Frieden erwartet.«

»Keine Sorge«, entgegnete Josefins Mutter. »Das ist nur eine kleine Führung. Bald vorbei.«

»Hoffentlich.«

Die vier Radfahrerinnen gingen nach draußen, um ihr Gepäck zu holen. Eine Frau schälte sich aus einer dänischen Gruppe, die gerade über die Schwelle getreten war. Sie trug einen geflochtenen Strohhut mit breiter Krempe.

»Wir haben an einer Galerie in Kopenhagen einen Aushang gesehen. Ist das hier das frühere Zuhause der Künstlerin Vanja Larsson?«

»Ja, genau«, sagte Josefin.

»Interessant. Wir haben sie gerade erst entdeckt.«

Die Frau wandte sich an ihre Freundinnen.

»Wollen wir hier übernachten?«

»Tut mir leid«, sagte Josefins Mutter. »Wir sind ausgebucht. Bis Mitte September habe ich kein freies Zimmer mehr.«

Die Däninnen waren enttäuscht, aber ihre Mutter lächelte sie breit an.

»Aber im Herbst ist es hier am schönsten. Es gibt nichts Herrlicheres als Österlen im September. Oder Oktober. Reservieren Sie für ein verlängertes Wochenende.«

Die Frau blickte zu ihren Freundinnen.

»Ich weiß nicht. Was meint ihr?«

Josefins Mutter begann ihre einstudierte Aufzählung.

»Hier gibt es alles, was das Herz begehrt. Wanderwege, Gartentouren und Erntedankfeste. Eine Menge Kultur. Man kann in die Oper gehen oder zum Jazz, alte Denkmäler besichtigen oder das Glimmingehus besuchen. Die am besten erhaltene Burg Skandinaviens.«

Die Däninnen sahen einander an.

»Dann gibt es noch Stenshuvud, den Nationalpark«, sprach ihre Mutter weiter. »Und das Kivik Art Center. Die Mosterei und dann den Apfelmarkt ...«

Eine weißhaarige Dänin unterbrach sie.

»Wird die Künstlerin im Herbst hier sein? Vielleicht in diesem Haus hier?«

»Sie lebt in Kopenhagen«, sagte die Frau mit dem Strohhut. »Soweit ich gehört habe.«

Sie buchten drei Nächte im Oktober. Dann gingen sie in den Speiseraum, wo noch immer gemurmelt und geredet wurde. Gorm zeigte einzelne Details der Bilder. Die vermutlich knapp zwanzig Besucher hörten aufmerksam zu.

Josefin beruhigte ihren Atem. Was für eine Initiative ihre Großmutter da ergriffen hatte. Woher hatte sie den Mut gehabt?

Liselott war euphorisch.

»Oktober! Allmählich glaube ich, alles wird sich finden.«

»Setze nicht zu sehr darauf«, sagte Josefins Mutter. »Die Leute können ihre Meinung ändern und wieder stornieren.«

Josefin holte ihr Handy raus.

»Ich seh dann mal zu, dass Oma herkommt.«

Ihre Mutter klickerte mit dem Kugelschreiber.

»Das braucht es nicht. Wir kriegen das hin.«

»Sie muss sehen, was sie bewirkt hat. Was für ein Erfolg es ist.«

»Davon können wir ihr ja später erzählen.«

Ihre Mutter klickte nervös mit dem Stift. Josefin trat mit dem Handy am Ohr einen Schritt zurück. Als abgenommen wurde, lächelte sie ihre Mutter an, die augenblicklich mit dem Klicken aufhörte.

»Hallo, Oma, ich bin bei Mama in der Pension. Sie lässt dich grüßen und freut sich sehr und möchte wirklich Danke sagen. Dass du es geschafft hast, diese Leute ranzuschaffen.«

Ihre Großmutter klang überrascht.

»Ach, hat es funktioniert? Ist wer gekommen?«

»Massenhaft Leute. Du musst sofort herkommen, sagt Mama. Alle fragen nach dir.«

Am anderen Ende wurde es still. Josefin sah in die weit aufgerissenen Augen ihrer Mutter.

»Ist Sally da?«, fragte ihre Großmutter. »Kann ich mit ihr sprechen?«

»Sie ist leider mit den Horden an neuen Gästen beschäftigt. Komm lieber einfach. Präsentiere deine Kunst.«

»Josefin, ich muss wissen, ob Sally mich dahaben will.«

Josefin blickte in die blauen Augen ihrer Mutter. Die hatte sie nicht von Vanja, sondern von ihrem Vater Georg geerbt.

»Schatz«, sagte ihre Großmutter.

Ihre Stimme war schwächer geworden.

»Ich verstehe, dass du das willst. Aber jeder muss sich

um sich selbst kümmern. Mach dir darüber keine Sorgen. Hilf jetzt einfach nur Sally mit den vielen Leuten. Es gibt bestimmt einiges zu tun.«

Josefin seufzte ungeduldig.

»Nein. Oma. Du kommst hierher, hörst du? Sie ist deine Tochter und du bist ihre Mutter. Und bring Peter mit.«

Sie legte auf und stopfte das Handy in die Hosentasche. Hob den Kopf und sah ihrer Mutter unverwandt in die Augen.

Sally

Vanja betrat die Diele, ihr auf dem Fuße folgte Peter. Sally sah vom Bildschirm hoch und begegnete Vanjas besonderem Blick, der stets – auch gleich bei ihrer ersten Begegnung – ein außergewöhnliches Charisma ausstrahlte.

Vanja trug die alte Wildlederjacke und über der Schulter hing die abgewetzte Handtasche aus braunem Leder. Ihre silbergrauen, wildwuchernden Haare hingen lose und wirr herab. Die Gesichtszüge waren markant.

»Josefin hat angerufen«, sagte Peter.

Sally schloss den Buchungsplan.

»Ja. Ich weiß.«

Sie war erschüttert, die letzten Minuten hatten sie aus der Fassung gebracht.

»Danke hierfür«, sagte sie zu Vanja. »Ich war darauf nicht vorbereitet, deshalb ist es gerade ein wenig chaotisch.«

Vanja verzog den Mund.

»Hoffentlich ist es nicht zu anstrengend für dich.«

»Nein, nein. Überhaupt nicht.«

Sally rettete sich in Peters warmes Lächeln. In seine freundlichen, intelligenten Augen, von denen sie kaum den Blick abwenden konnte.

Der gemeinsame Nachmittag auf seinem Hof. Das große Bett unter der Dachschräge des Obergeschosses. Wie er ihr den Pullover ausgezogen und in die Ecke geschleudert hatte. Die Stunden, die in einem Nebel verschwunden waren, zärtlich und zugleich wild.

Das Herz schlug einen Salto. Sallys Wangen wurden

feuerrot. Sie klappte den Laptop zu, konzentrierte sich ganz darauf, ihn in der Schublade des Tischs zu verstauen.

Josefin eilte heran.

»Wie schön, dass ihr da seid. Du hast unglaublich viele Fans, Oma. Sie werden sich mega freuen, dich zu treffen.«

Sie machte eine kurze Pause.

»Aber zuerst muss ich euch etwas sagen.«

Vanja strich so heftig über die Ärmel der Wildlederjacke, dass die vielen Ringe an ihren Fingern aneinanderklirrten.

»Du wirst doch nicht wieder verschwinden? Harald verlassen. Und Sally.«

»Können wir kurz in die Küche gehen?«, bat Josefin.

Sie ging voran, und Vanja folgte ihr, dann Sally und Peter. Märta stand an ihrem Fressnapf und verschlang Trockenfutter. Liselott knetete gerade einen Teig und wirkte verwundert, als Josefin die Tür zuzog.

Sally verschränkte die Hände ineinander und tauschte einen Blick mit Peter. Wenn sie den Wirbel über seiner Stirn sah, wollte sie ihm nur noch ins Haar greifen. Ihn küssen.

»Ich muss euch etwas sagen«, begann Josefin. »Etwas sehr Trauriges.«

Vanja klammerte sich an die Arbeitsfläche. Sie atmete stoßweise und presste die andere Hand gegen ihre Brust.

»Oma, was ist los?«

Josefin blickte ängstlich zu Peter, der genau in dem Augenblick zu Vanja trat, als die Beine unter ihr nachgaben. Langsam sank sie auf den Teppich. Märta bellte wild los.

Sally stand wie gelähmt da. Dann ging sie neben Vanja in die Knie und gab ihr mit der Hand ein paar leichte Klapse auf die Wange.

»Hallo? Vanja!«

Vanja stöhnte und bewegte sich leicht. Dann öffnete sie die Augen und blickte überrascht zu Sally hoch, als hätte sie keine Ahnung, wie sie da gelandet war. Märta winselte noch immer, aber Peter konnte sie beruhigen.

Josefin setzte sich auch auf den Boden.

»Oma!«

Sie schniefte und versuchte, Vanja zu umarmen.

»Oma, Oma!«

»Ich glaube, so schlimm ist es nicht«, sagte Sally.

Sie griff Vanja ans Handgelenk, suchte den Puls und sorgte zugleich dafür, dass sie mit dem Kopf bequem lag.

»Hast du Schmerzen in der Brust? Probleme beim Atmen?«

Vanja schüttelte schwach den Kopf.

»Hast du irgendwelche Krankheiten?«

»Nein.«

Vanja war etwas über siebzig. Wie eine der vielen Frauen dieses Alters, um die sich Sally gekümmert, die Sally beruhigt hatte. Aber ihr so nah zu sein, ihr Handgelenk und ihren Hinterkopf zu berühren, war anders. Sie war keine gewöhnliche Patientin.

Hier lag ihre Mutter. Die einzige Mutter, die sie hatte.

»Meinst du, du kannst aufstehen?«

Vanja war bereits dabei. Peter half ihr auf die Beine. Sie bürstete sich die Kleider ab und richtete die Jacke.

»Na ja. Mir war nur kurz schwindlig. Niedriger Blutdruck.«

Sally stand ebenfalls auf. Erst jetzt merkte sie, wie ihr Puls raste und die Hände zitterten. Sie brauchte ein paar tiefe Atemzüge, um wieder zu sich zu kommen. Die Erleichterung überlief sie in kleinen Wellen.

Das hätte schlimm ausgehen können. Sogar katastrophal. Sie beschloss, nicht weiter zu denken. Offenbar war alles wieder in Ordnung.

Vanja wandte sich an Josefin.

»Willst du wieder verschwinden? Ja oder nein?«

Josefin lachte auf.

»Nein, überhaupt nicht.«

Sie sah sich um und wurde ernst.

»Vallmogården wird verkauft. Das war Haralds Vorschlag und ich bin seiner Meinung. Wir wollen jetzt unsere Finanzen klären. Erwachsen werden. Und deshalb haben wir entschieden, ein kleines Haus zu kaufen. Irgendwo hier in der Nähe.«

Josefin suchte Sallys Blick.

»Und Mama, es tut mir wahnsinnig leid. Aber ich habe dich angelogen. Entschuldige. Ich habe für den Sommerjob keinen Lohn bekommen. Ich werde dir alles zurückzahlen, wenn ich im Herbst einen Job gefunden habe.«

Sally schüttelte den Kopf.

»Das musst du nicht. Du hast vor Kopenhagen hier wahnsinnig tüchtig geholfen. Und ... Na ja, lass uns sagen, wir sind quitt.«

Josefin nickte langsam. Sie setzte zu etwas an, verlor aber den Faden. Dann blickte sie unruhig von Vanja zu Sally.

»Kann Oma etwas Tee haben? Sie findet Tee beruhigend.«

Sally holte die Teedose aus der Speisekammer. Eine konkrete Aufgabe zu haben, tat gut. Sie war noch ganz aufgewühlt von dem Anblick von Vanja auf dem Boden. Plötzlich schwach und jämmerlich. Statt majestätisch wie sonst.

»Vallmogården verkaufen?«, fragte Peter. »Das tut mir leid.«

Märta schlabberte lautstark aus ihrem Trinknapf.

»Sicher wird auch so alles«, sagte Vanja. »Manchmal müssen wir uns bewegen. Aufbrechen und etwas Neues probieren.«

Sally schielte mit der Teedose in der Hand zur Tür. Im Speiseraum wartete dieser dänische Galerist mit seiner Truppe aus Kopenhagen. Was sollte sie mit ihnen machen? Womöglich stornierten sie noch ihre Buchungen, weil sie die ganze Warterei nervte. Weil der Service dem Anschein dieser Pension nicht gerecht wurde.

Sie musste ihre Aufgabe erledigen und dann so schnell wie möglich wieder raus. Was wollte sie? Tee aufstellen, genau. Vielleicht war zusätzlich ein kleiner Happen ganz gut. Sie hatte doch noch einen drei viertel Apfelkuchen. Den hatte sie gestern frisch gebacken. Die Form stand unter Plastikfolie im Kühlschrank.

Aber Vanja winkte ab.

»Tee ist nicht nötig. Wenn ich schon mal hier bin, mach ich mich lieber nützlich.«

Sie ging zu Liselott, die die ganze Zeit still vor sich hin gearbeitet hatte. Der Teig war nun am Gehen. Jetzt hatte sie saubere Gläser vor sich gestellt, um Himbeermarmelade zu kochen.

»Kann ich was helfen?«, fragte Vanja.

Josefin öffnete die Küchentür.

»Ja, kannst du, Oma. Aber nicht in der Küche. Führe lieber die Gäste durchs Haus.«

Sally stellte die Teedose auf der Arbeitsfläche ab. Offenbar hielten hier drei Generationen das Steuer in der Hand.

Vanja sah zu Sally.

»Was sagst du dazu? Es ist dein Haus.«

Sally nickte.

»Wenn du das tun würdest ... würde ich mich freuen.«

Vanja wirkte dennoch zögerlich, drehte sekundenlang an ihren Silberringen, einen nach dem andern. Bis ihr Peter einen leichten Schubser gab.

»Rein mit dir. Du wirst es lieben. Versuch erst gar nicht, etwas anderes zu behaupten.«

Vanja legte die Fingerspitzen an die Wangenknochen und massierte sich leicht. Dann ging sie aus der Küche in den Speiseraum und Josefin folgte ihr.

Sally hörte den Galeristen einen Freudenschrei aussto-ßen. Das Gemurmel endete schlagartig. Sie konnte nicht anders, als ein paar Schritte in die Diele zu treten und zu schauen.

Peter trat hinter sie. Sally hielt den Atem an. Seine Wärme an ihrem Rücken, seine Hände um ihre Taille. Sie schloss für eine Sekunde die Augen. Zuckte leicht zusammen, als er sie sanft in den Nacken küsste. Wenn nur niemand etwas merkte. Obwohl kaum ein Risiko bestand, sie waren ganz allein in der Diele.

»Danke für du weißt schon«, flüsterte er.

Sie erschauderte von einem Atemzug am Ohr. Drehte sich langsam um. Sie waren nicht nur Freunde. Sie brauchten einander. Dann konnte alles andere sein, wie es wollte.

Josefin

Die dänischen Gäste hatten sich entlang der Wände aufgestellt. Josefin konnte ihnen die Begeisterung ansehen.

Gorm musterte ihre Großmutter.

»Vanja. Du siehst wirklich blendend aus. So gesund. Dir geht es auf deinem Landsitz ganz offensichtlich gut.«

Josefins Großmutter lächelte, ohne zu antworten. Gorm machte mit der Hand einen Schwenk über die Gruppe.

»Wie du siehst, haben mich so einige Leute hierher begleitet. Manche sind treue Besucher der Galerie. Andere haben nur im Vorbeigehen meinen Aushang gesehen. Wir können es kaum erwarten, dass du uns alles zeigst.«

Er deutete um sich.

»Die Werke hier unten sind unglaublich frühreif. Und zugleich spielerisch naiv. Man erkennt die späten Sechziger. Du hattest dich noch nicht freigemacht.«

Einige Däninnen nickten. Andere blickten auf die Bilder, die meisten aber konnten ihre Augen nicht von ihrer Großmutter lassen. Gorm kratzte sich unter seinem Häkelmützchen.

»Bisher konnten wir uns hier unten umsehen. Bestimmt gibt es doch weitere Werke im Obergeschoss, oder?«

Ihre Großmutter stand schweigend da. Josefin sah nur ihren Rücken in der Lederjacke. Warum antwortete sie nicht? Hatte sie ihre Meinung geändert? Das ganze Obergeschoss war voller Bilder. Bleistiftzeichnungen wie auch Aquarellen.

Aber dann hüstelte ihre Großmutter.

»Sicher. Ich zeige euch gern das Obergeschoss.«

Ihre Stimme war sicher und fest wie immer.

»In den späten Sechzigern habe ich mit meinem damaligen Ehemann in diesem Haus gelebt. Aber ich glaube, ich kann über das, was da an den Wänden hängt, nicht wahnsinnig viel sagen.«

»Mach dir keine Sorgen«, sagte Gorm. »Wir werden dort oben mindestens genauso interessante Funde machen wie hier unten.«

Jemand pfiff leise und begann zu applaudieren. Viele andere stimmten ein. Josefins Großmutter trat in die Diele und ging mit Gorm im Schlepptau die Treppe nach oben, vorbei an Josefins Mutter und Peter, die mit einem seltsamen Abstand dastanden und komisch, fast albern wirkten. Kein Zweifel, zwischen ihnen lief etwas. Verlegener konnten zwei Menschen gar nicht sein.

Peter ging in die Küche, wo Liselott nun offenbar mit dem Kochen begonnen hatte. Es roch fantastisch nach Knoblauch.

Josefin trat zur Seite, um die Besuchermeute vorbeizulassen. Alle drängten sich zur Treppe, um zu hören, was ihre Großmutter sagte. Auf jeder Stufe stand jemand, und ganz oben hatte sich ihre Großmutter aufgebaut.

»Hier gibt es einige Skizzen. Kletterblumen, die vermutlich Jasmin darstellen sollen, aber ich bin mir nicht sicher.«

Gorm inspizierte die gerahmten Skizzen. Sein Dänisch war ziemlich genuschelt, aber Josefin konnte trotzdem verstehen, was er sagte.

»Unglaubliche Werke. Diese subtilen Gefühlsäußerungen, die hier zum Ausdruck kommen. Und zugleich auch eine Brutalität. Gepaart mit diesem Anschwellen des gleichzeitig Fragilen.«

Ihre Großmutter ging weiter in den oberen Flur und die Gruppe marschierte die Treppe hoch. Als der letzte von ihnen verschwunden war, warf ihr ihre Mutter einen Blick zu.

»Was meinst du, wie lange das dauert?«

»Denk nicht daran«, sagte Josefin. »Du hast Buchungen bis weit in den Oktober.«

Sie trat auf die unterste Treppenstufe.

»Komm, wir gehen hoch und hören zu.«

Ihre Mutter sagte zuerst nichts, griff schließlich ans Geländer und machte Anstalten, hochzugehen, schüttelte dann aber den Kopf und nahm die Hand wieder weg.

»Ich helfe lieber beim Abendessen. Da oben sind schon so viele Leute.«

»Oma kann dich später herumführen. Das macht sie sicher gern. Vielleicht heute Abend. Oder ein anderes Mal.«

Ihre Mutter antwortete nicht, ging nur Richtung Küche. Aber sie hatte zumindest die Botschaft vernommen. Josefin ging ins Obergeschoss.

Ihre Großmutter war mittlerweile in dem schmalen Flur mit gestreiften Tapeten, wo sie die Aquarelle zwischen den Schlafzimmertüren zeigte. Sie erklärte, wie sie als junge Frau das Idyllische unglaublich angezogen habe.

Josefin registrierte, dass sie an Großvater Georgs Zimmer nicht einmal stehen blieb, sondern schnurstracks an der geschlossenen Tür vorbeisteuerte. Sie machte eine Runde und zeigte weitere Aquarelle, dann blieb sie in der oberen Diele stehen.

»Das war's.«

»Hier soll es auch ein Atelier geben?«, sagte Gorm. »Dein erstes.«

Josefins Großmutter bewegte sich nicht. Die kleine Versammlung quetschte sich zwischen Treppengeländer und Fenster zusammen.

Gorm kratzte sich erneut unter seinem Häkelmützchen.

»Vanja, *Darling*. Wir können nicht von hier weg, ohne es gesehen zu haben.«

»Da war ich seit fünfzig Jahren nicht mehr drin.«

Ihre Großmutter blickte zu Josefin, die ihr ermunternd zunickte und dann ins Zimmer von Großvater Georg ging. Der große, alte Schlüssel lag in der Schale auf dem Sekretär. Sie nahm ihn, verließ den Raum wieder, wühlte sich durch die Menge zu ihrer Großmutter durch und drückte ihr ihn in die Hand.

»Hier. Mach es einfach.«

Gorm starrte auf den Schlüssel.

»Danke«, flüsterte er.

Ihre Großmutter ging die Dachbodentreppe hoch. Die Gäste folgten einer nach dem anderen. Josefin war unter den letzten. Alle waren in dem sommerschwülen, unausgebauten Dachraum versammelt und sahen zu, wie ihre Großmutter zitternd den Schlüssel ins Schloss der Ateliertür steckte. Mit einem leichten Quietschen im Scharnier öffnete sie sich. Vanja ging über die schmale Wendeltreppe dahinter nach oben.

Nun zögerte ihre Großmutter nicht mehr. Sie ließ immer drei Besucher auf einmal in das kleine, runde Turmzimmer, in dem ihr altes Atelier lag. Es war völlig unberührt und exakt wie in den Sechzigern. Åke hatte in all den Jahren kaum einen Fuß in das Zimmer gesetzt, nie auch nur einen Gegenstand verrückt. Überall lag Staub und hingen Spinnweben. Es war unaufgeräumt und chaotisch, voll halb vollendeter Bilder, eingetrockneter Farbe und einem Durcheinander aus Pinseln. An einem Haken hing ein Malkittel.

Gorm konnte nicht an sich halten.

»Einzigartig!«, rief er, als er die Treppe vom Turmzimmer herunterkam. »Einer der unvergleichlichsten Funde meines Lebens.«

Dann war Josefins Großmutter mit der Führung fertig und wirkte müde. Als alle in den oberen Flur zurückgekommen waren, drängte sich Josefin zu Gorm durch.

»Meine Großmutter braucht jetzt Ruhe.«

Er verstand sofort und dirigierte die Gruppe aus dem Haus. Man versammelte sich auf dem Rasen. Ihre Großmutter und Josefin blieben in der Türöffnung stehen. Gorm stellte sich vor die Gruppe und schlug die Hände zusammen.

»Dann danken wir Vanja Larsson für einen unfassbar ergiebigen Tag. Eine einzigartige Gelegenheit. Ich hoffe, ihr habt bei eurem nächsten Besuch hier eine ebenso gute Zeit, auch wenn ihr dann nicht die Möglichkeit haben werdet, das Atelier zu sehen. Aber es gibt in dieser Gegend vieles andere zu entdecken.«

Er wandte sich an Josefins Großmutter.

»Ich würde gerne eine Ausstellung dieser Werke aus deiner autodidaktischen Phase machen. Am liebsten schon diesen Herbst. Aber das liegt ganz an dir, Vanja.«

Erneuter Applaus der Gäste. Ihre Großmutter sagte nichts. Sie winkte nur den Leuten zu, die ihre Handys zückten, um ein Foto von ihr zu machen. Dann verschwand die dänische Delegation mit Gorm an der Spitze.

Josefins Großmutter schloss die Haustür und sank auf den Hocker neben der Flurkommode.

»Was für eine Tortur.«

Josefin streichelte ihr über die Schulter.

»Danke, Oma. Ich bin so glücklich. Mama auch. Das weiß ich.«

Sie ließ ihre Großmutter allein und ging in die Küche. Sie war leer. Peter und Liselott deckten den Tisch im Wintergarten.

Durchs Fenster sah sie ihre Mutter in der Tür zum Flügelgebäude fröhlich mit den vier Schwedinnen plaudern, die die Nacht hier verbringen würden. Zwei ältere Damen, die die Einzelzimmer gebucht hatten, verschwanden durchs Gartentor. Vielleicht, um ins Restaurant zu gehen oder zu einem Abendspaziergang durch den Ort.

Dann war ihre Mutter mit den Gästen fertig. Josefin sah sie über den Kiesweg aufs Haus zukommen. In einer Sekunde würde sie die Diele betreten, wo ihre Großmutter saß und sich ausruhte. Eine Begegnung der beiden war unausweichlich.

Vanja

Vanja war gerade vom Hocker aufgestanden, da ging die Haustür auf. Für eine Konfrontation mit Sally war sie nicht bereit. Zum zweiten Mal allein in einer kleinen engen Diele. Das erste Mal hatte im Frühling stattgefunden, oben in Svinaberga. Eine viel unangenehmere Begebenheit.

Sally betätigte den Lichtschalter rechts zwischen Spiegel und Kleiderhaken, wo sie ihn vermutlich seit Urzeiten wusste. Die Deckenlampe mit ihrem goldenen Glasschirm erleuchtete die Diele, wie damals auch die Lampe in ihrem Flur.

Sie sahen einander an. Vanja kam der Gedanke, das könne ein Abschied sein. Der endgültige. Schwer wie ein Granitblock.

Dann fasste sie sich. Vielleicht war es genau das Gegenteil. Eine allerletzte Chance, wenn sie sie nur nützte.

Sally schlüpfte aus den Holzpantoffeln.

»Ihr seid jetzt auf dem Sprung, Peter und du? Danke noch mal. Wirklich lieb, dass du dich um diese Menschen gekümmert hast.«

Vanja presste ein Lächeln hervor.

»Ach, das war halb so wild.«

Sie blieb stehen. Sie war nicht auf dem Sprung, auch Peter nicht. Beide hatten schließlich einen ziemlich guten Grund zu bleiben.

Sally. Die augenscheinlich nicht wusste, wie sie sich verhalten sollte.

Vanja drückte die alte Türklinke aus Messing nach unten und öffnete die Haustür.

»Komm. Gehen wir eine Weile in den Garten.«

Als sich Sally weder bewegte noch antwortete, trat Vanja selbst auf die Vortreppe und ließ die Tür einfach offen. Sie hörte Sally wieder in die Holzpantoffel schlüpfen und ihr folgen. Ein Teilsieg, immerhin.

Vanja ging weiter über die Wiese bis zum Apfelbaum, unter den jemand eine Bank geschleppt hatte. Åkes alte, selbstgezimmerte, die früher an der Hauswand stand. Weiß gestrichen, mit Holzsprossen und gekreuzten Beinen. Eigentlich passte sie besser in den Schatten dieses Baums.

Sie setzte sich. Hier konnte man ohne Zuhörer in Ruhe sprechen.

Sally hatte die Hände in der Hosentasche und kam zögerlich und mit abwartender Miene heran, blieb stehen, setzte sich nicht.

»Es tut mir leid«, sagte sie. »Keine Sorge, dir ist verziehen. Aber ich kann nicht leben, als wäre nichts geschehen und dich als Teil meiner Familie betrachten. Das geht nicht.«

Vanja überkreuzte die Beine.

»Darf ich ein paar Worte sagen, wo wir nun hier sind?«

Sie lehnte in Ermangelung einer besseren Lehne den Rücken an den Baumstamm.

»Als junge Frau wollte ich immer viel zu viel. Hatte jede Menge Träume und Ambitionen. Aber ich hatte Panik. So war die Zeit damals. Viele von uns jungen Frauen machten sich Sorgen, was die Mutterrolle mit uns machen würde. Wir wollten nicht wie unsere Mütter werden, die auf Heim, Herd und Kind reduziert wurden. So zu enden, war unsere größte Angst.«

Sally seufzte.

»Du hast deine Familie verlassen. Dein Kind. Aber wie schon gesagt, ich habe dir vergeben. Du hattest sicher deine Gründe.«

»Ich war politisch engagiert, wie viele andere auch. Wollte für die Rechte der Frauen kämpfen und nicht nur in Schweden. Also bin ich nach Kuba, um vielleicht etwas zu bewirken. Die Gesundheit von Frauen stärken, über Familienplanung informieren, die Bildungschancen von Frauen verbessern und gegen die Gewalt gegen Frauen anarbeiten. Wichtige Dinge.«

Vanja bemerkte, dass Sallys Miene gleichgültig wurde. Trotzdem machte sie weiter, vor allem ihrer selbst wegen. Es tat gut, sich endlich erklären zu können. Sie hatte es so lange mit sich herumgeschleppt.

»Du musst den Zeitgeist sehen, der damals herrschte. In meinen Kreisen hat man das so gemacht. Wir waren viele, die sich für Gleichberechtigung und gegen Klassenspaltung und den Krieg in Vietnam engagiert haben. Wir haben für unsere Ansichten gestritten, den Humanismus und die Menschenwürde verteidigt. Dass wir nicht für unsere Kinder da waren, haben wir nicht als Problem angesehen. Es gab ja andere Erwachsene.«

Vanja blickte zum großen Haus. Die Haustür war wieder aufgegangen. Josefin trat auf die Treppe und Peter nach ihr. Sie kamen auf sie zu.

»Streitet ihr?«, fragte Josefin.

Sally schüttelte den Kopf.

»Nein. Ich bin wirklich dankbar dafür, was Vanja für die Pension getan hat.«

Vanjas Nasenflügel bebten. Dieser Tonfall, als ginge es um eine anonyme Fremde oder eine entfernte Bekannte, verletzte sie beinahe unermesslich. Sallys distanzierte Haltung tat mehr weh, als würde sie schreien und brüllen, Sachen nach ihr werfen oder sie irrsinnig attackieren. Genugtuung fordern oder irgendeine Form von Entschädigung. Was auch immer.

Vanja veränderte ihre Sitzposition. Die Bank war hart. Aber sie stand gut hier unter dem Apfelbaum, der bei Sallys Geburt gepflanzt worden war. Vanja und Georg hatten das gemeinsam gemacht. Diesen Tag würde sie nie vergessen.

Sie wandte sich wieder an Sally.

»Ich verstehe, dass vieles von damals heute sonderbar wirken muss. Zum Glück entwickelte sich die Gesellschaft und man darf hoffen, dass es den jüngeren Generationen dank uns Älteren und unserer Arbeit gelingt, sich von den Geschlechterrollen frei zu machen.«

Sie sah zu Josefin.

»Denk an das, was heute selbstverständlich ist, Josefin. Das Recht auf unbedenkliche Verhütungsmittel, auf freie Abtreibung, geteilte Elternzeit. Für all das haben wir gekämpft. Ich und meine Schwestern im Geiste.«

Josefin stellte sich neben ihre Mutter.

»Wenn hier jemand gekämpft hat, dann Mama. Sie hatte nie Geld und keinen Mann. Meinetwegen hat Mama ihre Ausbildung zur Krankenpflegerin abgebrochen. Sie wurde Pflegehelferin, hat gearbeitet und uns beide ernährt. Aber sie war immer da, wenn ich sie gebraucht habe. Mir hat es nie an etwas gefehlt.«

Vanja drehte ihre Silberringe, Runde um Runde. Beschuldigte man sie etwa fehlender Klassenperspektive? Wurde sie noch mehr missverstanden?

»Ihr Jungen könnt euch eure felsenfeste Überzeugung

noch leisten. Aber warte nur, bis du selbst eine Familie hast, dann sehen wir, ob deine Rechtschaffenheit standhält.«

Sie hörte selbst, wie ihre Stimme brach.

»Vanja?«

Peter war hinter Sally hervorgetreten.

»Warum erzählst du nicht lieber, wie es war? Auf der Reise nach Kuba. In den Städten, mit den Massen an Müttern und Kindern. Da musstest du doch an deine eigene Tochter zu Hause denken, oder nicht? Zumindest hast du mir das erzählt. Wie viel Sehnsucht du gehabt hast, dass du sie dir regelrecht abschneiden musstest. War es nicht so?«

Vanja senkte den Blick, konnte nur mit Anstrengung ihr Gesicht unter Kontrolle halten. Josefin setzte sich neben sie auf die Bank.

»Warum bist du dann nicht nach Hause, Oma?«

Vanja spürte, wie ihre Mundwinkel zuckten. Aber sie kämpfte dagegen an.

»Ich konnte nicht zurück zu Georg gehen«, sagte sie leise. »Das ging einfach nicht. Zwischen uns war keine Liebe mehr. Ich wusste, ich würde das nicht überleben.«

Josefins Blick war forschend. Man konnte ihr ansehen, wie unbegreiflich es ihr war, dass die Mutter eines Kleinkinds einfach so abhaute, in ein Land auf der anderen Seite der Erdkugel.

Vanja senkte den Kopf.

»Sein Kind zu verlassen ist nicht leicht. Das schafft man nur, wenn man sich betäubt. Manche machen es mit Alkohol. Manche mit Leidenschaft. Andere mit politischer Überzeugung. Ich habe wohl alles zugleich versucht.«

Sie betrachtete Märta, die etwas entfernt in ein Beet bellte. Frei, allein, aber doch mit ihrer Herde um sich.

»Nicht alle sind dazu bestimmt, Eltern zu sein.«

Josefin sagte nichts, legte ihr nur die Hand auf den Arm. Das Mädchen, das immer entweder die Partei ihrer Mutter oder ihrer Großmutter ergriff. Bestimmt und kategorisch. Aber vielleicht hatte die Zeit in Kopenhagen etwas mit ihr gemacht.

Peter ging vor Vanja in die Hocke.

»Sei nicht so ungnädig mit dir selbst, Vanja. Das führt zu nichts. Hab etwas Mitgefühl mit dem Menschen, der du jetzt bist. Den wir mögen.«

Sie sah ihm in die Augen.

»Du hast lange genug getrauert«, sagte er. »Jahrelang alle Verzweiflung gegen dich selbst gerichtet. Kann das nicht aufhören?«

Peter stand wieder auf. Er riss einen unreifen Apfel von einem Zweig, als bräuchte er etwas, woran er sich festhalten konnte.

»Åke hat erzählt, dass du einmal nach Stockholm gekommen bist. Mit der Fähre aus Dänemark herüber und dann weiter mit dem Zug, um Sally zu holen. Oder sie zumindest zu treffen.«

Vanja rang die Hände ineinander. Sie konnte nirgends hin. Und sie hatte dieses Gespräch, als sie Sally mit nach draußen genommen hatte, selbst initiiert. Jetzt musste sie da durch.

»Das war im Mai sechsundsiebzig«, sagte sie leise. »Als ich in Kopenhagen lebte.«

Sie traute sich, Sally anzusehen.

»Dein zehnter Geburtstag. Ich hatte nicht gesagt, dass ich komme. Habe gedacht, es wäre leichter, Georg zu überreden, wenn ich mit Geburtstagsgeschenken auftauchte.

Aber er wurde wütend und wir fingen an zu streiten. Zum Glück warst du in der Schule.«

Sally stand völlig reglos da.

»Was ist passiert?«

»Georg sagte, ich wäre naiv, weil ich glaubte, ich könne Künstlerin werden. Dass ich mein Kind nicht wert sei, wenn ich mir keine anständige Arbeit suchte oder Hausfrau würde.«

Sie seufzte.

»Ich bin abgehauen, bevor du nach Hause gekommen bist. Habe den Gedanken nicht ertragen, dir zu begegnen und dir in die Augen sehen zu müssen. Also habe ich aufgegeben. Du und Georg, ihr hattet es besser ohne mich.«

»Und danach?«

Überraschend sah Sally zu Vanja, die mit den Schultern zuckte.

»Die Jahre vergingen. Ich fand eine Menge Freunde in Kopenhagen und lebte mit ihnen wie mit einer Familie. Die meisten waren Künstler oder Bohemiens im weitesten Sinn. Ich hatte nie genug Geld übrig, als dass ich mich getraut hätte, dich zu holen. Was hätte ich einem Kind schon bieten können?«

Sie machte eine Pause. Nie würde sie verstehen, wie alles den Bach runtergegangen war. Damit musste sie leben.

»Ich war feige. Es war leichter, sich in einem Loch zu verstecken und zu verdrängen. Alles vergessen, was war. Und nach vorne zu schauen.«

Die Dunkelheit hatte sich über Haus und Garten und die drei schattenhaften Gestalten vor ihr gelegt, ihre Gesichter waren kaum mehr zu erkennen.

»In dieser Zeit stand ich als Künstlerin nicht hoch im

Kurs. Ich war so arm, dass ich sogar mein Gemüse bei den Markthändlern erbettelt habe. Manchmal habe ich die Abfallbehälter hinter Supermärkten nach Essen durchwühlt. Das ist wahr. Ich habe mich fürchterlich dafür geschämt und dafür, dass ich meine Tochter nicht bei mir haben konnte.«

»Und was ist mit deinen Pflegeeltern?«, fragte Josefin. »Die waren doch reich.«

»Mit denen hatte ich schon Jahre zuvor gebrochen. Von denen bekam ich keine Öre.«

Sally warf einen Blick Richtung Küche.

»Ich muss mal nachsehen, ob Liselott Hilfe beim Kochen braucht.«

Sie drehte sich um und ging zurück zur Eingangstreppe. Vanja blickte ihr hinterher. Der schmale Rücken, etwas müde. So sah er aus, der blanke, reine Schmerz. Den keine Erklärung verändern konnte.

Peter warf den unreifen Apfel weg und eilte Sally nach.

»Warte!«

Er legte den Arm um sie, führte sie zurück.

»Manchmal muss man ein Held sein. Beziehungsweise eine Heldin. Verstehst du?«

»Wovon redest du? Wir haben keinen Streit. Das habe ich doch gesagt.«

Sally versuchte, sich loszumachen. Aber Peter griff ihr ans Kinn und drehte sie zu sich.

»Du kannst etwas tun, um alles zu ändern. Damit das nicht so weitergeht. Genau jetzt kannst du das.«

»Es geht nicht.«

Vanja hielt den Atem an. Peter sprach nahe an Sallys Gesicht mit sanfter Stimme weiter.

»Wenn du an all die Jahre denkst, die du ohne Mutter warst. Wie viel Zeit hast du dem Gedanken geschenkt, dass sie nicht da war, dass sie dich im Stich gelassen hat. Ergreif diesen Augenblick, Sally. Mach etwas daraus. Schreibe die Zukunft um. Für Josefin.«

Sally warf Vanja einen langen Blick zu.

Das Zimmer sah noch aus wie eh und je. Es hatte nur neue Wandfarbe und ein Doppelbett mit faltiger Leinenüberdecke bekommen. Der Holzfußboden war abgeschliffen und geölt, die Holzleisten ungestrichen. Was wollte Sally ihr zeigen?

Vanja stand mitten in Georgs Zimmer. Hier hatte Sally ihren Vater tot aufgefunden. Das hatte Åke erzählt.

Sally nickte in Richtung des Wandregals über dem Bett. Dort stand ein gerahmtes Foto. Die junge Frau auf dem Bild lächelte in die Kamera, ihre Augen waren wegen der Sonne halb geschlossen. Sie war schwanger, trug ein hellblaues Kleid, an das sich Vanja sehr gut erinnerte. Und dann diese weiße Strickjacke, die so weich und anschmiegsam gewesen war. Genau richtig für einen warmen Tag im Spätfrühling.

Ihr Herz schlug wie wahnsinnig. Trotzdem blieb sie stehen und betrachtete das Bild. Hielt durch, während sich die Augen mit heißen Tränen füllten, die sie wegwischte, als sie ihr schließlich über die Wangen rollten.

Manchmal muss man ein Held sein. Beziehungsweise eine Heldin. Das hatte Peter im Garten gesagt.

Vanja wandte sich Sally zu. Der Grund für ihr Weggehen war nicht, dass ihre Tochter nicht liebenswert gewesen war. Das durfte Sally nicht glauben.

»Ich habe dich sehr geliebt. Aber mir hat wohl die Fähigkeit gefehlt, das auf die richtige Art zu zeigen. Das tut mir leid.«

Sally ging durchs Zimmer zur Tür des begehbaren Schranks. Sie machte sie auf, kramte herum, kletterte auf die Leiter und holte etwas von einem Regal. Als sie unten angekommen den Gegenstand vorzeigte, sah Vanja, was es war. Eine Spieluhr aus Kunststoff, schmuddelig weiß und rund, mit einer kitschigen Zeichnung darauf und unten einer kurzen Schnur.

»Erkennst du die wieder?«

Vanja nahm die Spieluhr entgegen.

»Nein.«

Sie drehte und wendete sie, zog dann ein Stückchen an der Schnur. Bimmeltöne erklangen, sie ergaben eine besondere Melodie. Die kurze Weise kam ihr vage bekannt vor. Sie hörte sie noch einmal.

Erinnerungen stiegen hoch. Geruch von fadem Brei.

»Doch, schon. Ich erinnere mich.«

Lauwarmer Dorschbrei aus dem Gläschen. Topflappen aus geriffelter Baumwolle.

Vanja gab Sally die Spieldose zurück.

»Diese Melodie haben wir abends gespielt. Und morgens. Und wir haben sie an dem Tag gehört, als ich weggegangen bin.«

Vanja trocknete die Tränen mit dem Jackenärmel.

»Was soll ich tun?«, flüsterte sie. »Sag mir, was ich tun soll.«

Sally blickte nun aus dem Fenster.

Vanja betrachtete ihre Tochter. Diese zweiundfünfzigjährige Frau, die kleine Fältchen und Rillen in der Haut hatte, aber ansonsten nicht besonders gealtert war. Sie stand mitten im Leben. Das Kind.

»Es ist dein volles Recht, wütend und traurig zu sein«, sagte Vanja. »Aber ich bin da. Nur damit du es weißt. Und ich kann damit umgehen. Alles wird gut.«

Sie ging zu Sally. Legte die Arme um sie. Ruhig und vorsichtig. Sally wehrte sich nicht.

»Ich bin da«, wiederholte Vanja.

Derselbe einfache Satz, mehrere Male. Während sie ihn aussprach, löste sich etwas in ihr, von ganz unten, und verschwand.

Lange Zeit war sie ihren rationalen Erklärungen nachgehangen, aber die waren weder interessant noch von Bedeutung. Wenn man Entschuldigung sagte, wieder und wieder, blieb man völlig bei sich. Aber man konnte das Wort in alle Ewigkeit wiederholen, es würde trotzdem nicht helfen. Denn dabei blieb man auf Distanz. Und schaute auf den herab, zu dem man es sagte.

Wo sie stattdessen sein sollte, war hier, bei Sally.

Sally konnte sich auf ihre Mutter verlassen. Sie war der Mensch, auf den sie sich auf der Welt am meisten verlassen konnte.

»Alles wird gut«, sagte Vanja noch einmal.

Sie wusste, dass das stimmte.

Deshalb musste es nicht länger um das Unrecht gehen, das sie begangen hatte. Gerecht oder ungerecht, das war völlig irrelevant. Wenn Sally eine Mutter bekam, konnte sie alles, was gewesen war, von sich streifen und sich gewollt fühlen. Von einer Mutter, die sich für sie entschieden hatte, obwohl es möglich gewesen wäre, es nicht zu tun.

Lange standen sie so. Nahe beieinander. Sally mit vor

dem Körper verschlungenen Armen, Vanja mit ihren um Sallys Schultern.

Dann geschah es. Sehr langsam. Sally machte die Andeutung einer Umarmung. Keine sagte etwas. Das war nicht nötig.

Alles würde noch gut werden. Denn das hatte Vanja versprochen.

Ein Klopfen an der Tür, taktvoll wie ein Vögelchen. Die Tür ging einen Spalt auf und Peter schaute herein. Vanja machte sich vorsichtig von Sally los. Dann ging sie ihm entgegen, verließ das Zimmer und zog die Tür hinter sich zu.

Als Vanja gerade die Treppe erreicht hatte, hörte sie das leise Geräusch, das entsteht, wenn zwei Menschen sich leidenschaftlich in die Arme fallen. Sie lächelte vor sich hin und trat auf die oberste knarrende Treppenstufe.

Josefin

Josefin trank einen Schluck Tee und stellte die Tasse ab. Sie nahm die Kreuzstichstickerei wieder hoch und stickte weiter, eine Reihe kleiner Stiche entlang des Rands. Wie schön, wieder im gemütlichen Atelier ihrer Großmutter zu sitzen.

Die saß mit ihrer Lieblingstasse in den kräftigen, schönen Händen im Sessel gegenüber, trug einen smaragdgrünen Samtrock und eine bauschige Baumwollbluse mit weiten Ärmeln und Schnüren mit kleinen Bommelchen dran.

Der Webstuhl aus Kopenhagen hatte seinen Platz in der Ecke gefunden. Der begonnene Teppich war fertig. Ihre Großmutter war in den letzten Zügen, knüpfte und flocht Fransen an beide Enden. Sie hatte das Webstück auf den Tisch vor sich gelegt und mit einem Gewicht beschwert, arbeitete routiniert mit den Kettfäden.

Josefin steckte die Nadel durch die Stickerei und zog sie auf der Rückseite heraus. Die Kopie von Vibekes Papierstapel lag in Vallmogården. Der Einzige, der von seiner Existenz wusste, war Gorm. Jetzt war der Moment für alle Fragen gekommen, die er aufgeworfen hatte.

Ihre Großmutter stand auf, blätterte durch die Plastikbox mit alten Schallplatten, stellte den Plattenspieler an, einen Song, den Josefin, nicht identifizieren konnte.

»›Cracked Actor‹«, erläuterte ihre Großmutter. »David Bowie. Von 1973.«

Sie setzte sich wieder. Knüpfte eine weitere Franse an, während sie Josefin über den Tisch hinweg beobachtete.

»Du, Oma?«

»Ja, mein Herz.«

Josefin verstach sich mit der Nadel, traf ihren Finger und fuhr zusammen.

»Vorsichtig«, sagte ihre Großmutter.

Josefin steckte die Fingerkuppe in den Mund. Plötzlich hatte sie so viele Fragen. Sie vermehrten und stapelten sich auf. Warum hatte Trine sterben wollen? Gab es einen kleinen Bruder oder noch weitere Geschwister? Wer waren die leiblichen Eltern gewesen? Wie hatte die Pflegefamilie ausgesehen? Lebte Inez noch?

Und dann war da das Kinderheim.

Ihre Großmutter hörte auf, mit den Fransen herumzuwerkeln.

»Was hältst du davon, wenn ich im Herbst ein paar Kurse organisiere?«, fragte sie. »Auf Vallmogården.«

»Kurse?«

»In Malerei und Textilkunst. Oder etwas anderem. Und die Teilnehmerinnen und Teilnehmer können in Sallys Pension wohnen. Wäre das nicht eine gute Art, die Saison zu verlängern?«

»Vallmogården wird doch verkauft.«

Ihre Großmutter nahm die Fransenarbeit wieder auf, ohne zuzuhören.

»Ich werde Sally jedenfalls fragen. Dann hat sie zumindest für eine Weile noch mehr Buchungen. Vielleicht könnte Liselott in der Verbindung auch Fußpflegebehandlungen anbieten? Oder Hautpflege und Maniküre. Was weiß ich.«

»Aber …«

Ihre Großmutter unterbrach sie ruhig.

»Und Grethe kann herkommen und Yogastunden geben. Sie kann Vibeke mitbringen, dann halten wir die Malereikurse zusammen.«

Josefin hatte die Stickerei auf die Knie sinken lassen. Was redete sie da?

Ihre Großmutter ließ wieder von den Teppichfransen ab. Sie wärmte sich die Hände an der Teetasse und die Ringe quietschten am Porzellan.

»Ja. Also. Ich überlege, eure Scheune auf Vallmogården zu mieten. Und gut zu zahlen, damit ihr weiter dort leben könnt. Sie ist wunderbar geräumig, man könnte sie für Künstleraktivitäten verwenden. Theater zum Beispiel. Oder etwas anderes Spannendes. Ich habe eine Menge kreativer Freunde.«

»Aber woher willst du so viel Geld nehmen? Damit es reicht, dass wir den Hof behalten können?«

Ihre Großmutter stellte die Teetasse ab, stand auf, ging zu einem abgelegenen Teil des Ateliers und deutete auf eine große, an der Wand lehnende Leinwand.

»Das Bild, das ich im Frühling gemacht habe. In der Mitte ist ein kleines Kind. Heute früh wurde es an einen ausländischen Sammler verkauft. Ich verstehe es selbst kaum. Aber so ist es.«

»Wie ist das geschehen?«

»Gorm hat auf der Homepage der Galerie geschrieben, dass er im Herbst eine Ausstellung machen möchte. Der Kunstsammler hat ihn kontaktiert und gefragt, ob Werke zum Verkauf stünden. Ich habe Gorm ein paar Fotos geschickt.«

Ihre Großmutter kam zurück zu ihrem Sessel. Sie knüpfte und flocht weiter Fransen, war nun bei den letzten. Dann sah sie wieder hoch.

»Das bedeutet, dass ihr Vallmogården behalten könnt. Du und Harald.«

Josefin wusste nicht, was sie sagen sollte. Sie nestelte an der Stickerei herum und versuchte zugleich, die Geschichte zusammenzukriegen. War das wirklich wahr? Konnte so etwas geschehen?

Ihre Großmutter hielt den Teppich in die Höhe.

»Und willst du außerdem den hier haben?«

Der Teppich mit kräftigen Farbstreifen war schön.

»Ich habe den Sommer über daran gearbeitet«, sagte ihre Großmutter. »Und gedacht, dass er vielleicht auf Vallmogården passt. Er ist im Gedanken an Sally entstanden und trägt bis ins winzigste Fädchen Hoffnung in sich.«

Josefin nahm den Teppich entgegen. Das Gewebe war ganz eben. Solider konnte man es nicht machen. Das war ein wertvolles Geschenk. Keine gewöhnliche Textilarbeit, sondern ein Kunstwerk.

»Vielen Dank.«

Ihre Großmutter nickte lächelnd. Sie wirkte aus tiefstem Inneren über den Aufwind, den sie als Künstlerin hatte, glücklich. Über das Jetzt. Über ihre Familie.

»Gratuliere zum Verkauf deines Bildes«, sagte Josefin. »Das ist fantastisch.«

»Ja, oder? Und du sprichst jetzt mit Harald und findest heraus, was er von meinem Vorschlag hält.«

Sie verabschiedeten sich mit einer Umarmung, die nach Teeblättern, Tempelblumen und Mandelseife roch. Dann setzte sich Josefin in den Pick-up und legte den zusammengerollten Teppich auf den Beifahrersitz.

»Richte Harald aus, dass Peter und ich bald vorbeikommen«, sagte ihre Großmutter durchs Autofenster. »Wir setzen unser neues Projekt fort. Den Steinwall. Er wird noch diesen Herbst fertig. Und grüß ihn schön.«

Josefin versprach es. Sie steuerte auf den Kiesweg. Fuhr durch feuchte, schwere Laubmassen, vorbei an Gräben mit gelb gewordenem Gras. Die Fragen an ihre Großmutter konnten noch eine Weile warten, falls sie überhaupt gestellt werden mussten.

*

Der Teppich ihrer Großmutter war weich und schmeichelnd an den Füßen. Josefin zog die Rollgardine hoch und ließ die Morgensonne herein. Sie gähnte und streckte sich, verfolgte mit dem Blick den Flug einer Schwalbe. Genoss dann eine Weile die Aussicht. Die Felder mit ihren weizenblonden und senfgelben Farben. Äcker, Wiesen und Gemüseplantagen. Die Hänge, an denen Schafe und Jungkühe weideten.

Sie war zu Hause. Auf Vallmogården. Bei Harald.

Als sie die Treppe runterkam, hatte er auf der Veranda fürs Frühstück gedeckt. Er war bereits angezogen. Schenkte Orangensaft ein und stellte die Kaffeekanne auf den Tisch.

»Guten Morgen. Möchtest du dir den Hühnerhof ansehen, bevor wir essen? Ich habe ihn gestrichen, während du weg warst. Falls es Eier gibt, machen wir ein Omelett.«

»Gern.«

»Wo ist die Eierschürze?«

Josefin grinste los.

»Die Eierschürze?«

Im ersten Sommer auf dem Hof, als sie die Hühner angeschafft hatten, hatte sie vor lauter Enthusiasmus eine besondere Schürze genäht, die man zum Eierholen tragen sollte. Aber ziemlich bald hatte sie sie vergessen und die Eier stattdessen mit einem Korb geholt.

»Ich habe keine Ahnung, wo die ist.«

Harald fand die Schürze an einem Haken ganz hinten an der Wand, unter Handtüchern und Topflappen. Er nahm sie ab und reichte sie Josefin.

»Hier. Schick und praktisch.«

Die Schürze endete auf Kniehöhe und hatte Taschen, zwölf an der Zahl, mit Platz für je ein Ei.

»Los geht's«, sagte Harald.

Sie hatten den Hühnerhof fast erreicht, als Josefin abrupt stehen blieb. Sie erstarrte.

»Harald! Du bist ja verrückt geworden!«

»Gefällt es dir?«

Harald schwenkte den halbvoll mit Essensresten für die Hühner gefüllten Eimer. Josefin ging langsam näher heran.

Er hatte die gesamte Holzkonstruktion falunrot gestrichen. Sogar das Hühnerhaus, das außerdem noch weiße Ecken bekommen hatte. Auch die Fenster- und Türrahmen waren weiß. Es war das süßeste, hübscheste Häuschen, das sie je gesehen hatte.

An der Außenseite des Hühnerhofs hatte Harald eine Tafel festgeschraubt, an der an Haken elf kleine gemalte Holzschilder hingen. Darauf standen die Namen der Hühner in alphabetischer Ordnung.

»Wann hast du dafür Zeit gehabt?«

Harald zuckte mit den Schultern.

»Hat einfach Spaß gemacht.«

»Aber du wolltest doch den Hof verkaufen?«

Er fuhr sich durch die Haare. Sie waren in den vergangenen Wochen ein ganzes Stück gewachsen, was ihm gut stand.

»Ja, aber man muss sich mit etwas beschäftigen. Ich

dachte, wenn ich am Ende zu dem Entschluss gelangen würde, dass ein Verkauf das Beste ist, dann hätte ich auf dem Weg dahin zumindest Spaß gehabt.«

Sie betraten den Hühnerhof. Josefin entfernte den Hühnerdreck der Nacht von den Kotbrettern unter den Sitzstangen. Harald leerte den Eimer in den Futtertrog. Die Hühner scharten sich um die Mischung aus gekochten Kartoffeln, Salat, verschimmeltem Käse und Obstschalen.

Die Arbeit ging leicht von der Hand. Es gab keine sinnvollere Betätigung, als das eigene Essen anzubauen, sich um lebende Wesen zu kümmern und dafür zu sorgen, dass es ihnen gut ging.

Das Silber putzen. Mehr brauchte man eigentlich nicht im Leben.

Josefin stellte die Schaufel weg. Das Frühstück wartete. Aber zuerst würde sie Eier sammeln, damit es für zwei sonnengelbe Omeletts reichte. Eines für sie und eines für Harald.